Linda Nowak

zeitanhalter.

zeitanhalter.

Bibliografische Information der Deutschen Nationalbibliothek:

Die Deutsche Nationalbibliothek verzeichnet diese Publikation in der Deutschen Nationalbibliografie; detaillierte bibliografische Daten sind im Internet über
http://dnb.dnb.de abrufbar.

Cover, Layout und Innengestaltung: Karen Dierks
weitere Mitwirkende: Dennis Kresin

Herstellung und Verlag: BoD – Books on Demand, Norderstedt

ISBN: 978-3-7448-8925-4

Die **Musik zum Roman** *gibt's für Dich exklusiv zum Download auf* **www.freifahrtschein-music.de/music** *mit den folgenden Zugangsdaten:*

Benutzer: **Leser3792** | *Passwort:* ***3792***

16 Tage bis Tourstart

Ein tiefes Seufzen entfährt Marlena beim Klang ihres Lieblingslieds – und es ist kein glückliches Seufzen. ‚Sintflut' ist der mit Abstand rockigste Song in ihrem Set – groß und gewaltig arrangiert, unheimlich trotzig und voller Wut. Das Herzstück dabei ist ein kraftvolles Synthesizer-Solo, in das der Autor damals seine komplette, hyperaktive Verzweiflung hineingeschrieben hat. Und jedes Mal, wenn Marlena auf der Bühne steht, sieht sie ihn wieder vor sich: Ruben, im Juli vergangenen Jahres, wie er mit blutiger Jeans und tottraurigen Augen neben ihr auf dem Beifahrersitz saß. Marlena hatte ihn ins Krankenhaus fahren müssen, weil er aus Wut über seine Ex-Freundin seinen Fernseher kaputtgetreten hatte – was mit großer Wahrscheinlichkeit die einzige Rockstar-Geschichte bleiben wird, die ihr Ex-Keyboarder seinen Enkelkindern jemals würde erzählen können. Zwei Stunden hatten sie mit zwei Kühlakkus in der Notaufnahme gesessen, und schon da war von dem unberechenbaren Typ nur noch ein geknicktes, übernächtigtes Häufchen Elend mit gebrochenem Herzen übrig gewesen. Sie hatte die Nacht auf seiner Couch verbracht; ihm zugehört, den Kopf gewaschen. Zwei Tage später war seine Trennung von Annalena für immer in Noten gebannt gewesen.

Marlena blickt konzentriert zu dem jungen Mann herüber, der jetzt gerade in der Ecke steht, wo bis vor ein paar Wochen noch Rubens Keyboards aufgereiht gewesen waren. Man kann dem schlaksigen Blondschopf unmöglich vorwerfen, dass er nichts von zertrümmerter Wohnzimmereinrichtung und Tränen in der Notaufnahme weiß. Und doch hatte er Marlena mit seinem Spiel verloren gehabt, noch bevor die erste Strophe zu Ende gespielt war. Die Sängerin lehnt sich auf ihrem Barhocker zurück gegen die kalte Proberaumwand und schließt die Augen, um alles um sich herum auszublenden. *Hör zu*, ermahnt sie sich. *Gib dem Typ 'ne Chance!*

Doch es hilft nichts. Der Keyboarder – Daniel – ist wieder im Refrain angekommen. Jeder Tastenanschlag ist akkurat. Sauber und brillant durchflutet die Melodie den verwinkelten Proberaum. Marlena schließt resigniert die Augen. Jeder einzelne Ton klingt eingeübt und gefühlsleer. Einfach langweilig.

Als Daniel zu Ende gespielt hat, sieht er Beifall heischend zu der schlanken Sängerin herüber. Sein Blick ist hoffnungsvoll, er wirkt selbstzufrieden. „Sorry, Daniel, aber du passt einfach nicht zu uns", sagt Marlena, selbst für ihr eigenes Empfinden mit reichlich wenig Bedauern in der Stimme. Sie zuckt die Achseln, streicht sich mit der linken Hand eine lästige, dunkelbraune Locke aus dem Gesicht. „Du spielst gut, man hört dir jedes einzelne Jahr deiner klassischen Ausbildung deutlich an, genauso, wie man dir anhört, dass du mindestens zehn Stunden zuhause an deinem Steinway-Flügel gesessen hast, bis alles absolut perfekt in deinen Ohren klang."

Daniel lächelt zaghaft. Frank Baltes, der schräg hinter dem Keyboard auf einem weiteren Barhocker sitzt, wirft Marlena einen warnenden Blick zu. *Reiß dich zusammen*, lautet die Botschaft des Managers. Marlena versteht ihn. Daniel Schumann ist der neunte Keyboarder, der diesen Proberaum ohne Engagement bei ‚Freifahrtschein' verlassen wird. Aber die Band ist Marlenas Baby. Sie würde einen Teufel tun und ihre Ideale verraten.

Mit kurzem Zögern wendet sie sich wieder Daniel zu. Etwas versöhnlicher lächelt sie ihn an. „Aber was wir brauchen, ist jemand, der auch ein Stück von sich selbst in unsere Stücke einfließen lässt. Und das höre ich bei dir einfach nicht. Tut mir ehrlich leid, aber damit würde keine Seite langfristig glücklich werden."

Daniel nickt ratlos. Er versteht die Welt nicht mehr. Bevor Marlena weitersprechen kann, greift Frank ein. Er ist von seinem Hocker heruntergerutscht und baut sich in seinem leicht in die Jahre gekommenen Freizeitjackett neben dem Keyboard auf, legt dem Musiker eine Hand auf die Schulter. „Was sie eigentlich sagen will ist: Du bist großartig. Jedes Orchester wäre stolz, jemanden wie dich zu haben." Seine Stimme überschlägt sich fast im verzweifelten Bestreben, die Situation irgendwie zu retten. Tilman, der den Dialog bisher lässig an die Wand gelehnt von seinem Schlagzeughocker aus verfolgt hat, kann sich ein Grinsen nicht verkneifen. Als würde Daniel in dieser Situation eine Portion Süßholzraspelei helfen! „Ja, du bist gut. Aber nicht für uns, da muss ich Marlena leider zustimmen." Seine Worte sind freundlich, aber bestimmt. Die Diskussion ist beendet.

Daniel nickt enttäuscht. „Da kann man dann nichts machen. Trotzdem danke für eure Zeit." Er steht auf, greift nach seinen fein säuberlich sortierten Notenblättern und steuert auf die Tür zu. „Hey, Mann! Lass den Kopf nicht hängen. Du findest ganz sicher etwas, was dich ausfüllt", beeilt sich Frank zu sagen und hechtet dem Keyboarder hinterher, um ihn hinaus zu begleiten.

Als sich die Tür hinter den beiden geschlossen hat, grinst Tilman Marlena über seine Brille hinweg an. „Du findest ganz sicher etwas, was dich ausfüllt!", äfft er den Manager nach. Dann schlägt er auf seine Oberschenkel, die durch die zerrissene Bluejeans hindurchblitzen, und steht auf, um in den Aufenthaltsraum zu wechseln. „Und auf ein Neues!" Gitarrist Lukas sieht ihn vorwurfsvoll an. „Was?", verteidigt sich Tilman. „Ist doch so."

Marlena verdreht die Augen und beginnt, das Kabel ihres Mikrofons aufzurollen. „Jedes Orchester wäre stolz, jemanden wie dich zu haben...Was soll das denn? Wir suchen 'nen Keyboarder, kein Mitglied für 'ne Selbsthilfegruppe."

„Hey, jetzt sei nicht unfair. Der hatte echt was drauf", schaltet sich Bassist Tobias ein und beginnt ebenfalls, sein Equipment wegzuräumen. Seine hellblonden, mit Gel gestylten Haare wippen bei jeder Bewegung. Marlena wirft ihm einen vielsagenden Blick zu. „Ja, technisch vielleicht. Aber kannste dir den auf der Bühne vorstellen, wenn wie auf dem Festival in Potsdam letzten Sommer die Technik versagt und wir zehn Minuten lang ohne Ton improvisieren müssen? Der kriegt doch 'nen Herzinfarkt!"

Mit zielstrebigen Schritten steuert sie aus dem Proberaum und lässt sich resigniert in die Sitzecke des Aufenthaltsraums fallen, mitten in das Chaos aus leeren Bierflaschen auf dem Tisch, halbvollen Merchandise-Kisten, uralten Postern ihrer Lieblingsbands und losen Ersatzkabeln. Die verschlissene Eckbank, die lange Holztheke, der alte Küchentisch und der Kühlschrank, der nur sporadisch funktioniert – schon oft hatten Marlena und ihre Mitmusiker diesen Vorraum als Zuflucht, als Kreativschmiede, als Ort ausgelassener Bandpartys genutzt. Heute jedoch scheint ein Schleier der Frustration über den paar Quadratmetern zu hängen.

Nach und nach folgen die anderen ‚Freifahrtschein'e ihrer Sängerin in den Aufenthaltsraum. Tilman lässt sich auf einen der alten Klappstühle fallen und legt die Füße auf den Tisch, Tobi steuert den Kühlschrank an. Nur Lukas bleibt an der Verbindungstür stehen und blickt resigniert zu Boden. Sein lässiges Outfit aus einem verwaschenen Bandshirt und locker sitzenden Jeans kann seine Anspannung nicht verbergen, als er sagt: „Trotzdem. Du kannst die Leute nicht dafür verantwortlich machen, dass sie nicht Ruben sind. Das wird nie jemand sein." Der Resonanzraum der Worte ist riesig. Tobias öffnet sich ein Bier, reicht Marlena auch eins, setzt sich zu ihr auf die Eckbank.

Stille breitet sich in der gemütlichen Sitzecke aus. Alle hängen ihren Gedanken nach. Nach einigen Minuten bricht Marlena das Schweigen und hebt ihre Flasche.

„Tja. An dieser Stelle noch einmal herzlichen Dank an Tony und seine blöde Metalband. Auf dass ihr Typen Spaß mit unserem Keyboarder habt!"

„Mein Gott, Marlena, wir haben's geschnallt", schallt es von der Tür her. Frank ist sichtlich verstimmt. „Ruben ist einfach der Geilste und eh nicht zu ersetzen, und du bist verdammt sauer auf ihn, dass er ‚Freifahrtschein' im Stich gelassen hat, weil er sich seinen beschissenen Traum verwirklichen will. Willst du die Band jetzt auflösen? Ist es das, was du willst?"

Wie jedes Mal, wenn Frank seine „Ich bin Profi, hab dich durchschaut und erzähl dir jetzt mal, wie die Welt funktioniert"-Masche ausspielt, trifft es Marlena bis ins Mark. *So viel Theatralik!*

„Nein, verdammt. Aber du musst mal langsam kapieren, dass ‚Freifahrtschein' keine Schulband mehr ist, die sich das Risiko leisten kann, in drei Monaten wieder ein neues Bandmitglied suchen zu müssen!" Hitzig steht die Sängerin auf. „Wir gehen ab nächsten Monat auf Headliner-Tour, unsere Mucke wird im Radio gespielt, wir haben 'ne Fancommunity und sind zumindest mit einem Auge im Fokus der Presse – sorry, aber da reichen zehn Jahre Klavierunterricht und ein nettes Lächeln einfach nicht aus! Wir brauchen Verlässlichkeit, wir brauchen Leidenschaft, wir brauchen Chemie auf der Bühne, Frank!"

Wenn Frank Baltes eins hasst, dann ist es, belehrt zu werden. Wütend funkelt er Marlena an. „Kind, ihr habt einen verdammten Ruf zu verlieren! Ich glaube, dir ist der Ernst der Lage nicht bewusst – wenn ihr kommende Woche keinen Ersatz für Ruben habt, könnt ihr langsam aber sicher anfangen, Konzerte abzusagen! Und dann brauchst du auch keine Chemie mehr auf der Bühne, weil ihr dann nämlich verdammt nochmal in eurem beschissenen Proberaum verrottet."

Lukas hebt abwehrend die Hände. Er scheint zu seinem diplomatisch-selbstsicheren Ich zurückgefunden zu haben. „Hohoho, jetzt schlagt euch mal nicht die Köpfe ein, Kinners!" Ruhig legt er Marlena eine Hand auf die Schulter und drückt sie sanft auf die Sitzbank zurück, um sich gleich darauf neben sie fallen zu lassen. Mit beruhigendem Blick sieht er den wütenden

Bandmanager an, stützt seine Arme auf der Tischplatte ab, als wolle er einen Vortrag halten. „In einem muss ich Marlena Recht geben, Frank. Der Typ hat wirklich nicht zu uns gepasst. Du kannst keinen Tastenperfektionisten, der alles vom Blatt abspielt, in eine dynamische Live-Band stecken und erwarten, dass der das Ding zum rocken bringt! Das funktioniert nicht, und vor allem funktioniert das nicht mit nur zwei Wochen Zeit bis zum nächsten Gig. Wir sind alle frustriert, glaub mir das bitte. Aber anstatt uns jetzt noch gegenseitig die Haare auszureißen, sollten wir lieber überlegen, wie es weitergehen soll."

Frank schnaubt und greift nach seinem Schal. „Okay. Das hier führt jetzt zu nichts. Einen hab' ich noch, Leute, danach müsst ihr selber zusehen, wo ihr 'nen Ersatz für euren Keyboardgott herbekommt." Er klopft auf den Tisch und wendet sich zur Tür. „Morgen, 18 Uhr hier. Seid pünktlich."

„Verrätst du uns wenigstens noch seinen Namen?", hält Tobias den Manager auf. Im Umdrehen sagt Frank: „Sascha oder so was, irgendwas mit S. Der Typ ist gut, stand schon mit ungefähr jeder namhaften deutschen Coverband auf der Bühne. Ist mir von 'nem Bekannten empfohlen worden." Bedeutungsvoll hält er inne. „Seid nett zu ihm!" Dann verschwindet er und die schwere Stahltür des Aufenthaltsraums fällt zu.

Aus dem Augenwinkel sieht Marlena, wie Lukas neben ihr ergeben die Augen schließt und sich die dunkelblonden Haare rauft. „Boah, kann den Typ mal bitte jemand umbringen?" Tilman macht eine ausladende Handbewegung und grinst amüsiert. „Er ist euer Freund, ihr habt den angeschleppt", sagt er bedeutungsvoll und schielt zu Marlena, die sich seit ihrem Ausbruch noch nicht wieder gerührt hat. Die Sängerin seufzt leise. Jetzt bitte nicht noch Diskussionen über die Band-Innenpolitik! Ihre Frustration ist sowieso schon grenzenlos, denn Frank hat leider Recht: Sie ist verletzt und wütend, weil Ruben die Band verlassen hat – so unfair das auch sein mag.

Sie piddelt das Etikett ihrer Bierflasche ab und schüttelt den Kopf. „Ich könnt' ihn grad auch durch die Tür treten, aber ihr dürft nicht vergessen, wie viel Gutes er schon für ‚Freifahrtschein' bewegt hat. Ohne Frank hätten wir Tobi niemals gefunden, wir hätten niemals irgendeine Booking-Agentur dazu überredet bekommen, mit uns eine Tournee zu planen, und ob irgendjemand von uns die Hartnäckigkeit und die Connections gehabt hätte, unsere Musik ins Radio zu katapultieren, wage ich auch mal stark zu bezweifeln." Sie setzt sich auf. „Von der Kohle, mit der er in dieser Unternehmung drinsteckt, mal ganz abgesehen."

Lukas winkt ab. „Ja, schon gut, er hat Recht. Wir müssen uns zusammenreißen."

Tilman sieht sie mit festem Blick an. „Ja. Er aber auch."

Marlena erwidert seinen Blick. Sie weiß, was er meint. Manchmal genießt Frank seine Stellung in der Band eben einfach zu sehr.

Eine Stunde später verlassen die vier Freunde den Proberaum. Es ist dunkel, draußen hat es wieder zu schneien angefangen. Tobi und Tilman verabschieden sich schon auf dem Parkplatz des großen Hallenkomplexes im Industriegebiet, sie sind noch mit Freunden auf ein Bier in Ehrenfeld verabredet. Lukas und Marlena steuern über den verschneiten Innenhof auf Lukas' Auto zu. Marlena fröstelt, als sie sich auf den kalten Sitz fallen lässt. „Meine Fresse, ist das kalt. Weihnachten ist vorbei, der Frühling darf jetzt gerne seinen Dienst antreten!" Lukas lächelt, während er den Motor startet. Er wirft seiner besten Freundin einen Seitenblick zu. „Wir können froh sein, dass Winter ist. Hätten wir keine saisonbedingte Konzertpause gehabt, wäre Rubens Ausstieg ganz schön scheiße gewesen. Dann hätten wir echt Konzerte absagen müssen." Marlena nickt im Dunklen. Stille durchflutet das Auto.

„Is' doch alles zum Kotzen", sagt die 30-Jährige irgendwann leise. Lukas greift nach ihrer Hand, während er sich in den Verkehr einordnet. „Ruben ist einfach ein guter Keyboarder gewesen. Is' doch klar, dass es uns jetzt nicht leichtfällt, ihn zu ersetzen. Aber jetzt muss es weitergehen." Er hält bedeutungsvoll inne. „Und das wird es, wirst sehen."

Ich hoffe es, denkt Marlena, als sie vor ihrer Wohnung in Köln-Deutz aussteigt und die Wohnungstür aufschließt. *Ich hoffe es sehr.*

***

Tilman und Tobias sitzen währenddessen an einer Bahnhaltestelle in Köln-Buchforst und unterhalten sich über dasselbe Thema.

„Ich könnt' Ruben echt vierteilen, Mann." Tilman dreht sich eine Zigarette und starrt dabei düster auf die Bahnschienen. „Fünf Jahre haben wir in diese verflixte Band gesteckt. Fünf gottverdammte Jahre! Und jetzt, wo es so richtig losgeht, haut er ab."

Der Schneefall verdichtet sich. Schon seit mehr als zehn Minuten zeigt die elektronische Anzeige der Bahn den grellen Schriftzug „Linie 3 Mengenich 5 Min" an. Noch immer keine Spur von hellen Lichtern in der Ferne. Tobi gähnt und streckt die Beine von sich. „Ach weißt du, Tilman, ich kann ihn verstehen. Ich meine, wenn wir ehrlich sind, dann sind wir alle ein bisschen neidisch, aber wir haben immer gewusst, dass er nicht ewig bei uns bleibt."

Tilman legt die Stirn in Falten. „Ist das so? Ich hab' das nicht gewusst."

Tobi lacht trocken auf. „Ach erzähl doch keinen Scheiß! Seit wir fünf uns kennen, treibt Ruben uns in jeder freien Minute mit seiner Metalmucke in den Wahnsinn. ‚Guck mal, Tony und seine Band gehen wieder auf Tour', ‚Guck mal, die haben 'ne neue DVD veröffentlicht' – ich konnt's schon nicht mehr hören. Dieser Mensch ist musikalisch wandelbar, und davon haben wir jahrelang profitiert, aber sein Herz hat immer für Power Metal geschlagen." Er sieht Tilman fest in die Augen. „Und mal ehrlich – kannst du ihm verübeln, dass er seinen Traum verwirklichen will, wenn er ihm schon so auf dem Silbertablett serviert wird? Ich kann's nicht."

Mürrisch zündet Tilman seine Zigarette an. Tobi hat Recht, das weiß er ganz genau. Es ist noch nicht einmal so, dass Ruben aktiv dafür gearbeitet hat, in einer anderen Band spielen zu können. Er kannte nur einfach die richtigen Leute, und als der ehemalige Keyboarder seines langjährigen Kumpels aus Finnland im vergangenen Herbst aus gesundheitlichen Gründen die Band verlassen musste, hatte man ihn angerufen – und ihm die Chance seines Lebens geboten. Missmutig verzieht Tilman den Mund. Das einzige, was ihn nervt, ist die Tatsache, dass diese Chance das Leben von vier weiteren Menschen so gravierend beeinflussen muss.

„Ich nehme ihm ja gar nichts krumm", seufzt er und bläst den Rauch durch die Nase aus. „Und ey – ich bin auch kein Kollegenschwein: Das alles ist 'ne geile Sache für ihn, keine Frage." Er sieht Tobi von der Seite an. „Aber du musst schon zugeben: Zeitlich ist das für uns alles ganz schön suboptimal gelaufen."

Tobi nickt, da kann er leider nicht widersprechen. Sie alle, inklusive Ruben, waren einfach naiv gewesen – hatten gedacht, es werde sicherlich kein Problem sein, das Album noch gemeinsam einzuspielen und auch die ursprünglich klein geplante Tournee noch in der alten Besetzung zu wuppen. Doch dann war Ruben plötzlich ständig in Finnland gewesen. Die Aufnahmen der ‚Freifahrtschein'e hatten sich verzögert, immer mehr Tour-Termine waren eingetrudelt - ja, und dann, kurz vor Weihnachten, war Ruben eben von seinen neuen Bandkollegen vor vollendete Tatsachen gestellt worden: *Ab Januar brauchen wir dich fest für Promotion-Termine und Tourvorbereitungen in Finnland.* Wie ein Häufchen Elend hatte er am Proberaum-Tisch gesessen und ihnen die „frohe Botschaft" überbracht – dass er vor lauter Schuldgefühlen nicht in Tränen ausgebrochen war, war alles gewesen.

Einen Moment lang hängen beide Musiker ihren Gedanken nach. Die Anzeigetafel ist endlich auf zwei Minuten runtergesprungen. Tilman steht auf und hüpft zweimal auf und ab, um sich wieder etwas aufzuwärmen. Die Kälte ist fast nicht auszuhalten.

„Ich finde, anstatt jetzt Trübsal zu blasen, sollten wir Ruben sein Glück gönnen und uns freuen, dass er dazu beigetragen hat, dass wir heute da stehen, wo wir jetzt sind", ist es wieder Tobi, der versucht, fröhlichere Töne anzuschlagen. Er grinst Tilman an. „Ich meine, hallo? Hättest du vor 'nem Jahr noch gedacht, dass wir jetzt schon im Januar über vierzig Auftritte fest gebucht haben würden? Dass wir verdammt nochmal in der LIVE MUSIC HALL spielen würden?" Er lacht. „Dass mich Mädels im Supermarkt ansprechen, ob ich nicht der Bassist von der Band mit diesem Lied aus dem Radio bin, wie hieß das noch gleich...?" Tilman schmunzelt belustigt. „Wann is' dir das denn passiert?!" Tobi zuckt die Achseln und lacht. „Tja."

Gedankenverloren schüttelt Tilman den Kopf. „Ey Alter, wir haben Fans, ist dir das klar? Echte Fans. So viele, dass wir Clubs in ganz Deutschland vollmachen können." Er lacht kurz auf. „Wann ist das denn passiert?"

Tobi blickt die Bahnschienen entlang. Endlich tauchen zwei kleine Lichter in der Ferne auf. „Irgendwann im letzten Jahr. Ich glaub, ich war da krank oder so." Ehe sie weiter über ihren beginnenden Erfolg fachsimpeln können, hält endlich die Bahn neben ihnen. Die Nacht kann beginnen.

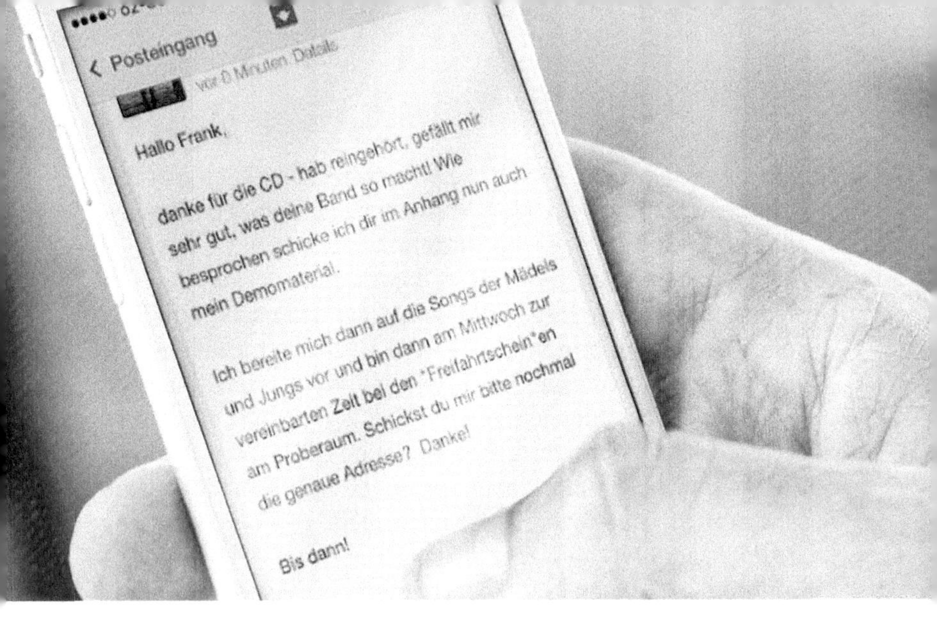

15 Tage bis Tourstart

Marlena sitzt am Frühstückstisch in ihrer Wohnung und liest Zeitung, als das Telefon klingelt. Sie erkennt die Nummer sofort. Bis nach dem fünften Klingeln zögert sie abzuheben, entscheidet sich schließlich aber doch dafür.

„Schuster?“

„Gottlob hier. Hallo Frau Schuster.“

„Frau Gottlob. Schönen guten Tag.“

„Ich wollte mich erkundigen, ob es Ihnen gut geht.“

Marlena verzieht das Gesicht. *Diese Frau verschwendet keine Zeit.*

„Mir geht es gut. Danke. Ist nur recht viel zu tun momentan.“

„Ach wirklich?“ Nachdrückliches Schweigen.

Marlena räuspert sich. „Ja. Wissen Sie, wir stehen ja kurz davor, mit ‚Freifahrtschein‘ auf Tour zu gehen, und unser Keyboarder hat uns kurz vor Weihnachten verlassen, weil…“

„Frau Schuster, Sie haben zwei Sitzungen verpasst. Die eine haben Sie aus fadenscheinigen Gründen abgesagt, zu der anderen sind Sie einfach nicht erschienen. Was ist los?“

Die Sängerin muss schlucken. Sie hätte wissen müssen, dass sie damit nicht durchkommt.

„Ich...Frau Gottlob, wissen sie, mir geht es wirklich gut momentan. Ich habe viel zu tun, komme wenig zum Nachdenken. Machen Sie sich bitte keine Sorgen."

„Frau Schuster, es geht nicht darum, dass ich mir Sorgen mache. Ich bin nicht Ihre Mutter, der Sie Rechenschaft darüber ablegen müssen, warum Sie gestern Nacht nicht nach Hause gekommen sind. Aber als Ihre Therapeutin muss ich Ihnen einfach sagen, dass Sie sich Ihnen selbst gegenüber momentan grob fahrlässig verhalten. Das wird sich noch bitter rächen." Irene Gottlob schweigt einen Moment und fährt dann mit sanfterer Stimme fort. „Es ist noch nicht vorbei, das wissen Sie doch, oder?"

Mehrere Sekunden lang kann Marlena nicht antworten. Mit leerem Blick sieht sie aus dem Fenster in den trüben Morgen hinaus. Die Bäume im Garten hinter ihrem Haus kommen ihr mit einem Mal sehr bedrohlich vor.

„Ich weiß, Frau Gottlob." Sie holt Luft, um die Angst, die ihr langsam den Rücken hochkriecht, zu vertreiben. „Wann haben Sie den nächsten freien Termin?"

***

Einige Stunden später schlägt Frank Baltes auf dem Parkplatz vor dem ‚Freifahrtschein'-Proberaum seine Autotür zu. „Simon! Wie schön", begrüßt er den großen, unter einem dicken Schal vermummten Mann, der lässig gegen die Backsteinmauer des Proberaumkomplexes gelehnt auf ihn wartet. „Du wirst sehen, die vier sind großartig", ruft er bereits, als er noch gar nicht bei dem neuesten Keyboard-Anwärter angekommen ist und mit großen Schritten über den Schotterparkplatz eilt. Sein Grinsen wirkt festgetackert, nicht aufrichtig. Simon Voigt erwidert sein Lächeln um einiges distanzierter. Typen wie Frank kennt er nur allzu gut, die Musikbranche wimmelt nur so von ihnen. Er fühlt sich in ihrer Gegenwart immer so, als würde ihm ein übereifriger Immobilienmakler eine völlig überteuerte Wohnung andrehen wollen. Eine, bei der sich der Schimmel durch die Wände frisst.

„Ich bin gespannt", erwidert der Keyboarder lapidar und stößt sich von der Wand ab. Das ist er wirklich. Seit mehr als einem halben Jahr sucht er nach einer Band, in der er seine Ideen einbringen und sich verwirklichen kann. Als Aushilfsmusiker mit vielen verschiedenen Bands zu spielen macht Spaß, es fordert ihn und bringt vor allem Geld. Doch schon mit neunzehn Jahren war Simon von seinem Klavierlehrer gesagt worden, dass er seine Zeit verschwende, wenn er nur als Auftragsmusiker arbeite; damals hatte er gerade in einer ‚Bon Jovi'-Coverband als Keyboarder angefangen. Fast fünfzehn Jahre hatte es bis zu der Einsicht gedauert, dass sein Mentor Recht hatte: Nur vom Blatt zu spielen reicht Simon schon lange nicht mehr. Er will Songs schreiben. Er will arrangieren. Er will Musik *machen*, nicht nur spielen. Egal, ob die Musikbiz-Maschinerie ihn dafür feiern wird oder nicht.

Frank öffnet die Tür zum Gebäude und lässt dem Musiker den Vortritt in den großen Proberaumkomplex. „Insgesamt residieren hier 16 Bands verschiedenster Richtungen. Die ‚Freifahrtschein'e haben den größten und letzten, ganz hinten durch."

Verständnisvoll nickend hört Simon dem Manager mit halbem Ohr zu. Er hat schon in weitaus schöneren und in weitaus abgeranzteren Etablissements geprobt. Franks Nervosität ist geradezu nervtötend. Als er ihm letzte Woche im Proberaum seines Kumpels Mario vorgestellt wurde, war ihm das gar nicht so aufgefallen. Leise seufzt Simon. *Das kann ja heiter werden.*

Die Tür am Ende des Flurs öffnet sich. „...mach mir schon mal ein Bier auf, Alter, ich muss nur kurz telefonieren." Ein großgewachsener, dunkelblonder Typ in Karohemd und Ziegenbart kommt aus dem Raum. Franks Körper versteift sich, so groß ist seine Angst um den guten Ersteindruck. In Simons Augen wird der Manager immer lächerlicher.

„Tilman, darf ich dir Simon Voigt vorstellen? Er spielt Keyboard", erklärt er unnötigerweise. *Als wäre das nicht völlig klar!*

Tilman grinst vielsagend und hält Simon die Hand hin. „Hey, ich bin Tilman." Er zwinkert ihm zu. „Cool, dass du da bist. Ich bin der Drummer von ‚Freifahrtschein'." Er wendet sich an

Frank. „Geht doch schon mal rein, Tobi und Luke sind auch schon da. Ich muss nur noch mal kurz vor die Tür, dann können wir schon mal ne Runde jammen.“ Auf Anhieb ist der Schlagzeuger Simon sympathisch. „Jo, gerne.“ antwortet er, während Frank fast hektische Flecken bekommt. „Es ist schon kurz vor sechs, wo ist denn Marlena?“ Im Weglaufen ruft Tilman ihm hinterher. „Die hat ‘nen spontanen Arzttermin.“ Er dreht sich kurz um und wirft Frank einen bedeutsamen Blick zu. „Ist wichtig.“

Frank nickt unwirsch und schiebt Simon vor sich in den Proberaum. Natürlich hat er Tilmans Blick verstanden. *Aber Vereinbarung ist verdammt noch mal Vereinbarung, oder etwa nicht?*

***

Marlena steht währenddessen am Hauptbahnhof an ihrer Bushaltestelle und flucht. *Mit dem Bus von hier zum Proberaum zu kommen wird ewig dauern!* Ihre Therapeutin hatte ihr kurzfristig nur noch diesen einen Termin anbieten können und ihr gleichzeitig sehr ans Herz gelegt, ihn doch bitte auch wahrzunehmen – schließlich sei die letzte Sitzung ja nunmehr schon drei Wochen her. *Frank wird ausflippen! Das ist überhaupt keine Frage.*

Doch nicht nur das bevorstehende Casting sorgt dafür, dass Marlenas Kopf brummt. In Gedanken ist sie schon bei der bevorstehenden Tour – geht Termine durch, denkt über Setlisten und Durchlaufproben nach, überlegt, was noch alles mitzunehmen ist. Zwar liegt die Organisation der Tournee selbst ganz klar in Franks Händen und für die technische Abwicklung vor Ort ist eine Tour-Crew zuständig, sodass Marlena sich weder um Hotelbuchungen und Gespräche mit Veranstaltern noch um Transport oder Aufbau ihres technischen Equipments kümmern muss. Aber Marlena wäre nicht Marlena, wenn sie bei den Dingen, die direkt um sie herum passieren, nicht zumindest mitdenken oder nachfragen würde – schließlich ist es noch nicht allzu lange her, dass sie sich um das Management von ‚Freifahrtschein' mit Lukas' Hilfe allein gekümmert hat. Diese Tournee wird die erste, zusammenhängende Clubtour der ‚Freifahrtschein'e sein, und die Tatsache, dass sie keine Ahnung hat, was genau auf sie zukommt, macht ihr zugegebenermaßen ein wenig Angst.

Vier Tage die Woche werden sie on the road sein, was eigentlich sogar ungewöhnlich wenig ist für eine Deutschlandtournee. Die allermeisten Bands sind wochenlang am Stück unterwegs und gönnen sich zwischendurch lediglich ein paar Off-Tage in den jeweiligen Tourstädten. Dass das bei ‚Freifahrtschein' anders ist, liegt an ihr, Marlena, allein – und dass das so sein muss, ist für sie auf der einen Seite ein gewaltiger Dorn im Auge, auf der anderen aber auch ein unbezahlbares Geschenk, welches sie sehr zu schätzen weiß – besonders jetzt, nachdem sie die vergangene Stunde mal wieder im Büro von Irene Gottlob verbracht hat.

Ihr Handy klingelt genau in dem Moment, als die Buslinie 260 endlich um die Ecke biegt. Sie kennt die Nummer. „Schuster, is' ganz schlecht grad", witzelt sie nur halb ernst. Der Bus öffnet seine Türen und sie steigt ein, in der Tasche noch nach ihrem Ticket kramend.

„Linda hier. Hast du morgen Abend schon was vor?"

Marlena lässt sich auf einen der vorderen Sitze fallen und seufzt leise. Auch wenn es ihre beste Freundin ist, für Freizeitplanungen am Telefon hat sie jetzt entschieden keine Zeit – so ernst war ihre Begrüßung dann doch gewesen.

„Was genau an ‚Is' grad schlecht' hast du nicht verstanden, Schatz?", fragt sie liebevoll. Im Grunde freut sie sich riesig, von Linda zu hören. Viel zu selten hat sie sie gesehen in den vergangenen Wochen.

Linda lacht leise. „Also was ist nun, kannst du, oder kannst du nicht?", geht sie gar nicht erst auf den Widerstand ihrer Freundin ein.

„Warum denn?"

Ein Seufzen. „Weil wir, wenn du kannst, den Musical Dome aufsuchen und uns ‚Cats' angucken."

Jetzt muss Marlena lachen. „Warum das denn bitte? Du hast dich doch die letzten zwei Monate auch erfolgreich darum gedrückt. Hast du bei André was gut zu machen?"

Seit etwa einem halben Jahr hat Linda ein Verhältnis mit dem Musicaldarsteller André Hess. Einer der vielen Schönheitsfehler an dieser Beziehung: Linda hasst Musicals.

„Pft, dem geht das doch sowieso am Arsch vorbei." Das wiederum lässt Marlena aufhorchen. Ihre Freundin zu einem gemütlichen Musicalbesuch zu begleiten ist die eine Sache. Ihr eine gute Freundin zu sein, wenn sie gebraucht wird, eine ganz andere. „Was ist passiert?", fragt sie und beobachtet aus dem Augenwinkel eine junge Frau, die sie aus der Sitzreihe schräg gegenüber zu beobachten scheint. In letzter Zeit ist es häufiger geworden, dass die Leute sie auf der Straße erkennen – und auch wenn es bisher selten vorgekommen ist, dass sie tatsächlich angesprochen wurde, ist Marlena sich in solchen Situationen immer überaus bewusst, dass im schlimmsten Fall jedes ihrer Worte mitgehört werden könnte. Ein Gefühl, das ihr überhaupt nicht gefällt.

„Wir sehen uns kaum noch", holt Linda sie wieder zurück in ihr Telefongespräch. „Seit diesem beschissenen Engagement bei ‚Cats' ist André nur noch im Musical Dome. Und für ‚Lindsey's Dream of Hollywood' hat er auch keine Zeit mehr." Was für Marlena ihre Band ‚Freifahrtschein' ist, ist für Linda ihr Singer-Songwriter-Projekt. Mit André.

„Aber hast du nicht gesagt, dass er 'nen Halbjahresvertrag über sechs Shows die Woche hat?", bemüht sie sich, leise zu sprechen. „Wenn die keine regulären Zweitbesetzungen bei ‚Cats' haben, ist das ein Knochenjob, Linda."

Marlena kann den Musicalsänger, auf den ihre beste Freundin sich da eingelassen hat, zwar auf den Tod nicht ausstehen, aber sie ist selbst viel zu sehr mit musikalisch bedingten Zeitproblemen vertraut, um ihn jetzt nicht wenigstens pro Forma in Schutz zu nehmen.

„Ich weiß. Ich werf' ihm ja auch gar nichts vor. Da hab' ich ja auch gar nicht das Recht zu." An Lindas Stimme ist deutlich zu hören, dass da noch etwas anderes ist. Marlena hakt trotzdem nicht weiter nach. Das muss warten. Zumindest, bis sie aus diesem Scheiß-Bus raus ist.

„Ich will ihn halt nur mal wiedersehen, weißt du?", fügt Linda nach einer Schweigesekunde hinzu. Auch, dass es ziemlich fragwürdig ist, einen Bühnenauftritt des Mannes, in den man offenkundig ganz schön verschossen ist und mit dem man seit über sechs Monaten schläft, als Wiedersehen zu bezeichnen, wird Marlena Linda später sagen müssen. Sie schließt die Augen. *Das Gespräch wird klasse, so viel ist klar.*

„Okay, ich bin dabei", stimmt Marlena dem Musicalabend zu. Sie wollte sich ‚Cats' ohnehin ansehen, solange die Produktion in Köln bleibt. „Ich muss jetzt trotzdem Schluss machen. Ich komm zu spät zu unserem gefühlt zweimillionsten Keyboardercasting."

„Ich drück euch die Daumen! Ich lass uns dann über André auf die Gästeliste setzen, okay?", erwidert Linda.

„Ist gut. Bis morgen dann." Marlena steht auf und macht sich fürs Umsteigen in den nächsten Bus bereit. In gut 25 Minuten müsste sie am Proberaum ankommen... 45 Minuten nach anberaumtem Beginn des Castings.

***

„Na, dann zeig mal, was du draufhast." Lukas setzt seine Kappe ab und wirft dem neuen Keyboard-Anwärter einen aufmunternden Blick zu. Die vier Musiker haben sich gerade im Proberaum eingefunden. Frank ist im Aufenthaltsraum geblieben, „zum telefonieren", – wahrscheinlich hat er einfach keinen Nerv mehr, einen weiteren Tastenschläger scheitern zu sehen.

„Okay, was wollt ihr hören?", fragt Simon, und lässt sich auf den Keyboardhocker fallen. Er wird auf einem der alten Probenkeyboards von Ruben spielen, die dieser vorrübergehend noch dagelassen hat. Gedankenverloren klimpert er ein paar Töne, um die Klaviatur anzutesten. Tilman beugt sich hinter seinem Drumset nach vorn. „Frank hat dir gemailt, was wir so spielen?"

Simon nickt. „Woll'n wir mal mit ‚Analog' anfangen?" Tilman macht eine zustimmende Handbewegung und wirft Lukas unauffällig einen bedeutungsvollen Blick zu. Mit ‚Analog' wollte noch keiner der bisherigen Keyboarder anfangen. Das Stück gehört in Sachen Keyboardsounds und Spielweise zu den anspruchsvollsten im Set – so minimalistisch die Nummer auch ist: Hier steigt und fällt alles mit der Stimmung, die der Mann an den Tasten transportieren und vorgeben kann. Tobi lehnt sich zurück. „Na dann los. Fang mal an, wir setzen dann ein – heute stehst du im Fokus!"

Simon schließt die Augen und atmet durch. Er weiß, die Jungs musikalisch zu beeindrucken sollte ihm nicht schwerfallen. Nicht nur, dass er jahrelange Banderfahrung hat, ‚Analog' gehört auch zu seinen Lieblingsliedern, seit er zum ersten Mal in Franks Demo-CD der Band reingehört hat.

Die Nummer wirkt beim ersten Hören monoton, fast hypnotisch und sehr simpel, fordert ihn am Keyboard aber durch ihr sphärisches Sounddesign heraus und erlaubt ihm, ein bisschen zu experimentieren – kurzum: Es ist keine seichte Popnummer, die man einfach mal so herunterspielt. An solchen Stücken hatte er immer schon am meisten Spaß. Aber zu guter Musik gehört auch die Chemie zwischen den Musikern. Ob die stimmt, ist er selbst gespannt. Er greift den Anfangsakkord und beginnt zu spielen. Im Kopf geht er kurz die Melodie durch, dann lässt er sich in sein Spiel fallen. Die Umgebung verschwimmt, wichtig sind nur noch seine Hände und das Keyboard. Wie jedes Mal, wenn er die Tasten unter seinen Fingerspitzen spürt, fühlt er sich zuhause.

Lukas beobachtet den Keyboarder wachsam. Mit jeder Note merkt man, wie viel Erfahrung, wie viel Freude in seinem Spiel steckt. Er lächelt, als er seine ersten Töne spielt. Das könnte was werden, denkt er. *Ja, eindeutig.*

***

Als Marlena den Aufenthaltsraum betritt, ist die Combo bei ‚Sintflut' angelangt – nur klingt es dieses Mal um Längen besser als bei den letzten Castings. Erfreut legt die Sängerin den Kopf schief und lauscht, während sie ihre Jacke an den Haken neben der Tür hängt. Frank, der mit seinem Handy in der Sitzecke hockt und offenbar Mails beantwortet, während die Jungs drinnen seinen Schützling in die Mangel nehmen, schaut mit demonstrativ vorwurfsvollem Blick auf. „Du bist spät", sagt er. Marlena nickt nur. Sie hat weder Lust, Frank von ihrem Termin bei Frau Dr. Gottlob zu erzählen, noch sieht sie eine Veranlassung dazu. Er weiß eh längst Bescheid, wo sie war – dafür werden die Jungs schon gesorgt haben. „Es gibt wichtigeres als Castings, weißt du?", murmelt sie deshalb gereizt und geht zielstrebig an ihrem Manager vorbei. Frank zischt durch die Zähne. „Deine Haltung kann mich echt nur wundern", zischt er, ohne Blickkontakt zu suchen. Eine Diskussion würde jetzt eh nichts bringen.

Marlena legt ihre Tasche ab und konzentriert sich auf die aus dem Proberaum dringenden Töne. Gerade ist die Band im zweiten Refrain angekommen, danach kommt sie: Ihre Lieblingsstelle, mit Rubens epischem Synthi-Solo und dem anschließenden Übergang in das gesangliche Finale des Songs.

Es ist schwer zu überhören, dass der Keyboarder gut ist. Souverän und ungezwungen klimpert er seine Figuren in die Bridge, als hätte er schon viele Male mit den anderen Bandmitgliedern geprobt. Der Typ hat seine Hausaufgaben gemacht, stellt Marlena fest.

Anstatt direkt in den Proberaum zu gehen, bleibt sie kurz an der Türe stehen und hört von draußen zu. Sie will nicht riskieren, dass die Band ihr Spiel unterbrechen muss, dafür sind die Jungs viel zu sehr im Flow. Tilman und der Keyboarder liefern sich gerade ein Duett aus Akzenten, wie es nur geübte Musiker beim ersten Mal hinbekommen können. Sie schließt die Augen.

Und nach Dir die Sintflut
Ich habe viel zu lang geträumt
Und nach einem Grund gesucht
Der uns wieder vereint

Und nach Dir die Sintflut
Nicht mal ein Sturm vor dem ich ruh'
Alles was danach kommt
bist nicht du

Der Text fließt durch ihren Kopf und wird eins mit der Musik. Dass sie mitsummt, bemerkt sie nicht. Das einzige, was sie hört, ist dieses grandiose Keyboardspiel. *Wenn er jetzt noch nett ist, haben wir gewonnen!*

Ein kleines Lächeln verirrt sich auf Marlenas Lippen, bevor sie die Tür öffnet – und ihr alle Gesichtszüge mit einem Mal entgleisen.

„Simon?!" Direkt, nachdem ihr dieser Ausruf über die Lippen gegangen ist, könnte Marlena sich dafür ohrfeigen. „Schuldig im Sinne der Anklage" oder sonst irgendetwas betont Witziges wird Simon darauf antworten, das weiß sie ganz genau. Und wenn ihr nach einer Sache jetzt ganz sicher nicht zumute ist, dann nach lockerem „Long time no see"-Smalltalk auf der Gute-Laune-Welle.

Doch Marlena irrt sich. Gewaltig sogar. „Marlena. Schön, dich wiederzusehen", ist alles, was Simon zur Begrüßung sagt. Er sieht anders aus als damals: Seine Haare sind nicht mehr so lang und fallen ihm heute nur noch knapp über die Schultern. Seine Rockerklamotten hat er auch zuhause gelassen, in ausgewaschener Bluejeans und einem leichten grauen Pulli sitzt er da hinter Rubens Keyboard, ein Bein über das andere geschlagen, und sieht sie an. Es liegt keinerlei Ironie in seinem Blick, keine Überheblichkeit – höchstens etwas Wachsamkeit mischt sich in sein verhaltenes Lächeln, während sich alle Augen im Proberaum auf Marlena richten. *Was will der Kerl bloß hier*, fragt sie sich.

„Wie schön, ihr kennt euch", unterbricht Tilman grinsend Marlenas Gedanken. Ihr Blick bleibt zerstreut auf ihm hängen. „Ja, das tun wir wohl", nuschelt sie.

Die kurze Stille, die auf diese knappe Antwort folgt, ist so unerträglich, dass sie fast dankbar ist, als Simon das Wort ergreift. „Marlena und ich sind uns über den Weg gelaufen, als ich noch als Keyboarder in einer ‚Bon Jovi'-Coverband gespielt hab." *Es ist fast abartig, wie souverän er wirkt.*

„Ach echt? Kennt man die?", fragt Tobi interessiert. Er war schon immer derjenige in der Band, der am wenigsten Gespür für heikle Situationen hatte – etwas, das Marlena in diesem Moment sehr zugute kommt.

„Könnte sein. ‚Tommy and Gina'?"

„Ach krass, ich glaub, die hab' ich mal auf 'nem Stadtfest oder so gesehen! Ihr wart eigentlich ganz gut im Geschäft, oder?" Tobi ist nicht aufzuhalten.

„Ja, aber ich bin schon seit drei, vier Jahren nicht mehr dabei", antwortet Simon.

„Ach, wie kommt's?" Die Worte kommen schneller aus Marlenas Mund, als sie sich hätte bremsen können. Mit desinteressiertem Blick versucht sie ihre Neugierde zu kompensieren. Simon muss ja nicht gleich merken, dass diese Information sie brennend interessiert – auch wenn sie sich selbst nicht ganz erklären kann, wieso eigentlich.

Simon erwidert ihren Blick fest. Seine Worte wirken bedacht: „Es wurde einfach irgendwann zu viel. Außerdem kommt vermutlich für jeden mal der Punkt, wo er sich selbst verwirklichen möchte."

Fast hätte sie aufgelacht. *Sich selbst verwirklichen?* Das klingt in ihren Ohren fast wie der Witz des Jahrhunderts.

Wieder ist es Tobi, der die Situation rettet. „Ja, das kann ich verstehen. Ich hab' auch früher mal Covermucke gemacht, aber die Freiräume, die du da hast, reichen echt nur dann aus, wenn du's ausschließlich machst, um Kohle zu verdienen. Als Job? Okay. Aber als echter Herzblut-Musiker wird das auf Dauer einfach übelst langweilig."

Ohne Marlena aus den Augen zu lassen, antwortet Simon: „Ja, irgendwann kommt der Moment, wo man sich fragen muss, wohin die Reise gehen soll. Man verliert sich irgendwann selbst, wenn man nicht aufpasst."

Marlena wendet den Blick ab, fokussiert die Fingernägel an ihrer rechten Hand an. Sie kann ihn einfach nicht ansehen, ohne zu riskieren, dass er sieht, was in ihr vorgeht, was seine

Worte bei ihr wecken. Die ganze Wut, die ganze Enttäuschung, die sie seit Jahren für begraben geglaubt hatte – plötzlich ist alles wieder da.

Dieses Mal ist es Lukas, der das Wort ergreift. Er spürt offenbar, dass die Situation kurz davor ist, zu kippen. Aufmunternd klatscht er in die Hände und greift wieder nach seiner Gitarre. „Kommt, lasst ma Musik machen. Quatschen können wir später immer noch."

Tobi nickt in die Runde. „Ich hab' Bock, ‚Zeppelin' zu zocken."

Innerlich schüttelt Marlena hektisch mit dem Kopf. Es ist völlig unvorstellbar, mit diesem Typ Musik zu machen – eigentlich kann er direkt wieder gehen, denn das hier ist keine Alternative! Und doch gibt es eine Sache, die ihr in diesem Moment noch wichtiger ist als ihn loszuwerden: Auf keinen Fall das Gesicht zu verlieren! Noch weniger als ihre Neugierde geht Simon nämlich an, dass sein Auftauchen sie nicht kalt lässt.

Also sinkt sie auf ihren Barhocker, blättert konzentriert in den Texten, die sie nicht braucht, und versucht, sich im Blitzdurchlauf auf die kommende Stunde vorzubereiten.

Reiß dich zusammen, ermahnt sie sich. *Es wird nicht lange dauern.*

Doch so sehr sie sich auch bemüht; Marlena ist nicht bei der Sache. Schon nach den ersten Takten ihrer schon tausend Mal gespielten Erfolgssingle ‚Zeppelin' verpatzt sie ihren Einsatz. Als sie im zweiten Durchlauf einsteigt, singt sie versehentlich die zweite, nicht die erst Strophe, was ihr einen argwöhnischen Blick von Tilman einbringt. Sie ärgert sich über sich selbst. Es kann doch wirklich nicht sein, dass dieser Typ nach all den Jahren so dermaßen ihre Welt durcheinander würfelt, dass sie es nicht mal mehr schafft, ihre eigenen Songs zu singen! *Nein, das kann nicht sein,* denkt sie entschlossen. *Und deswegen wirst du ihm jetzt erst recht zeigen, wie gut du bist. Du brauchst ihn nämlich nicht! Du hast ihn nie gebraucht.*

In der Bridge hat sie sich einigermaßen gefangen. Hangelt sich durch den Song, mit einer Entschlossenheit, als wäre es nicht Simons Casting, sondern ihr eigenes. Nicht verhindern kann sie allerdings, dass in jedem Lied, das die Band anspielt, eine große Portion Bitterkeit in ihrer Stimme durchklingt. So sehr sie sich auch bemüht, sie in ihrem Herzen einzuschließen und für später aufzubewahren – es ist einfach zu viel davon da.

Nach einer Weile klatscht Lukas in die Hände. „Okay kommt, lasst uns mal ne Runde quatschen. Dass Simon spielen kann, haben wir ja jetzt alle gehört." Bevor er in den Aufenthaltsraum geht, wirft er Marlena einen besorgten Blick zu. Er kennt seine beste Freundin. Irgendwas läuft hier gerade furchtbar schief.

Gemächlichen Schrittes folgt Marlena ihren Mitmusikern. Sie hat fest vor, nichts mehr zu sagen, bis Simon den Proberaum verlassen hat. Dann würde sie den Jungs erklären, aus welchem Grund er keine Alternative für sie sein kann. Jemals.

Während sie im Vorraum eine Runde Bier aus dem Kühlschrank holt, um Zeit zu schinden, wird ihr allerdings bewusst, dass das ganz schön schwierig werden könnte. Tobi ist nämlich schon wieder in ein angeregtes Gespräch mit Simon vertieft.

„Erzähl mal 'n bisschen von dir", sagt er und prostet Simon zu, der sich auf einen der Klappstühle gesetzt hat. „Wie bist du auf uns aufmerksam geworden?"

Simons Blick wirkt offen und ehrlich, als er zu sprechen beginnt. „Gute Frage. Also es ist so, dass ich nach ‚Tommy and Gina' erst mal 'ne ganze Weile gar keine Musik gemacht hab. Ich wusste einfach nicht, was ich musikalisch wirklich will – da musste ich erst mal den Kopf frei kriegen und was ganz anderes machen. Aber wie das mit uns Vollblut-Muckern eben so ist: Ganz ohne geht halt auch nicht! Also hab ich doch wieder angefangen, hier und da auszuhelfen, unter anderem in einer ‚Bee Gees'-Coverband, deren Drummer ich noch von früher kenne. Wir kamen ins Plaudern, und als ich ihm erzählt hab, dass ich gerne wieder ein festes Projekt hätte, anstatt auf tausend Hochzeiten zu tanzen, sagte er, dass er Frank kennt und wisse, dass er gerade einen Keyboarder für ‚Freifahrtschein' sucht."

Tilman muss lachen. „Ja, die Musikbranche ist eigentlich echt klein – das ist schon krass. Irgendwer kennt immer irgendwen, der irgendwen sucht – und zack, sitzt du in irgendeinem Tourbus und weißt gar nicht so genau, wie du da jetzt hingekommen bist."

Tobi prustet los. „Alter, du klingst, als wärst du so'n abgerockter Profimucker, der von Tina Turner bis zu den ‚Foo Fighters' schon mit JEDEM auf der Bühne gestanden hat und das alles total lame findet. Mach ma halb lang! Es ist jetzt nicht so, als wären wir alte Hasen in dem Business hier!"

„Du vielleicht nicht", versetzt Tilman und zwinkert Simon zu.

Mit wissendem Blick schaltet sich Frank ein. „Aber Tilman hat Recht – du musst nur einmal irgendwie in Erscheinung treten und bei den richtigen Leuten den richtigen Eindruck hinterlassen. Alles andere läuft von allein – wenn du 'n vernünftiges Management hast, zumindest." Tobi schielt rüber zu Tilman, der sich ein Grinsen nicht verkneifen kann. *Klar, Frank weiß wieder mal genau, wie der Hase läuft...*

„Okay – weiter im Text", schaltet sich Lukas ein, um das Gespräch wieder auf ‚Freifahrtschein' zu lenken. Er hat keine Lust auf Kabbeleien und sinnloses Gefachsimpel über Nonsens. Hier geht es schließlich gerade um etwas!

Simon fährt fort. „Ja, ich hab' dann auf jeden Fall mal in eure Mucke reingehört und hatte direkt Spaß daran." Er wendet seinen Blick Marlena zu. Eine gewisse Vorsicht liegt darin, als wisse er genau, dass das, was er jetzt sagen wird, auch nach hinten losgehen kann. „Außerdem muss ich sagen, dass es mich sehr reizen würde, wieder mit Marlena zu arbeiten. Die halte ich nämlich für 'ne verdammt gute Musikern, die immer mit vollem Einsatz in ihren Projekten steckt, und die Zusammenarbeit mit ihr hat mir immer großen Spaß gemacht..."

Das ist zu viel. Marlenas Geduldfaden reißt, und es ist selbst für sie sehr überraschend, wie heftig ihre Reaktion ausfällt. *Was bildet der Kerl sich eigentlich ein?*

„Ich wünschte, das alles könnte ich auch von dir behaupten, Simon!" Ihre Stimme klingt eiskalt.

Die Stille im Aufenthaltsraum ist mit einem Mal zum Zerreißen gespannt. Völlig entsetzt starren Frank und ihre Freunde Marlena an. Simon ist der Einzige, der nicht überrascht zu sein scheint. Mit ruhigem Blick sieht er sie an, bevor er mit sachlicher Stimme antwortet: „Vermutlich verdiene ich das, Marlena. Es hat gedauert, bis ich hier angekommen bin, und es mag sein, dass ich damals viele Fehler gemacht habe! Aber findest du nicht, dass es an der Zeit ist, diese alten Geschichten mal ruhen zu lassen und nach vorne zu blicken? Ich zumindest würde das gerne."

Er hatte es gewusst, schon bevor er hier aufgetaucht war! Er hatte genau gewusst, dass sie ihn nicht würde sehen wollen. Diese Ansprache wirkt viel zu glatt, viel zu vorbereitet, als dass sie ihm spontan eingefallen sein könnte, das wird Marlena mit einem Mal klar. Und es macht sie unfassbar wütend, dass es genau diese Vorbereitungszeit ist, die ihr jetzt gerade fehlt – und die sie verdammt unsouverän aussehen lässt.

„Diese alten Geschichten? Sag mal, hast du völlig den Verstand verloren?" Sie lacht voller bitterer Ironie auf und schlägt mit der flachen Hand auf den Tisch, bevor sie aufsteht. Nichts kann sie noch in diesem Sessel halten, an diesem Tisch, mit diesem Idioten! „Du hast vielleicht Nerven, hier aufzutauchen, und so zu tun, als müsse nur genug Wasser den Rhein runter laufen, damit wir zwei beide friedlich und als wiedervereinte Besties über die Bühnen dieser Welt hüpfen können wie zwei gottverdammte Glücksbärchis!" Ihre Stimme wird laut. „Bühnen im Übrigen, die ICH mir in den vergangenen Jahren hart erspielt habe, lieber Simon, während du – was genau getan hast? Ach ja. Das, was du immer tust. In gemachte Betten hüpfen und dich darüber freuen, dass andere Leute die Arbeit für dich machen."

„Marlena, es REICHT!", grätscht Frank dazwischen. „Was du da sagst, ist unterhalb jeder Gürtellinie!"

Marlena explodiert förmlich. Das ist nicht der richtige Zeitpunkt, um die Pseudo-Eltern-Karte auszuspielen! „Du halt dich da raus! Du hast überhaupt keine Ahnung, was damals passiert ist!", brüllt sie ihren Manager an. „Du bist nicht derjenige, dessen Songs er verschandelt hat, die er im Regen stehen gelassen hat, x-Mal, weil ihm weiß Gott was oder wer dazwischen gekommen ist auf seiner großen Suche nach Ruhm und Reichtum!" Sie verschränkt die Arme und sieht Simon von oben herab kühl an. Mit einem Mal ist ihre Stimme wieder ruhig und klar. „Und ich bin ganz bestimmt nicht diejenige, die ihm jetzt den nächsten Jet in den Pophimmel vor die Tür stellt, sodass er nur noch reinspringen muss."

Marlena weiß selbst, wie arrogant sie klingt, doch es ist ihr egal. Der Ton ihrer Worte lässt keinen Zweifel zu: Es ist alles gesagt.

Lukas greift nach ihrem Arm, Tilman murmelt beschwichtigende Phrasen vor sich hin, Frank schüttelt fassungslos den Kopf – doch Marlena hat nur Augen für Simon, für seine Reaktion auf ihre Ansprache. Und wirklich: Es ist, als sei in seinem Gesicht eine Tür zugefallen.

Langsam greift er nach seiner Jacke, steht auf, blickt in die Runde. Er zuckt die Achseln. „Es tut mir leid, dass ich eure Zeit verschwendet hab", sagt er ruhig, und lässt den Blick durch die Runde schweifen. Nickt Tilman zu, bevor er sich umdreht und zur Tür geht. „Es hat Spaß gemacht mit euch!" Nach einer endlos langen Minute Stille fällt die Tür hinter ihm ins Schloss. Vier Augenpaare drehen sich in Marlenas Richtung, Tobi schüttelt fassungslos den Kopf und lässt die Arme auf seine Knie sinken. Frank ist der erste, der seine Sprache wiederfindet. „Ich hoffe, du hast 'ne verdammt gute Erklärung dafür."

„You give love a bad name"
Bon Jovi

Jahre zuvor...

Sie traute ihren Ohren nicht. Hier stand sie nun, in ihrem lächerlichen Kellnerinnen-Kostüm, auf irgendeiner Hochzeitsfeier vor rund 100 wildfremden Leuten und hörte diese Melodie. Ihre Melodie! Gespielt von einem Pianisten, der in ein Pinguin-Kostüm gepresst als überteuerter Hochzeitsdienstleister alles spielen würde, wofür die Kasse nur laut genug klingelte, und an dem das einzig authentische vielleicht die eine Strähne war, die aus seinem spießig zusammengebundenen Zopf in sein Gesicht fiel.

Sie hatte Simon vertraut! Sie hatte ihm ihre Seele gezeigt, ihm das an die Hand gegeben, was direkt aus ihrem Herzen durch ihre Finger in dieses Instrument, auf dieses Notenblatt geflossen war. Und er verriet es für 300 Mäuse auf einer Hochzeitsfeier, die Marlena nicht egaler hätte sein können. Noch dazu mit einem Text, den sie noch nie gehört hatte. Ohne es vorher mit ihr abzusprechen!

„Alles gut?", fragte Frauke, eine weitere Kellnerin auf dieser Drecksveranstaltung, als sie ihr das Tablett mit den Sektgläsern abnahm. Irritiert warf Marlena ihr einen Blick zu, dann erst realisierte sie, dass ihre Hände zu zittern begonnen hatten. „Willst du dich kurz hinsetzen? Du siehst gar nicht gut aus, Marlena!" Frauke winkte sie mit dem Kopf heraus aus der Bastei, der schnieken Veranstaltungsstätte, die sie heute zu bedienen hatten. „Ich krieg das hier schon 'n paar Minuten alleine hin!" Zerstreut nickte Marlena, legte ihre Schürze ab und trat ins Freie; nicht ohne vorher noch mitzubekommen, wie Simon ihre Klavierfigur im Zwischenspiel runterklimperte. Fehlerfrei, natürlich.

Sie erinnerte sich noch gut an den Tag, an dem sie ihm das Lied – ihr absolutes Lieblingslied, damals noch ohne Titel – zum ersten Mal vorgespielt hatte. Er hatte, wie so oft, lässig auf ihrer Couch gelegen und ihr über den Rand seiner ach so verhassten Lesebrille zugesehen, wie sie an ihrem Klavier saß und, noch zaghaft, diese Melodie spielte, die ihr eines Morgens beim Joggen plötzlich durch den Kopf geschossen war. „Hammer“, hatte er geurteilt, als sie sich zu ihm umgedreht hatte. „Das gefällt mir von allen deinen Entwürfen bisher am besten! Erinnert mich total an so ‘ne leicht melancholische Sommer-Ballade. Da ist total viel Leichtigkeit drin, und trotzdem hört man dich förmlich nachdenken. Krasser Gegensatz, tolle Melodie – echt: Hammer!“ Marlena hatte gelacht. „Na toll. Leider ist das Ding mein größtes Sorgenkind!“ Sie hatte sich neben ihn gesetzt und ihnen beiden einen weiteren Schluck Wein eingeschenkt. „Die Melodie war sofort da, als hätt‘ meine Muse einfach ein Notenblatt durch irgendeinen Schlitz in meinem Kopf geworfen. Nur ist die blöde Uschi danach scheinbar in den Urlaub gefahren – mit dem Text, versteht sich.“

Simon hatte sie angegrinst und ihr zugeprostet. „Vielleicht musste dich einfach mal wieder so richtig verlieben, dann kommt so was von ganz allein!“ Sie war nicht darauf eingegangen, hatte nur in ihr Glas geschmunzelt. „Super. Hast du vielleicht noch mehr von diesen geistreichen Tipps auf Lager, du Idiot?“ Er hatte ihr versöhnlich einen Arm um die Schultern gelegt und gelacht. „Ach komm! So ist das nun mal mit uns Künstlern! Wir sind genau dann am kreativsten, wenn es uns am schlechtesten geht – oder dann, wenn Amor mal wieder mit seiner Schützenarmee unterwegs ist.“ Dann war er ernst geworden. „Aber wenn das ernst gemeint ist – klar, warum nicht?! Gib mir deine Sachen mal mit, vielleicht hab‘ ich ja wirklich die ein oder andere Idee, die dir weiterhelfen kann. Es wäre mir eine Ehre!“ Und sie blöde Kuh war aufgestanden, hatte ihren Ordner geholt und ihm alles mitgegeben, was ihr bisher so durch den Kopf gegangen war! Hätte sie auch nur eine Sekunde nachgedacht und diese eine, goldene Regel unter Songwritern befolgt – Gib niemals dein Rohmaterial aus der Hand! – sie hätte sich diesen Moment hier in der Bastei easy ersparen können!

Draußen angekommen lief Marlena ein paar Meter die Zufahrt herunter, die neben dem Eingang der Event-Location hinunter zum Rhein führte. Tränen der Wut traten ihr in die Augen, als sie aus der Ferne den Applaus wahrnahm, den Simon für seine

Darbietung bekam. Für IHRE Musik! Die er mitnichten als IHRE MUSIK anmoderiert hatte! Wie hatte sie sich nur so in ihm täuschen können? Wie hatte sie übersehen können, dass dieser unzuverlässige Klischee-Musiker, der begeistert auf jede Bühne sprang, die man ihm anbot – scheißegal ob als Rock-Keyboarder, als Werbejingle-Hure oder als mysteriöser Balladen-Sänger, der Mädchenherzen verzauberte – falsch bis auf die Knochen war? Gott, wie hatte sie ihn jemals in ihr Herz lassen können?

Monatelang hatte sie ihn als guten Freund bezeichnet, als Menschen, der sie verstand, der die Dinge, die ihr wichtig waren, mit Respekt behandeln würde. Klar hatte sie gewusst, dass Simon nicht fehlerfrei war. Aber ein so schlechter Mensch?

Das hätte sie ihm niemals, nie nie niemals zugetraut. Marlena kannte das Musik-Business. Sie wusste, wie die Menschen arbeiteten, deren Wunsch es war, hauptberuflich darin zu überleben. Arbeiten mussten, wenn sie nicht in der Masse ihrer Konkurrenten untergehen wollten! Nur hatte sie bislang immer an so eine Art Ehrenkodex geglaubt, wenn es um das geistige Eigentum anderer ging.

Schließlich tun wir das ja alle, weil wir die Musik lieben, oder etwa nicht? Wie kann man sie dann nur so dermaßen zur Ware verkommen lassen, wertlos und austauschbar, ohne auch nur einen Funken Seele?

Es dauerte keine fünf Minuten, da trat Simon neben sie in die Zufahrt zum Rhein. Schon vor seinem – IHREM – letzten Song hatte er seinem Publikum angedeutet, dass er eine kurze Pause machen würde. Marlena blickte ihn an. Sie wusste, dass all ihre Wut, all ihre Fassungslosigkeit und ja, sicherlich auch eine große Portion Schmerz aus ihren Augen sprachen; ähnlich wie schon beim letzten Mal, als sie sich begegnet waren. Sein Blick hingegen war emotionslos, seine Miene schwer zu deuten – und das war mehr, als Marlena in diesem Moment ertragen konnte. „Was sollte DAS denn, Simon?“ Ihre Stimme klang aufgewühlt, viel zu unkontrolliert in ihren Ohren, was sie maßlos ärgerte, also sprach sie schnell weiter. Fragte ihn, wie er auf die Idee kommen konnte, ihre Songs zu klauen; sagte, wie maßlos enttäuscht sie war und wie sehr es sie traf, dass er sogar noch die Dreistigkeit besessen hatte, ihr Werk durch seinen Text zu verfälschen, ohne ihr auch nur die Chance zu geben, darauf zu reagieren. Immer lauter wurde ihre Stimme, immer hitziger ihre Wut.

Simon allerdings verstand offenbar gar nicht, was sie eigentlich wollte. Im Gegenteil, er schien sogar noch verärgert darüber, dass sie sich so aufregte. Als Marlena wenige Minuten später wutentbrannt und zutiefst verletzt zurück in die Bastei stapfte, lief nur eine einzige Erkenntnis wie ein Film in Dauerschleife immer wieder vor ihrem inneren Auge ab. Simon war für sie gestorben, und sie wollte ihn niemals wiedersehen! Und das war das Ende ihrer Freundschaft gewesen.

In der Gegenwart

„Simon und ich haben vor sechs Jahren Musik zusammen gemacht“, beginnt Marlena. Sie ist wieder auf die Eckbank im Aufenthaltsraum gesunken und sieht mit einem Mal unendlich müde aus, wie sie da zwischen Frank und Lukas sitzt. Die letzte Stunde hat ihr viel Kraft abverlangt, doch sie weiß, dass sie ihren Jungs und Frank jetzt eine Erklärung schuldig ist. „Wir wollten zusammen ein Akustik-Projekt hochziehen; ich hab‘ die Texte und das Grundgerüst der Musik geschrieben, er hat sie fertig arrangiert.“ Sie seufzt. „Es hätte wirklich gut werden können, aber Simon ist einfach zu unzuverlässig, hat tausend Jobs gehabt; als Touraushilfe, als Studiomusiker, als Hochzeitsdienstleister. Etliche Male hat er mich versetzt, immer wieder sind ihm andere Dinge dazwischengekommen. Am Ende sind wir in einem ziemlich heftigen Streit auseinandergegangen.“ Sie macht eine kurze Pause, scheitert am Ende aber doch daran, die richtigen Worte zu finden, um die eigentliche Katastrophe angemessen zu beschreiben: „Weil Simon ohne vorherige Absprache einen meiner Songs auf einem seiner Solo-Konzerte gespielt hat.“ Sie blickt auf. Hofft inständig, dass ihre Erklärung ausreicht, um das Verständnis ihrer Mitmusiker zu gewinnen. Sie hat nämlich keine Ahnung, ob sie für einen tieferen Tauchgang in die Vergangenheit die Kraft hat. „Es tut mir leid, aber ich kann beim besten Willen keine Musik mit ihm machen“, sagt sie deshalb. Ihre Stimme klingt bestimmt.

Für eine gefühlte Ewigkeit bleibt es still im Proberaum. Tilman rührt sich zuerst. Wortlos zieht er die Augenbrauen hoch, lehnt sich zurück, winkelt ein Bein an und stemmt den Fuß gegen die Tischplatte. Noch bevor er zu sprechen beginnt, weiß Marlena, dass sie ihre Hoffnungen begraben kann.

„Ich darf das kurz zusammenfassen. Du hast also gerade den einzigen, ernsthaften Anwärter auf die Stelle als Keyboarder in unserer Band zwei Wochen vor dem nächsten Gig aus unserem Proberaum geschmissen, weil er vor sechs fucking Jahren ein unzuverlässiger Musiker gewesen ist, mit dem du nicht zusammenarbeiten konntest?“ Seine Stimme war immer lauter geworden. Ein trockenes Auflachen entfährt ihm, sein Blick schwankt zwischen erstaunt und wütend. „Bitte sag mir, dass das nicht dein Ernst ist, Marlena!"

Frank setzt noch einen drauf. „Kinderkacke ist das. Nichts weiter!" Er spuckt die Worte förmlich aus. Steht auf, greift nach seinem Mantel. „Ich geh auch, Leute. Findet raus, was ihr wollt, und dann ruft mich an. Mir ist das hier zu blöd!"

Mit weit aufgerissenen Augen sieht Marlena ihm hinterher, als er zur Tür geht. Der Schock steht ihr ins Gesicht geschrieben, denn sein Abgang verdeutlicht den Ernst der Lage auf geradezu dramatische Art und Weise. „Frank..."

Doch er hebt nur die Hände. „Nicht jetzt! Ich muss das erst mal verdauen!"

Zum zweiten Mal binnen weniger Minuten fällt die Tür ins Schloss. Marlena springt auf und geht ein paar Schritte durch den Raum. Panik ergreift sie, sie fühlt sich wie eine eingesperrte Raubkatze kurz vorm Betäubungsschuss. „Hallo, das müsst ihr doch verstehen, Leute! Der Typ hat meine Arbeit mit Füßen getreten, mehrmals, und dann hat er auch noch meine Musik geklaut! GEKLAUT! Was gibt's da weiter zu rechtfertigen?"

„Was heißt denn überhaupt geklaut?", schaltet sich Lukas ein, sehr bedacht darauf, seine Stimme einfühlsam klingen zu lassen. „Es ist ja nicht so als hätte er ein Solo-Album mit deinen Liedern rausgebracht und sie als seine ausgegeben. Hat er dir mal erklärt, warum er die Nummer auf seinem Konzert gespielt hat?"

Marlena winkt verärgert ab. „Das spielt doch überhaupt keine Rolle, so was macht man einfach nicht! Das ist 'n No Go unter Musikern!"

Tobi versucht, einzulenken. „Ja, stimmt, das is ne Scheiß-Aktion. Aber sie ist sechs Jahre her, Marlena!" Resigniert schüttelt er den Kopf. „Hättest du das nicht vielleicht wenigstens kurz in Betracht ziehen können, bevor du ihn so feindselig in die Flucht schlägst? Menschen können sich ändern!"

Da platzt ihr der Kragen. „Bitte was? Du erwartest allen Ernstes, dass ich mir fünf Jahre lang den Arsch abarbeite, nur damit jetzt so'n Simon um die Ecke kommt und sagt ‚Toll, dass du unseren Traum doch noch verwirklicht hast. Was dagegen, wenn ich jetzt wieder einsteige?‘ Das kann doch bitte nicht dein Ernst sein!“

„Verdammt, was für Alternativen haben wir denn, Marlena? Es ist jetzt ja wohl nicht so, als könnten wir aus zehn Top-Bewerbern auswählen!“ Das Argument entlarvt Tilmans Panik, doch alles, was Marlena hören kann, ist der wütende Ton seiner Stimme. Und die ist ganz schön laut geworden.

„DU bist doch derjenige, der anfangs immer gesagt hat, wir sollen jetzt bloß nicht anfangen, unter unserem Niveau zu suchen!“ Auch ihre Stimme überschlägt sich jetzt fast

„ER IST ABER NICHT UNTER UNSEREM NIVEAU, Marlena, er ist sogar besser als wir alle zusammen! Versuch doch zumindest mal, das objektiv zu betrachten! Dein Hirn ist von deinen Emotionen total vernebelt, weil der Typ dich verletzt hat. Das ist auch okay, aber das kann doch nicht ernsthaft das einzige Entscheidungskriterium sein!“

„LEUTE“, schaltet sich Lukas energisch ein. Wie so oft nimmt er die Vermittlerrolle ein. „Bitte hört auf, euch anzubrüllen, so kommen wir doch keinen Schritt weiter.“

„Wie bitte soll ich das denn objektiv sehen, wenn ich ‘ne Vergangenheit mit dem Typ hab, die es mir unmöglich macht, mich musikalisch bei ihm fallenzulassen, Tilman?“, brüllt Marlena. Auf Lukas geht sie gar nicht erst ein.

„Ganz einfach. Sprich dich mit ihm aus, und dann geben wir ihm ‘ne Chance. So jemanden finden wir nie wieder.“ Es klingt trotzig. Tilman weiß selbst, dass die Forderung nicht ganz fair ist.

Verzweifelte Leere umnebelt Marlenas Kopf. Sie ist entsetzt, dass ihre Mitmusiker so wenig Verständnis zeigen. Die Argumente sind ihr längst ausgegangen, das einzige, was ihren Kopf ausfüllt, ist das stechende Gefühl, allein zu sein.

Tilman blickt zu ihr auf und mustert seine Sängerin mit gerunzelter Stirn. Er kennt sie gut genug, um zu sehen, wie nah ihr das Gespräch geht. Dass nur die taffe Fassade, die sie in solchen Situationen gerne zur Schau stellt, verhindert, dass sie in Tränen ausbricht. Er steht auf und greift versöhnlich nach ihren Schultern.

„Mann Marlena, ich hab' dir in den letzten Wochen echt bei vielen potenziell-ausbaufähigen Keyboardern den Rücken freigehalten. Aber langsam ist es echt mal wieder an der Zeit, dass wir anfangen, das Wohl der Band ins Auge zu fassen."

Tobi schaut vorsichtig von der Sitzbank zu ihr hoch. „Da muss ich Tilman Recht geben, Marlena. Ich versteh dich, ganz ehrlich. Aber wir haben keine Zeit mehr für so was."

Energisch macht sie sich los. Starrt Tilman fassungslos an. „Warte, jetzt bin ICH die Einzige, die in den vergangenen Wochen die Absagen verteilt hat? Wen von diesen Nulpen hättet ihr denn bitteschön nehmen wollen?"

„Ach kommt Leute, das bringt nichts." Wieder spürt Lukas ganz genau, dass die Situation zu eskalieren droht – und das gilt es, um jeden Preis zu verhindern. Resigniert seufzt er und winkt ab. „Simon wäre 'n guter Match gewesen, ja, aber man kann nur konstruktiv zusammenarbeiten, wenn alle dazu gewillt sind und das Klima stimmt. Das ist hier ja wohl entschieden nicht der Fall, also müssen wir jetzt damit leben."

Die tiefe Enttäuschung in Lukas' Stimme gibt Marlena den Rest. „Ja richtig. Sonst habt ihr nämlich keine Sängerin mehr", versetzt sie eine Spur zu laut. Und weiß sofort, dass sie verloren hat.

Während Lukas und Tobi, geschockt von dieser Aussage, erst mal gar nichts sagen, stachelt sie Tilmans Wut, die gerade schon am Abflauen war, ein weiteres Mal an. „Oh Marlena, droh' mir nicht! Es gibt nichts, was ich mehr hasse, als wenn man mich vor so eine Wahl stellt!" Sein Blick blitzt gefährlich auf, bevor er sich wieder in die Sitzecke fallen lässt. „Dein Verhalten ist kindisch. Kindisch und bodenlos dumm", er lehnt sich zurück. „Aber da einige von uns wohl der Meinung sind, dass wir in einer Diktatur leben, in der aufgrund von emotionalen Befindlichkeiten, die vor sechs Jahren mal aktuell waren, wichtige Zukunftsentscheidungen getroffen werden – bitte. Ich füge mich."

Tonlos und blind vor Wut sieht Marlena Tilman an. „Dann werde ich euch mit meiner kindischen und bodenlos dummen

Existenz für heute nicht weiter belästigen. Ich wünsche noch einen schönen Abend", keift sie.

Hektisch verschwindet sie im Proberaum und greift nach ihren Sachen. Sie sieht nicht, dass Tobi Tilman einen strafenden Blick zuwirft, weil dieser letzte Spruch wirklich überflüssig gewesen war. Sie sieht auch nicht, dass Lukas versucht, sich ihr in den Weg zu stellen und sie aufzuhalten. Das einzige, was sie sieht, ist die Tür. Und als die hinter ihr zuknallt, ist es für einen Moment so, als würde der Traum vom Musik machen erneut zerspringen wie ein alter Spiegel.

***

Simon sitzt unterdessen gedankenverloren an der Bahnhaltestelle. Fast eine halbe Stunde ist er durch den tiefen Schnee gestapft, weil er ausversehen die falsche Abzweigung genommen hat und in die falsche Richtung gelaufen ist. Sein Orientierungssinn ging schon immer gegen Null. Einen Weg, den er zuvor nur einmal gefahren ist, wiederfinden? Keine Chance.

Nun ist er an der Herler Straße, zwei Haltestellen von der eigentlich angepeilten Bahnhaltestelle entfernt. Frank war zwar ein paar Meter vom Proberaum entfernt noch an ihm vorbeigefahren und hatte angeboten, ihn mitzunehmen, aber seine anbiedernd-bedauernde Art wäre jetzt entschieden zu viel gewesen.

Eine komische Gefühlsmischung dominiert seinen Kopf. Klar, er hatte gewusst, dass es so kommen könnte. Sein letztes Zusammentreffen mit Marlena war weiß Gott nicht schön verlaufen – für sie beide nicht. All diese verletzten Gefühle, die ganze Enttäuschung und all diese Wut – er hatte geahnt, dass sie das nicht einfach mit der Zeit ad acta legen und ihn wie einen unwichtigen, alten Bekannten begrüßen würde, der halt einfach ein paar Jahre lang von der Bildfläche verschwunden gewesen war. Auch wenn er selbst genau das zu tun versucht hatte.

Doch trotz allem Verständnis macht ihn ihre Reaktion auch ein Stück weit wütend. Es wäre etwas Anderes gewesen, wenn sie ihm einfach in klaren Worten gesagt hätte, dass er sein Pulver verschossen hat. Dass sie keine Lust hat, dieses Fass, was sie damals zusammen im Rhein versenkt hatten, von neuem zu öffnen. Dass ihr das Vertrauen fehlt, ihm eine zweite Chance zu geben, weil sie dafür einfach zu sehr an ihrer Band, ihrer Musik hängt. Er wäre immer noch enttäuscht gewesen, ja, denn er hat wirklich Bock, mit ‚Freifahrschein' Musik zu machen – aber das hätte er wenigstens verstehen können.

Aber ihn so anzubrüllen? Ihn vor ihren Mitmusikern wie einen lächerlichen Idioten aussehen zu lassen, der sich wer-weiß-was hat zu Schulden kommen lassen und der es nicht einmal wert ist, dass man ihn höflich heraus komplimentiert? Beim besten Willen – das hat er nicht verdient!

Die Probe mit der Band hat ihm Spaß gemacht – eine Tatsache, die das alles noch viel bedauerlicher macht. Die Jungs sind gut, besonders der Gitarrist hat es drauf, das hat Simon beim gemeinsamen Improvisieren sofort gemerkt. Soll er wirklich für den Rest seines Lebens dafür bezahlen müssen, dass er vor sechs Jahren nicht genau gewusst hat, was er will?

Wütend steht Simon auf und kickt eine Cola Dose vom Bahnsteig ins Gleisbett. *Sechs verdammte Jahre sind vergangen, sechs! Und Marlena maßt sich an zu wissen, wie ich ticke? Dass ich noch immer der Gleiche bin wie damals?*

Er schnaubt verärgert. Pünktlich, als die Bahn in die Haltestelle einfährt, beginnt es wieder zu schneien. Simon lässt sich fröstelnd auf einen Sitz am Ende des Abteils fallen. *Wahrscheinlich ist es besser so*, denkt er frustriert, als der Zug anrollt. Doch das beißende Gefühl der Ungerechtigkeit bleibt.

„Wanted: dead or alive“
Bon Jovi

Jahre zuvor...

Es war einfach so passiert. Simon hatte eigentlich nur ein bisschen mehr Musik machen, ein paar Auftritte spielen und sich ein bisschen was dazuverdienen wollen. Als Nebenjob, quasi – neben dem Zivildienst, ganz locker, ohne Stress und große Verpflichtungen. Dass ‚Tommy and Gina’ nach nur zwei Jahren so dermaßen durch die Decke knallen würden, dass sie Konzerte in der gesamten Republik spielen würden und fast jedes Wochenende auf einem anderen Stadtfest oder in einem anderen Club auf der Bühne stünden – damit hatte damals keiner der Jungs gerechnet. Es hatte ihr Leben verändert, gravierend, und es fühlte sich noch nicht einmal so an, als hätten sie diese Entscheidung bewusst treffen müssen. Wie gesagt – es war einfach so passiert. Plötzlich war da diese Booking-Agentur gewesen, die ‚Tommy and Gina’ exklusiv vermarkten wollte, weil ihr Inhaber zufällig ‚Bon Jovi‘-Fan war und aus irgendwelchen Gründen, die Simon nie so richtig hatte nachvollziehen können, an das Projekt glaubte. Und plötzlich, kurz nach den ersten Auftritten im Ausland, wurden sie als die beste ‚Bon Jovi‘-Coverband Deutschlands gehandelt. Das musste man erst mal verdauen.

Den Tag, an dem Simon die Musik zum ersten Mal als seinen Hauptberuf bezeichnen konnte, kann er im Nachhinein gar nicht mehr festlegen. Die ersten Studiojobs waren dazu gekommen – also Anfragen von Live-Bands, die keinen Keyboarder haben, auf ihrem neuen Album aber gerne die ein oder andere Piano-Line verbauen wollten. Ganz zu schweigen von den Aufträgen, die über befreundete Bands reinkamen, die für einzelne Gigs einen Ersatzmann, im Fachjargon „Sub“, brauchten, weil ihr Haus- und Hof-Tastenmann verhindert, krank oder rausgeflogen war. Plötz-

lich blieb gar keine Zeit mehr für einen „richtigen" Job, was Simon mehr als gelegen kam. Die Ausbildung zum Krankenpfleger hatte ihn nämlich nie so richtig umgehauen.

Mike und er flachsten oft herum, dass sie gar nicht verstehen konnten, wie andere Leute einen Bürojob diesem Leben vorziehen konnten – was natürlich sehr leicht dahingesagt war. Im Grunde wussten sie alle, was für verdammte Glückspilze sie waren. Auch sieben Jahre nach der Gründung von ‚Tommy and Gina' noch. Eine Coverband mit anhaltendem Erfolg wie ihrem? Eigentlich war das in der Musikbranche nichts als ein modernes Märchen.

Als Simon an jenem Samstag, an dem ihm Marlena zum ersten Mal in die Arme laufen sollte, auf dem Stadtfest in Leverkusen ankam, wurde ihm das mal wieder sehr klar vor Augen geführt.

„Wusstest du, dass unsere Opener aus Dresden kommen?", wurde er von Mike begrüßt, mit einem Kopfnicken auf das Mädchen zeigend, um das er einen Arm gelegt hatte. „Das ist Sabrina. Sabrina – unser Tastengott Simon."

Höflich nickte Simon der jungen Dame zu und warf zugleich einen vielsagenden Blick zu seinem Sänger. ‚Echt jetzt? Es ist 14 Uhr und du hast dir schon dein Date für die After Show Party klargemacht? Was bist du bloß für ein Player', sagte der Blick. Mike grinste zurück.

„Ich hoffe, die Typen hier zahlen euch zumindest die Unterkunft", sagte Simon zu Sabrina, die belustigt abwinkte. „Unterkunft? Wir fahren nach dem Gig noch zurück. Kannst davon ausgehen, dass wir vor morgen früh nicht bei uns im Proberaum ankommen!"

So viel zum Thema After Show Party. Mitfühlend sah Mike zu seiner Kurzzeit-Freundin herab und knuffte sie in die Seite. „Und das alles für 'ne Gage von was, 500 Euro? Wir Musiker haben doch alle einen an der Klatsche! Komm, ich lad dich erst mal auf 'nen Drink ein!"

Das Mädchen kicherte. Simon schätzte sie auf knappe 18 Jahre. „Du Idiot, die Getränke sind doch umsonst!"

„Ach guck, wenigstens die Regel gilt auch für euch", hörte Simon ihn noch sagen, bevor die beiden sich Richtung Bierwagen entfernten.

„Poah, wie is der denn schon wieder drauf?“, fragte er belustigt, während er seinen Drummer Kai und dessen Freundin begrüßte. Kai winkte ab. „Kennst doch Mike. Wenn die Fans hier auftauchen, ist die eh abgeschrieben.“

Simon sagte nichts dazu. Den exzessiven Frauenverschleiß des Sängers hatte er schon immer eher fassungslos aus der Ferne bewundert. Meistens, zumindest.

Er ließ seinen Blick durch den Backstage-Bereich schweifen. Die planenverhangenen Bauzäune trennten einen Bereich mit mehreren Zelten ab: In einem wurde gerade das Catering aufgebaut, in einem anderen standen einige Bierzeltgarnituren zum Verweilen. Mehrere Kleintransporter fanden auf dem Gelände Platz, unter anderem der ihrer Tontechniker. Hinter dem komfortablen Toilettenwagen war der Bühnenaufgang – hier ging es in das Festzelt, wo das Konzert am Abend vor rund 3500 Menschen steigen sollte.

„Is schon eine der besser organisierten Veranstaltungen, mh?“, fragte Simon Mike, der in diesem Moment vom Bierwagen zurückkam. Alleine diesmal.

„Jo. In zwanzig Minuten machen wir Soundcheck, Alter – also bring deinen Kram auf die Bühne und sieh zu, dass du in deine Lederhose springst. Die ersten Leute sind schon da.“

Ja, es war nicht leicht, das Leben eines Cover-Rockstars…

In der Gegenwart

Marlenas Wut fühlt sich an wie ein lästiger Krampf in der Brust. Völlig fassungslos stapft sie die Straße entlang zu ihrer Bushaltestelle. *Wie kann Tilman es wagen, meine Gefühle so unter den Tisch zu kehren? Und wie können Lukas und Tobi ihn dabei allen Ernstes auch noch mit ihrer Scheiß-Passivität unterstützen?*

Sie schnauft. *Und wie zur Hölle kommt dieses Arschloch Simon überhaupt auf die Idee, in MEINER Band als Keyboarder vorzuspielen?* So viel Dreistigkeit hätte sie noch nicht einmal ihm zugetraut. Fast stolpert sie über einen festgefahrenen Eisbrocken, als sie die Straße überquert. Der Reißverschluss ihrer Jacke klemmt, und kalter Wind fegt ihr um den Hals. Es interessiert sie nicht. Ihre Gedanken kreisen einzig und allein um Simons Auftritt. Niemals würde sie vergessen, was sie ihm damals vor der Bastei hatte vor die Füße knallen müssen. Niemals würde sie die vielen Stunden vergessen, die sie auf ihn hatte warten müssen – im Tonstudio, zuhause auf ihrer Couch, an diesem einen, verhängnisvollen Abend in Siegburg an der Theke im Kubana. All diese Ausreden, Entschuldigungen, Besserungsschwüre – wie oft hatte sie das alles gehört?

Angewidert schüttelt Marlena den Kopf, um die Gedanken an damals zu vertreiben. Was soll es denn? Dieser Kerl bedeutet ihr nichts. Niemand könnte ihr egaler sein als Simon Voigt. Und das soll sich auch nicht ändern, indem er sich mit seinen bescheuerten, filigranen Fingern über ihre Lieblingslieder ihre Gunst zurückspielt. Um nichts in der Welt!

Vor lauter Wut hätte sie fast einen Rentner mit seinem Hund umgelaufen. Simon hat kein Recht, sich auf diese Weise zurück in ihr Leben zu drängen! Wenn es nach ihr geht, hat er überhaupt kein Recht dazu, als Musiker ernst genommen zu werden. Er hatte seine Chance, und er hat sich gegen die Musik entschieden, damals. In den Dreck getreten hat er sie!

Marlena erreicht die Bushaltestelle. Keine Zeit steht an der Leuchttafel angeschlagen, nur ein langer Bandwurmsatz fließt über die Anzeige. „Aufgrund der Witterungsverhältnisse wurde der Busbetrieb in weiten Teilen Kölns bis auf weiteres eingestellt. Bitte weichen Sie auf die Stadtbahn aus. Vielen Dank für ihr Verständnis. Ihre KVB".

Mit einem lauten Fluch tritt Marlena mit voller Wucht gegen das Schild. *Dieser Tag kann einfach nicht mehr schlimmer werden!* Mit fahrigen Bewegungen durchsucht sie ihre Tasche nach ihrem Portemonnaie. Ihr Haustürschlüssel fällt ihr aus der Hand und verschwindet sofort im Schnee. Zitternd vor Wut hebt Marlena ihn auf, pfeffert ihn in ihre Tasche, findet ihren Geldbeutel. Ein kurzer Finanzcheck ergibt, was sie eh schon wusste: Die 6 Euro 90, die sie noch hat, werden niemals für eine Taxifahrt nach Hause reichen. Sie wirft alles zurück in ihre Tasche und marschiert zur nächsten Straßenkreuzung. Jetzt Lukas anzurufen ist ihr zu blöd. *Nicht nach diesem Streit!* Also muss sie wohl oder übel mit der Bahn fahren. In Gedanken korrigiert sie sich: *Der Tag kann definitiv doch noch schlimmer werden!*

Wenigstens haben die sieben Minuten Fußweg den Nebeneffekt, dass sie sich wieder etwas abregt. Langsam aber sicher meldet sich ein leises Stimmchen in ihrem Inneren, das versucht, sie auf eine Sorge aufmerksam zu machen. Was geschieht mit der Band, wenn es so weitergeht?

Marlena weiß genau, dass ihre Bandkollegen gezwungenermaßen Verständnis für sie aufbringen werden, wenn sie das nächste Mal in ruhigerer Atmosphäre über die Situation sprechen. Sie werden sie zwar dafür verantwortlich machen, dass der Platz hinter dem Keyboard immer noch leer ist, doch im Grunde wissen sie alle, dass Lukas recht hat: Mit vergifteter Stimmung im Proberaum vergiftet eine Band auch ihren Bühnenauftritt.

Das ändert nur leider nichts daran, dass sie langsam aber sicher ein gewaltiges Problem entwickeln. Frank ist mit seinen Nerven am Ende, und so sehr Marlena diese Tatsache auch gern runterspielen würde, sie kann es nicht: Seit über zehn Jahren kennt sie ihn nun, und ein nicht unbedeutender Teil ihres derzeitigen Erfolges ist einzig und allein dem verzweifelt auf junggeblieben machenden Manager zu verdanken. Er hat Tobi angeschleppt und das Quintett vervollständigt, er ist für die Tournee verantwortlich, die in zwei Wochen beginnen soll – und nicht zuletzt unterstützt er das Projekt ‚Freifahrtschein' auch in erheblichem Maße finanziell. Zwar würde Marlena eher ihr gesamtes Erspartes zusammenraffen und für teuer Geld einen professionellen Tour-Keyboarder anheuern, als Konzerte abzusagen und damit eine finanzielle Voll-Katastrophe zu erzeugen – aber Frank Baltes zu enttäuschen ist trotzdem ein Gedanke, den sie nur ganz schlecht mit sich vereinbaren kann.

Sie streicht sich eine nasse Strähne aus dem Gesicht. Und zu allem Überfluss sieht es auch noch ganz danach aus, als würde auch das Bandklima, die Beziehung zu ihren engsten Freunden, langsam aber sicher unter dem Keyboard-Drama leiden. Niedergeschlagen und gereizt erreicht Marlena die Bahnhaltestelle. Sie sieht auf die Uhr. In drei Minuten ist die 3 angesagt. Von hier aus sind es sieben Haltestellen bis nach Hause. *Sollte zu machen sein.* Zumindest hofft sie das.

Möglichst weit von den Gleisen entfernt lehnt die Sängerin sich gegen das Geländer. Es ist dunkel um sie herum, nur die flackernde Straßenlaterne erhellt den Weg. Kein Mensch ist da. *Hoffentlich ist es in der Bahn auch so.*

Langsam gewöhnen sich ihre Augen an das dämmrige Licht, aufmerksam geweitet streifen sie umher. *Jetzt bloß nicht panisch werden,* denkt sie. *Gleich kommt die Bahn, und im Null-Komma-Nichts bist du zuhause!*

‚Disturbia', die 2008er Pop-Hymne von ‚Rihanna', schmettert aus ihrer Jackentasche. Marlena fährt beim Klang ihres Handyklingeltons zusammen. „Lukas Mobil". Von ihrem eigenen Verhalten genervt drückt sie den Anruf weg. Sie ist noch nicht bereit, das eben geführte Gespräch mit ein paar versöhnlichen Worten – in „versöhnlich" ist Lukas ein Meister! – zu relativieren. Sie weiß zwar selbst, dass die Situation mit dem Abstand einer Nacht in ganz anderem Licht erscheinen und sie vermutlich zu einer Entschuldigung zwingen wird, aber solange ihre Gefühle noch so voll von Wut, Verwirrung, Mutlosigkeit und Verletzung sind, lohnt es sich nicht, Besonnenheit zu simulieren. Kurz schießt Marlena der Gedanke durch den Kopf, dass Lukas sich vielleicht auch einfach Sorgen machen könnte, weil er natürlich weiß, dass es für seine Freundin nicht leicht sein wird, nach Hause zu kommen. Doch in diesem Moment erscheint auch schon ihre Bahn in der Ferne. *Morgen ist auch noch ein Tag.*

Die Schienen quietschen schrill, als die 3 vor Marlena abbremst. Als sich die Türen öffnen, schaudert sie. Ein kalter Hauch trifft sie, bevor sie sich dazu entschließen kann, die Bahn zu betreten. Wenn Menschen früher von Lähmung sprachen, von einer körperlichen Blockade aus Angst, konnte sie sich nie etwas darunter vorstellen. Heute weiß sie, wie das ist. Es ist furchtbar. Als würde man all seine Naturinstinkte bekämpfen, die einen vor einer tödlichen Gefahr warnen. Doch diese Gefahr existiert nicht, dass weiß Marlena, und umso mehr ärgert sie, dass sie ihren Körper und Geist mit rationalen Argumenten in diesem Fall so schlecht beeinflussen kann. Langsam und mit einem großen Satz über die Spalte zwischen Bahnsteig und Türe betritt sie den Wagen.

Sie hat Glück. Die Straßenbahn ist um diese Zeit recht leer. Eine punkig aussehende Studentin sitzt direkt neben der Tür, zwei oder drei weitere Personen im hinteren Teil des Wagens. Die vorderen Sitzreihen sind alle leer. Zielstrebig steuert Marlena auf einen Vierersitz in Fahrtrichtung links zu. Zwischen ihr und dem Fahrer liegen nur zwei weitere Sitzreihen. Aus Erfahrung weiß Marlena, dass es besser für sie ist, nicht die ganze Bahn im Blick zu haben.

Kaum sitzt sie, fangen ihre Gedanken an zu rasen. *Wie viele Haltestellen liegen vor dir? Sieben. Wie lange wird das etwa dauern? 12 Minuten, bei dem Wetter vielleicht etwas länger. Was wirst du tun, wenn du zuhause bist? Und wie viel Uhr ist es eigentlich?* Alles Fragen, die sie von ihrer Umgebung ablenken. Auch wenn Irene Gottlob ihr noch so häufig sagt, dass sie ihre Angst zulassen muss: Einen Teufel wird sie tun! Das kann sie jetzt gar nicht gebrauchen.

Es dauert einen Moment, bis sie es schafft, einigermaßen ruhig und entspannt aus dem Fenster zu sehen. Wieder verirrt sich ihr Bandproblem in ihre Gedanken.

Tilmans Reaktion schmerzt am meisten. Marlena weiß, dass ihr Schlagzeuger ein unbeschwerter Mensch ist: Er lässt bei den Frauen nichts anbrennen, ist nie um einen coolen Spruch verlegen und weit davon entfernt, Dinge zu zerdenken oder unnötig zu verkomplizieren. Seine schonungslose Ehrlichkeit kann laut explodieren, dafür aber genauso schnell auch wieder zur Ruhe kommen. Auseinandersetzungen mit Tilman sind nie schwerwiegender Natur, weil er es nie darauf ankommen lässt, Dinge in sich hineinzufressen. Was raus ist, ist raus, und danach ist es auch gut. Das Problem ist: Marlena ist völlig anders. Ihr fehlt die Unbeschwertheit, um jeden Streit folgenlos an sich vorüberschweben zu lassen – und Tilman weiß das ganz genau. Er zählt seit über fünf Jahren zu Marlenas engsten Freunden; immer hatten die beiden einen Weg gefunden, freundschaftlich sowie in Bandfragen sehr professionell miteinander umzugehen. Umso mehr enttäuscht Marlena jetzt auch seine Reaktion: Fast kommt es ihr so vor, als würde er sie eben doch nicht so gut kennen, wie sie geglaubt hatte. Schlimmer: Als sei auch er nicht derjenige, für den sie ihn gehalten hat.

Marlena seufzt. Sie merkt selbst, dass sie sich in die Situation hineinsteigert. Ändern kann sie es trotzdem nicht. Die Bahn fährt in die Haltestelle Waldecker Straße ein. So entspannt, dass sie nicht mitzählt, ist sie dann eben doch nicht.

Ein großer, blonder Mann steigt ein und geht an ihr vorbei, ohne sie zu beachten. Er setzt sich rechts direkt hinter den Fahrer. Nach einem kurzen Mustern zwingt Marlena den Blick wieder nach draußen. *Versuch, dich nicht auf deine Mitreisenden zu konzentrieren. Sie sind nur Statisten, die du ausblenden kannst,* redet sie sich ein.

Wo war sie noch gleich? Tilman. Marlena liest die Namen der Geschäfte an der Waldecker Straße. Tilman würde sich schon wieder beruhigen. Und sie, nicht zuletzt, natürlich auch. Im Vorbeifahren registriert sie, dass das Ladenlokal ihres früheren Lieblings-Jeansgeschäfts neuerdings den fünften Handyshop der Straße beherbergt.

Der Mann schräg gegenüber von Marlena hat seinen Mp3-Player ausgepackt und hört nun gut vernehmbar harten, deutschen Hip-Hop. Der polternde Beat und eine aggressive Stimme hallen durch die ganze Bahn. Irritiert schielt Marlena jetzt doch zu der großen Gestalt herüber. Der beißende Geruch von Alkohol steigt ihr in die Nase. Seine Schultern sind hochgezogen, ganz offensichtlich hat ihm jahrelanges Training im Fitnessstudio eine klobige, steinharte Muskelmasse beschert, die suggeriert: ‚*Wenn ich das nicht will, kommst du nicht an mir vorbei*'. Marlena merkt, wie sich die Härchen auf ihren Unterarmen aufstellen.

Sie richtet den Blick wieder zum Fenster und schließt die Augen. *Reiß dich zusammen*, ermahnt sie sich nervös. Eine Panikattacke kann sie jetzt gar nicht gebrauchen.

„Nächster Halt: Stegerwaldsiedlung", hallt es durch die Bahn. Marlena zuckt zusammen. *Am schlimmsten ist, dass Sie sich so maßlos über sich selbst ärgern, wenn Sie in Panik geraten. Sie wollen zu viel, Frau Schuster. Gehen Sie nicht so hart mit sich ins Gericht*, dröhnen ihr die Worte ihrer Therapeutin durch den Kopf. Immer und immer wieder. Vergebens.

Die Musik aus den Kopfhörern des Mannes wechselt. Hardrock. Pantera. Cementary Gates. Harte Gitarren, ein dramatischer, progressiver Schlagzeugbeat. Genau die Art von Musik, die Marlena auch gehört hat, damals...

Der Mann schwitzt. Seine Haut fühlt sich glühend heiß an ihren Schultern an. „Halt still, Schlampe." Der starke Akzent macht seine Worte noch bedrohlicher. Die Augen der Frau sind weit aufgerissen, sie starren sie ungläubig an, so als wäre der Mann, hinter ihr etwas, das sie noch nie zuvor gesehen hat. Marlena bleibt die Luft weg. Der hektisch gehende Atem des Mannes stinkt nach Zigaretten und Alkohol.

Panisch reißt Marlena die Augen auf. Dass die Bilder noch immer so intensiv, so real sind, hätte sie nicht für möglich gehalten. Das anfangs noch leichte Zittern in ihren Händen ist nun deutlich sichtbar. Kalter Schweiß läuft ihr den Rücken runter. Die Panikattacke nimmt sie gefangen, Stück für Stück driftet sie ab in eine Welt, die sie vergessen geglaubt hatte.

„Nur ein Mucks von dir und ich puste dir den Schädel weg", dröhnt die Stimme des Albaners in ihrem Kopf. Der Lauf der

Pistole presst sich hart in ihre Schläfe, er allein hätte genügt, um sie gefügig zu machen. Ihr Atem geht flach und schnell. ‚Nicht die Pistole angucken. Nicht die Pistole angucken', lautet ihr Mantra. In ihrem Kopf wiederholt sie es wieder und wieder. Stattdessen starrt sie immer wieder in die grünlich-braunen, ungläubigen Augen der Frau. Der Frau, die mittlerweile hysterisch zurückweicht.

Die Straßenbahn erreicht die Stegerwaldsiedlung. Am liebsten würde Marlena einfach aus dem Abteil rennen, doch sie ist nicht fähig, sich auch nur einen Millimeter von der Stelle zu rühren. Es ist, als wären ihre Füße festgeklebt. Ihr ist schlecht, ihr Atem geht in Stößen. Irgendwann muss sie instinktiv nach einem der Haltegriffe der Bahn gefasst haben. Sie umklammert die Stange so fest, dass ihre Fingerknöchel weiß hervorstehen.

„Tu's nicht. Bitte tu's nicht", schreit die Frau, während sie weiter versucht, nach hinten auszuweichen. Doch hinter ihr ist die Bahnkabine zu Ende. Sie kann nicht weg. Genauso wenig wie Marlena. „Legen Sie die Waffe weg!", ruft eine laute, sonore Stimme durch den Bahnwaggon. Andere Fahrgäste schreien. Es ist Hektik ausgebrochen. Marlena will ihre Mitreisenden am liebsten anschreien. Ihnen klarmachen, dass Hektik den Mann sicherlich in Panik versetzt, und Panik führt zu Kurzschlussreaktionen. „Ihr bringt mich um", schießt es Marlena durch den Kopf. „Oh bitte nicht. Bitte nicht. Ich will doch leben."

„Tief atmen, Marlena. Ein. Und aus", spricht plötzlich eine ruhige Stimme zu ihr. Fast schemenhaft nimmt Marlena wahr, dass Simon sich in einer betont ruhigen, geschmeidigen Bewegung ihr gegenüber auf den Sitz sinken lässt. Mit warmen, in sich ruhenden Augen mustert er sie. „Nicht erschrecken, ich werde dich jetzt anfassen", sagt er leise und greift mit festem Griff nach ihrem frei liegenden Unterarm. Hochkonzentriert starrt Marlena ihn an. *Wo kommt er her,* fragt sie sich, während sie instinktiv seinen Anweisungen folgt.

„Ein. Und aus", wiederholt Simon immer wieder ganz ruhig.

Er massiert in kleinen Bewegungen ihr Handgelenk, sucht Marlenas Blick, wenn er wieder zu dem Mann gegenüber schweift. „Marlena, schau mich an. Niemand will dir etwas tun." Sie schließt die Augen, atmet tief ein, tief aus. Immer und immer wieder. Der Geruch, die Musik – sie sind immer noch da, doch langsam weichen sie aus ihrem Bewusstsein zurück, geben sie frei. Sie spürt wieder den harten Bahnsitz in ihrem Rücken, bemerkt die Stange in ihrer rechten Hand, die ausdruckslose Stimme der Bahnansage, die verkündet, dass die Haltestelle Messe kurz bevorsteht. Auch ein leiser Luftzug fällt ihr auf, aus dem aufgeklappten Fensterchen links über ihr. Es ist kalt. Es ist Winter.

Als Marlena jetzt die Augen öffnet, zucken ihre Pupillen nicht mehr hektisch hin und her. Sie schaut Simon in die Augen, nimmt zum ersten Mal richtig wahr, dass er da ist und immer noch ihre Hand festhält. „Schhhh", macht er, bestimmt zum hundertsten Mal schon, ganz leise. Sein stiller, in sich ruhender Blick bricht den Damm. Mit einem Mal laufen Marlena Tränen über das Gesicht, ein Schluchzen löst sich aus ihrem Hals. Es ist Erleichterung. Die pure Erleichterung.

Sie löst ihre Hand aus Simons Griff, wischt sich durchs Gesicht. „Es tut mir leid", sagt sie erstickt, während ihr Körper gegen die Tränen kämpft. Sie will sich dem Weinen nicht hingeben. Sie weiß, was passiert, wenn sie es tut. „Ich weiß auch nicht..." „Ist schon gut! Hey!", unterbricht Simon sie und greift hinüber zu ihr. Mit einer sanften Geste streicht er Marlena über die Schulter. „Alles ist gut." Doch mit so viel Zuwendung kann sie nicht umgehen. Der Schleier vor ihren Augen verdichtet sich, das Atmen schmerzt, ihre Brust drückt ihr die Lunge zu. Genau in dem Moment, wo Simon erkennt, was los ist, und sie still in seinen Arm ziehen will, springt Marlena auf. Schaut Simon mit schmerzverzerrten Augen an, dreht sich um. „Es... ich...", stammelt sie beim Weggehen. Drückt sich gerade noch so durch die sich bereits schließenden Zugtüren an der Kölnmesse. Verschwindet in die Nacht, ohne sich noch einmal umzudrehen.

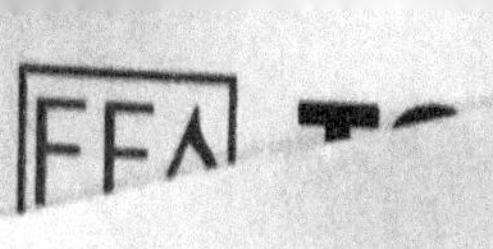

reitag, 10.02. Dortmund, FZW
mstag, 11.02. Hannover, Musikzentrum
nerstag, 16.02. Münster, Sputnik-Halle
Freitag, 17.02. Hamburg, Große Freiheit
(Kaiserkeller)
Samstag, 18.02. Bremen, Modernes
Sonntag, 19.02. Bielefeld, Ringlokschupp
(Kleine Halle)
Donnertag, 23.02. Berlin, Columbia Theat
Freitag, 24.02. Leipzig, Werk 2
(Halle D)
Samstag, 25.02. Dresden, Alter Schlac
(Kleiner Saal)
Sonntag, 26.02. Erfurt, HSD
Donnerstag, 02.03. Frankfurt, Batschkap
Freitag, 03.03. Saarbrücken, Garag
Samstag, 04.03. Stuttgart, Im Wizem
Sonntag, 05.03. Freiburg, Jazzhaus
Donnerstag, 10.03. Köln, Live Music H
Freitag, 11.03. Nürnberg, Hirsch
München, Techni

14 Tage bis Tourstart

Am nächsten Morgen wacht Marlena mit einem Gefühl auf, als hätte sie den Kater des Jahrhunderts. Ihr Kopf fühlt sich schwer, ihre Glieder unendlich steif an. Ihr Knöchel puckert und tut weh, als sie auftritt, um sich auf den Weg ins Badezimmer zu machen. Ein Blick in den Spiegel genügt, um ihr zu zeigen, dass ihr Äußeres ihrem Innersten um nichts nachsteht. Sie wendet die Augen ab. Erst mal muss ein Kaffee her.

In der Küche fällt ihr Blick auf das Chaos des vergangenen Abends. Die Tablettenschachtel mit dem Sertralin, ihrem Antidepressivum, liegt halb ausgekippt auf dem Tisch. Taschentücher verteilen sich über den Fußboden, genauso wie ihre Jacke und ihre Schuhe. Marlena wollte nur noch ins Bett, als sie nach zwanzig Minuten Fußweg – immer wieder unterbrochen von Weinkrämpfen und Wutanfällen – endlich zuhause angekommen war. Sie war zwei Haltestellen zu früh ausgestiegen.

Ein Blick auf die Arnikasalbe in der Spüle erinnert sie auch wieder daran, warum ihr Knöchel so weh tut: Zwei Mülltonnen hat sie umgetreten. Eine davon ist auf ihren Fuß gefallen.

Fast packt Marlena wieder die Wut, während sie ihre Sachen wegräumt und geistesabwesend die Kaffeemaschine anschmeißt. Was war sie doch für eine blöde Kuh, sich wegen solchen beschissenen Kleinigkeiten wie einem stinkenden Mann in der Bahn so aus dem Konzept bringen zu lassen! Doch noch während sie diesen Gedanken fasst, füllen sich ihre Augen wieder mit Tränen. *Bringt ja alles nichts.* Raus aus ihrer Haut kann sie schließlich nicht.

Nach dem Kaffee und ihrer kleinen Aufräumaktion geht es ihr immerhin so viel besser, dass es sie an ihren Laptop zieht.

Wenn sie nicht musikalisch unterwegs ist, verdient sie als Werbetexterin ihr Geld. Derzeit auf ihrem Schreibtisch in der Warteschleife: Der Entwurf einer Corporate Identity für das Café einer Freundin, welches in der Südstadt kurz vor der Eröffnung steht – und ein Slogan für die neue Bleaching-Behandlung ihres Zahnarztes. Marlena verdreht genervt die

Augen. Komplett mit der Musik ihr Geld verdienen zu können, würde sie eindeutig präferieren.

Mit der Kaffeetasse in der Hand lässt sie sich an ihrem sonnigen Schreibtisch mit Blick in den Innenhof fallen. Die Zähne sollen es heute sein, entscheidet sie, denn diese Aufgabe erscheint ihr sehr viel übersichtlicher. Sie greift nach einem weißen Papier und schreibt wahllos Begriffe auf, die ihr zum Thema Bleaching einfallen. „Strahlend weiß“ – „gesund“ – „blitzblank“ – „Zahnhygiene“ – „~~strahlend we~~“ ... sie stockt. „Zähne“ – „Weiß“ – „glänzend“ – „gesund“... Nichts, was nicht schon Millionen Mal dagewesen wäre.

Frustriert blickt sie in den schneebedeckten Innenhof. Es ist nicht so, als kenne Marlena diese Nachwehen einer Panikattacke nicht. Sie kann sich nicht konzentrieren, ist zerstreut und fahrig, ihre Gedanken schweifen immer wieder ins Leere ab. Und launisch ist sie obendrein.

Das Problem ist: Sie will es nicht akzeptieren. Seit sie vor einem Jahr in diesen Zwischenfall in der Bahn verwickelt wurde, zwängt ihr Körper sie ständig in diese kraftraubende Opferrolle, in der sie überhaupt nicht zuhause ist. Zeit ihres Lebens war es Marlena stets gelungen, die Probleme, die sie bedrückten, aus dem Weg zu räumen; aus eigenen Stücken eine Lösung für sie zu finden. Es entspricht nur ihrem Naturell, dass auch in dieser Situation versuchen zu wollen. Doch immer, wenn sie glaubt, es ginge ihr nun wieder gut, entstehen Situationen wie gestern. Fast so, als wolle ihr Körper ihr mitteilen, dass sie in ihrem Leben überhaupt nichts zu sagen hat, solange er nicht mitspielt. Was er offenbar nicht vorhat.

Marlena steht auf, um sich einen weiteren Kaffee zu holen. An der Spüle hält sie inne. *Sie wollen zu viel, Frau Schuster. Gehen Sie nicht so hart mit sich ins Gericht,* hört sie ihre Therapeutin sagen. Ohne weiter mit sich zu hadern stellt Marlena die Tasse in die Spüle, greift nach ihrer Jacke und verlässt die Wohnung. *Die Arbeit muss warten,* beschließt sie. Jetzt geht es erst einmal an den Rhein.

***

Frank Baltes hat fast genauo schlecht geschlafen wie Marlena. Der Tag hatte schon miserabel begonnen, als ihm morgens in der Dusche sein Rasierer auf den Fuß gefallen war, und er geht mies mit seiner täglichen Zeitungsumschau weiter. Alle großen Lokalzeitungen in den Städten, die ‚Freifahrtschein' in den kommenden Wochen bespielen würde, hatten von ihm einen ausführlichen Pressetext zur Veröffentlichung und Bewerbung der Konzerte bekommen – in drei verschiedenen Längen, mit drei verschiedenen Fotos, mit Hörproben und Videos für die jeweiligen Internetseiten und dem Angebot von Telefoninterviews für die Vorberichterstattung. Den örtlichen Radiostationen hatte er zudem jeweils die letzte EP der Band zugeschickt und ihnen angeboten, Karten für Ticketverlosungen zur Verfügung zu stellen. Nicht eine einzige Redaktion hatte sich bislang bei ihm gemeldet. Und das alles wäre wahrscheinlich viel leichter für ihn zu ertragen, wenn er es nicht irgendwie verstehen würde.

Es war über ein dreiviertel Jahr her, das ‚Zeppelin', das Titellied der gleichnamigen EP aus dem letzten Frühjahr durch die Decke gegangen war. „Alter, wir laufen im Radio! Hier, hör mal..." hatte Lukas in sein Ohr gebrüllt, als er ihn eines nachmittags von der Autobahn aus angerufen hatte. Danach war alles irgendwie von selbst gelaufen: Die Nummer wurde mit dem „NRW Rock-Zepter"-Preis zur besten Newcomer-Single 2016 ausgezeichnet, stieg in die Top 50 der deutschen Single-Charts ein, und kurz darauf, mitten in ihrer Stadtfest-Saison, kamen die ersten Anfragen für Radio- und Zeitungsinterviews. Die Werbung, die ‚Freifahrtschein' rund um ihre Heimatstadt Köln plötzlich bekam, kurbelte ihre Verkaufszahlen rasant an: Innerhalb eines halben Jahres wurde ‚Zeppelin' über 100.000 Mal verkauft – einer der Gründe, warum Frank beschlossen hatte, alles auf eine Karte zu setzen und mit der Planung der ersten großen Clubtour für ‚Freifahrtschein' zu beginnen.

Es war nicht leicht gewesen, eine Booking-Agentur zu finden, die bereit war, das Risiko einzugehen, eine Band ohne Plattenvertrag und nur mit einer einzigen Hitsingle zu pushen. Viele Telefonate und Geschäftsessen waren nötig gewesen;

viel Überzeugungsarbeit wegen Marlenas spezieller Situation, mindestens drei Ruhetage pro Woche in Köln verbringen zu müssen. Als es ihm dann endlich gelungen war, hätte es eigentlich steil bergauf gehen sollen: ‚Freifahrtschein' hatten mit der Arbeit an ihrem neuen Album begonnen, mit straffem Zeitplan und viel Disziplin hätte es knapp bis zur Tour fertig werden können. Und dann war die Sache mit Ruben passiert – und plötzlich hatte die Band andere Dinge zu tun gehabt, als noch schnell die letzten zwei Songs für ihre Platte fertig zu schreiben und parallel die schon fertigen Songs in seinem Homestudio einzuspielen.

Seufzend klickt Frank seinen Laptop aus dem Standby-Modus.

Seitdem war sein Verhältnis zu den Leuten in der Booking-Agentur deutlich abgekühlt. Frank weiß genau, dass seine Vertragspartner die Vorverkaufszahlen für die Tournee argwöhnisch im Auge behalten, und die wären nun einmal deutlich besser, wenn die Band mit neuem Album, neuen Geschichten für die Berichterstattung und neuen Erfolgen ins neue Jahr gestartet wäre. Stattdessen war es ruhig um die Newcomer-Band geworden. *Viel zu ruhig, um nicht vergessen zu werden*, denkt er bitter.

Er beginnt, die Internetseiten der Veranstaltungsstätten zu checken, die sie mit ihrer Tournee besuchen werden. Fast alle hatten ‚Freifahrtschein' mit zweizeiligen Konzertankündigungen in die Veranstaltungskalender ihrer Hallen aufgenommen – oft jedoch noch nicht einmal mit Foto und fast alle ohne weitere Infos zur Band. *Warum interessiert mein Pressematerial eigentlich keine Sau*, ärgert sich Frank. Auch die Venues hatte er in den vergangenen Wochen mit seinen Pressematerialien überschwemmt. *Jeder gottverdammte Clubbetreiber muss doch wissen, dass so ein blödes Video mit Liveaufnahmen auf seiner Seite die Besucherzahlen steigert! Was zur Hölle ist denn los mit diesen Menschen?*

Wütend zündet Frank sich eine Zigarette an. Er sollte sich einfach gar nicht mehr mit dieser Band belasten! Als hätte er das nicht alles schon erlebt, damals, mit ‚Knoxville', nachdem diese die Castingshow „Be a Star" gewonnen hatten und einige

Monate lang unter seiner Regie durch Deutschland getourt waren. Er hatte die Jungs groß gemacht! Und wer dankt es ihm heute? Benjamin vielleicht, der Mädchenschwarm des Quartetts, der nach anderthalb Jahren auf die glorreiche Idee gekommen ist, dass er doch lieber sein Jurastudium beenden will, um „was Seriöses zu lernen"? Oder Karsten und Tobias, die „nicht so richtig Bock haben auf diesen ganzen Rummel", und den Plattenvertrag, den Tennessee Records ihnen angeboten hat, lieber als „Knebelvertrag" bezeichnen, der ihnen ohnehin keine andere Wahl gelassen hat, als sich zurückzuziehen? Nur Jonas – der hätte es zu was bringen können. Tut er jetzt auch. Als Musicalstar in Hamburgs Dauerbrenner „König der Löwen". Wozu er, natürlich, keinen teuren Manager mit Kontakten in die Populärmusik benötigt.

Es ist immer dasselbe mit diesen Jungbands, findet Frank, die zwar erfolgreich sein, aber einfach nicht einsehen wollen, wie das Musikbusiness tickt. Man kann nicht einfach machen, was einem gefällt – man muss sich auf das fokussieren, was bei den Plattenbossen, den Fans und den Fernsehproduzenten eben gerade angesagt ist. Stehen die gerade auf halbakrobatische Choreographien und deutschsprachigen Pop-Schlager, dann machst du halt halbakrobatische Choreographien und deutschsprachigen Pop-Schlager!

Dass ‚Freifahrtschein' in Franks Portfolio gerutscht sind, hat damit zu tun, dass die Chancen für eine Deutschrockband in der Bundesrepublik gerade nicht schlecht stehen – und natürlich auch damit, dass Frank in seinen alten Bekannten Lukas und Marlena sehr engagierte Musiker erkannt hat, die nicht nur etwas auf dem Kasten haben, sondern auch Ehrgeiz genug besitzen, um für ihre Musik Opfer zu bringen. Dachte er zumindest. Dass es sich so schwierig gestalten würde, den beiden klarzumachen, dass ihr neuer Bandkollege weder ein musikalisches Genie noch ihr neuer bester Freund werden muss, hätte er nicht erwartet.

Wütend knallt er den Laptopdeckel zu. Es muss sich was ändern, beschließt er. Für diese Kinderkacke hat ein Frank Baltes keine Zeit. Und vor allem, so muss er sich eingestehen:

Auch kein Geld. Er hat auf ‚Freifahrtschein' gesetzt, wenn er mit ihnen jetzt das zweite Pferd erwischt hat, das den Karren vor die Wand setzt, hat er ein ernsthaftes Karriereproblem.

Seine Kiefermuskeln verhärten sich bei diesem Gedanken. *Nicht mit mir, Freunde,* beschließt er, und drückt seine Zigarette mit Nachdruck im Weinglas von gestern Abend aus. *Wenn ich falle, dann fallt ihr auch. Und das wird ganz sicher nicht passieren – koste es, was es wolle.*

***

Einige Stunden später betreten Marlena und Linda gemeinsam den Musical Dome. Marlena ist unendlich dankbar für die Ablenkung, hat sich der gesamte Tag doch wie ein zäher Kaugummi gezogen, ohne dass sie je zu ihrer Produktivität zurückgefunden hätte. Den Nachmittag nach ihrem Spaziergang hat sie auf der Couch verbracht. Mit drei Klatschzeitungen und dem bewährten Hartz 4-Fernsehen, das sie weder interessiert noch ablenken konnte. Dass sie durch das Date mit Linda am späten Nachmittag überhaupt noch einen Grund gefunden hatte, um aufzustehen und unter die Dusche zu springen, ist schon viel mehr, als sie am Vormittag noch zu hoffen gewagt hatte.

„Wir stehen auf der Gästeliste. Schuster und Nowak", lässt Linda den Mann am Eingang bedeutungsvoll wissen. Marlena verdreht die Augen. „Du hast schon ein bisschen Spaß hier dran, oder?", fragt sie mit einer einladenden Bewegung, die sowohl die Gästeliste als auch das Foyer oder den Musical Dome selbst umschließen könnte. Linda lacht. „Ach komm, Miss Rockstar. Ich will mich auch mal 'n bisschen wichtig fühlen!" Marlena muss schmunzeln. „Wichtig?", neckt sie ihre Freundin. „Wer wichtig ist, muss nicht sagen, dass er auf irgendeiner Gästeliste steht! Er wird einfach durchgewunken. So würde es dir zumindest bei meinen Konzerten gehen, meine Beste."

Freudlos bläst Linda Luft durch die Nase aus. „Tja, da unterscheidet ihr zwei euch wohl." Die beiden bringen ihre Jacken zur Garderobe, holen sich ein Getränk und bleiben an einem

Stehtisch stehen. Der Musical Dome scheint ausgebucht zu sein – an einem Mittwochabend definitiv ein gutes Zeichen für die Produktion.

„Was ist los?", verschwendet Marlena keine Zeit. Sie hat schon, als sie zu ihrer besten Freundin ins Auto gestiegen ist, überdeutlich gemerkt, dass es Linda nicht gut geht. Außerdem sorgt sie sich mindestens genauso sehr um ihre Freundin wie um die reelle Möglichkeit, selbst ins Kreuzverhör zu ihren Castings und, daraus resultierend, zu ihrem Seelenzustand zu geraten, wenn sie nicht möglichst schnell das Gespräch an sich reißt.

Linda blickt zu Boden. „Ich werde einfach nicht schlau aus André", sagt sie und zieht an ihrem Strohhalm. „Was du gerade gesagt hast, bringt die Sache auf den Punkt: Er lässt mich mit seinem ganzen Verhalten einfach spüren, dass ich ihm so wichtig nicht sein kann."

„Linda, das war ein Scherz! Der Mann an der Tür ist doch sowieso bei einem Fremddienstleister angestellt, der gar keine Ahnung davon hat, wer..."

„Es geht nicht um den Mann an der Tür, Marlena", sagt Linda heftiger als nötig. „Es geht ums nicht zurückrufen. Es geht ums Verabredungen absagen. Alles möglichst vage halten. Es geht darum, dass ich in André verliebt bin, er sich aber nicht festlegen will."

Marlena nickt. Ein bisschen ist sie erleichtert, dass Linda ihre Situation selbst so klar auf den Punkt bringen kann. Es gibt einfach keinen Weg, wie man diese Erkenntnis von außen provozieren kann, ohne den Betroffenen zu verletzen.

Linda seufzt. „Aber es geht schon lange nicht mehr nur um André und mich, verstehst du? Mir bedeutet ‚Lindseys Dream of Hollywood' wirklich viel, wir haben uns was aufgebaut, wir kommen beim Publikum gut an. Soll ich das jetzt alles wegschmeißen, nur, weil ich mich von meinem Freund vernachlässigt fühle?"

Marlena zieht die Augenbrauen hoch. „Also das, was du hier grad beschreibst, klingt für mich schon nach ein bisschen mehr als bloßer Enttäuschung darüber, André statt vier- nur zweimal die Woche zu sehen." Linda lacht freudlos auf. „Zweimal? Ich träume von einmal die Woche!"

„Linda, es ist doch völlig egal, wie oft ihr euch seht. Die Frage ist: Geht es dir gut damit? Und den Eindruck hab' ich grad offen gestanden überhaupt nicht. Auf dieser Basis kannst du doch auch keine Musik machen!"

Linda visiert ihre Finger an. „Ich weiß, dass klingt total bescheuert, Marlena. Aber wenn wir Musik machen, ist alles wunderbar! Wir harmonieren, wir bringen uns gegenseitig auf tolle Ideen, wir lachen zusammen – manchmal denk ich, Musik mit André zu machen fühlt sich intimer an als Sex mit ihm!" Marlena muss lachen – doch sie weiß genau, was Linda meint. Sie kennt dieses Gefühl genau von den Proben mit ihren Jungs – diese kreativen Momente, in denen man genau merkt, dass alle voll mit dem Herzen dabei sind. In denen sie die Sehnsucht, die Wut, die Liebe aus den Zeilen, die sie einst geschrieben hat, so deutlich spürt, dass ihr gar nichts anderes übrigbleibt, als sich und ihre Gefühle völlig unverhüllt zu zeigen. Und nur dieses rückhaltlose Vertrauen, welches sie mit ihren Bandkollegen und Freunden verbindet, ermöglicht es ihr, sich fallen zu lassen – wissend, dass niemand das, was er gesehen hat, jemals missbrauchen oder mit Füßen treten würde, aus der tiefen Liebe zur Magie guter Musik heraus.

Genau das sagt sie auch Linda. „Aber das Ding ist – wie kannst du denn jemandem so sehr vertrauen, wenn du dich nach der Probe wieder so weit von ihm entfernt fühlst als wäre er ein Fremder?", endet sie. Marlena merkt selbst, dass sie längst nicht mehr nur über André spricht. Das Gefühl, dass die Situation ihre Ängste gegenüber Simon haargenau auf den Punkt trifft, hinterlässt bittere Traurigkeit.

Linda zuckt die Achseln. „Ich weiß es nicht. Ich weiß nur, dass es funktioniert, Marlena. Vielleicht hätte ich nie mit André zusammenkommen dürfen. Vielleicht ist die Musik das einzige, was für uns funktioniert."

Noch lange denkt Marlena über diese Worte nach. Auch, als sie später mit einigen von Andrés Ensemble-Kollegen im Stage Club sitzen und Wein trinken, schweifen ihre Gedanken immer wieder ab. Simon hatte sich wie der wahre Freund verhalten, den sie lange vermisst hatte, als er ihr in der Bahn zu Hilfe gekommen war. Sie kann es nicht leugnen – bei aller Abscheu, die sie für ihn empfindet, bei all der Wut und Bitterkeit über ihre gemeinsame Vergangenheit: Als sie Hilfe gebraucht hatte, war er da gewesen. Es hatte sich noch nicht einmal merkwürdig angefühlt – auch für ihn nicht, das hatte sie gespürt. Es war eine Selbstverständlichkeit für ihn gewesen, sonst hätte er sich nicht so intuitiv, so bedingungslos hilfsbereit gezeigt. Es war fast wie früher gewesen, in den vielen Stunden, die die beiden zusammen auf ihrer Couch verbracht hatten, mit nichts als Melodien, Textfragmenten und Ideen im Kopf, wie sie das, was sie, Marlena, bewegte, am besten in Musik verwandeln können. Damals war Simon einer der Menschen gewesen, den sie am tiefsten in ihre Seele hatte blicken lassen. Und niemals, nicht ein einziges Mal, hatte sie auch nur ansatzweise das Gefühl gehabt, ein Risiko damit einzugehen.

„Trinkste noch einen?“, fragt André, küsst seine Freundin auf den Haarschopf und greift nach Marlenas Glas. Sie nickt. Als er mit einem weiteren Weißwein wiederkommt, sieht er Marlena an – das erste Mal an diesem Abend, soweit sie sich erinnern kann. „Hab gehört, ihr sucht ‘nen neuen Keyboarder?“ Marlena nickt. „Ist nicht so leicht, einen Tastengott zu ersetzen“, versucht sie zu scherzen. André nickt. „Kann’s mir vorstellen. Keyboarder sind in der Regel entweder in festen, fett bezahlten Engagements oder so mies, dass du sie nur auf drittklassigen Hochzeiten an die Orgel setzen kannst.“ So hart hätte Marlena das nicht ausgedrückt, doch auf seine verquere, eingebildete Art und Weise bringt er die Marktsituation in der Musikbranche schon ganz gut auf den Punkt. „Heißt trotzdem nicht, dass man jeden nehmen muss, der ‚Für Elise‘ runterleiern kann.“

André lacht. Makellos gebleachte Zähne kommen zum Vorschein – ein Schönheitsdetail, welches ihn, falls das möglich ist, noch einen Tick unsympathischer macht. „Das mag sein, Schätzchen. Aber glaub mir, für so manche deutsche Popband wäre das durchaus ein Anfang.“ Linda lacht, Marlena nicht.

„Babe, wie sieht's aus – gehen wir gleich zu dir oder zu mir?", wendet sich André wieder seiner Freundin zu. Linda schmiegt sich an ihn und zwinkert Marlena zu. „Ich sollte jeden Abend hier sein. Das maximiert unsere Quality Time zusammen enorm."

André macht sich nicht mal die Mühe, zu lächeln oder anderweitig zu reagieren. Er lässt sich einfach wieder in ein Gespräch mit seinen Musicalkollegen verwickeln.

Linda scheint es nicht zu stören, bemerkt Marlena. Für die gleichgültige Arroganz ihres Angebeteten ist sie blind. „Du hast noch gar nicht erzählt, wie euer Casting war", fragt sie stattdessen. Marlena winkt ab. „Wir sind noch unentschlossen", sagt sie, wohl wissend, dass das mindestens eine 170-Grad-Wendung zu dem ist, was sie gestern noch geantwortet hätte.

Linda nickt und legt einen Arm um ihre Freundin. „Du bist halt Perfektionistin, das wissen wir ja. Aber manchmal, meine Gute, täte es dir ganz gut, auch mal ein paar Gratis-Chancen zu verteilen. Das gäbe den Menschen zumindest gelegentlich die Möglichkeit, dich davon zu überzeugen, dass sie nicht alle schlecht sind."

Marlena lächelt müde. Vielleicht sollte sie das tatsächlich.

„you had me from hello"
Bon Jovi

Jahre zuvor…

Er sah verboten gut aus. Hellblaue Jeans, Nietengürtel, T-Shirt mit weitem V-Ausschnitt und darüber eine hautenge Lederweste mit so 'ner Art Plüsch-Kragen, über den sich seine damals noch hüftlangen, leicht gewellten Haare verteilten. Und weil er auch genau wusste, wie verboten gut er aussah, hasste Marlena ihn sofort. Wahrscheinlich schon, bevor er mit lässigem Augenzwinkern „Hoppla, wer schmeißt sich mir denn da an den Hals?", gesagt hatte.

Es war 2010, Marlena jobbte neben ihrem Studium für eine Catering-Firma bei Veranstaltungen und hatte sich Simon mitnichten an den Hals geworfen, sondern war mit Schwung in ihn hineingerannt, als sie gerade auf dem Rückweg zum Catering-Zelt war, um neues Besteck nachzulegen. Das wiederum verteilte sich jetzt quer über den Boden vorm Toilettenwagen, aus dem Simon in aller Seelenruhe herausgetreten war. Er fand's komisch – sie zum Kotzen. Wie alles, was mit dieser Veranstaltung zu tun hatte.

Genau deswegen verschwendete sie entgegen ihrem Arbeitsauftrag auch keine Zeit darauf, freundlich zu sein, sondern warf ihm stattdessen einen giftigen Blick zu, bevor sie sich bückte. „Seh' ich aus, als hätt' ich Zeit, mich irgendwem an den Hals zu werfen?"

Er musste lachen. „Nicht so richtig, aber irgendwas scheint dir gewaltig die Sicht vernebelt zu haben." Er ging in die Hocke und reichte ihr ein paar Gabeln, die in seine Reichweite gefallen waren. Statt Dankbarkeit traf ihn allerdings nur ein mitleidiges Lächeln. „Sorry, Baby, aber das warst bestimmt nicht du. Wenn du was anderes hören willst, musst du schon zu deinen Groupies da vorne am Backstage-Eingang gehen."

Simon hielt kurz inne, grinste dann und tätschelte ihr kurz die Schulter, bevor er sich wieder erhob. „Bad Day, mhm? Kenn' ich, don't worry. Ich lass dich mal wieder allein mit deinem Ärger über dich selbst."

Verdammte Scheiße, wo nahm der Typ diese ungeheure Selbstgefälligkeit bloß her? Sie hasste diese Coverband-Heinis, die sich was darauf einbildeten, die großen Hits irgendeiner anderen Band nachzuäffen, die irgendwann mal hart für ihren Erfolg hatte arbeiten müssen. Und am schlimmsten waren die Musiker der gefühlten zwei Prozent von Milliarden Coverbands in Deutschland, die auch noch Erfolg damit hatten. Die tatsächlich am Bühneneingang Autogramme für irgendwelche Hausfrauen oder unreife Teenies schreiben mussten, denen eine Reise zu den wahren Helden der eben bejubelten Musik offenbar einfach zu teuer oder zu weit war. ‚Tommy and Gina' gehörten dazu. Die ‚Bon Jovi'-Tribute Band, der dieser verdammte Simon Voigt mit seiner sexy Lederweste angehörte.

Als sie wieder am Buffet angekommen und einige Minuten später mit dem Besteckkasten fertig war, warf sie verstohlen einen Blick rüber zum Bühnenaufgang. Gerade stand da der Leadsänger der Band und posierte für irgendein Foto. Die Mädels, die Marlena von ihrem Standort aus sehen konnte, waren etwa 17 Jahre alt, trugen Röckchen, die Marlena eher als Gürtel bezeichnet und ganz gewiss niemals angezogen hätte und grübelten ganz offensichtlich schon den ganzen Abend darüber, wie sie den Lead-Sänger (oder den Gitarristen, den Bassisten oder wenigstens irgendeinen Roady, der die Mikroständer tragen durfte) ins Bett kriegen konnten. Angewidert schüttelte sie den Kopf. Ihre Bewunderung dafür, dass diese Band eine Marktlücke entdeckt hatte und diese zugegebenermaßen auch noch mit einer erstaunlich hohen Qualität schloss, ignorierte sie. Ihren Neid erst recht.

„Also, Miss Forkshooter", Simon riss sie aus ihren Gedanken. Er war ganz plötzlich neben ihr aufgetaucht und lud sich ein paar Scheiben Brot auf seinen Pappteller. Versöhnlich sah er sie an. „Können wir noch mal von vorne anfangen? Ich bin Simon, wie heißt du?" So richtig war Marlena noch nicht bereit, sich von ihm einlullen zu lassen. „Marlena", antwortete sie deshalb nur und

nickte ihm knapp zu, statt die dargebotene Hand zu schütteln. „Marlena also." Simon ignorierte ihre Unhöflichkeit. „Nett dich kennenzulernen, Marlena. Und nun erzähl mir doch mal, wie ein Mädchen, dass ganz offensichtlich unterirdisch wenig Bock auf das Musikbusiness mit Rockstars, Groupies und Co hat, allen Ernstes auf die Idee kommt, Veranstaltungscatering zu machen!" Er zwinkerte ihr zu. Marlena musste lachen. „Hast du dich gerade wirklich als Rockstar bezeichnet? Junge, du spielst Keyboard in 'ner ‚Bon Jovi'-Coverband! Komm mal wieder runter!" „Oha, immerhin kannst du mich einem Instrument zuordnen. Das heißt wohl, du hast vorhin zumindest mal kurz reingeschaut ins Zelt!"

‚Jetzt reicht's!' Lässig und mit süffisantem Lächeln stützte sie sich mit beiden Händen auf dem Buffettisch ab und sah ihn herausfordernd an. „Ja, das 'hab ich. Ist nicht schlecht, was ihr da macht. Euer Gitarrist ist 'n bisschen untight, aber das kompensiert euer Drummer ziemlich gut, weil er offenbar ein wandelndes Metronom ist. Deine Samples in Kombination mit dem technisch hervorragenden Growling eures Lead-Sängers sorgen dafür, dass ihr dem Originalsound tatsächlich recht nah kommt – nur das Timing bei ‚Runaway', das würd' ich noch mal üben." Sie machte eine Kunstpause. „So. Können wir jetzt mit der Show aufhören und uns auf einem Level unterhalten, oder möchtest du dich lieber noch ein bisschen selbst feiern? Wenn ja, muss ich dich heute leider zum zweiten Mal an deine Groupies verweisen!"

Zu ihrer Überraschung nickte Simon ihr anerkennend zu, anstatt sie verärgert stehen zu lassen. Er pfiff leise durch die Zähne. „Die Frau is' vom Fach!" war alles, was er sagte. Und dann, überraschend aufrichtig: „Entschuldigung!" Was wiederum bei Marlena sofort ein schlechtes Gewissen erzeugte. Zum ersten Mal, seit sie ihm begegnet war, sah sie ihm offen in die Augen. „Nein, ist schon okay, mir tut's leid! Du hast ja Recht, ich hab' 'nen scheiß Tag heute, da kannst weder du noch deine Band was für."

Er ließ sich auf einen Plastikstuhl neben dem Buffet sinken und sah sie aufmerksam an, während er in sein Brot biss. „Was ist denn passiert?", fragte er schlicht und kaute langsam vor sich hin. Marlena sah ihn lange an. Fast hätte sie ohne zu überlegen geantwortet. Ihm erzählt, dass sie drei Stunden im Stau gestanden hatte und zwei davon hatte zusehen müssen, wie ihr Ex-Freund im Corsa neben ihr auf dem Mittelstreifen ununterbrochen mit seiner neuen Freundin rummachte. Oder dass die Frist für den PR-Kurs, den sie nächstes Semester unbedingt belegen wollte, gestern abgelaufen und sie zu dusselig gewesen war, sich rechtzeitig einzuschreiben. Irgendetwas unter seiner Rockstar-Maske wirkte vertrauenswürdig. Und auch wenn sie sich schließlich gegen einen Seelen-Striptease entschied und stattdessen das Thema wechselte – die Tatsache allein, dass es ihr bedeutend besserging, als sie ihr Gespräch zwei Stunden später wegen der Abreise der Band beendeten, machte ihr eines klar: Sie wollte den Simon hinter dieser Maske kennenlernen. Auch wenn das hieß, dass sie sich bald schon wieder diese blöde ‚Bon Jovi'-Coverband reinziehen musste.

In der Gegenwart

Es ist zum Heulen mit diesem Stolz, denkt sich Marlena, als sie in dieser Nacht in ihrem Bett liegt. Der Mond leuchtet hell durch das Fenster, der schneebedeckte Innenhof reflektiert jedes Licht gefühlt hundertfach – kurzum, sie kann einfach nicht schlafen und denkt stattdessen aus sämtlichen Perspektiven ihres Hirns über die Situation mit Simon nach. Keiner lässt sich gerne etwas wegnehmen, was er sich aufgebaut hat – vor allem nicht von jemandem, der einen einst tief verletzt und mit dem Gefühl, der größte Vollidiot auf Erden zu sein, zurückgelassen hat. Und doch fühlte ihre letzte Probe mit ‚Freifahrtschein' sich an, als hätte sie ihre Mitmusiker längst an ihren ehemaligen Freund, das Tastenwunder, verloren. Als stünde sie allein mit erhobenem Zeigefinger unter dieser dunklen Tanne, während all ihre Freunde ausgelassen im Sonnenlicht eine glückliche Fügung feiern, die sich für Marlena falscher nicht anfühlen könnte.

Sie fühlt sich hintergangen – genau wie damals, an diesem rabenschwarzen Tag auf der Hochzeit in der Bastei, der alles verändert hatte. Es hatte sich angefühlt, als hätte sie alles verloren: Den Freund, dem sie ihr Herz anvertraut hatte. Ihr Vertrauen in das Gute im Menschen. Ihre Fähigkeit, die Musik zu leben – unbeschwert, wie sie es mit Simon zusammen lieben gelernt hatte.

Nicht nur hatte sie erkennen müssen, dass sie sich offenbar völlig in ihm getäuscht hatte mit ihrem Glauben, Simon sei bei allem Rockstar-Gehabe von einem Arschloch weit entfernt. Sie musste auch alles infrage stellen, was sie sich für ihre eigene Zukunft gewünscht hatte. Denn auch bei diesen Plänen hatte dieser Mann seit seinem ersten, bescheuerten Auftritt in ihrem Leben stets eine große Rolle gespielt. Musikalisch und zwischenmenschlich.

Marlena wälzt sich in ihrem Bett herum. Gott, sie ist ein einziges, wandelndes Klischee! Selbst in ihrem Kopf klingt diese Geschichte wie die des ultimativen Prototyps für unglücklich verliebte Mädchen, die sich in verlebte Rockstars verknallen und irgendwann völlig überrascht erkennen müssen, dass ihre rosarote Welt nicht in Einklang gebracht werden kann mit Alkohol, Sex und der erbarmungslosen Gleichgültigkeit, die sie alle – diese Musiker – irgendwie vereint. Sie versucht, den Gedanken zu vertreiben. *Schwachsinn! Um Vertrauensbruch war es gegangen. Um nichts weiter.*

Und heute? Heute geht es ums Geschäft. So schmerzhaft und ärgerlich das auch ist, wenn nicht bald eine Lösung für dieses Keyboarder-Problem am Horizont auftaucht, wird es in einer mittelschweren Katastrophe für ‚Freifahrtschein' enden. Natürlich könnten sie erneut versuchen, Ruben zu beknien, erst nach der Tournee bei seiner Metaltruppe einzusteigen. Und natürlich könnten sie über Franks Kontakte auch die gesamte Tour mit zugekauften Ersatz-Musikern spielen. Zumindest, wenn man mal außen vor lässt, dass diese Tournee aller Voraussicht nach wie bei jeder Newcomer-Band sowieso schon ein Minus-Geschäft werden wird. Und dass dieses nicht vorhandene Geld, das sie aufbringen müssten, eigentlich anderswo besser angelegt wäre. In ihrem noch immer unfertigen Album zum Beispiel. In einer neuen Homepage oder einem Musikvideo.

Marlena wirft sich erneut auf die andere Seite des Bettes. Doch was wird es mit der Freundschaft machen, die sie mit ihren Mitmusikern verbindet, wenn sie, und nur sie allein, der Grund dafür ist, dass ‚Freifahrtschein' diese, gerade für eine junge Karriere sehr gefährlichen Hürden – Verschuldung, Konzertabsagen, Imageverlust – in Kauf nehmen müssen? Marlena würde nicht ertragen, ihre Freunde zu verlieren. Sie würde es nicht ertragen, diese Band zu verlieren.

Sie schließt die Augen, als ihr durch den Kopf schießt, was Lukas ihr auf diese Befürchtung hin entgegenhalten würde, wäre er nicht selbst von dem Unheil betroffen. „Marlena, du kannst nicht aus purer Verlustangst gegen dein Gefühl entscheiden, wenn es dich so fertigmacht, wie du in der letzten Probe zum Besten gegeben hast. Ob die Band nun zerbricht, weil sie die Hürden, die dir im Kopf herumschwirren, nicht nehmen kann, oder ob sie daran zugrunde geht, dass du mit Simon vor lauter

Wut, Kummer und Enttäuschung einfach nicht zusammenarbeiten kannst, spielt keine Rolle – entweder, unser Fundament ist stark genug, eine Krise zu überstehen, oder eben nicht."

Marlena wirft sich auf die andere Seite. Sie sehnt sich mit all ihrer Kraft nach einem erbarmungsvollen Schlaf. *Wenn ich Simon eine Chance gebe, liegt es wenigstens in meiner Hand,* denkt sie noch, bevor ihre Wünsche endlich erhört werden und die Nacht sie übermannt.

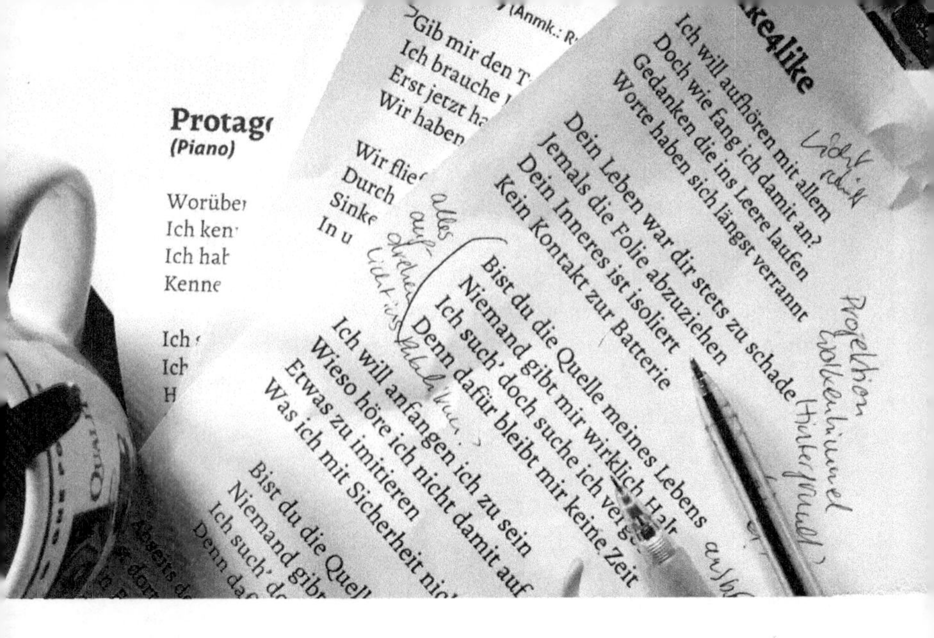

13 Tage bis Tourstart

Der nächste Morgen ist auf geradezu tragische Art und Weise eine Wiederholung des vorangegangenen Tages. Es ist fast zwölf, als Marlena aufwacht – und schon allein für diese Tatsache könnte sie sich wieder einmal ohrfeigen. *Es kann doch nicht allen Ernstes sein, dass du dein halbes Leben verschläfst, während alle anderen da draußen etwas Sinnvolles tun*, fährt sie sich innerlich an, während ihr Kopf wieder in die Kissen sinkt. Dass ihr Antidepressivum einen großen Anteil an ihrer Müdigkeit hat, weil sie es unter anderem nehmen muss, um ihre Schlafstörungen in den Griff zu kriegen, blendet Marlena aus.

Es ist immer das Gleiche: Sie ist unzufrieden mit ihrer Gesamtsituation, ärgert sich über sich selbst, und je unzufriedener sie wird, desto weniger ist sie imstande, etwas an ihrer Situation zu ändern. Der einzige Effekt, den das Ganze hat, ist diese zermürbende Müdigkeit, die die einfachsten Dinge zu einer Tortur werden lassen. Dazu führen, dass die Kleinigkeiten des Alltags, die manchmal einfach schiefgehen – zum Beispiel ein verbrannter Toast oder die reißende Mülltüte auf dem Weg in den Innenhof – dieses ekelhafte, weinerliche Kind in ihr wecken. Überhaupt, diese beschissene Heulerei wegen nichts und wieder nichts! An Tagen wie diesen würde Marlena am liebsten den Spiegel zerschlagen, in den sie unweigerlich blicken muss, sobald sie aufgestanden ist. Weswegen sie es lieber gleich sein lässt.

Diese Spirale ist ganz normal, Frau Schuster. Es dauert, bis man sie durchbrochen hat. Ihre Therapeutin hat gut reden! Die sitzt ja jedes Mal, wenn sie sich sehen, in ihrem ordentlich gebügelten Kostüm in ihrem Sessel und sieht stets aus wie aus dem Ei gepellt. Als könne sie sich allen Ernstes vorstellen, wie schwer es Marlena an manchen Tagen fällt, überhaupt Kajalstift aufzutragen und ihre Haare zu kämmen! Aber klar: Im Fragefall *willst du mal wieder zu viel, Marlena! Sei nicht zu hart mit dir selbst…*

Lustlos schwingt Marlena gegen halb zwei die Beine aus dem Bett. Schlurft in die Küche, setzt Kaffee auf. Nur, um sich danach in ihrem übergroßen Schlaf-T-Shirt doch wieder auf die Couch sinken zu lassen. Was soll's denn auch? Sie würde den Tag eh nicht gebacken kriegen.

Da ist sie schon wieder, diese mitleidige, armselige Kuh, die ständig aus ihrem Schrank gekrochen kommt, wenn mal ein bisschen weniger zu tun und Zeit zum Nachdenken ist. In einem Anflug von Wut springt Marlena auf. Geht in die Küche, öffnet den Kühlschrank, schließt ihn sofort wieder. Greift nach den Gummihandschuhen unter der Spüle, dann wahllos nach irgendwelchen Spülmitteln und beginnt, wie eine Geisteskranke ihr Ceranfeld zu schrubben. Es muss doch möglich sein, dass sie wenigstens irgendwas Sinnvolles auf die Reihe bekommt, an diesem Dreckstag! Wütend geht sie in Gedanken all die Dinge durch, die noch erledigt werden müssen, bevor es in zwei Wochen mit der Tour losgeht. Sie muss noch zum Musicstore, Ersatz-Kabel und Mikroklemmen kaufen. Sie muss zum Drogeriemarkt, um für die Übernachtungen gewappnet zu sein: Zahncreme, Haarshampoo, Gesichtscreme in Probiergrößen kaufen; Salbeibonbons und Vitaminpräparate für den Notfall besorgen. Außerdem muss sie unbedingt noch einen Termin bei ihrem Psychiater machen, der die Therapie bei Irene Gottlob medikamentös begleitet. Vermutlich würde er für diese Ausnahmesituation ihre Medikation neu einstellen… zumindest hofft Marlena das.

Langsam aber sicher wird sie ruhiger. Es ist verrückt, wie ein einziger Gedanke, nur ein kleiner Impuls zur richtigen Zeit, dieses kleine bisschen Ordnung bewirken kann, durch das man auf einmal wieder klarsieht. Dass einem die Lächerlichkeit einer Putzaktion, die eigene Motivationslosigkeit, der eigene Gesundheitszustand auf einmal vorkommt wie eine Geschichte, die man im Fernsehen verfolgt. Und bei der man partout nicht verstehen kann, wie der Protagonist auf dem Bildschirm so dermaßen an der Komplexität der Situation scheitern kann – denn eigentlich sind die Gründe für all das so offensichtlich, und damit: auf einmal völlig unbedrohlich.

Wenn Sie das Gefühl haben, dass Ihnen alles zu viel wird, dass Sie alles, was Sie tun, hassen, und allem voran sich selbst, dann sollten Sie sich auf Dinge besinnen, die Ihnen Spaß machen, Frau Schuster. Fragen Sie sich: Woran haben Sie Freude, was füllt Sie aus, was macht Sie glücklich und lenkt Sie ab? Das hat nichts mit Faulheit zu tun – es ist einfach so, dass diese Dinge Ihnen helfen werden, auch Ihre Motivation für andere Sachen wiederzufinden.

Das war tatsächlich einer der Ratschläge von Irene Gottlob gewesen, mit dem Marlena von Beginn an hatte etwas anfangen können. Sehr schnell hatte sie gemerkt, dass die Antwort auf all diese Fragen immer Musik sein würde.

Solange Musik da ist, ist immer alles gut. Und so würde es auch sein, wenn sie mit ihren Jungs auf Tour ist.

In einer entschlossenen Bewegung streift Marlena die Gummihandschuhe ab. *Es wird Zeit, etwas wirklich Sinnvolles zu tun.*

***

„Voigt?"

„…"

„Hallo?"

„Hier ist Marlena."

Stille.

„Marlena."

Simon runzelt die Stirn. Mit diesem Anruf hat er nicht gerechnet. Er lässt sich zurück auf seine Couch im Wohnzimmer sinken, stellt beiläufig den Fernseher auf lautlos. Wieder kehrt Stille ein – auch in der Leitung ist es ruhig.

„Geht's dir wieder besser?", fragt er, nachdem er Marlena eine Weile beim Schweigen zugehört hat.

„Ja."

Wow, nicht so überschwänglich! „Das freut mich zu hören", antwortet Simon schlicht. Was soll er auch sonst sagen?

Langsam lehnt er sich in seine Polster zurück. Auf dem Bildschirm streitet sich lautlos irgendein Pärchen in einer US-Serie. Worum es geht, weiß er nicht. Er hatte schon vor dem Anruf nicht wirklich zugesehen.

Marlena am anderen Ende der Leitung räuspert sich.

„Bist du gut nach Hause gekommen, vorgestern?"

Simon kann nicht verhindern, dass er ein wenig belustigt klingt, als er antwortet. *Will sie jetzt wirklich Smalltalk machen?*

„Aber sicher. Meine Anschlussbahn hat etwas auf sich warten lassen, was bei dem Schnee etwas nervig war, aber als ich zuhause war, hab' ich mir ein heißes Bad gegönnt und alles war wieder gut." Er macht eine Pause und wird ernst. „Aber ich bin sicher, deswegen rufst du nicht an." *Lass uns Klartext reden, meine Liebe.* Sie zögert, bevor sie mit dünner Stimme antwortet. Fast tut sie Simon ein bisschen Leid.

„Hör zu, ich möchte mich bedanken. Dass du in der Bahn für mich da warst, war nicht selbstverständlich, das weiß ich. Was du da gesehen hast..."

„Was hab' ich denn gesehen?"

Der Satz war draußen, bevor er sich hätte bremsen können.

„Was du da gesehen hast, das war nicht ich. Es tut mir leid, ich stand neben mir." Es klingt zumindest ein bisschen bestimmter als vorher.

Das hab' ich gesehen, denkt Simon, respektiert aber für den Moment die von ihr gezogene Grenze. Seine Stimme klingt ernst, vertrauenserweckend, als er antwortet.

„Du brauchst dich nicht entschuldigen, Marlena. Ich weiß aus meinem Zivildienst in der Reha ziemlich genau, wie eine Panikattacke aussieht, und dagegen ist man nun mal machtlos. Es freut mich einfach, wenn ich dir helfen konnte."

Er meint, ein leises Schlucken durch die Leitung zu hören. „Das hast du. Danke."
„Darf ich erfahren, was los war?" Er spricht die Worte betont locker aus. Hört, wie sie zögert.
„Lieber nicht. Ich rede nicht gerne darüber."
„Hast du das öfter?", lässt er nicht locker. Er weiß, dass sie es ihm nicht erzählen wird, noch bevor der Satz verklungen ist. *Aber verdammt, was soll das?* Sie muss doch längst erkannt haben, dass er ihr nichts Böses will!
Marlena versucht erst gar nicht, einen eleganten Übergang in ein anderes Thema zu finden. Leichte Panik schwingt in ihrer Stimme mit, als sie wieder zu sprechen beginnt.
„Wie auch immer, ich rufe noch aus einem anderen Grund an", geht sie über seine Frage hinweg. „Ich möchte mich auch für den Ausgang der Probe entschuldigen. Das war nicht fair."
Simon atmet hörbar aus. „Wenn's nicht passt, passt's halt nicht", gewährt er ihr die Flucht nach vorne.
Marlena schnaubt. Langsam klingt ihre Stimme wieder wie ihre eigene. „Du weißt genau, dass es das nicht ist, Simon. Es ist... ich bin... ich weiß einfach nicht..."
„Marlena, komm, lass' gut sein", unterbricht er sie, es klingt resigniert. „Nur, weil ich vielleicht der beste Keyboarder war, der bei euch aufgeschlagen ist, heißt das nicht, dass du dein Bauchgefühl ignorieren musst. Lass dir von deinem beknackten Manager nichts einreden. Wenn du der Meinung bist, dass du keine Musik mehr mit mir machen kannst, ist das okay."
Jetzt klingt Marlena amüsiert, als sie antwortet. „Vielleicht der beste Keyboarder, der bei uns aufgeschlagen ist? Mann, dein Selbstbewusstsein ist aber auch keinen Deut kleiner geworden, oder?"
Simon muss lachen, während er gedankenverloren durch die Sender zappt. Gerichtssendungen, Kochshows, Verkaufssender an sich vorüberfliegen sieht. „Pardon. Aber das hat Tilman gesagt, nachdem wir ein paar Minuten miteinander gejammt hatten, da warst du noch nicht da."
Wieder kehrt Stille am Telefon ein.

„Wie auch immer, ich hab' mich wie eine voreingenommene Vollzicke benommen."

Die Aussage überrascht ihn jetzt doch ein bisschen. *Sollte Marlena sich also wirklich entschuldigen wollen?*

„Und das bist du jetzt nicht mehr?", fragt er ohne Anklage in der Stimme.

Ihre Ehrlichkeit verblüfft ihn noch mehr. „Ich weiß nicht mehr, was ich bin, Simon. Und ich bin ganz ehrlich – ich weiß auch nicht, ob das mit uns funktionieren wird. Aber seien wir realistisch – diese Band, das bin nicht nur ich. Und du hast Recht: Du bist mit Abstand der Beste, der vorgespielt hat. Das ist auch nicht schwer, denn ich glaube, du bist einer der Besten, die ich überhaupt jemals irgendwo gehört habe."

Simon muss lächeln. Das gerade von ihr zu hören, tut ihm jetzt doch irgendwie gut. „Danke", sagt er schlicht. Legt die Fernbedienung weg, als er bemerkt, dass er wieder bei seiner Eingangsserie angekommen ist.

Marlena räuspert sich erneut. „Also pass auf, ich mache dir folgenden Vorschlag. Wir engagieren dich für den Zeitraum der Tournee probeweise. Du kriegst 'nen Zeitvertrag und eine feste Tourpauschale – ich sag' dir gleich: Die wird nicht hoch sein, aber garantierte Einnahmen sind schon mehr als das, was wir kriegen. Ich rechne nämlich momentan nicht damit, dass wir 'nen großen Gewinn mit diesen Konzerten machen werden."

Simon nickt unmerklich, sie erzählt ihm nichts Neues. *Das ist nicht unüblich bei der ersten Tour.* Er hört Marlena durchatmen. Es ist offensichtlich, dass es ihr viel abverlangt, dieses Angebot zu machen. „Für diese Pauschale sicherst du uns zu, für alle Proben und Konzerte zur Verfügung zu stehen. Unterkunft und Verpflegung werden wie üblich von den Veranstaltern getragen, an Transportkosten, Mietausgaben und so weiter musst du dich selbstverständlich nicht beteiligen, denn du bist nicht Teil unserer Gesellschaft bürgerlichen Rechts und übernimmst damit auch keine Risiken."

Als sie aufhört, zu reden, wartet Simon. *Ich weiß, wie das mit dem Tour-Sub funktioniert, Marlena – ich hab' jahrelang in diesem*

Job gearbeitet! Als nach einer gefühlten Ewigkeit immer noch Stille in der Leitung herrscht, bricht er das Schweigen.

„Und dann, nach der Tour?", fragt er schlicht. *Warum um den heißen Brei herumreden?*

Marlena atmet wieder durch. „Dann schauen wir weiter", sagt sie. Immerhin ist sie ehrlich. Simon weiß genau, was sie da tut. Im Grunde sagt sie nichts anderes, als dass sie zu wenig Vertrauen in ihn hat, um ihn komplett in die Band aufzunehmen – aber auch, dass sie kein Geld hat, ihn als regulären Sub zu bezahlen. Sie beide wissen: Er könnte viel mehr verdienen, wenn er seine Position als Retter in der Not wie jeder andere Auftragsmusiker voll in Rechnung stellen würde.

Auf der anderen Seite würde er dann seine Worte Lügen strafen: Er hat gesagt, dass er eine Chance haben will. Jede Forderung nach besserer Bezahlung würde ihn unglaubwürdig machen – hätten sie ihn nach seinem Vorspielen in ihre GbR aufgenommen, wäre er schließlich ohne zu murren das Risiko eingegangen, nicht einen Cent für die Konzerte zu bekommen. *Kluger Schachzug,* denkt er.

Er starrt wieder auf den Bildschirm. Das Pärchen in seiner Serie hat aufgehört zu streiten und ist zum Versöhnungssex übergegangen.

Wie ernst meinst du es, Marlena? Wirst du mir wirklich eine Chance geben oder nur aus Vernunft und zum Wohle deiner Band so tun, als gäbe es überhaupt potenziell eine Zukunft für mich bei ‚Freifahrtschein'?

Er schließt die Augen. Wenn das nämlich nicht der Fall ist – dann ist ihr Angebot nichts anderes als ein hinterhältiges Ausnutzen seiner Gutmütigkeit.

Innerlich seufzt er ergeben. *Na komm, Voigt. Was haste schon zu verlieren?*

„Deal."

Marlena am anderen Ende der Leitung atmet hörbar erleichtert aus. „Deal."

„Runaway" – Bon Jovi

Jahre zuvor...

'Gott, was tu ich bloß hier', fragte sich Marlena, als sie am Eingang des kleinen Clubs sage und schreibe 16 Euro auf den Tisch legte, um sich eine Band anzusehen, die Musik von einer anderen Band covert, die sie wiederum noch nicht einmal mochte. Kontaktdaten hatten sie und Simon nicht ausgetauscht, und sich am Backstage-Bereich rumzudrücken, das ist einfach nicht sie. Sprich: Sie würde sich also aller Wahrscheinlichkeit nach ein Konzert ansehen, das sie – wie gesagt – noch nicht einmal sehen will und danach nach Hause fahren, ohne irgendetwas gewonnen zu haben.

Als sie den Club betrat und fast von zwei Mädchen umgerannt wurde, die mit einer großen, selbstgebastelten Fotocollage aus Stagedoor-Fotos und zwei Plüsch-Herzen an ihr vorbeihechteten, um es möglichst in die erste Reihe zu schaffen, war sie kurz davor, wieder umzudrehen. 'Scheiß auf die 16 Euro, das hier ist lächerlich!' Der einzige Grund, aus dem sie trotzdem blieb, war die Erkenntnis, dass es noch viel lächerlicher war, noch vor dem Konzert wieder abzuhauen, nur, weil sie sich ein bisschen unwohl fühlte. 'Mein Gott, ihr habt euch gut verstanden, du guckst dir sein Konzert an – was ist schon dabei', schalt sie sich. Also ging sie an die Bar, bestellte sich ein Ginger Ale und sah zu, wie sich der Club füllte.

Die Fangemeinde von 'Tommy and Gina' hätte gemischter nicht sein können: Da waren die Teenies, vornehmlich Mädchen, wie Marlena sie schon bei ihrem Cater-Job beobachtet hatte. Sobald die Band auf die Bühne kam, begannen sie zu schreien und zu johlen, fingen jeden Blick des Gitarristen oder des Sängers dankbar auf und deuteten unbeirrt jeden Liedtext auf sich persönlich um. Für Marlena waren das immer gruselige Gestalten gewesen.

Genau die im Übrigen, mit denen sie keinesfalls in eine Schublade gesteckt werden wollte, wenn sie selbst an irgendeinem Bühnenaufgang auftauchte – weswegen sie es vorsichtshalber gar nicht erst tat.

Noch gruseliger allerdings fand sie die Frauen, die das Alter längst hinter sich gelassen hatten, in dem man noch nachsichtig lächeln konnte, weil Fan-Sein ja doch „irgendwie ganz niedlich" war. Frauen um die 50, die ihren jüngeren Rivalinnen in nichts nachstanden, wenn sie aus der ersten Reihe „ihre Stars" anschmachteten, meist aber spätestens dann wirklich unangenehm wurden, wenn sie nach sechs Prosecco der Meinung waren, mit der Erfahrung einer „reifen Frau" jeden Teenie in Chucks und Tank-Shirt mit Ausschnitt bis zum Bauchnabel ausstechen zu können.

Die Crux dabei: Ihre Ehemänner standen oft in kleinen Grüppchen irgendwo hinten an der Bar und gaben gehässige Kommentare ab, während sie ihre Träume davon, selbst als Musiker angeschmachtet zu werden, in Bier ertranken. Nur um kurz vor Ende des Konzerts nach vorne zu kommen, und wild grölend nach Zugaben zu brüllen. Denn immerhin stand auf der Bühne „die bässsssschte Bääääänd drWääääällllllt!"

Natürlich wusste Marlena, dass es auch Unmengen von „normalen Menschen" auf diesen Konzerten gab. Familien, die mit der Musik von Jon Bon Jovi auf einen musikalischen Nenner kamen und gemeinsam ihren Freitagabend auf einem Konzert verbrachten; Familienausflug 2.0 sozusagen. Oder Freundinnen, die – wie Marlena – ein Gläschen Irgendwas zusammen tranken und am Rande des Geschehens still die Musik genossen. Oder mitten im Saal ausgelassen vor sich hin tanzten und jeden Song mitsangen, weil sie verdammt nochmal einfach gute Laune oder 'nen Faible für ‚Bon Jovi' hatten. Ob jung oder alt, wohlhabend oder aus einfacheren Verhältnissen, mit welcher Religion, sexuellen Ausrichtung oder politischen Einstellung auch immer – Musik verband sie alle. Marlena lächelte. Plötzlich fühlte sie sich eine ganze Spur wohler, hier auf diesem Konzert.

Die Band kam auf die Bühne, legte eine perfekte Show hin – schmunzelnd stellte Marlena fest, dass selbst ‚Runaway' dieses

Mal fehlerfrei saß – und wirkte dabei sogar noch ganz sympathisch, wie die 24-Jährige widerstrebend anerkennen musste. Vielleicht lag es daran, dass sie heute bedeutend bessere Laune hatte als beim letzten Konzert; vielleicht lag der Hund auch da begraben, dass sie Simon irgendwie ins Herz geschlossen hatte – im Grunde war es egal. Marlena hatte Spaß, und das war mehr, als sie von diesem Abend hatte erwarten können.

Nach der Show blieb sie noch eine Weile an der Theke stehen, weil ihr nichts Besseres einfiel, was ihrem Wunsch nach einem weiteren Gespräch mit dem Star-Keyboarder und ihrer Aversion gegen die Fantraube am Bühnenaufgang gleichermaßen gerecht geworden wäre. Und tatsächlich ging der Plan, so undurchdacht er auch war, sogar auf: Etwa eine halbe Stunde nach der letzten Zugabe kam Simon bedächtigen Schrittes von der Bühne, gab – ganz Rockstar-like – noch zwei, drei Autogramme und zog sich dann einen Stuhl zu ihr heran. „Hab ich's mir doch gedacht, dass ich auf dich nicht an der Stagedoor warten muss", sagte er und knuffte sie in die Seite. Sie lachte. „Aber nur, weil ich meine Teddybärsammlung zuhause gelassen hab und da eh keine Schnitte gehabt hätte", witzelte sie. Simon grinste. „Aber schön, dass du trotzdem mal vorbeigekommen bist. War ganz überrascht, als ich dich in der Pause hier hab stehen sehen. Ich dachte, du kannst Cover-Mucke nicht ausstehen!" Marlena zog sich ebenfalls einen Barhocker heran. „Das Urteil steht mir gar nicht zu. Dafür hab' ich selbst lang genug welche gemacht."

Er zog die Augenbrauen hoch. „Ah echt?" Er griff nach ihrer Hand, um sich ihre Finger anzuschauen. „Für Gitarre hast du nicht die Fingernägel, für den Bass bist du nicht nerdig genug... Sängerin?" Sie nickte und musste lachen. „Jetzt wüsst ich gern, wie du Schlagzeug und Keyboard ausgeschlossen hast." Gespielt abschätzig sah er sie an. „Schlagzeug? Ich bitte dich! Und als Pianistin hättest du mir letztes Mal nicht ‚Runaway', sondern ‚Livin' on a Prayer' um die Ohren geknallt, den hatte ich damals nämlich echt verkackt!"

Er trank einen Schluck von ihrem Ginger Ale, verzog vielsagend die Stirn und bestellte sich einen Gin Tonic, bevor er sie aufmerksam ansah. „Okay, du hast also selbst gecovert und jetzt die

Schnauze voll. Warum?" Sie zuckte die Achseln und stocherte mit dem Strohhalm gedankenverloren in ihrem Drink herum. „Irgendwann nach drei Jahren hab' ich beschlossen, dass der Stress in keinem Verhältnis zu meinem Herzblut steht."

Er nickte. „Zu viele Schützenzelte von innen gesehen, ja?" Sie legte den Kopf schief. „Nö, das war's nicht mal. Aber ständig mit Veranstaltern darum kämpfen, dass n Drei-Stunden-Set mehr wert ist als 500 Euro? Oder mit den eigenen Mitmusikern darum, dass 3.000 Euro bei 'nem Benefiz-Gemeindefest vielleicht doch etwas hoch angesetzt sind?" Freudlos lachte sie auf. „Besoffene Gitarristen davon abhalten, die Bühne auseinander zu nehmen? Den Schlagzeugern klarmachen, dass eine Probe pro Monat bei acht Auftritten im Jahr wirklich nicht viel ist und gegebenenfalls auch mal Vorrang vor dem Zoobesuch mit der Freundin haben sollte? Ich könnt' stundenlang weitermachen." Simon lachte. „Hey komm, das ist doch der wahre Rock n Roll, den sich alle immer wünschen, oder nicht? Totales Bandchaos!" Dann wurde er ernst und nickte. „Aber ich versteh dich. Leute zu finden, die dieselben Ideale haben wie man selbst – das ist nicht leicht."

„Was soll's", winkte sie ab. „So habt ihr halt einen Konkurrenten weniger."

„Entschuldige Simon, können wir noch ein Foto machen?" Die Mädels von vorhin mit ihrer Fotocollage waren auf einmal hinter den beiden aufgetaucht und beäugten Marlena argwöhnisch. Bereitwillig stand Simon auf und posierte neben den beiden, während Marlena an der Bar bezahlte und ihre Tasche nahm. „Ich glaub, ich mach dir deinen Ruf als Mädchenschwarm kaputt, mein Lieber", sagte sie grinsend, als er sich wieder ihr zuwandte. Seine beiden Fans waren mit einigem Abstand stehen geblieben und tuschelten aufgeregt vor sich hin. Er lachte. „Glaub mir, den mach ich mir schon ganz allein kaputt!" Dann nahm er sie zum Abschied in den Arm. „Hey, wenn du mal wieder über die bösen Musiker im Speziellen oder Allgemeinen lästern willst – ruf mich an! Vielleicht können wir ja auch irgendwann mal ne Runde jammen", sagte er und kritzelte seine Nummer auf ihre Eintrittskarte, die sie auf der Theke hatte liegen lassen. „Gerne", erwiderte sie. „Ich geh donnerstags in Köln gern in die ‚Tankstelle' – da ist Open Mic Night.

Komm doch auch mal." Sie zwinkerte ihm zu. „Dann kannste mal unter Beweis stellen, ob du noch mehr als ‚Always' und ‚It's my Life' drauf hast." Er lachte und wandte sich zum Gehen. „Oh Baby. Du glaubst gar nicht, wie viel mehr ich drauf hab!"

In der Gegenwart

Als Marlena an diesem Abend in den Proberaum kommt, mischen sich die unterschiedlichsten Ausdrücke in die abwartenden Blicke ihre Bandkollegen. Tilman, offenbar immer noch reichlich angefressen wegen der Auseinandersetzung zwei Tage zuvor, mustert sie fast feindselig aus seinem Schneidersitz auf der Eckbank heraus. Innerlich nickt Marlena. Damit hat sie gerechnet. Tobi und Lukas hingegen blicken der Sängerin eher besorgt entgegen. Sie räuspert sich, als sie sich zu ihren Musikerkollegen auf einen Stuhl fallen lässt. Sie weiß – die nächste Stunde wird nicht einfach werden. „Jungs – wie das vorgestern gelaufen ist, tut mir leid. Ich hätte nicht einfach abhauen dürfen."

Abwartend blickt sie in die Ruhe, will sehen, was ihre Entschuldigung bei ihren Musikerkollegen auslöst. Sie muss nicht lange warten: Tilmans' Haltung entspannt sich augenblicklich, Tobi und Lukas nicken – langanhaltende Krisenstimmung hatte es noch nie bei ‚Freifahrtschein' gegeben, so auch heute nicht.

Sie fährt fort: „Simon und ich haben eine Vergangenheit miteinander, sein Auftritt hier hat mich einfach total überrumpelt." Ihr Blick sucht den von Tilman. „Ich kann nicht ändern, wie ich fühle. Ihr mögt das als völlig verjährt, kindisch und unangebracht empfinden, aber keiner von euch hat diese Zeit damals erlebt, und ich muss und werde mich nicht dafür rechtfertigen, dass ich mich mit manchen Leuten verstehe, mit anderen – aus welchen Gründen auch immer – aber eben auch nicht."

Tilman schüttelt den Kopf und blickt an Marlena vorbei. „Nein, das musst du wohl nicht", sagt er resigniert – sein Missmut ist ihm deutlich anzusehen.

Marlena muss sich ein Lächeln verbeißen. Ach was soll's – ein bisschen Spaß muss sein. „Ach komm, du alter Grießgram! Seit wann bist du so leidenschaftslos? Ich weiß doch ganz genau, was du sagen willst: ‚Du blöde Kuh könntest dir ruhig jemand anderen zum scheiße-finden suchen als unseren Retter des Abendlandes.'" Erschrocken sieht Tilman sie an. Erst, als er ihren belustigten Gesichtsausdruck sieht, fängt er an zu lächeln. „Besser hätte‘ ich das wahrscheinlich nicht ausdrücken können, ja.“

„Ist auch dein gutes Recht, Tilman, aber man kann sich halt leider nicht aussuchen, mit wem die Chemie stimmt und mit wem nicht.“ Marlena wird wieder ernst. „Nichtsdestotrotz muss es ja weitergehen mit uns. Und so ungern ich das auch zugebe: Simon ist ein verdammt guter Musiker, bühnenerfahren und top an den Tasten – und das alles macht ihn zur besten Alternative, die wir haben, wenn wir die Tour wie geplant spielen wollen.“

Lukas schüttelt den Kopf. „Entschuldige, dass ich dich unterbreche. Aber ich glaube, wir alle haben in der letzten Probe verstanden, dass du diesen Typ auf den Tod nicht ausstehen und folglich nicht mit ihm zusammenarbeiten kannst. Das ist schade, ja, aber da hilft dann, glaube ich, auch keine Vernunft mehr“, sagt er sachlich.

Marlena muss erneut lächeln. Wie gut sie ihren Lukas doch kennt! Eher würde er selbst von seinem Erfolg zurücktreten, als seiner besten Freundin noch mehr aufzubürden, als sie zurzeit eh schon zu tragen hat. Nur welche langfristigen Konsequenzen das für ihre Freundschaft haben wird, das kann auch Lukas nicht vorhersehen. Und deswegen gilt es vor allem, ihn davon zu überzeugen, dass sie klarkommt. Selbst wenn es nicht so sein sollte.

„Ich weiß Lukas, und deswegen kann ich euch auch keine Garantie geben, dass es klappt.“ Sie atmet durch. Tausendmal ist sie die Ansprache im Kopf durchgegangen. Jetzt kommt es auf jedes Wort an. „Aber ich bin bereit, es zu versuchen. Und Simon ist es auch.“

Tobi zieht die Augenbraue hoch. „Ihr habt miteinander gesprochen?“ Marlena nickt. „Ja, ich habe ihn angerufen. Entschuldigt, dass ich das unserem Gespräch vorweggenommen habe, aber bevor ich euch meine Lösung vorschlagen wollte, musste ich einfach wissen, ob das, was ich mir vorstelle, überhaupt in die Tat umzusetzen ist.“

Tilman nickt verstehend. Für kindische Prinzipienreiterei stand ihm noch nie der Sinn.

„Und was hat er gesagt?“

Marlena sieht ihm fest in die Augen. „Ich habe ihm vorgeschlagen, dass wir ihn gegen eine geringe Aufwandspauschale mit auf Tour nehmen und gucken, ob es klappt“, sagt Marlena. „Und ich habe ihm versprochen, dass ich diese Zeit nutzen werde, um für mich herauszufinden, ob ich mit ihm zusammenarbeiten kann oder nicht. Wärt ihr damit einverstanden?“ Sie blickt zu Boden. „Ich kann einfach nichts garantieren.“

Betretene Stille tritt ein, die erst eine gefühlte Ewigkeit später von Tobi unterbrochen wird. „Das heißt also, wenn ich mal übersetzen darf: Du hast unser Problem für die kommenden Monate zwar gelöst, wirst ihn danach aber so schnell es geht wieder auf die Straße setzen.“ „Tobi!“ „Ist doch wahr, Lukas, das kann doch nicht funktionieren!“ Energisch steht er auf, und holt sich ein Bier aus dem Kühlschrank.

„Tobi, das ist nicht fair“, sagt Marlena mit ruhigerer Stimme, als es ihr Gefühlszustand eigentlich zulassen müsste. „Ich habe gesagt, dass ich es versuchen will! Ich habe Simon seit Jahren nicht gesehen, wie dumm wäre es denn da bitte, wenn ich meine Erfahrungen von damals als einziges Maß ansetzen würde, um über unsere musikalische Zukunft zu urteilen?“ *Wow, für diese Aussage hab‘ ich ‘nen Orden verdient*, denkt sich Marlena bitter. Sie wünschte, sie würde nur die Hälfte von dem glauben, was sie da in den Raum stellt; nämlich, dass nicht alle Chancen auf eine auf Vertrauen basierende Beziehung zu Simon längst vertan wären.

„Ich weiß, dass keiner von euch verstehen kann, warum ich so fühle“, wiederholt sie geknickt. Da ist er wieder, der Schatten dieser grässlichen dunklen Tanne. „Aber ich weiß, dass es uns allen jahrelang viel bedeutet hat, in freundschaftlicher Atmosphäre Musik zu machen. Das ist es, was ‚Freifahrtschein’ so stark gemacht hat. Und wenn das mit Simon nicht klappt, hoffe ich einfach, dass wir uns einig sind, dass es dann er ist, der gehen muss.“

Tobi lacht freudlos auf. „Als ob wir DICH rauswerfen würden“, brummt er. Er ist verstimmt, das sieht man ihm an. Tobi hasst Komplikationen, vor allem die zwischenmenschlicher Art.

„Du kriegst dein Veto-Recht, Marlena", meldet sich Tilman zu Wort und zieht augenblicklich alle Aufmerksamkeit auf sich. „Ich weiß, was du da tust: Du opferst dich, um unsere Band nicht zu gefährden, und das rechne ich dir hoch an." Er hält inne. „Aber diese ganze Geschichte funktioniert nur dann, wenn du wirklich bereit dazu bist, Simon eine Chance zu geben – was angesichts deiner Reaktion auf sein Vorspielen schwer vorstellbar ist, das muss ich ehrlich sagen. Ich persönlich finde das Simon gegenüber nicht ganz fair," er hebt die Hände, „aber da ihr beide das so ausgekaspert habt und wir letztendlich davon profitieren, bin ich der letzte, der dagegenspricht." Er sieht Marlena bedeutungsvoll an. „Diese Entscheidung könnt nur ihr zwei treffen. Ich hoffe, ihr seid ehrlich mit euch selbst!"

Marlena atmet tief ein, bevor sie antwortet. Jetzt kommt es drauf an. „Ja, ich glaube, das sind wir." Sie belässt es dabei. Je mehr Worte sie verwendet, desto mehr kann sie sich auch in ihrer eigenen Argumentation verheddern.

Fakt ist: Sie weiß nicht, ob es klappen wird. Was, wenn es irgendwann um das Schreiben neuer Songs geht? Sollte sie ihm einfach wieder ihre Sachen anvertrauen, riskierend, dass sie am Ende in das gleiche Messer läuft wie vor sechs Jahren? Schlimmer noch, dass Simon WIRKLICH irgendwann aussteigt und eine Solo-CD mit IHREN Sachen rausbringt? Sicher – all so etwas kann man vertraglich regeln. Nur wollte Marlena in einer Band, in der allein der Gesellschaftsvertrag zehn Seiten umfassen muss, um auch ja alle Risiken auszuschließen, nie spielen. Doch all das spielt nun keine Rolle. Es gilt, die Tour zu retten. Und mit einem prüfenden Blick in die Augen ihrer Mitmusiker stellt Marlena fest, dass ihr das zumindest gelungen zu sein scheint.

„Na schön." Tilman stellt geräuschvoll seine Bierflasche auf dem Couchtisch ab. „Dann lasst uns mal 'nen Probenplan schreiben."

Tobi und er erheben sich und gehen rüber in den Proberaum. Marlena bleibt mit Lukas allein zurück. Er sieht seine beste Freundin lange an, bevor auch er aufsteht und den Jungs folgt.

„Ich hoffe, du weißt was du tust“, sagt er schlicht. Marlena schaut zu Boden. *Ja,* denkt sie. *Das hoffe ich auch.*

***

„Ich wusste, du würdest wieder zur Vernunft kommen“, lächelt Frank Marlena später am Abend selbstzufrieden an, während er sich auf seinem Barhocker zurücklehnt. „Du wirst sehen, du wirst Simon gar nicht mehr gehen lassen wollen, wenn ihr erst mal ein paar Gigs mit ihm gespielt habt!“

Die Band hat keine Zeit verloren: Innerhalb von zwei Stunden hatten Tobi und Lukas einen Ordner mit Noten und Akkorden zu den einzelnen Stücken zusammengestellt, während Marlena und Tilman detailliert aufgeschrieben hatten, an welchen Stücken in den kommenden Tagen zu welcher Zeit wie gearbeitet werden sollte. Zwei-, dreimal hatten sie mit Simon telefoniert, um Probentermine mit ihm fest zu machen und ihn nach seinen technischen Anforderungen für Proben und Auftritte zu fragen. Das einzige, was noch offen gewesen war, als sie den Proberaum verließen, war es, Frank die Nachricht zu überbringen. Dessen Freude explodiert erwartungsgemäß vollkommen durch die Decke, noch bevor Marlena ihre Geschichte zu Ende erzählt hat. „Dieser Typ ist einfach der perfekte Mann für euch – das wusste ich schon, als ich ihn letzte Woche das erste Mal hab spielen hören“, steigert er sich weiter in seine Begeisterung hinein, während Tobi und Tilman an der Theke des ‚Herler Eck‘, ihrer Stammkneipe nahe des Proberaumkomplexes, für Getränkenachschub sorgen.

Marlena lächelt müde. „Ja, Simon ist ein guter Keyboarder“, stimmt sie Frank zu. Sie hat schon vor langer Zeit gelernt, dass es sehr viel entspannter ist, ihn so lange es irgendwie geht in dem Glauben zu lassen, dass seine Pläne voll aufgehen werden und dass es keine Risiken und Nebenwirkungen seiner Ideen gibt. Sollte es am Ende doch anders kommen, würde er noch früh genug anfangen, rumzustressen. Frank geht gar nicht groß auf sie ein. „Wir müssen das unbedingt prominent vermelden“, plant er weiter, als die vier Bandmitglieder wieder am Stehtisch in der Ecke versammelt sind. „Wir sollten morgen direkt Fotos für die Website machen. Simon muss ein paar Fragen für seinen Steckbrief ausfüllen, und ich muss den Vertrag für ihn fertig machen…"

„Frank, wir wären dir sehr dankbar, wenn wir Simon zunächst einmal als unseren Keyboarder für die Tour vorstellen könnten – denn das wird er sein. Er wird nicht direkt unserer GbR beitreten", sagt Tilman mit entschlossener Stimme. So hatten die Freunde es abgesprochen, bevor sie den Proberaum verlassen hatten; wissend, dass sie Franks Begeisterungs-Tatendrang unbedingt auf ein der Situation angemessenes Maß zügeln mussten – eine Aufgabe, der Tilman am ehesten gerecht werden konnte. Sie würde so oder so schon sehr schwierig umzusetzen sein. Und wirklich: Kaum hat Tilman seine Worte ausgesprochen, sieht man, wie in Franks Gesicht etwas zerplatzt; irgendeine imaginäre Seifenblase, auf der er in viel zu hohe Sphären geschwebt und nun unsanft auf dem harten Boden der Tatsachen gelandet war.

„Keyboarder für die Tour? Was redest du da, Tilman?" Er runzelt die Stirn, wodurch seine Geheimratsecken noch größer erscheinen als sonst schon. „Wir können uns keinen Sub leisten! Simon sollte von vorneherein genauso an den Einnahmen beteiligt werden wie ihr – wenn es denn am Ende welche gibt." Der Blick, den er Tilman zuwirft, ist einfach zu deuten. *Du hast dieses Business einfach nicht verstanden, oder?*

Tilman lässt sich nicht beirren. „Simon wird auch nicht als regulärer Sub bezahlt, er kriegt lediglich eine Aufwandspauschale. Das ist sehr entgegenkommend von ihm, findest du nicht auch?"

Frank entgleiten alle Gesichtszüge. „Eine AUFWANDSPAUSCHALE? Tilman, ihr habt kein Geld!" Seine Stimme klingt aufgeregt. „Selbst, wenn der Typ pro Gig nur 100 Euro haben will – was ein Witz wäre! – und euch alle Probentage, seine gesamte Vorbereitung und 100%ige, zeitliche Flexibilität schenkt, sind das verdammt nochmal über 2000 Euro die ihr nicht habt!"

Fassungslos lehnt er sich zurück. „Ich hoffe, das habt ihr ihm nicht in Aussicht gestellt?“

Lukas und Marlena wechseln einen Blick. Sie waren auf Gegenwind vorbereitet gewesen. Ihn dann aber tatsächlich auf der Haut zu spüren, ist eine andere Sache. Gerade dann, wenn es um Finanzen geht.

„Langsam, Frank: Wir haben Simon überhaupt nichts Konkretes in Aussicht gestellt“, wischt Tilman resolut Franks Einwände vom Tisch. „Wir werden uns mit ihm einig, das verspreche ich dir. Abgesehen davon hast du uns ja ausgiebig darauf vorbereitet, was kostentechnisch auf uns zukommen kann; gerade jetzt, wo durch Rubens Weggang einer weniger da ist, der die Risiken trägt. Wir alle sind darauf vorbereitet, unser privates Geld auf den Tisch zu legen, sollte es am Ende der Tournee wirklich dazu kommen, dass wir in den Miesen sind. Das gilt auch für die Kosten, die Simon verursacht.“ Frank lacht trocken auf. „Tilman, hast du irgendeine Vorstellung, von welchen Beträgen wir hier reden? Glaub mir – wir haben kein GELD für solche Luftsprünge.“

„Frank, wir haben keine Wahl!“ Tilmans Worte lassen keinen Widerspruch zu. „Sehen wir den Tatsachen ins Auge: Wir haben nicht rechtzeitig einen Keyboarder gefunden, der für uns alle vier 100%ig passt. Wir haben keine Zeit mehr! Also müssen wir jetzt das Beste aus dieser Situation machen. Und dieses Beste ist die Lösung, die wir dir gerade präsentiert haben.“ Er lehnt sich zurück und sieht seinem Manager fest in die Augen. „Ich weiß, du willst das Beste für uns, und wir vertrauen dir – bei allen Entscheidungen, die du für uns triffst. Bei der Wahl unserer Geschäftspartner, bei Verträgen, bei allem.“ Er macht eine dramatische Kunstpause. „Jetzt bitten wir dich, einmal uns zu vertrauen.“

Frank weicht seinem Blick aus, seine Haltung ist undurchschaubar. Fast tut er Marlena ein bisschen Leid. Über den Tisch hinweg greift sie nach seinem Arm.

„Frank, ich weiß, die Situation ist nicht optimal. Aber bitte versuch‘, es positiv zu sehen. Simon wird für uns um Längen kostengünstiger sein als jeder gute Ersatzmann, den wir jetzt noch kriegen könnten." Sie hält inne, sieht zu Lukas rüber. Leiser fügt sie hinzu: „Und wahrscheinlich ist er dabei sogar noch der Beste."

Bitter lacht Frank auf, nimmt einen langen Schluck aus seinem Kölschglas. „Kannst du mir dann bitte erklären, warum ihr ihn dann nicht einfach in die Band aufnehmt? Ihr könnt ihn nach der Tour ja immer noch wieder rauswerfen!"

„Weil das in höchstem Maße asozial wäre, und ich kann nicht glauben, dass du das gerade ernsthaft vorschlagen willst", grätscht Lukas scharf dazwischen. Warnend schaut Marlena ihn über den Tisch hinweg an. *Jetzt provozier' ihn bitte nicht!*

Beruhigend lächelt sie Frank an: „Du hast doch selbst gesagt: Wenn wir erst mal ein paar Gigs mit ihm gespielt haben, werden wir ihn gar nicht mehr gehen lassen wollen. Vielleicht hast du ja Recht – dann haben wir nach der Tour einen festen, neuen Keyboarder, den ich unseren Fans gerne persönlich vorstelle, mit Pressekonferenz, Welcome-Torte und allem drum und dran." Sie trinkt einen Schluck und sieht ihm in die Augen, um sicherzugehen, dass er verstanden hat.

„Aber bitte gib uns die Zeit, das herauszufinden."

Frank leert sein Bierglas und schüttelt fassungslos den Kopf, während er in seiner Tasche nach Kleingeld sucht. „Wie ihr wollt, Marlena", sagt er betont desinteressiert. Lacht resigniert auf, als er nach seiner Jacke greift. „Ihr legt euch einen Stein nach dem anderen in den Weg und ihr seid offenbar zu beratungsresistent, um wenigstens die Räumarbeiten mal 'nen Profi machen zu lassen. Euer Stand ist schon schwer genug: Ihr tourt ohne Album durch Hallen, die schon MIT wohlwollender Presse und aktiver Online-Selbstvermarktung schwer auszuverkaufen sind. Ihr macht Schulden, die ihr nicht machen müsstet" – sein Blick weicht ihr aus – „und ihr habt tausend Sonderwünsche, von der Tourplanung bis hin zur Bandbesetzung." Er schaut auf. „Sagt mir am Ende wenigstens nicht, ich hätte euch nicht gewarnt!"

Mit einem letzten Nicken in die Runde verlässt er das Lokal – gerade noch rechtzeitig, bevor die Wut explosionsartig aus Tilman herausplatzt. „So ein Drecksarschloch", flucht er so laut, dass sich die paar Gäste, die sonst noch in der Eckkneipe sind, irritiert zu ihm umdrehen. Lukas, ebenfalls ganz offensichtlich betroffen von Franks Ansage, beschwichtigt ihn. „Schhht! Nicht das ganze Lokal muss morgen Vorträge über unsere finanziellen Sorgen und unsere Bandstreitigkeiten halten können." Mit einer Handbewegung bedeutet er dem Kellner, er möge bitte eine Runde Schnaps an den Tisch bringen.

„Alter, die Ansprache war echt drüber!" Tilman will sich noch nicht beruhigen. „Und der Typ soll mir nicht erzählen, dass ihm heute Abend zum ersten Mal klargeworden ist, dass unsere letzte Alternative ohnehin 'n Bezahl-Mucker gewesen wäre! Es sind nur noch zwei Wochen bis Tourneestart – selbst Frank Baltes muss schnallen, dass uns die Zeit davonrennt."

Die Schnäpse kommen, wortlos greifen die vier Freunde je nach einem Glas. In manchen Situationen hilft halt einfach nur ein Betäubungsmittel. Marlena ext ihren Tequila, verzieht angewidert das Gesicht und knallt das Glas auf den Tisch zurück. „Das Problem ist: Er hat nicht ganz unrecht. Unsere Ausgangsposition für diese Tournee ist wirklich bescheiden."

Tobi mustert sie. „Wie schlecht sind sie denn? Unsere Ticket-Verkäufe?"

Lukas seufzt. „Es ist jetzt nicht dramatisch", versucht er die Freunde zu beruhigen. „Wir werden schon nicht vor leeren Hallen spielen."

„Aber sie werden auch nicht ausverkauft sein", spricht Tilman das Offensichtliche aus. Schönrederei war noch nie sein Stil. Betrübt bleiben die vier noch eine Weile an ihrem Ecktisch stehen. Wann waren die Verkaufszahlen und der Kontostand ihrer Band eigentlich wichtiger geworden als ihre Musik?

***

Musik kann heilsam sein – auch, oder vielleicht gerade in so nervenaufreibenden Zeiten wie diesen, wenn eine Tour kurz bevorsteht und in Windeseile ein neuer Musiker in ein bestehendes Projekt mit tausend Regeln und Ritualen eingearbeitet werden muss. Doch wie das mit Musikern eben so ist: Unter Druck geht ohnehin immer alles viel besser als sonst.

Tour-Dispo „Freifahrtschein" (10.0

Allgemeine Tourinfos

Reisegruppe:

5xBand

1xFrank

1xTon (Stefan Klingenberg

2xBackliner

Band-Sprinter via Highwaytige

Tontechnik via Klingenberg E

rat)

Licht (inkl. Techniker) vor O

Technik-Rider, Tour-Setli

s.Anhang

DATEN ÄNDERN!

freifahrtschein-music.de

ourtag 1 – Dortm

resse Venue: Ritter

kstage-Raum: Ja, im Ve

port: Ja, Dennis Kresin (s.Tele

hrt / Parkmöglichkeiten: „Übelgo

e möglich

echpartner Venue: Viktor März (s.Telefonlist

ft Tec-Crew: 13.00 Uhr

t Band: 14.00 Uhr, ABFAHRT PROBERAUM: 12.30 Uhr

Licht: 15.00 Uhr

Support: 15.00 Uhr

ck: 16.00 Uhr

k Support: 17.30 Uhr

b 17.30 Uhr, im Venue (Support eingeplant? Ja)

kkreditierungsliste folgt am Veranstaltungstag. Maximal 4 Einzelte

0 Uhr

t: 20.00 – 20.40 Uhr

t: 21.00 Uhr – 22.40 Uhr (inkl. Zugaben)

während Show: 1xBackliner, ggf. Frank.

Uhr – 23.00 Uhr

utogrammstunde): 23.

euchtu

n Club – Di

Die Proben der kommenden Tage verlaufen mehr als zufriedenstellend. So zweifelnd Marlena das Zusammenspiel mit Simon auch beäugt, selbst sie muss zugeben, dass er sich fantastisch in die Musik der Band einfindet. Er kommt perfekt vorbereitet zu den Proben, hat innerhalb kürzester Zeit die Herzstücke des Repertoires drauf, und kommt zudem immer mal wieder mit Ideen um die Ecke, von denen die Stücke profitieren.

Frank hingegen macht sich rar im Proberaum der ‚Freifahrtschein'e. Zwar schickt er brav alle Tourinfos per Email herum und ruft gelegentlich an, um organisatorische Fragen zu klären. Persönlichen Kontakt jedoch vermeidet er, wo es nur geht. Umso überraschender ist es für Marlena, dass er am Tag der Generalprobe plötzlich bei ihnen im Aufenthaltsraum steht: Gut gelaunt, mit einem Stapel Papiere unter dem Arm und einem Six-Pack Bier im Schlepptau. „Ich dachte, wir sollten gemeinsam auf die Tour anstoßen", sagt er und stemmt sich auf die Theke hinauf. „Seid ihr bereit für morgen?"

Tilman lehnt sich entspannt zurück. „Voll! Ich glaub, noch 'nen Tag Warten würde ich auch echt nicht aushalten."

Lukas lacht und prostet in die Runde. „Na dann: Auf Simon! Der uns nicht nur den Arsch rettet, was die Tournee angeht, sondern auch bei diesem verkorksten Solo bei ‚#Like4Like'."

Marlena muss lachen. „Welches du nie selbst spielen wolltest, weil du einfach keinen Bock hast, deine Gitarre umzustimmen!" Die Flaschen klirren. *So könnt' es bleiben.*

„Ich hab' euch die Tour-Dispo nochmal ausgedruckt mitgebracht, Freunde." Frank zeigt auf den Stapel Unterlagen auf dem Tisch und nimmt einen weiteren Schluck aus seiner Flasche. „Wir sollten uns gegen 12 Uhr hier treffen – um 14.00 Uhr sollten wir in Dortmund aufschlagen, um 16 Uhr hat Stefan den Soundcheck angesetzt."

Marlena lehnt sich auf der Eckbank zurück und schließt die Augen. „Ich find's immer noch mega cool, dass der sich bereiterklärt hat, uns auf der Tournee zu mischen", wirft sie ein. Lukas nickt ihr zu. „Ja, der hat letztes Jahr bei unserem Open

Air auf der Waldbühne in Wuppertal auch echt 'nen geilen Job gemacht."

„Apropos Wuppertal," Frank sieht Tobi an. „Hast du die Mail mit den Tourabläufen schon an Dennis geschickt? Weiß der Bescheid, wann der da sein muss?" Dennis Kresin, ein Wuppertaler Singer-Songwriter aus Tobis Freundeskreis, wird bei den Konzerten in Frankfurt und Köln sowie beim Auftaktkonzert in Dortmund das Vorprogramm bestreiten.

Tobi nickt. „Der hat alles, was er braucht, ja. Haben wir eigentlich mittlerweile Infos zu den Support-Acts in den anderen Städten?"

Geistesabwesend blättert Lukas durch die Unterlagen und schüttelt den Kopf. „Das sind halt alles lokale Künstler, die vom Hallenbetreiber ausgesucht werden."

„Die Namen hab' ich euch zu den jeweiligen Gigs geschrieben, wenn ihr noch Vitas und Stilbeschreibungen haben wollt, schick ich euch die heute Abend per Mail", wirft Frank ein.

Lukas winkt ab. „Ach, die werden schon in Ordnung sein, passt schon!" Er wendet sich wieder dem Handout zu. „14 Städte sind also mit lokaler Vorband, drei mit Dennis..."

Frank nickt. „Und die restlichen fünf Konzerte machen wir ohne Support."

Tilman klopft sich auf die Schenkel und steht auf. „Ich hol' dann morgen früh den Sprinter beim Verleiher ab und komm direkt hier hin, ok?"

Marlena richtet sich auf, um ihre dunklen Locken zu einem Zopf zu bändigen. „Und bring bitte deine Kamera mit! Dann können wir in den nächsten Tagen 'n paar Videos und Fotos fürs Tour-Tagebuch machen."

Simon lacht leise. „Online-Selbstvermarktung, ja?"

„Ey, allein unser Vorstellungsvideo mit dir hat 62 Likes bekommen. Offenbar funktioniert der Scheiß!" Franks selbstzufriedener Blick entgeht ihr nicht. Tilman, bereits in Lederjacke und mit Autoschlüssel in der Hand, nickt Marlena zu. „Kamera bring' ich mit, Sprinter steht um Punkt zwölf zum Beladen hier im Hof." Er winkt in die Runde. „Bis morgen, ihr Vögel, ich mach 'nen Abflug. Ich hab' heut Abend noch ein Date."

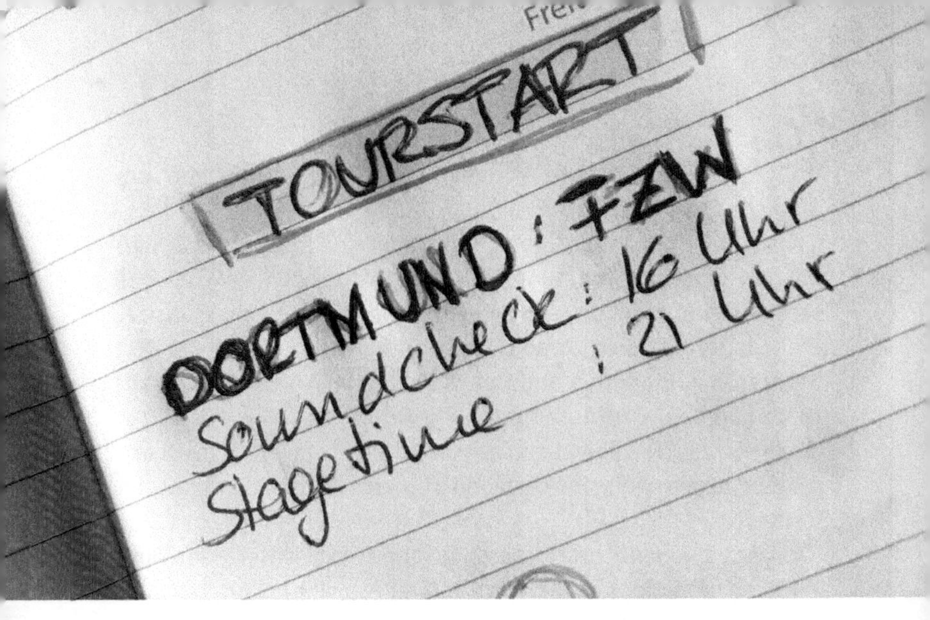

Tourstart

„Schätzelein, lang ist's her – schön dich mal wiederzusehen", begrüßt Stefan Klingenberg Marlena, als die Band am nächsten Tag im Dortmunder FZW aufschlägt. „Aber echt", erwidert Marlena und drückt ihn fest an sich. „Du hast dich in den vergangenen Monaten aber auch echt rargemacht, mein Freund. Einmal haste uns letztes Jahr gemischt, sonst waren immer deine Kollegen am Start!" Stefan lacht. „Schön zu hören, dass man mich vermisst."

Seit es ‚Freifahrtschein' gibt, arbeiten Marlena und ihre Jungs mit Stefans Firma ‚Klingenberg Eventsolutions' zusammen. Zustande gekommen war der Kontakt über Tilman, der mit Stefan schon zu Studienzeiten befreundet gewesen ist. Dafür, dass er der Band seit Tag eins Freundschaftspreise für den Verleih der Technik gewährt, halten die ‚Freifahrtschein'e sich an die unausgesprochene Vereinbarung, exklusiv mit den vier bei Stefan beschäftigten Tontechnikern zusammenzuarbeiten - eine Hand wäscht schließlich die andere. Stefan selbst sehen sie an der Bühne jedoch nur noch selten, er sieht seinen Schwerpunkt heutzutage vor allem bei Studio- und Fernsehproduktionen. Als Frank und Tilman ihn jedoch gefragt hatten, ob er sie als Live-Techniker auf Tour begleiten würde, damit möglichst wenig Fluktuation innerhalb der Tourcrew entsteht, hatte er nicht lange gezögert.

„Alles klar bei euch?", fragt Marlena ihn, während sie damit beginnt, den Sprinter auszuräumen. Der Tontechniker und seine zwei Roadies haben schon vor der Ankunft der ‚Freifahrtschein'-e mit der Arbeit im FZW begonnen.

„Das sollte ich euch fragen! Erste große Tour, coole Sache", erwidert der gemütliche Kapuzenpulli-Mann. „Und wie ich's sehe, macht ihr's direkt richtig. Kluge Entscheidung mit dem Sprinter – das Ding immer mit mehreren Autos zu wuppen macht auf Dauer keinen Spaß!"

Marlena lacht. „Du, ‘n Nightliner wäre mir noch lieber gewesen – aber so spart man eben Kohle."

Stefan legt den Kopf schief. „Ach komm – jeder fängt mal an. Und im Hotel zu schlafen hat auch was für sich, immerhin wirst du da nicht ständig vom Wackeln des Busses wach und kannst die Schnarcher in ein Zimmer zusammenpferchen."

„Joa, zumindest in den Hotels, in denen wir uns Doppelzimmer leisten. Also, lass mich denken – in fünf von 22 Städten." Sie lacht, Stefan tut es ihr gleich. „Rock‘n‘Roll. Baby! Was tut man nicht alles für die Bühne?" Marlena verdreht spielerisch die Augen. „Ja, man muss schon bescheuert sein..."

Sie stapelt die Taschen aus dem Kleinbus neben ihren Füßen und reicht das Equipment für die Bühne direkt an den Techniker weiter. Stefan mustert sie von der Seite. „Und, wie schaut's? Biste nervös?" Marlena stellt die Cajon-Tasche von Tilman auf den Boden und sieht zu ihm auf. „Mördermäßig", gibt sie zu und schließt geräuschvoll die Schiebetür. Stefan lacht. „Dann werdet ihr ‘nen geilen Gig spielen", verspricht er und hebt einen Verstärker an. „Wir sind soweit im Zeitplan, also räumt in Ruhe aus und wir sehen uns dann an der Bühne."

***

Das Konzert läuft hervorragend, denkt Simon mehrere Stunden später begeistert. Seit zwanzig Minuten stehen die ‚Freifahrtschein'e mit ihm auf der Bühne, und musikalisch lief bislang alles einwandfrei – sogar ‚Jäger der Wüste' hatten sie problemlos hinbekommen, auch wenn sie das Stück bisher nur zwei Mal geprobt hatten. Gerade machen sie kurz Pause, weil Lukas seine Gitarre wechseln muss, um ‚Zeppelin' spielen zu können. „Dortmund, es ist geil, hier zu sein", ruft Marlena gerade ins Publikum. „Habt ihr Bock, mit uns zu rocken?"

Die Zuschauer jubeln. Gut zu drei Vierteln ist die Konzerthalle gefüllt, und fast alle Leute, die er sehen kann, schenken der Band ihre volle Aufmerksamkeit. Dass das nicht selbstverständlich ist, weiß Simon. Er selbst ist schon etliche Male auf Konzerte gegangen, bei denen er nach drei Songs mit Freunden am Bierstand gelandet war, ohne die Band auf der Bühne noch groß zu beachten. Man kennt einen oder zwei Songs der Truppe, vielleicht wollte ein Kumpel unbedingt hin oder das Konzert findet im Stammclub statt, den man sowieso ständig besucht – Gründe, auf das Konzert einer Newcomer-Band zu gehen, gibt es viele. Dass die Stimmung, schon bevor die Band ihre Hitsingle von letztem Jahr überhaupt angestimmt hat, so bombastisch gut ist, macht Simon stolz. Er lächelt zufrieden, als er den Sound zu ‚Zeppelin' raussucht.

Ein Großteil dessen, was hier gerade passiert, kann man völlig neidlos Marlena zuschreiben. Mit welcher Energie der Lockenkopf über die Bühne wirbelt und die Leute zum Springen animiert, ist bewundernswert, denkt sich Simon. Er beobachtet sie, wie sie am Bühnenrand für den Bruchteil einer Sekunde, dem Publikum den Rücken zugewandt, Luft holt. Er weiß genau, wie scheißnervös sie ist – dafür kennt er sie eben doch schon lange genug. Und doch: Als sie sich wieder zu der geballten Masse Zuschauer umdreht, wirkt sie wie die Ruhe selbst.

„*Tosend lärmt die Stille, ein Moment der nie vergeht*", singt sie, als das Gitarrenintro von Lukas verklungen ist. Völlig in sich gekehrt steht sie da, als könne nichts ihre innere Ruhe zerstören, solange nur sie und die Musik vereint bleiben. „*Sei mit mir unendlich, für einen Augenblick.*"

Simon beginnt, neben seinen Begleitungs-Soundteppichen, auch vereinzelte Leadnoten anzuschlagen. Er ist derjenige, der sie in den Refrain heben wird, raus aus der melancholischen Melodie, die ihre Stimme sanft umspielt. „*Quadrate werden zu Kreisen, was keiner hier versteht. Komm mit mir auf Reisen, weil sich alles um dich dreht.*"

Tilman beginnt, einen progressiven Background-Beat zu spielen und grinst Simon von der Seite an. Der Song steht kurz davor, zu einer explosiven Popnummer zu entspringen. Eine junge Frau in der ersten Reihe johlt. Simon muss grinsen. Fast hat er vergessen gehabt, wie unendlich geil es ist, zu erleben, wie andere Menschen auf seine Musik abfahren.

Wie Einsamkeit zu zweit,
alles was ich hab' gehört auch dir.
Kein Weg ist mir zu weit.
Komm schon, wenn du willst,
ich zeig es dir.
Ich halt dich nicht fest,
auch wenn du mich loslässt –
will, dass du weißt: Ich geb' dich frei!

Als Marlena sich beim Tanzen kurz umdreht, sieht sie Simon an und strahlt. Es tut gut, sie so zu sehen, fällt ihm auf. *Es fühlt sich richtig an.*

„It's just me" - Bon Jovi

Jahre zuvor...

Das erste Mal, dass Marlena und Simon zusammen auf der Bühne standen, ließ nach ihrem Kennenlernen nicht sehr lange auf sich warten – und der Kontext hätte kaum überraschender sein können. Nur ein paar Tage nach besagtem Konzert von ‚Tommy and Gina' war Marlena zur Hochzeitsfeier ihrer ältesten Schulfreundin eingeladen – und sie guckte nicht schlecht, als sie vor dem alten Gemeindehaus in Köln-Rath ausgerechnet Simon stehen sah, der sich etwas abseits von der Hochzeitsgemeinschaft herumdrückte. Er sah anders aus als sonst: Im schnieken Anzug, mit dünnem, dunkelgrünen Schlips und ordentlich gebundenem Zopf hätte er fast als spießig durchgehen können. Allerdings wirkte er nicht ganz glücklich auf Marlena.

„Nanu, das sind ja völlig neue Seiten des verruchten Rockstars", scherzte sie und klopfte ihm betont lässig auf die Schulter.

Er verzog das Gesicht. „Der Scheiß-Rockstar hätte den Gig gestern im alten Rathaus mal besser nicht gespielt, obwohl er Fieber hatte", krächzte er. Dann versagte seine Stimme.

Marlena musste lachen. „Ach komm, erzähl mir doch nix, du hast doch einfach zu viel gesoffen!"

Gereizt funkelte er sie an und blickte nervös über ihre Schulter. „Genau, schrei's doch noch lauter rum! Dann werd' ich ganz bestimmt von allen Hochzeitsgästen wärmstens weiterempfohlen!"

Verständnislos zog sie die Augenbrauen hoch, dann erst fiel der Groschen. „Ach scheiße, du bist gar nicht als Gast hier, du musst spielen!"

Er hätte nicht unglücklicher aussehen können. „Ja, und si...", brachte er hervor, bevor seine Stimme erneut brach.

Marlenas Augen weiteten sich, aber ein kleines Lachen konnte sie sich nicht verkneifen. „Ach du scheiße, der Herr Rockstar verkauft seine Seele als Hochzeitssänger, ich fass' es ja nicht." Ein Blick in seine Augen machte ihr allerdings schnell deutlich, dass sie ein Reizthema erwischt hatte. Sie begann, in ihrer Tasche zu kramen, und beförderte bald darauf eine Packung GeloRevoice hervor – das Wundermittel eines jeden Sängers: Halstabletten, die zwar widerlicher kaum sein könnten, aber dafür bekannt waren, einen schützenden Film über die Stimmbänder zu legen und sie zu befeuchten. Simon allerdings war bestens ausgestattet: Anstatt etwas zu sagen, zog er selbst eine halb leere Packung aus seiner Tasche.

Marlena verstand den Ernst der Lage. Sie hatte selbst schon einmal auf der Bühne ihre Stimme verloren, sie wusste, wie katastrophal und lähmend die Situation für ihn sein musste. Mit dem einen Unterschied, dass er als Dienstleister für den „schönsten Tag im Leben des Brautpaares" wohl kaum mit dem Verständnis seiner Fans rechnen konnte.

„Was spielste?", fragte sie deshalb knapp. Er verdrehte die Augen, als der erste Anlauf, ihr zu antworten, in jämmerlichem, tonlosem Krächzen unterging. Dann flüsterte er: „‚Hallelujah' in der Cohen-Version und ‚Das Beste' von ‚Silbermond'."

Marlena nickte knapp. „‚Hallelujah' in welcher Tonart?"

Überrascht sah er sie an. „In D-Dur" Wieder nickte Marlena. „Spiel's in Fis, dann sing' ich's dir. ‚Das Beste' kann ich noch von der Hochzeit meiner Cousine letzten Monat, da habe ich deinen Job gemacht."

Völlig verblüfft starrte er sie an. Auch ein bisschen Zweifel lag in seinem Blick, und wäre es nicht so gewesen, hätte das bei Marlena auch eher Skepsis als Wertschätzung ausgelöst. Ein guter Musiker sollte nie die Katze im Sack kaufen – ein mieser Counterpart konnte für einen gewissenhaften Dienstleister auch bloße sechs Minuten Live-Musik zur Hölle werden lassen.

Sie lächelte ihn beruhigend an. „Komm, vertrau mir, ich mach das nicht zum ersten Mal, ehrlich! Außerdem, was hast du zu verlieren? Selbst wirst du es sicherlich nicht singen können heute!"

Das Argument zog – und wurde gestützt durch die Hochzeitsgäste, die sich langsam auf den Weg in den Saal machten. Die Zeit lief Simon davon. Also nickte er ergeben und wies ihr, immer noch mit nervösem Blick, den Weg ins Gemeindehaus.

Marlena hatte jedoch nicht zu viel versprochen. Zwar hätte der Blick ihrer Schulfreundin Jenny kaum verblüffter sein können, als diese auf den Altar zuschritt und ihre Freundin statt des gebuchten singenden Pianisten ein zartes ‚Das Beste' anstimmen hörte, doch sie quittierte es erfreut als vermutlich von langer Hand geplante Überraschung. Marlena zwinkerte dem Bräutigam Holger, der nicht weniger überrascht guckte, verschwörerisch zu – dann zog sie ihr Programm durch, und sie machte es gut.

Als das ‚Silbermond'-Stück zu Ende war und die Hochzeitsgäste verhalten zu klatschen begannen, schien auch Simon endlich zu entspannen. Applaus auf einer Hochzeit, das war ein gutes Zeichen und kam weiß Gott nicht jedes Mal vor! Er lächelte Marlena dankbar an und drückte kurz ihre Hand, als die beiden bis zur nächsten Nummer auf den beiden Stühlen am Rande des Gemeindesaals Platz nahmen. Die Standesbeamtin begann zu erzählen, wie Holger und Jenny sich kennengelernt hatten, und Marlena vertiefte sich voll in die Traurede. Sie fühlte sich rundum wohl.

Nach dem Ja-Wort standen die beiden wieder auf und Simon begann, ein relativ freies Intro zu ‚Hallelujah' zu spielen. Marlena sah ihn an und verstand. ‚Lass los, ich trag dich schon', sagte sein Spiel. Sie schloss die Augen und begann, zu singen.

Simon beobachtete jede ihrer Bewegungen, achtete auf ihren Atem, auf ihre Phrasierung und Betonung – kurzum: Er fühlte sich perfekt in ihren Gesang ein. Marlena musste lächeln, ohne die Augen zu öffnen, ließ sich voll in ihre Musik fallen. So gute Kommunikation zwischen zwei Musikern, die noch nie zusammengespielt hatten – das war auch für sie neu. Vor der letzten Strophe sah sie dann aber doch kurz rüber zu ihm, um zu sehen, ob er den Tonartwechsel mitspielen würde oder nicht. Er grinste leicht und nickte ihr zu, bevor er in einem sanften Übergang den Höhepunkt des Liedes einleitete.

Marlena legte noch einmal ihre gesamte Power in die letzten Zeilen, spürte, wie Simon mitging; wie sich die Dynamik ihrer beider Musik zusammenballte zu einer Wolke aus Energie, die kurz über der Hochzeitsgemeinschaft verharrte, um dann langsam, ganz langsam wieder auseinanderzufließen. Bei ihrem letzten ‚Hallelujah' ließ Marlena ihre Stimme bewusst brechen, schloss erneut die Augen und begann erst zu lächeln, als sie den frenetischen Applaus der Hochzeitsgäste hörte. Sogar einzelne Rufe der Begeisterung waren zu hören.

Als sie die Augen wieder öffnete, war Simon bereits aufgestanden und hatte sich zu ihr herübergelehnt, um einen galanten Handkuss anzudeuten. Die ehrliche Bewunderung in seinem Blick würde sie vermutlich niemals vergessen.

In der Gegenwart

„Fette Show!", sagt Stefan einige Minuten nach dem Konzert anerkennend zu Marlena, als sie sich im Vorbeieilen hinter der Bühne treffen. Während die ‚Freifahrtschein'e jetzt langsam runterkommen können, beginnt für Stefans Team erst die Arbeit. „Danke", schnauft sie lächelnd und streift sich die verschwitzten Haare aus dem Gesicht.

„Du aber auch, Alter", fügt Tilman übermütig hinzu, als er auf der Höhe der beiden angekommen ist. „Geiler Job. Ich hatte selten so guten Monitorsound!"

Während Stefan weiter eilt, legt Tilman Marlena den Arm um die Schultern. „Das war geil, Baby!", flüstert er und drückt sie an sich. Marlena lacht. Sie schwebt noch auf irgendeiner Wolke, von der sie erst einmal runterkommen muss. Doch es fühlt sich gut an. *Wenn Ruben jetzt nur da wäre, wäre es perfekt*, denkt sie, während sie sich auf den Weg in den Backstage-Raum macht. Jetzt heißt es kurz frisch machen, beim Merchandise-Stand vorbei – und dann Anstoßen. In der Bar des FZW ist im Anschluss des Konzerts noch eine private After Show Party geplant. *Nicht, damit ihr euch volllaufen lassen könnt, sondern um euch Branchenvertretern vorzustellen*, hatte Frank gewarnt. Von Pressevertretern und Instrumenten-Herstellern für potenzielle Kooperationen, sogar von Plattenfirmen und Produzenten hatte er gesprochen. Für Marlena zählt allerdings vor allem die Tatsache, dass ihre Freunde und Familie da sein würden.

Bevor sie den Bühnenzugang verlässt, um kurz in die Backstage-Garderobe zu verschwinden, sieht sie aus den Augenwinkeln, wie Tobi und Simon die Treppe herunterkommen. Den beiden ist anzusehen, dass sie dieselbe Energie in sich tragen, wie Marlena selbst. Die Sängerin lächelt, als Tobi Simon brüderlich in die Seite knufft. Ja, denkt sie. *Mit Ruben wäre es perfekt. Aber so ist es auch okay.*

***

Drei Stunden später ist Marlena betrunken. Nicht, weil sie sich vorgenommen hätte, heute so richtig die Sau rauszulassen. Einfach, weil sie sich seit langer Zeit mal wieder wirklich glücklich gefühlt und den Kopf ausgeschaltet hat.

Die immer gleichen „Marlena-das-ist-XY“-„Oh-nett-dass-Sie-da-sind“-„Ihr-wart-toll“-„Dankeschön“-Gespräche scheinen hinter ihnen zu liegen, ihre Familie und Linda haben sich eben verabschiedet, und auch Frank ist irgendwo in der Menge verschwunden.

Nun sitzt sie zusammen mit Lukas, ihrem Support-Musiker Dennis und Tilman an der Bar und hört ihnen beim Fachsimpeln über die schlechtesten Live-Bands der Welt zu. Seit etwa zwanzig Minuten spielen die drei Jungs nebenbei ein Trinkspiel, das beinhaltet, dass sie jedes Mal, wenn in der Mucke des merkwürdigen DJs aus dem FZW das Wort „Baby“ vorkommt, einen Schluck aus ihrer frisch aufgemachten Sektflasche trinken – es ist die dritte. Marlena war ausgestiegen, als der Mann an den Turntables in einem plötzlichen Anflug von 90er-Jahre-Nostalgie „Baby one more time“ von Britney Spears aufgelegt hatte.

Gerade läuft „Here without you“ von 3 Doors Down, und Marlena ist heilfroh, als sich Tobi und Simon zu ihnen gesellen.

„Leute, so kann es weitergehen“, sagt Tobi, als er sich mit einem zufriedenen Seufzen neben Lukas fallen lässt. „Ich hab‘ gerade mit so ‘nem Typen von ‚Amptonia‘ gesprochen, die wollen demnächst mal über einen Endorser-Vertrag reden. Das wär‘ natürlich MEGA.“

Marlena kann ihn verstehen. Angebote wie diese sind in der Musikbranche tägliches Geschäft: Ein Musiker wird von einem Instrumenten-Hersteller mit seinem Equipment ausgestattet, im Gegenzug dafür empfiehlt er dessen Produkte und rührt ein bisschen die Werbetrommel.

„Dann lohnt sich diese Veranstaltung hier ja doch“, wirft sie vielsagend grinsend ein. „Bisher hatte ich nicht den Eindruck, dass Franks angekündigte Branchengötter alle hier aufgeschlagen sind.“

Sie schnippt einen Bierdeckel Richtung Lukas, der schon seit einigen Minuten mit seinem Handy beschäftigt ist.

„Wat tippst du da eigentlich die ganze Zeit? Sind wir dir nicht spannend genug oder was?"

Lukas grinst. „Online-Selbstvermarktung", wirft er das Wort in den Raum, das mittlerweile schon fast Running-Gag-Status in der Band erreicht hat. „Ich hab' grad mal n paar Bilder von heute Abend auf unserer Seite gepostet."

„Mit den vielen Promis, die hier sind?", witzelt Marlena. Tilman legt einen Arm um sie und prostet ihr mit der Sektflasche zu. „Aaaaach, wer braucht schon Promis? Wichtig ist doch nur, dass wir, die Rockstars des Abends, uns 'ne Runde feiern können, bevor's heute Nacht in unsere Mansion geht", ruft er überschwänglich und knufft Dennis in die Seite. „Oder? Wat meinst du?" Seine Zunge klingt schon ziemlich schwer. Dennis lacht. „Mansion find' ich geil. Ich wiederum penn dann gleich 'ne Runde im Auto und fahr anschließend zurück nach Wuppertal."

Marlena zieht die Augenbrauen hoch. „Echt jetzt? Kannst du nicht irgendwo hier schlafen?"

Dennis winkt ab. „Ach, ist doch nicht weit. Ich muss nur erstmal ausnüchtern, hatte eigentlich gar nicht vor, was zu trinken."

Wieder knufft Tilman ihn in die Seite. „War aber geil, dass du dabei warst, Alter! Ich feiere deine Musik echt!"

Dennis muss lachen. Tilman ist durch sein Lallen wirklich schwer zu verstehen. „Danke. Ich find's auch cool, dass ihr mich für die drei Gigs mitnehmt. In Frankfurt penn' ich dann auch in der Jugendherberge, denk ich – dann trinken wir wieder einen!" Tilman schwankt zu Tobi rüber und hängt ihm schwer einen Arm um den Hals. „Wo wir grade beim Pennen sind... Schnarchst du eigentlich immer noch so höllisch, Tobi?"

„Du wirst kein Auge zu kriegen. Rock'n'Roll, Baby", prostet der Bassist ihm schmunzelnd zu.

Marlena stöhnt, Tilman lacht laut auf und Lukas ext völlig ungefragt sein Glas. „Können wir bitte aufhören mit diesem ‚Baby'-Scheiß?", fragt er und verzieht das Gesicht. „Wenn wir gleich noch irgendwelchen Leuten gegenübertreten müssen, die nicht so betrunken sind wie wir, könnte das echt peinlich werden."

Tilman reißt die Augen auf. „Alter, hast du ‚Almost Famous' nicht gesehen? Als Rockstar ist einem nichts peinlich! Auch nicht, wenn man mit den Worten ‚Ich bin auf Drogen!' von einem Hausdach in einen Swimmingpool springt."

Marlena muss lachen. Der Film hatte sie schon als 14-Jährige begeistert. „Solange dir keine Groupies wie Penny Lane auf Schritt und Tritt folgen, bin ich nicht sicher, ob diese Regel für dich gilt, Kollege!"

„Wer zur Hölle ist Penny Lane?", fragt Simon und nippt an seinem Glas. Marlena, Lukas und Tilman sehen ihn entsetzt an. „Was jetzt, du kennst ‚Almost Famous' echt nicht?"

Tobi muss lachen. „Ey, ihr versaut hier grad so dermaßen ein Stück Musikgeschichte! Bei Penny Lane muss einem ja wohl zunächst mal das Beatles-Stück einfallen!"

Simon sieht ihn irritiert an. Marlena lacht laut auf. „Simon! Du bist nicht nur ein Film-Banause, du bist auch noch ein Musikbanause! Das gibt's ja nicht!"

„Scheiß auf die Beatles", wirft Tilman nachdrücklich ein. „Junge, ‚Almost Famous' ist DER Musikfilm über die Zeit des Rock'n'Roll! Handelt von einem jungen Musikjournalisten, der die Band ‚Stillwater' auf Tour begleitet, um danach eine total ehrliche Geschichte über das Leben on the Road an das Rolling Stone Magazine zu verkaufen – bis die Band aus Angst um ihren Ruf alles widerruft. Das ist ein MUSS für jeden Musiker!"
Wieder muss Marlena lachen. „Ach komm, du hast den Film doch wegen Kate Hudson überhaupt erst gesehen."

Tilman will etwas erwidern, doch eine Stimme hinter Marlena kommt ihm zuvor.

„Wenn die irgendwo hier auftaucht, wisst ihr jedenfalls, dass ihr's geschafft habt." Stefan lässt sich neben Lukas auf einen Barhocker sinken. Wortlos reicht Tilman ihm die Sektflasche rüber.

„Biste durch?", fragt Marlena ihren Techniker und prostet ihm zu. Stefan zieht die Augenbrauen hoch.

„Definiere ‚durch'", erwidert er. „Wenn du damit meinst, dass wir alles verladen haben und in die nächste Halle aufbrechen können, dann kann ich das mit ‚Ja' beantworten." Er setzt die Flasche an und trinkt einen großen Schluck. „Wenn du aber wissen willst, ob der kleine Stefan müde ist und jetzt gleich ins Bettchen geht, um morgen fit zu sein, dann kann ich dir sagen..." Er lehnt sich mit verschwörerischem Grinsen vor. „Diese Nacht ist noch lange nicht vorbei, Baby."

Johlend greifen fünf Hände nach der Sektflasche.

***

Drei Stunden und mehrere Gläser Sekt später räumt Marlena an Franks Seite ihren Tourbus ein. Ironischerweise ist sie wieder einigermaßen nüchtern, weil sie sich bei den letzten Runden wohlwissentlich zurückgehalten hat – der morgige Tag führt die Band nach Hannover, ein anstrengendes Programm liegt vor ihnen. Und doch schaut Frank sie, nach diesem erfolgreichen Tour-Auftakt etwas milder gestimmt als sonst, wissend an, als sie die dritte Gitarrentasche mit einem dezenten Schwanken in der Bewegung im Kofferraum verstaut. „Schätzchen, das wirst du morgen so dermaßen bereuen", sagt er väterlich und nimmt Marlena die Gitarrentasche von Lukas ab, um sie sicher im Bus zu verstauen. Marlena lacht.

„Hey, erst die Arbeit, dann das Vergnügen, oder nicht? Hast du selber immer gesagt." Sie lächelt. „Aber du hast schon Recht. Jeden Abend werde ich mir das sicher nicht geben, sonst bin ich ja Ende des Monats Alkoholikerin."

Frank zuckt die Achseln. „Du wärst nicht die erste in dieser Branche!" Mit einem lauten Dröhnen schiebt er die Kofferraumtür des Busses zu.

„Ne Sängerin, mit der ich mal zusammengearbeitet hab, hat mir mal gesagt: ‚Wenn du einmal mit 'nem Mega-Kater vor 3.000 Leuten aufgetreten bist und dir das gesamte Konzert über gewünscht hast, du könntest einfach tot umfallen und schlafen, bis die Sonne wieder aufgeht, dann findest du das vielleicht noch cool. Aber wenn du dann in der darauffolgenden Nacht wieder nur drei Stunden durchschlafen konntest, weil dein Schlagzeuger sägt wie ein Scheunendrescher, und du genau weißt, dass noch vier weitere solche Tage vor dir liegen, dann überlegst du dir das beim nächsten Mal zweimal."

Marlena muss lachen. „Ach komm, das hast du dir doch jetzt ausgedacht! SO schlimm wird's schon nicht werden."

Schmunzelnd zuckt Frank mit den Achseln. „Das kannst du mir dann ja morgen sagen."

***

„Na das kann ja heiter werden!", entfährt es Lukas, als er seine Sporttasche mitten im für ‚Freifahrtschein' geblockten Mehrbettzimmer der Jugendherberge auf den Boden fallen lässt. Tilman, der direkt hinter ihm aufgetaucht ist und damit den restlichen Platz zwischen den kleinen Etagenbetten der Jugendherberge belegt, lacht laut auf. „LUXUS!", ruft er überschwänglich – und viel zu laut für die späte Stunde. Er ist immer noch betrunken. „Ich will naOben!"

„Welches Oben? Das Oben-zum-zugigen-Fenster oder das Oben-unter-der-Garderobenstange, auf die ich gleich mein Bühnenoutfit zum Entknittern hängen werde?" Auch Marlena kann sich ein Grinsen nicht verkneifen, während sie sich an Tilman vorbei in den engen Raum quetscht und auf einem der unteren Betten Platz nimmt.

„Gott, das sind ja ärmliche Verhältnisse hier", stöhnt Tobi. „Tilman, nimm deine Drecksfüße von meinem Kissen, du kannst auch so da hoch… oh Mann!" Er schüttelt angewidert den Kopf. Und doch: Es dauert kaum 15 Minuten, da haben sich die ‚Freifahrtschein'e häuslich eingerichtet in ihrem kleinen Jugendherbergszimmer. Simon fühlt sich fast aufgekratzt, als er auf dem zweiten Hochbett des Zimmers Platz nimmt und seine Beine von sich streckt. Fast hatte er vergessen, wie belebend ein Abend mit Publikumskontakt, mit Action auf der Bühne, grellen Scheinwerfern und brummenden Verstärkern rundherum sein kann. Tobi im Nebenbett stemmt sein Bein gegen den Lattenrost über seinem Kopf, und hebt damit Tilmans Matratze an einer Seite hoch. Von oben ist allerdings nur noch ein leises Schnarchen zu hören. Er lacht leise und schielt rüber zu Marlena. „Und jetzt? Wahl, Wahrheit oder Pflicht oder Betrunkene-Bemalen?"

Sie wirft ein Kissen nach ihm.

„Also, ich hätte ‚Almost Famous' ja auf der Platte dabei..." tönt es von Lukas, der gerade seinen Laptop aus dem Rucksack zieht.

Tobi richtet sich auf. „Na dann hau rein!" Mit einer Hand fuchtelt er vage im Zimmer herum. „Wenn Marlena zu Lukas ins Bett geht und Simon diesen komischen Sessel-Stuhl-Was-weiß-ich-da zu sich ran zieht, sollten wir eigentlich alle gucken können."

Marlena grinst, während sie zu Lukas umzieht und sich im Schneidersitz auf sein Bett setzt. „Is' wie Klassenfahrt! Fantastisch."

„Sag' ich doch!"

***

Es dauert keine zwanzig Minuten, da wird es still um Tobi, und auch Lukas fallen irgendwann die Augen zu. Marlenas und Simons Blicke treffen sich kurz, als sein Kopf gegen die Rückseite des Bettes sinkt. Er blubbert kurz auf, dann zieht er die Beine an und schläft weiter.

Marlena lacht in sich hinein. „Der Lukas", schüttelt sie leicht den Kopf. Simon lächelt. „Ich kann's ihm nachsehen. War halt auch ein krasser Abend."

Marlena sieht ihn an – noch fühlt es sich komisch für sie an, mit Simon zu sprechen als sei nie etwas zwischen den beiden vorgefallen. „Hat's dir also gefallen, ja?", flüstert sie mit einer gewissen Distanz in der Stimme.

Er nickt. „Ihr macht 'ne Bomben-Liveshow, das hat echt Bock gemacht!"

„Naja, wir spielen ja auch schon ein paar Jährchen zusammen. Irgendwann hast du da so 'ne gewisse Routine und weißt, wie die anderen so ticken." Sie merkt selbst, dass ihre Worte die kleine Tür, die in den vergangenen Stunden zwischen den beiden geöffnet wurde, behutsam wieder zudrücken. Es ist gar nicht böse gemeint: Sie ist einfach noch nicht bereit für emotionales Bonding – auch wenn das nachts um drei, zusammen in einem winzigen Jugendherbergszimmer und über einem Film wie ‚Almost Famous' gewissermaßen ganz automatisch passiert.

Simon nickt zögerlich. „Ja, da seid ihr sicherlich im Vorteil", antwortet er. Er spürt genau, dass Marlena keine Lust hat, etwas wie ‚Wirst sehen, irgendwann hab' ich mich da auch eingefuchst' zu hören.

Die beiden konzentrieren sich wieder auf den Film, doch die Stimmung ist vergiftet – keiner von beiden kann komplett abschalten, aufhören, den eigenen Gedanken nachzuhängen.

Als Ober-Groupie Penny Lane kurz vor Ende des Films mit einer Überdosis Drogen im Blut bewusstlos in ihrem Hotelzimmer zusammenbricht und der Musikjournalist endlich den Mut findet, ihr seine Liebe zu gestehen, steht Marlena auf und zieht sich in ihr eigenes Bett zurück. „Ich bin müde, ich leg mich auch hin", sagt sie.

Simon nickt, ohne vom Bildschirm aufzusehen. Er sitzt noch da, als der Abspann des Films schon lange durchgelaufen ist.

„Living on a prayer"
Bon Jovi

Jahre zuvor...

Zusammen auf einer Bühne stehen und Musik machen – eigentlich bedarf es dafür nur der Einhaltung ein paar einfacher Regeln. Musik funktioniert ähnlich wie jede andere Konversation zwischen zwei Menschen: Man muss sich gegenseitig zuhören. Man muss sich ausreden lassen. Und man sollte die gleiche Sprache sprechen, bevor man sich gegenseitig mit Wortschwällen überschüttet.

Damit etwas Magisches dabei herauskommt; etwas, was auch das Publikum als große Sache wahrnimmt, weil es authentisch und echt wirkt – dafür braucht es allerdings ein wenig mehr. Für Marlena und Simon jedoch war das von der ersten Minute an nie ein Problem gewesen.

Nach der gemeinsam bestrittenen Trauung auf Jennys Hochzeit waren sie, fast wie von selbst, Freunde geworden. Zuerst hatte Simon versucht, Marlena die Hälfte seiner Gage aufzudrängen, was sie jedoch immer wieder vehement abgelehnt hatte. „Ich hab's gern gemacht, lass mal stecken", hatte sie gesagt, woraufhin Simon darauf bestanden hatte, sie zumindest zum Essen einzuladen. So gingen sie also Tapas essen, tranken Sangria und quatschten bis nach Mitternacht; über chaotische Banderfahrungen, über Simons Kindheit als Sohn eines Psychotherapeuten und über Marlenas Marketing-Studium. Als Marlena ihm eröffnete, dass sie sich nach der schmerzhaften Auflösung ihrer letzten Coverband 'Dive In!' geschworen hatte, nur noch mit ihren eigenen Songs auf die Bühne zu gehen, war Simon Feuer und Flamme, ihre Entwürfe zu sehen. Sie winkte ab. „Ach, bis jetzt sind das nur erste Grundgerüste. Ich komm momentan einfach nicht weiter. Ständig hab' ich das Gefühl, die Entwürfe zu verschlimmbessern – mir fehlt einfach der Glaube daran, dass das Zeug wirklich gut ist."

Simon sah sie lange an. „Vielleicht brauchst du einfach jemanden, der den Ehrgeiz, es besser zu machen, wieder entfacht!" Er lehnte sich zurück und trank einen Schluck Sangria. „Ich kenn das von ‚Tommy and Gina': Du weißt genau, Song XY sitzt nicht so richtig, aber irgendwie fehlt dir der Anpack. Und dann kommt irgendwer um die Ecke und sagt ‚Ey, lass da doch mal 'n Bass-Solo einbauen' – und auf einmal bist du gezwungen, dich wieder mit dem Stück auseinander zu setzen. Manchmal gefällt dir die Idee des anderen, manchmal findest du sie aber auch komplett beschissen, was automatisch heißt, dass du dir was Besseres einfallen lassen musst. Und zack: Auf einmal ist die Perspektive 'ne ganz andere und du bist wieder drin!"

Sie musste lachen. „Das ist also der Grund, warum du keine eigene Musik machst, sondern coverst! Du brauchst jemanden, der dich in den Arsch tritt!" Er schmunzelte, doch sein Blick blieb ernst. „Brauchen wir das nicht alle manchmal?"

Als die Tapas-Bar schloss, erschien es Marlena nur logisch, ihn noch auf einen Absacker in ihr Wohnzimmer zwei Straßen weiter mitzunehmen – und es wäre gelogen gewesen, zu behaupten, dass die Zweideutigkeit dieser Situation nicht eine leise Hoffnung in ihr geweckt hätte, der Abend könnte eventuell noch eine andere Wendung nehmen. Sie fühlte sich wohl in Simons Nähe und merkte auch, wie oft sie seit ihrem gemeinsamen musikalischen Intermezzo plötzlich an ihn denken musste. Doch so gut sie sich auch unterhielten: Sie konnte ihn einfach nicht gut genug lesen, um sich voll in dieses Gefühl hineinfallen lassen zu können. Zwar hatte er nie von einer Freundin gesprochen und verhielt sich auch nicht so als gäbe es irgendwo noch eine Frau, vor der er die Zeit, die er mit Marlena verbrachte – und das offenbar herzlich gern – rechtfertigen musste. Auf tiefe Blicke, auffällig unauffällige Berührungen und zweideutige Anspielungen aber wartete sie genauso vergebens.

Sich verlieben, Gefühle zeigen und das eigene Herz öffnen, ohne Angst davor, zurückgewiesen zu werden – das war Marlena noch nie leichtgefallen. Stattdessen versuchte sie immer, alles, was sie tat, in einem Rahmen zu halten, den sie am Ende auch locker mit freundschaftlicher Zuneigung erklären konnte, ohne das Gesicht zu verlieren. Nur führte das eben oft dazu, dass es am Ende genau dabei blieb: bei der freundschaftlichen Zuneigung.

So geschah es, dass auch dieser Abend anders ausging, als es im 20 Uhr 15-Filmhighlight auf ProSieben wohl nach solch einer Einladung der Fall gewesen wäre. Als Simon ihr Wohnzimmer betrat, pfiff er kurz durch die Zähne und trat neben ihr Piano. Fast liebevoll strich er über die Klaviatur. „Wenn ich gewusst hätte, dass du so ein Schätzchen in deinem Wohnzimmer stehen hast, hätten wir auch gleich hier starten können, meine Liebe!" Er zwinkerte ihr zu. „Dafür hätte ich sogar selbst den Kochlöffel geschwungen!"

Marlena musste lachen. „Ich glaub, so viel Liebe wie in diesem Satz hat das Schätzchen seit seinem Einzug hier nicht mehr erfahren! Das Teil ist in unserer Familie jetzt schon durch vier verschiedene Hände gegangen und staubt jetzt fröhlich vor sich hin. Ich benutz' das nur ganz rudimentär fürs Songwriting und spiel ab und an mal die drei Songs, die aus meinem Klavierunterricht vor zehn Jahren noch hängen geblieben sind."

Entsetzt fuhr Simon erneut über den Korpus des Klaviers. „Hör nicht hin, Baby, sie meint es nicht so!"

Dann schwang er sich auf ihre gemütliche Couch. „Okay. Ich nehm ein Bier und dann will ich sehen, was da so rauskommt, bei deinen Songwriting-Sessions!"

Zögernd sah sie ihn an. „Bier kannst du haben, so viel du willst, aber... Ich hab' das Zeug bisher noch niemandem gezeigt, Simon, und das liegt vor allem daran, dass ich tief in mir drin ein furchtbar feiger Mensch bin..."

Sein Lächeln brachte sie zum Verstummen. Sie musste ihm nichts erklären. „Musik ist immer ein Teil unserer Seele, wenn sie ehrlich ist, Marlena. Und WENN sie ehrlich ist, ist sie meistens gut." Er zwinkerte. „Also. Kneifen is' nicht! Da musst du jetzt durch." Also ging sie in die Küche, holte zwei Bier aus dem Kühlschrank und brachte auf dem Rückweg ihre Mappe mit.

Er begann zu lesen. Blätterte durch Notenblätter, schmunzelte kurz, als er sah, auf was für Zetteln sie ihre Textfragmente sammelte. Halb zerrissene Zeitungsseiten waren dabei. Bierdeckel,

Veranstaltungs-Flyer, Küchentücher. Sogar ein Stück Stoff, dass aussah, als sei es aus einer Einwegtischdecke herausgerissen worden. „Die Ordnung einer Künstlerin hast du schon mal", sagte er schlicht und vertiefte sich in einen Songtext. Blätterte um. Las einen weiteren. Dann stand er auf, immer noch lesend, und schlenderte rüber zu ihrem Klavier. „Darf ich?" Er warf ihr einen kurzen Blick zu.

Sie linste auf die Uhr. „Wenn du's schaffst, ultra leise zu spielen, klar. Es ist drei Uhr morgens." Er zog demonstrativ den Kopf ein und legte einen Finger auf die Lippen. „Leise spielen ist als Live-Musiker ja meine Spezialität, weißt du doch", witzelte er, schlug dann aber doch sehr ruhige Töne an, als er die ersten Akkorde legte.

Marlena schloss die Augen, als sie hörte, wie sich ihre Melodie-Entwürfe unter seinen Händen verdichteten. Es waren Feinheiten, die Simon hinzufügte: Hier mal eine Akkordfolge, dort ein paar Einzeltöne – doch diese Feinheiten sorgten dafür, dass das Lied zu leben begann, ganz anders klang, als es bei ihr zuvor der Fall gewesen war. Es war plötzlich kein Grundgerüst mehr, das dort im Raum stand. Es war eine Festung, liebevoll mit Details ausgebaut, und sie erzählte eine Geschichte. Ihre Geschichte.

Als Simon zu Ende gespielt hatte, drehte er sich zu ihr um und stützte die Arme auf die Knie. „Da sind schöne Sachen bei, Marlena. Manche Texte sind mir ein bisschen zu sehr in Reime gepresst, aber das glättet sich wieder, wenn man dran arbeitet." Er stand auf und ließ sich wieder neben sie aufs Sofa fallen. „Du solltest da wirklich was draus machen", sagte er und drehte den Kopf zu ihr.

Marlena schlug die Augen nieder. In diesem Moment hätte ihr Blick alles verraten, was in ihrem Kopf, vor allem aber: in ihrem Herzen vorging. „Und? Machste mit?", fragte sie stattdessen, betont locker. Er sollte nicht direkt merken, wie bedeutend seine Antwort für sie sein würde.

Natürlich ertappte er sie. Lachte auf, stieß sie in die Seite. „Siehste, du brauchst auch jemanden, der dir in den Arsch tritt!" Dann wurde er ernst. „Schon komisch, oder? Dass wir Musiker immer danach streben, mit anderen Musikern zusammenzuarbeiten?

Schau dir die großen Solisten doch an! Wenn's drauf ankommt, holen die sich doch alle immer 'ne Live-Band dazu."

Als ihm auffiel, dass Marlena immer noch schwieg, blickte er zu ihr rüber und nickte. „Klar. Wenn du Lust hast, lass uns zusammen was aufziehen."

Sie zog die Augenbrauen hoch. „Echt jetzt?" Er lachte. „Ja, echt jetzt! Bühne ist immer gut, davon kann ich nie genug haben."

Sie hätte genauer hinhören sollen.

2. Tourtag

Am Abend nach dem erfolgreichen Auftaktkonzert sitzen die Bandmitglieder wieder in ihrem Tourbus – müde und erschlagen, betüddelt von einem pausenlos quasselnden Frank, der an diesem Abend ähnlich aufgedreht ist wie sie am Abend zuvor. „Ich kann nicht glauben, dass ihr euch gestern Abend so habt volllaufen lassen“, kritisiert er gerade zum zwanzigsten Mal das „völlig unreife Verhalten“ seiner Schützlinge. „Euch kann man wirklich nicht alleine lassen.“

Simon gähnt. So sehr ihm dieser erregte Gockel auf die Nerven geht: Frank hat nicht ganz unrecht. Das Konzert in Hannover war zwar reibungslos über die Bühne gegangen, doch der Tag war ein einziger Kampf für die ‚Freifahrtschein'e gewesen: Am frühen Morgen waren sie nach einer viel zu kurzen Nacht auf miesen Matratzen in ihren Sprinter gestiegen. Frank war zu diesem Zeitpunkt bereits mit dem Zug auf dem Weg nach Hannover gewesen, er hatte den Tag noch für einen Geschäftstermin bei einem örtlichen Veranstalter nutzen wollen.

Tobi, von ihnen allen mit Abstand der Ausgeschlafenste, hatte also folglich zwei Aspirin und drei Liter Wasser inhaliert und den Fahrersitz erklommen, was nichts anderes zur Folge hatte, als dass sie jede Stunde an einer anderen Raststätte halten mussten, damit er aufs Klo gehen konnte. Tilman, der von allen am meisten und längsten Alkohol getrunken hatte – noch beim Beladen des Tourbusses hatte er mit einem der Roadies 'ne Flasche Jägermeister geköpft – tat es ihm gleich: Allerdings nicht zum pinkeln, sondern um sich sein Frühstück ein zweites Mal anzusehen. Mehrfach.

Kalkweiß hatte er bis Hannover im Tourbus gesessen, so gut wie nichts gesagt und immer wieder vor sich hingedöst. Erst die Dusche in der Location, die er dankbarerweise nach Begrüßung des Veranstalters angeboten bekommen hatte, hatte in ihm wieder ein paar Lebensgeister geweckt. Nach ein paar frotzelnden Bemerkungen seitens der Tourcrew und einem ziemlich unorganisierten, nervenaufreibenden Aufbau, hatten sie am frühen Nachmittag eine kleine Pause vor dem Soundcheck einlegen können. Naja, und dann war halt Frank um die Ecke gebogen, und es war mit der Ruhe vorbei gewesen.

„Ich bin zu alt für diese Scheiße, Mann!", hatte Tilman Simon zugerufen, als sie sich nach dem Soundcheck beim Bandcatering trafen. „Heute Abend trink ich nur Wasser und Coke!" Stefan, der gerade ebenfalls unterwegs zum Catering war und an den beiden vorbeilief, konnte sich ein Lachen nicht verkneifen. „Willkommen in der traurigen Realität des anstrengenden Tourlebens! Aspirin gibt's am zweiten Tag noch umsonst!" Tilman hatte die Augen verdreht, weil es ungefähr das fünfte Mal an diesem Tag war, dass er sich diesen Spruch anhören musste. All diese Menschen waren doch auch auf der After Show Party gewesen! Warum war er eigentlich der einzige, der ihre Folgen so hart zu spüren bekam?

„So Simon, nach dem ersten Wochenende mit den Pappnasen: Gib doch mal eine Runde Feedback", wendet sich Frank nun an den Neuling im Kreis. Simon schlägt die Augen nieder und atmet aus. Er muss sich wirklich beherrschen, dem Mann nicht an die Gurgel zu gehen. *Was glaubt der denn bitte, wer er ist? Moderator? Alleinunterhalter?*

„Ich bin sehr zufrieden und hatte viel Spaß", sagt er, doch als er Franks abwartenden Blick auf sich ruhen sieht, fährt er fort. Er wendet sich an seine Mitmusiker, die ihn teilweise schon vielsagend und entschuldigend angrinsen. „Ihr habt 'ne einmalige Bühnenshow, Marlena hat 'ne fantastische Präsenz an der Front – wirklich, ich kann nicht meckern! Auch musikalisch find ich, dass wir ganz gut harmoniert haben…"

„Auf jeden Fall! Du hast dich aber auch sehr gut eingefügt, Simon", greift Lukas dem Keyboarder unter die Arme.

„Siehst du denn noch Arbeitsbedarf, der eine weitere Probe diese Woche rechtfertigen würde?", lässt Frank nicht locker. *Nicht, dass das Thema Proben zu seinen Aufgaben gehören würde…*

Marlena schaltet sich ein. „Tatsächlich würde ich gerne einen Vorschlag machen!" Alle Augen richten sich auf sie.

„Also, wir haben unsere ganz alten Rocknummern, die zwei Cover-Songs und die ganzen neuen Lieder von ‚Zeppelin' bis ‚Sintflut' im Set, die wir auf der Tour testen und dann aufs Album packen wollen. Bisher ist das ein sehr kraftvolles Programm. Find' ich auch gut – ich hab' allerdings auch den Eindruck, dass wir bisher ein sehr neugieriges und williges Publikum erlebt haben, das uns auch nicht wegrennen würde, wenn wir nicht die ganze Zeit nur voll auf die Zwölf spielen. Bei ‚Analog' zum Beispiel scheinen die total aufmerksam zuzuhören, was ich im Vorfeld echt nie erwartet hätte."

Lukas und Tilman nicken zustimmend.

„Ich hab' ja die ganze Zeit schon gesagt, dass mir die Covernummern eigentlich zuwider sind…" „Aber Marlena, das machen viele Bands in der Anfangszeit", unterbricht Frank sie. Marlena winkt ab. „Ich sag ja auch nicht, dass man das nicht darf, aber wie du schon sagst: Man macht das in der Anfangszeit, und deshalb wirkt es auch ein bisschen so, als hätte man einfach nicht genug Zeug, um das Konzert mit eigenen Stücken voll zu kriegen. Was bei uns ja eigentlich überhaupt nicht stimmt", fährt sie fort. „Bevor Ruben seine Bombe hat platzen lassen, haben wir zum Beispiel an ‚Kaleidoskop-Augen' gearbeitet – danach ist das liegen geblieben, weil wir erst mal anderes zu tun hatten. Die Nummer ist aber wirklich geil! Wie wär's denn, wenn ich die Tage mal mit Simon und Lukas in den Proberaum gehe und wir das Lied fit machen? Wir hatten ja gesagt: Wenn, dann soll das ‘ne schöne, minimalistische Akustik-Nummer werden.“

„Ich finde die Idee super“, kommt es prompt von Lukas. Auch Simon nickt. „Ich bin gespannt und offen für alles! Wann würde euch vorschweben?“

„Vielleicht direkt morgen Abend? Dann hätten wir alle bis Donnerstag noch ein bisschen Pause zum Runterkommen!“

Lukas‘ Vorschlag wird angenommen. Frank klatscht in die Hände. „Alles klar, das klingt doch nach einem ausgezeichneten Plan! Dann schlaft doch jetzt mal alle noch ‘ne Runde, in gut zwei Stunden wecke ich euch dann, wenn wir wieder in Köln angekommen sind.“

Marlena und Lukas sehen sich an, als Frank nach vorne klettert, um Tobi auf einen Rastplatz zu lotsen, wo er ihn als Fahrer ablösen will. *Dass dieser Typ aber auch immer noch so ein Schlusswort zum abschließenden Resümieren geben muss!*

Tourpause

Simon spielt den A-Moll Akkord so gefühlvoll an, wie es irgendwie geht. Mit ein paar geübten Anschlägen tanzen seine Finger über die Tasten, spielen eine verspielte Melodie und verebben langsam, als die Gitarre einsetzt. Lukas spielt die ersten Zeilen der ersten Strophe, dann bricht er ab und schüttelt den Kopf. „Das gefällt mir nicht", sagt er und blättert in seinen Noten. „Ich finde, das klingt irgendwie arg gewollt, wenn ich da nach deinem Vorspiel eingreife und dieses Thema runterleier. Das ist irgendwie too much."

Marlena, die auf ihrem Hocker ein wenig abseits gesessen hatte, erhebt sich langsam und geht mit ihrem Notensatz rüber zu ihren beiden Musikerkollegen. „Find ich auch. Der Song lebt von dieser nostalgischen Stimmung und davon, dass er ganz minimalistisch gehalten ist." Sie blättert. „Wir müssen das langsamer angehen, um die Dynamik zu wahren. Wir haben nur uns drei; keinen Bass, kein Schlagzeug – da sollten wir mit unseren Kräften und Powerchords ein bisschen haushalten." Sie zeigt mit ihrem Kuli auf Simon. „Aber dein Thema da gefällt mir. Hat so'n bisschen Zirkus-Jahrmarkt-Karussell-Flair!"

Simon nickt nachdenklich. Er greift erneut nach den Tasten, spielt wieder diese zarte Melodie aus einzelnen Noten, die sich langsam aber sicher zu einem dichten Soundteppich zusammensetzen. Er nickt Marlena zu, um ihr zu verstehen zu geben, dass sie einsetzen soll. Kaum merklich nickt sie, schließt die Augen.

Alles dreht sich, ist verschwommen
ich folge dir auf deinem Wege
Rufst du mich, treib ich davon und
antworte langsam und träge

Sie bricht ab, als Lukas beginnt, die Melodie von Simon oktaviert zu begleiten. „Das klingt schön, aber das ist irgendwie schon wieder zu viel“, sagt Simon. Marlena nickt. „Vielleicht solltet ihr es mal alleine probieren“, findet Lukas und stellt seine Gitarre ab. „Ganz ernsthaft – vielleicht braucht ihr mich gar nicht!“

Als Marlena aufschaut und den Augen von Simon begegnet, der sie abwartend ansieht, nickt sie langsam. Die Idee ist ihr auch schon gekommen. Sie hatte sie nur nicht ausgesprochen, weil sie tief in ihrem Inneren Angst davor hat, mit Simon allein zu spielen. *Dann wirst du dich voll auf ihn einlassen müssen. So wie damals.*

„Okay, versuchen wir's mal“, entscheidet Simon und spielt seine Melodie an.

Alles dreht sich, ist verschwommen,
ich folge dir auf deinem Wege
Rufst du mich, treib ich davon und
antworte langsam und träge

Blumentürme aus Cellophan
am diamantenen Himmel
Will sie pflücken, doch komm nicht ran
Formen und Farben verschwimmen

Simon gleitet hinüber in den Refrain. Marlena holt Luft, starrt die Schaumstoff-Matte an der Wand an, nur um ihn nicht ansehen zu müssen.

Bitte geh nicht, oh bleib doch hier
Ich hab' dir noch so viel zu sagen

Simon stoppt. „Das klang toll", sagt Lukas und nickt seinem Keyboarder zu. „Ich find gut, wie du in diesen schwingenden Rhythmus gleitest. Wenn du jetzt noch n bisschen an deinen Sounds spielst, hat das 'ne tolle Dynamik. Aber...irgendwie seid ihr nicht so richtig zusammen."

Marlena stöhnt innerlich. Sie weiß genau, woran es liegt. Lukas wendet sich ihr zu. „Brauchst du mehr Raum? Wollt ihr's mal langsamer versuchen?" Marlena schüttelt den Kopf. „Das Tempo ist nicht das Problem. Ich fühl's heut einfach nicht."

Nachdenklich schaut Lukas sie an. Sein Blick ist bedeutungsschwer. Marlena weiß ganz genau, dass er das Problem erkennt, sieht, dass sie sich nicht fallen lassen kann – nur kann er ihr nicht helfen, solange er nicht weiß, warum sie so gelähmt ist. Die Hilfe kommt in diesem Moment aus einer völlig unerwarteten Richtung. „Erzählt mir mal, wie der Songtext entstanden ist", sagt Simon mit betont lässiger Stimme. Er lehnt sich zurück, legt die Beine auf den freistehenden Hocker neben seinem Keyboard. Wir haben Zeit, will er suggerieren.

Marlena starrt ihn an. *Simon erzählen, dass sie diesen Song für ihren Ex-Freund geschrieben hat? Wirklich jetzt?*

„Die Nummer handelt von einem Mädchen, dass in einer Beziehung festsitzt, die unter keinem guten Stern steht", beginnt sie in dem Versuch, möglichst wenig von sich zu erzählen. „Sie ist furchtbar verliebt in diesen Typen, mit dem es einfach nicht klappt, und schwankt die ganze Zeit zwischen Kampfgeist und Resignation, weil sie an ihre Fantasiewelt aus ‚Wirs' glauben will. Tief in ihrem Herzen merkt sie eigentlich, dass es nicht hinhaut, denn egal, wie tief und verzweifelt ihre Gefühle auch sind und wie sehr sie kämpft, irgendwie driften die beiden immer wieder aneinander vorbei." Sie schluckt. „Aber sie ist halt einfach verloren. In seinen Kaleidoskop-Augen", endet sie mit immer leiser werdender Stimme.

Simon sieht sie lange an. Er wird den Teufel tun, das auszusprechen, was sie alle wissen: Nämlich, dass Marlena dieses

Mädchen gewesen ist. Dass diese rohen Gefühle, die in dem Song verpackt sind, genau ihren eigenen entsprachen. Es ist ein Ehrenkodex, eine ungeschriebene Regel: Die Inspiration deines Textes bleibt in deinem Herzen. Nur du allein weißt, wie viel wirklich der Wahrheit entspricht. In der Musik ist alles erlaubt.

„Okay", sagt er. „Dann stell dir mal vor, wie dieses Mädchen daliegt, morgens, in seinem Bett. Er ist gerade aufgestanden, fühlt sich kilometerweit weg an, auch wenn sein Geruch noch überall in der Luft hängt. Sie hört die Dusche, weiß, die Nacht ist vorbei, spürt genau die Sinnlosigkeit ihrer Situation. Sie ist verzweifelt. Sie ist müde. Und eigentlich weiß sie längst, was sie zu tun hat. Aber sie will und kann diesen Schritt einfach nicht gehen. Weil sie sich nichts sehnlicher wünscht, als dass er zurückkommt." Er ignoriert, dass Marlena ertappt zu Boden blickt. Ihre Wangen färben sich rot. „Mach die Augen zu und den Film an", fügt er schnell hinzu. „Und dann sing!"

Diesen Song akustisch aufarbeiten zu wollen war die beschissenste Idee, die du seit langem hattest, Schuster, denkt Marlena.

Sie blickt an Simon vorbei. Hofft, dass irgendetwas die Stille, die mit einem Mal über ihnen hängt wie ein graues Tuch, zerreißen kann. Sie schaut kurz zu Lukas. Von ihm ist keine Hilfe zu erwarten – er weiß genau, für wen dieser Song entstanden ist. Immerhin ist er es gewesen, der sie durch ihre Trennung von Manuel begleitet hat.

Als sie schon denkt, die Stille keine Sekunde mehr länger auszuhalten, beginnt Simon zu spielen. Sieht sie nicht an, um ihr möglichst viel Schutzraum zu lassen. Marlena starrt seine Hände auf den Tasten an. Auch wenn ihre Augen staubtrocken sind, spürt sie die Tränen darin. Schluckt sie weg, ein ums andere Mal. Verpasst ihren Einsatz. Simon muss ein weiteres Mal das Vorspiel beginnen, bis sie sich dazu durchringen kann, einzusteigen.

Alles dreht sich, ist verschwommen
Ich folge dir auf deinem Wege

Rufst du mich, treib ich davon und
antworte langsam und träge

Blumentürme aus Cellophan
Am diamantenen Himmel
Will sie pflücken, doch komm nicht ran
Formen und Farben verschwimmen

Marlena hat die Augen geschlossen. Hochkonzentriert lässt sie sich in ihre Worte fallen, versucht, ihre Umwelt auszublenden. Simons Klavierspiel trägt sie sanft in den Refrain, intensiviert sich, entlädt sich in einen akustischen Gefühlsausbruch. Marlena öffnet die Augen und sieht ihn an. In seinem Blick liegt zurückhaltende Beobachtung. Er versucht, auf jeden Wimpernschlag zu achten, um sein Klavierspiel ihr anzupassen. Das Entscheidende aber, was sie sieht, ist: Er wertet nicht. Seine analytische Professionalität; die Ruhe in seinem Blick – er zeigt weder Verständnis, noch Bedauern oder Neugierde. Er lässt sie einfach ihren Job machen. Und das hilft. Sie schließt die Augen wieder.

Bitte geh nicht, oh bleib doch hier
Ich hab' dir noch so viel zu sagen
Will alles gewinnen und alles wagen
bevor ich mich in deinen Kaleidoskop-Augen verlier'

Als Marlena vor der zweiten Strophe die Augen öffnet, spürt sie, wie sich der Knoten in ihr löst. Es fällt ihr leichter, sich in ihre Worte einzufühlen. Es fällt ihr sogar leichter, Simon in die Augen zu blicken, weil sie sich nicht mehr so sehr anstrengt, ihn nichts von sich sehen zu lassen.

Knetfiguren mit Spiegel-Schlips
stehen am Drehkreuz bereit
Gesichter versteinert wie Masken aus Gips
Sie lassen mich nicht vorbei

Als sie dieses Mal den Refrain singt, fühlt sie jede Silbe. Sie legt ihre komplette Verzweiflung in ihre Zeilen. Es ist ihr egal, dass Simon und Lukas im Raum sind und sie ansehen. Es ist ihr egal, dass das Gefühl der Tränen in ihren Augen zurückgekehrt ist. Das einzige, was zählt, ist dieses Lied. Das Zusammenspiel zwischen Stimme und Keyboard, welches langsam verebbt, immer leiser, zerbrechlicher wird. Als Simon sanft seinen Schlussakkord setzt und Marlena das Mikrofon sinken lässt, weiß sie: Es war perfekt.

„Wow", ist alles, was Lukas entfährt, nachdem die ersten Schrecksekunden verhallt sind. Simon lächelt still. Ja, denkt auch Marlena, als sie seinen Blick auffängt. *So geht's.*

***

In dieser Nacht schläft Marlena schlecht. Auch wenn der Abend erfolgreich zu Ende gegangen war – ihr Unterbewußtsein scheint dem Druck dieser intensiven Zusammenarbeit mit Simon einfach nicht gewachsen gewesen zu sein. Sie wälzt sich im Bett herum, hört jedes Geräusch in ihrer Wohnung, erschrickt vor dem Schatten der Nachttischlampe und dem Knarren der Bäume, die sich vor ihrem Fenster im Wind biegen.

Auch die Träume sind zurückgekehrt, diese mittlerweile schrecklich vertrauten Bilder von jenem Tag in der Bahn, die sie heimsuchen, wann immer sie in unruhigen Schlaf verfällt. Doch diesmal ist es Simon, der sie bedroht; der mit hektischen Bewegungen an ihr reißt, ihr die kalte Pistole an die Schläfe hält. *Nur ein Mucks von dir und ich puste dir den Schädel weg,* hallt es in ihren Ohren. Sie spürt seinen Atem, riecht seinen Schweiß, hört seine kehlige Stimme dicht an ihrem Kopf. *Es ist vorbei, das war's,* denkt sie verzweifelt, völlig gelähmt von dem Gedanken, dass jede Bewegung ihren Tod bedeuten kann.

Als sie aus dem Schlaf hochschreckt, schluchzt sie trocken auf. Völlig erschlagen liegt sie im Bett, immer noch mit den Nachwehen der Bilder in ihrem Kopf kämpfend. Der Geruch, der Druck der Pistole an ihrer Schläfe, alles ist immer noch da, und ihr fehlt die Kraft, das Licht anzumachen und die Geister, die sie schon zigmal aus dem Schlaf gerissen haben, zu vertreiben. *Ich kann das nicht mehr,* flüstert eine Stimme in ihrem Kopf. *Wie soll das denn weitergehen? Was soll ich machen, wenn mir das auf der Tour, irgendwo zwischen zwei Konzerten in irgendeinem Mehrbettzimmer passiert? Zwei Kojen entfernt von Simon, der seelenruhig schläft, und doch der personifizierte Eindringling in dieser heilen Musikwelt ist – dieser Welt, die mich all die Monate lang über Wasser gehalten hat.*

Die Leuchtziffern ihres Radioweckers zeigen 4:13 an, als sie endlich die Energie findet, aufzustehen, und sich aus der Küche ein Glas Wasser und eine Schlaftablette zu holen. *Sie müssen mehr Rücksicht auf Ihren Körper nehmen, Frau Schuster,* hört sie Irene Gottlob sagen. *Diese Tournee bringt Stress mit sich, dem Sie momentan nicht gewachsen sind. Sie brauchen Auszeiten, müssen Ihre Medikamente regelmäßig nehmen, einen Raum finden, in den Sie sich zurückziehen können.*

Marlena wischt die Tränen weg. *Den hat Simon mir genommen,* denkt sie frustriert, wissend, wie unfair dieser Gedanke ist. *Es läuft doch alles gut!*

Eine gefühlte Ewigkeit dauert es, bis sie in einen dankbaren, traumlosen Schlaf fällt, der viel zu früh durch das Morgengrauen beendet wird.

Um halb sieben steht sie auf, macht sich einen Kaffee, versucht zu arbeiten. Um Punkt acht ruft sie ihre Therapeutin an.

„Till we ain't strangers anymore"
Bon Jovi

Jahre zuvor...

Wahrscheinlich hätte sie es merken können. Sie hätte merken können, dass es immer nur sie war, die vorschlug, sich zum Musikmachen zu treffen. Dass es ausschließlich sie war, die ein Konzept für ihr Duo ausarbeitete; nach Kneipen und Clubs für erste Auftritte suchte, neue Texte und Melodien aufschrieb, wann immer ihr ein paar Fragmente einfielen. Simon ließ sich zwar mitreißen, zeigte aber längst nicht so viel Begeisterung wie Marlena. Doch das störte sie nicht.

Sie nahm all das wohlwollend in Kauf, redete sich ein, dass es sogar besser war, wenn organisatorisch nur einer den Hut aufhatte. Schließlich waren es auch ihre Songs, an denen sie da arbeiteten – auch wenn sie Simon mehrfach ermutigt hatte, selbst Ideen mitzubringen. „Neenee, lass mal. Ich bin gerne deine Muse", hatte er stets geantwortet. Und auch das sollte ihr recht sein.

Wenn sie mit Simon Musik machte, fühlte sich ihr Herz an wie ein bis zum Überlaufen gefülltes Fass voller Emotionen. Verlangen, Geborgenheit, Begeisterung, ganz besonders aber: das Gefühl, Teil von etwas Magischem zu sein, schaukelte sich in ihr hoch, bis sie glaubte, die Wartezeit bis zum nächsten Treffen nicht aushalten zu können. Kurzum: Sie machte genau den einen Fehler, den sie bei den Fans, die abends vor den Bühnen ihrer Stars standen und sich in ihre Musikwelt träumten, immer belächelt hatte. Sie verliebte sich in den Gedanken, dass die Emotionen, die Simon an seinen Tasten zum Ausdruck brachte, ihr persönlich galten – nicht der Musik, die er mit ihr machte.

Trotzdem blieben sie, die Zweifel daran, dass auch er sah, wie besonders sie beide zusammen waren. Wenn er mal wieder nicht *zurückrief, zum Beispiel. Oder drei Tage brauchte, um auf eine SMS zu antworten.*

Ja, sie hätte es merken können. An dem Tag, an dem ihre rosarote Brille zum ersten Mal einen etwas tieferen Kratzer bekam, hatte sie bereits zwei Stunden auf ihn gewartet, bis sie sich aufraffte, ihn anzurufen. Zu fragen, wo er blieb, während sie mit tollen Nachrichten und zwei Millionen Ideen im Kopf auf ihrem Sofa auf ihn wartete.

„Marlena, hi, du, grad ist's leider total schlecht, kann ich dich morgen zurückrufen?" Simon klang gehetzt, als er nach dem elften Klingeln endlich ans Telefon ging. Zaghaft lächelte sie ihre leise Verärgerung weg. Wahrscheinlich hatte es einfach ein Missverständnis gegeben. „Du hast also vergessen, dass wir uns um drei bei mir treffen wollten, mhm?" Ihre Stimme war ihr fremd. Sie klang unsicher, dünn, fast ein bisschen devot – und darüber ärgerte sie sich viel mehr als über Simons Unzuverlässigkeit.

„Ach scheiße, das war heute? Verdammt, das ist mir wirklich durchgegangen!" Immerhin klang er so, als würde es ihm aufrichtig leidtun. „Ich bin grad noch im Tonstudio in Porz, ich nehm' heute diese Werbejingles für den Autohändler auf, von dem ich dir erzählt hatte."

„Ah okay", sagte Marlena, um einen emotionslosen Ton bemüht. „Naja, ich hab' heut Abend nix vor, wenn du willst, kannst du auch später noch kommen", sagte sie beiläufig. Merkte zu spät, dass das in etwa so klang, als hätte sie eh nichts Besseres zu tun, als den lieben langen Tag auf ihn zu warten. Leider sprach der Bauch oft schneller, als der Stolz Einwände erheben konnte.

„Wir werden hier sicher noch ein, zwei Stunden brauchen, und heut Abend hab' ich Probe mit ‚Tommy and Gina'..." Kurz war Stille in der Leitung. „Es tut mir wirklich leid, Marlena, ich hab's verkackt für heute." Sie lachte. Es klang falsch, zumindest in ihren Ohren. Aber was blieb ihr schon anderes übrig? „Naja, passt schon", sagte sie. Beschloss, schnell das Thema zu wechseln, um ihre Enttäuschung zu überspielen. „Hey, ich habe die Tage mit 'ner Freundin gequatscht, die in der Südstadt im ‚Café Garfunkel' arbeitet... Wenn du Bock hast, könnten wir da demnächst mal vor ein erstes Testpublikum treten." Irgendjemand spielte im

Hintergrund auf einer Gitarre. „Das klingt super, Marlena... hey, wir machen weiter hier", Simons Stimme machte überdeutlich, dass er gedanklich völlig woanders war. „Ich ruf dich die Tage an, okay? Noch mal sorry für heute", fügte er noch hinzu, dann legte er auf, ohne ihre Antwort abzuwarten. Noch lange starrte sie den Telefonhörer in ihrer Hand an.

In der Gegenwart

Simon ist hervorragend gelaunt, als er später am Tag aus dem Musicstore in Köln kommt. Die Sonne scheint und verleiht den hartnäckigen Schneeresten am Straßenrand einen glitzernden Schimmer. Mit ‚Coldplay' auf den Ohren und voller Tatendrang macht er sich auf den Weg zurück in die Innenstadt. Die Probe am gestrigen Abend hat ihn beflügelt. Nicht nur hat es riesigen Spaß gemacht, mit Lukas und Marlena an den Feinheiten von ‚Kaleidoskop-Augen' zu feilen – es war auch deutlich zu spüren, dass der Abend die drei einander nähergebracht hat. Simon hat Bock, mit ‚Freifahrtschein' Musik zu machen. Mehr denn je, seit die ersten zwei Konzerte der Tournee gespielt sind. Doch je mehr Marlena ihn auf Abstand gehalten hatte, desto schwieriger war es für Simon vorstellbar gewesen, dass dieses Experiment tatsächlich glücken könnte. Ihre Ablehnung war allgegenwärtig gewesen – im Bus, am Kaffeeautomat im Proberaum, beim Ein- und Auspacken des Equipments, bei den Vorbereitungen für die Show. Bis gestern. Gestern, das hatte Simon gemerkt, da hatte sie ihm für ein paar kurze Momente ihr Vertrauen geschenkt.

Simon erreicht die Köln Arcaden und geht in eine Drogerie, kauft neue Ohropax fürs Wochenende (Tobi schnarcht WIRKLICH wie ein Scheunendrescher) und nimmt direkt noch ein Nackenkissen, welches gerade im Angebot ist, mit. Beim Rausgehen flirtet er kurz und unverbindlich mit der Verkäuferin, stoppt an der Bäckerei, um sich ein belegtes Brötchen zu kaufen, und kehrt in die Sonne zurück. Mit seinen Einkäufen beladen lässt er sich auf eine Bank fallen. *Es war die beste Entscheidung seit langem, wieder zurück auf die Bühne zu gehen,* denkt er und beißt in sein Mittagessen. Erst jetzt, wo er wieder ein festes Projekt hat, wird ihm bewusst, wie ermüdend das Vom-Blatt-abspielen für ihn gewesen war. Jeden Abend ein anderes Programm, immer voll unter der Fuchtel der Band, die an diesem Tag den Ton angab, mit einem einzigen Ziel vor Augen: Möglichst gut, möglichst überzeugend zu sein. Nur, wer überzeugend war, bekam Folgeaufträge – und die waren für

Simon lange Zeit wie eine Droge gewesen. Bevor mit ‚Tommy and Gina' alles vor die Wand gefahren war, hatte er lange Zeit seine gesamte musikalische Qualität über die Anzahl an Aufträgen von anderen Musikern definiert. Völlig egal, ob er zufrieden war. Völlig egal, ob er Spaß an dem gehabt hatte, was er da gespielt hatte. Kam am nächsten Tag der Anruf, dass er gerne bei der nächsten Show wieder einspringen könne, war seine Welt in Ordnung gewesen. Zumindest am Anfang.

Mit ‚Freifahrtschein' erinnert er sich zum ersten Mal seit langem wieder daran, was für eine große Portion Flexibilität eine gute Live-Band braucht – und er schätzt enorm, dass die bei seinen neuen Kollegen in extrem hohem Maße vorhanden ist. Es kommt auf das Zusammenspiel an. Schafft es Marlena, das Publikum zwei oder drei Refrains hintereinander mitsingen zu lassen, kannst du unmöglich nach Blatt spielen und die ruhige Ballade, die darauf folgen soll, runterleiern – die Leute, die gerade auf dem Zenit ihrer Stimmung angekommen sind, würden sich ihrer Energie beraubt fühlen. Du spürst unmittelbar, ob du beim Publikum ankommst. Das kann Segen sein und dich durch viele miese Tage tragen, denn es poliert dein Selbstbewusstsein ungemein auf. Doch es kann auch Fluch sein. Und für beides bist ganz allein du selbst verantwortlich.

Simon greift zu seinem Handy. Er muss dringend noch jemanden von den ‚Freifahrtschein'en fragen, wann am Donnerstagmorgen die Abfahrt gen Münster ansteht.

„Schuster?"

„Marlena, hi, ich bin's, Simon!"

Stille in der Leitung. „Simon." Marlena klingt müde. Völlig ausgelaugt sogar, stellt Simon erschrocken fest.

„Ist alles okay bei dir?", fragt er vorsichtig.

„Klar." Marlena räuspert sich. „Hör zu, ich hab' zum Quatschen jetzt echt keine Zeit..."

Simon runzelt die Stirn. *Was zur Hölle ist seit gestern Abend passiert?*

„Ich wollt auch gar nicht quatschen! Ich ruf an, weil ich wissen will, wann wir uns am Donnerstag treffen."

„Um elf.“ Die Antwort kommt so prompt, dass Simon sich verdutzt fragt, ob seine Frage damit komplett beantwortet ist.

„Äh...okay. Am Proberaum?“, fragt er sicherheitshalber noch einmal nach.

„Wo denn sonst, Simon? Steht doch auch alles in der Dispo“, erwidert Marlena gereizt. Sie seufzt. „Sorry“, sagt sie, hörbar bemüht, nicht ganz so unfreundlich zu klingen. „Ich muss echt los.“

Simon nickt ratlos. „Okay. Dann bis dann.“ Doch das hört Marlena schon nicht mehr.

Als er sein Handy verstaut, ist jegliche gute Laune aus Simons Gesicht verschwunden. Er hat keine Ahnung, was da gerade vorgefallen ist. Es ist fast, als habe es den gestrigen Abend im Proberaum einfach nicht gegeben. Er schüttelt den Kopf und wirft den Rest seines Brötchens in die Mülltonne. Das würde noch ein langer Weg werden.

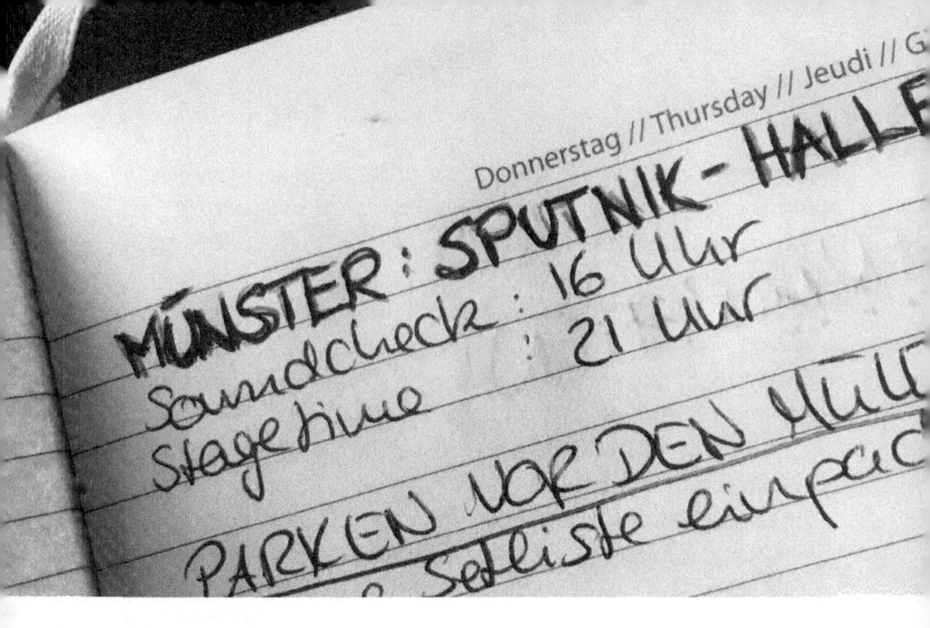

3. Tourtag

Als Marlena an diesem Donnerstagmorgen, weitaus ausgeschlafener und besser gelaunt als noch Anfang der Woche, zum Proberaum kommt, erlebt sie eine Überraschung: Nicht nur ihre Mitmusiker stehen mit Rucksack und Reisetasche neben dem Kleinbus, sondern auch ein Mann mittleren Alters, den ihr Frank aufgeregt als Markus Schneider vorstellt. „Er ist freischaffender Journalist“, fügt er hinzu, als würde das alles erklären.

Marlena ringt sich ein herzliches Lächeln ab und reicht ihm die Hand. „Schön, Sie kennen zu lernen!“

„Kannst ruhig Du sagen“

„Okay, schön dich kennen zu lernen! Wie können wir behilflich sein?“

Frank strahlt sie an. „Markus wird uns auf der Fahrt nach Münster begleiten“, erklärt er freudig. „Er beliefert einige Zeitungen hier in der Umgebung, unter anderem die WZA, den Kölner Tages-Anzeiger und die KölnRevue, und er wird einen Artikel über ‚Freifahrtschein’ schreiben. Es soll unter anderem um das neue Gesicht in euren Reihen gehen.“

Marlena ist zu überrumpelt um ihr perplexes Gesicht rechtzeitig mit Professionalität überspielen zu können. „Ach das ist ja...nett", sagt sie lahm und stellt erst einmal ihren Trolley ab. Sie blickt Frank an und versucht, in ihr freundliches Lächeln so viel Mahnung wie unauffällig möglich ist hineinzulegen. „Davon wusste ich ja gar nichts!?"

Frank übergeht ihre Reaktion mit einem quiekenden Lachen. „Ach, das hat sich auch ganz spontan ergeben, nicht wahr, Markus?" Er greift nach dem Arm des Journalisten und führt ihn, bevor noch irgendjemand etwas einwerfen kann, in den Proberaum, um ihm die Räumlichkeiten, wo „seine Schützlinge sonst arbeiten", einmal zu zeigen.

„Du hattest also auch keine Ahnung", stellt Lukas mit säuerlichem Blick gen Türe fest. Marlena schüttelt den Kopf. Sie lacht kurz auf. „Also langsam nimmt sein Aktionismus echt Formen an, die ich nicht so toll finde", sagt sie und verstaut ihre Sachen im Kofferraum des Busses. „Ich mein, Presse schön und gut, find ich klasse, ich mach' auch jeden Pre-Show-Termin zwischen Essen und Show in den jeweiligen Städten mit, keine Frage. Aber auf der Fahrt? Wenigstens mal vorher Bescheid sagen wäre irgendwie schön gewesen."

Fast ist sie selbst überrascht, wie gelassen ihr die Sätze über die Lippen gehen. Bei ihrer Notsitzung am Dienstag bei Irene Gottlob hatte diese sie an ihren Psychiater verwiesen, der ihr eine neue Dosierung für ihr Antidepressivum verpasst hatte. „Wir beobachten das jetzt, Marlena, und erwarte bitte keine Wunder: Die Wirkung wird nicht innerhalb von 24 Stunden eintreten. Es wird einige Zeit brauchen, bis du dich entspannter und ruhiger fühlst. Und wenn irgendetwas Unerwartetes auftritt; du Magen-Darm-Beschwerden, Kopfschmerzen, Hautausschläge oder ähnliches bekommst, bitte ruf mich sofort an", hatte der Arzt ihr mit auf den Weg gegeben. Offenbar war die innere Ruhe doch schneller eingetreten, als sie erwartet hatte.

Tilman hingegen sieht aus, als würde er gleich unter die Decke gehen. „Ey Leute, ohne Scheiß, mir reicht dieses Obergockelverhalten langsam. Ich bin kein Idiot und auch nicht unprofessionell, also spiel ich da jetzt mit. Aber spätestens nach der Tour müssen wir uns ernsthaft mit dieser Flachpfeife unterhalten, dass es so nicht weitergeht."

Marlena greift nach seinem Arm. „Reg dich nicht auf, Til, er…"
„…meint's nur gut, ich weiß", Tilman reißt seinen Arm zurück. Er ist wirklich sauer. „Ich find's auch beschissen, ich muss nämlich eigentlich noch 'n Telefonat mit 'nem Kunden führen." Tobi arbeitet hauptberuflich als freiberuflicher IT-Supporter.

Lukas nickt. „Am problematischsten finde ich, dass das fast zwei Stunden Fahrt sind – das wird also wirklich ein langes Gespräch! Vor den Shows kommen in zehn Minuten mal schnell so Fragen wie ‚Und, wie gefällt euch unsere Stadt', ‚Wie habt ihr euch eigentlich kennengelernt' und ‚Habt ihr ein Lieblingslied im Set'. Das alles kann ich mittlerweile im Schlaf beantworten! Aber zwei Stunden? Was da alles für Fragen kommen können!"

„Und über SIMON!", Tilman regt sich immer noch auf. „Also nix für ungut, Mann, ich kann dem gerne erzählen, wie geil du bist, aber wollten wir nicht eigentlich erst mal die Tour angehen und alles andere später machen?"

Lukas schnaubt. „Stimmt. Wir wollten das. Frank wollte was anderes."

Simon, dem dieser ganze Dialog sichtlich unangenehm ist, zuckt hilflos die Schultern. „Tut mir leid, Leute. Ich hab' mir das ganz bestimmt nicht gewünscht."

Er ist überrascht, als es gerade Marlena ist, die nach seinem Arm greift. „Mach dir mal keinen Kopf jetzt, du kannst da nichts für." Und in die Runde sagt sie ergeben: „Lasst uns jetzt das Beste draus machen. Ändern können wir's ja eh nicht."

Als sie in den Bus steigt, blickt Lukas ihr stirnrunzelnd hinterher. *Die ist auf Drogen, sonst wär' die nicht so ruhig*, denkt er. Und: *Das kann ja heiter werden.*

***

„So, jetzt geht's also zum ersten Mal auf Deutschlandtour für euch. Wie war euer erstes Wochenende on the road denn?", fragt Markus eine gute halbe Stunde später im Kleinbus. Tilman hat sich für diese Etappe als Fahrer angeboten – wohlwissend, dass seine Wut so schnell wohl nicht verrauchen wird. Die restlichen vier der ‚Freifahrtschein'e quetschen sich mit Frank und Markus zwischen ihr Equipment auf die zwei Sitzreihen.

„Toll war's", sagt Lukas so gut gelaunt wie möglich. „Wir waren total nervös, denn es kommt ja nun nicht jeden Tag vor, dass du in Hallen wie dem FZW oder bald hier in Köln in der Live Music Hall spielen kannst. Aber ich muss sagen: Die Fans letztes Wochenende in Dortmund und Hannover haben's uns wirklich leichtgemacht. Die Stimmung bei den beiden Konzerten war echt geil."

Markus nickt und sieht aufmerksam in die Runde. Sein Diktiergerät in seinem Schoß blinkt monoton vor sich hin. „Simon, du bist ganz neu dabei – erzähl mal, wie kann man es denn mit deinen Kollegen hier aushalten?" Simon schluckt. Er hatte gehofft, dass dieser Kelch vorerst an ihm vorbeigehen würde. Zögerlich lächelt er. „Super kann man's mit denen aushalten! War ein cooles erstes Wochenende – es macht Spaß, endlich wieder live auf der Bühne zu stehen."

„Okay!" Und in die Runde: „Ruben, euer bisheriger Keyboarder, ist ja sehr plötzlich und vor allem klammheimlich ausgetauscht worden. Habt ihr euch zerstritten?" Der Journalist schaut Marlena forschend an, doch bevor sie antworten kann, schaltet sich erneut Lukas ein.

„Keineswegs", sagt er einen Tick zu schnell und zu laut. „Ruben musste uns leider aus beruflichen Gründen Anfang Dezember verlassen, was uns natürlich erst mal vor ein ganz schönes Problem gestellt hat." Er nickt Frank zu, versucht, wohlwollend auszusehen. „Doch unser Manager hier hat's rausgerissen: Nach einigen weniger erfolgreichen Castings brachte er uns Simon in den Proberaum, und da hat die Chemie einfach von Anfang an gestimmt."

Markus sieht ihn nachdenklich an, wendet sich wieder Marlena zu. Hakt noch einmal nach. „Ist bestimmt schwer, wenn man nach fünf Jahren Musik plötzlich Abschied von einem Mitstreiter nehmen muss, der von Anfang an dabei war. Kein böses Blut? Wirklich gar nicht?"

Marlena schüttelt den Kopf, es wirkt müde. „Wir wünschen Ruben alles Gute für seine Zukunft. Das Angebot, dass er bekommen hat, hatte er glaub ich in seinen kühnsten Träumen nicht erwartet, und natürlich freuen wir uns für ihn, dass er seine Träume jetzt anderswo verwirklichen kann." Selbst in ihren eigenen Ohren klingt es auswendig gelernt.

Natürlich merkt das auch Markus. „Fast zu schön um wahr zu sein", sagt er, nicht ohne eine leise Spur Ironie.

„Dann jetzt also Simon." Er wendet sich dem Keyboarder zu. „Du sagst, du freust dich, endlich wieder live auf der Bühne zu stehen. Elf Jahre lang hast du mit ‚Tommy and Gina' fast jeden Live-Club der Republik irgendwann mal von innen gesehen. Warum hast du deinen Job da eigentlich hingeschmissen?"

Dieser Typ hat seine Hausaufgaben wirklich gemacht. Kurz zögert Simon, weil er angesichts dieses Seitenhiebs nicht so recht weiß, wie er reagieren soll. „Irgendwann kommt wohl für jeden die Zeit, mal was Eigenes machen zu wollen", leiert er seine Standardantwort herunter. So unwirsch, als glaube er sie selbst nicht richtig. Markus sieht ihn zweifelnd an. „Aber nervt es nach solch einem Erfolg nicht, jetzt wieder komplett von vorne anfangen zu müssen?"

Simon grinst unsicher. „Ach weißt du, das eine ist mit dem anderen ja nicht zu vergleichen", sagt er betont kumpelhaft. „Ja, Covermucke zu spielen ist toll, aber worauf ich mich jetzt sehr freue ist, selber mal wieder an Songs arbeiten, mich einbringen zu können. Es ist was ganz anderes, ob du in Stein gemeißeltes Songmaterial da liegen hast, an das du dich stur halten musst, oder ob du Raum hast, auch mal ein bisschen improvisieren zu können."

Markus runzelt die Stirn. „Naja, aber wenn ich das richtig verstanden habe, dann bist du ja erst mal für die Tour hier fürs Keyboard verpflichtet", stellt er ketzerisch fest. „Lassen deine neuen Kollegen denn da überhaupt zu, dass du in ihren Songs herumdokterst?"

Simons Lächeln gefriert. Diesmal ist es Tobi, der die Situation rettet. Er klopft Simon auf die Schulter und lacht demonstrativ auf. „Bei guter Livemusik ist es IMMER wichtig, dass sich die einzelnen Musiker auf der Bühne in das hereinfühlen können, was sie da tun. Klar darf und soll Simon sich einbringen!" Er schaut Marlena an. „Erst am Montag haben Lukas und Marlena mit ihm lange im Proberaum gesessen, um an einem Stück zu arbeiten, das schon länger bei uns in der Schublade liegt, aber noch nie live zum Einsatz gekommen ist. Das wird sozusagen 'ne Deutschlandpremiere, mein Lieber – und das hätte ohne Simon in dieser Form überhaupt nicht geklappt!"

Marlena verfolgt den Gesprächsverlauf wie aus weiter Ferne. *Gute Antwort*, denkt sie. Und: *Gut, dass diese Frage nicht mir gegolten hat. Ich hätte garantiert etwas anderes gesagt.*

Auch Frank ihr gegenüber scheint langsam zu merken, dass seine Idee, Markus völlig unangekündigt mit in den Kleinbus zu setzen und auf Simon rumreiten zu lassen nicht so clever gewesen war, wie er anfangs gedacht hatte. Er sitzt bedröppelt am Fenster und scheint bei jeder Frage einen Tick kleiner zu werden. Innerlich schüttelt Marlena verständnislos den Kopf. *Und das von jemandem, der durch die Zeit mit ‚Knoxville' und ‚Be a Star' eigentlich all das schon mal durchgemacht haben sollte...*

„Ist es nicht sowieso total schwer, in so kurzer Zeit einen neuen Mitmusiker einzuspielen? Da muss doch fast schon das Programm drunter leiden", behauptet er. Mit gekünsteltem Lächeln schaut Tobi ihn an.

„Wir nehmen das hier alle ziemlich ernst, Markus", sagt er eisig. „Wir haben in den vergangenen Wochen hart gearbeitet, und wir sind auch alle keine Anfänger mehr."

Ein winziges Lächeln huscht über Markus' Gesicht, es wirkt amüsiert. „Klar, ihr seid ja Profis." Sein Tonfall wechselt, er wirkt jetzt fast plauderhaft. „Aber sagt mal: Jetzt hört man aus der Coverbranche ja, dass die Zusammenarbeit mit Simon auch nicht IMMER nur leicht gewesen ist. Ist das nicht auch ein gewisses Risiko?"

Simon wechselt hektisch einen Blick mit Marlena, doch sie weiß nicht, wie sie ihm helfen soll. Sie kann nur raten, welche Geschichten der Journalist gehört haben will. *Wenn du jetzt 'ne Leiche im Keller hast, von der wir noch nichts wissen, dann hat er uns jetzt*, denkt sie resigniert.

Wieder ist es Lukas, der die Situation rettet. „Also ich weiß ja nicht, was du gehört haben willst, Markus, aber ich kann dir sagen, dass Simon ein sehr engagierter Mitmusiker mit herausragenden Fähigkeiten am Keyboard ist, fast vorbildlicher als der Rest von uns. Sollte das irgendwann mal irgendwo anders gewesen sein, interessiert mich das ehrlich gesagt nicht die Bohne. Bei uns macht er einen fantastischen Job."

Dankbar sieht Simon zu Lukas herüber.

„Und warum ist er dann nicht als festes, neues Bandmitglied am Start, sondern nur als Aushilfe?"

Marlena hat die Schnauze voll. „Weil du zwei Wochen vor Tourstart und nach einem einzigen Vorspielen einfach noch nicht sagen kannst, ob die Chemie passt. Das finden wir jetzt raus und dann schauen wir mal weiter", blafft sie so plötzlich, dass sie alle verwundert ansehen. Es ist, als seien die ersten Fragen einfach in der dicken Watteschicht um ihre Nerven versickert, während die letzte voll ins Schwarze getroffen hatte. Vielleicht, weil Marlena ohnehin schon ständig das Gefühl hat, sich für diese Frage rechtfertigen zu müssen – selbst dann, wenn sie nicht gestellt wird.

Markus kneift die Augen zusammen und sieht die Sängerin an. „Aber ich denk, Simon ist so toll?"

„Ist er auch." Die Antwort kommt von Lukas und lässt keinen Zweifel zu, doch wieder kommt sie einen Tick zu schnell.

Der Journalist reagiert nicht. Er starrt weiter Marlena an. Lehrbuch für Reporter, Kapitel III, Interviewtechniken: *Machen Sie das Schweigen so unerträglich, dass der Gesprächspartner mehr von sich preisgibt, als er eigentlich will.* Zum ersten Mal in ihrem Leben ist Marlena dankbar dafür, in ihrem Studium auch zwei Semester ‚Journalistische Grundlagen' im Nebenfach studiert zu haben. Wäre das nicht der Fall, würde er sie damit brechen. Mit Leichtigkeit.

Ausdruckslos starrt sie zurück. Die Unruhe im Tourbus ist förmlich greifbar. Lukas massiert nervös seine Hände, Tobi räuspert sich, Simon rutscht auf seinem Sitz hin und her. Marlena jedoch wiederholt in ihrem Kopf immer wieder diesen einen Satz, den sie sich damals eingeprägt hat. *Es ist alles gesagt. Es ist alles gesagt. Es ist alles gesagt.*

Als Markus jedoch nach einer gefühlten Ewigkeit den Blick abwendet und in seinem Notizblock blättert, um sich fortan seichteren Fragen zu widmen, sinkt auch sie tief in ihren Sitz zurück. Sie fühlt sich auf einmal furchtbar erschöpft.

***

So einfach und beflügelnd der Anfang der Tour auch gewesen war: In Münster spürt man davon nicht mehr sehr viel. Vielleicht liegt es daran, dass das Interview mit Markus Schneider den ‚Freifahrtschein'en mehr zugesetzt hat, als sie zunächst gedacht hatten – vielleicht ist es auch einfach ein ungeschriebenes Gesetz, dass nach jedem Höhenflug ein erdender Fall kommen muss. Fakt ist: Bereits beim ersten Song spürt Marlena am Bühnenrand ganz deutlich, dass diese Fans eine harte Nuss werden würden.

„Münster, schön, dass wir bei euch sein dürfen! Geht's euch gut?", ruft sie euphorisch ins Publikum, nachdem die letzten Takte von ‚Zeppelin' verklungen sind. Braves Klatschen ist zu hören, in den ersten Reihen blickt sie jedoch in gelangweilte Minen, und nur vereinzelt sind Rufe aus dem Publikum zu hören. „Oooooah, Mensch. Da haben wir noch ganz schön was zu tun, ich seh' schon", stellt sie fest und lacht. Selbst in ihren eigenen Ohren klingt es unecht.

„Nagut, dann woll'n wir mal! Die nächste Nummer heißt ‚Sanduhr'." Tilman spielt den Takt an, die Gitarre setzt zu einem Vorspiel ein – Marlena hat kurz Zeit, nach dem Wasser neben der Bass Drum zu greifen. Lukas sieht sie von der Seite an. Er wirkt nervös. Auch er spürt den Unterschied zu den vorangegangenen Konzerten.

Bloß ein Wimpernschlag ein kurzer Augenblick
Ein tiefer Atemzug, ein Gedankenblitz

Aus den Augenwinkeln sieht Marlena, wie sich ein Mädchen rechts von der Bühne kopfschüttelnd zu ihrer Freundin umdreht und lacht. Es sieht so aus, als wäre sie alles andere als begeistert von der Band, die sich dort auf der Bühne abmüht, gute Laune zu verbreiten. Wider besseres Wissen bleibt Marlenas Blick an ihr hängen. Einen Moment später bahnt sich das Mädchen seinen Weg nach draußen. Getränke holen. Telefonieren. Zeit töten, vielleicht sogar: Jacke holen und ab nach Hause!

Marlena konzentriert sich wieder auf ihre Musik. Merkt, wie atemlos sie klingt, beginnt sich zu ärgern. Sie weiß ganz genau: Das, was sie da tut, ist das Todesurteil jeder guten Performance. Sie kann sowieso nicht ändern, dass sie nicht jedem dort unten gefallen kann – schließlich kennen die meisten von ihnen neben ‚Zeppelin' kaum etwas von ihnen, und ein einzelnes Lied ist nun mal kein Garant dafür, dass man nach dem Konzert zum Riesen-Fan mutiert. Das einzige, was die Band auf der Bühne an Überzeugungsarbeit leisten kann, ist: möglichst authentisch rüberkommen und Spaß haben an dem, was sie tut. Ohne trübe Gedanken. Vor allem: Ohne sich die Reaktionen Einzelner zu Herzen zu nehmen.

Halt nicht an, weil du sonst stehst
Verlierst den Weg wohin du gehst
Schau nach vorn nicht zurück
Verschließ die Augen nicht vorm Glück

Während des Refrains der Ballade tänzelt Marlena rüber zu Tobi, singt ihn an, versucht, ihre gewohnte Bühnenrolle als energiegeladene Entertainerin wiederzufinden. Tobi lächelt sie verhalten an, wippt ein wenig mit, blickt jedoch ungewohnt viel auf seine Bass-Saiten herunter. *Ach klar! Die Nummer hatten wir ja umarrangiert, da muss er sich konzentrieren*, fällt es Marlena wieder ein. Sie fühlt sich plötzlich schrecklich allein auf dieser riesigen Bühne. *Reiß dich zusammen! So wird das nichts*, ermahnt sie sich.

Am Ende des Songs greift sie erneut zu ihrer Wasserflasche. Während sie trinkt, fällt ihr siedend heiß ein, dass Lukas vor dem kommenden Song seine Gitarre wechseln muss. Es ist ihre Aufgabe, die entstehende Pause zu überbrücken. Doch ihr Kopf ist wie leergefegt. Als sie sich mit leiser Panik im Bauch wieder zum Publikum umdreht, bleibt ihr Blick kurz an Simon hängen – und ihr kommt eine Idee.

„Leute, ich möchte euch ein neues Gesicht in unseren Reihen vorstellen", ruft sie gespielt selbstbewusst in ihr Mikrofon und geht rüber zum Keyboard. „Da unser früherer Keyboarder Ruben uns leider Anfang Dezember verlassen musste, haben wir es uns nicht nehmen lassen, den besten Tastenmann, den wir auftreiben konnten, für diese Tour zu verpflichten! Ein großer Applaus für Simon Voigt!"

Noch während sie ihre letzten Worte ausspricht ärgert sich Marlena darüber, diesen Schritt gegangen zu sein. Bei allen Besprechungen vor der Tour hatten sie sich dagegen entschieden, die Musiker der Band vorzustellen – vor allem, um darüber hinwegzutäuschen, dass es aktuell eigentlich überhaupt keine feste Besetzung gibt. *Und wenn du's dann doch machst, du Uschi, dann doch bitte nicht zwischen zwei Songs – sondern mit allen zusammen im Instrumentalteil von einem der Schlusslieder! Wenn die Stimmung eh schon tot ist, lockst du DAMIT nämlich bestimmt niemanden hinterm Ofen hervor!*

Es ist, als könnten die Zuschauer spüren, wie gerne Marlena ihre Ansage zurücknehmen möchte: Die klatschenden Leute im Publikum sind an einer Hand abzuzählen. Der Rest starrt entweder ausdruckslos zur Bühne hinauf oder hat seine Aufmerksamkeit längst anderen Dingen zugewandt. Marlena ist unendlich dankbar, als Simon endlich das Intro zu ‚Jäger in der Wüste' anspielt. Das Lächeln fällt ihr schwer, wie in Trance bewegt sie sich über die Bühne, läuft ziellos von rechts nach links und verpasst fast ihren Einsatz.

Gott, dieses Konzert ist eine Katastrophe. Hoffentlich ist es bald zu Ende, denkt sie sich.

„Marlena", ruft Simon sie in die verklingenden Akkorde des Songs zu sich heran. Erleichtert ignoriert Marlena, dass längere Zwiegespräche zwischen Musikern, die nicht über das Mikrofon geführt werden, auf der Bühne äußerst unprofessionell wirken, und geht zu Simon herüber. *Schlimmer kann's eh nicht mehr werden.*

„Lass uns ‚Kaleidoskop-Augen' spielen," sagt Simon fest und tippt auf seinem Keyboard herum, als sie neben ihm steht. Er sucht den richtigen Sound.

„Spinnst du?“, faucht Marlena. „Das killt die Stimmung doch vollends!“ Simon schüttelt stoisch den Kopf. „Vertrau mir bitte. Lass uns ‚Kaleidoskop-Augen‘ spielen!“, beharrt er auf seinem Vorschlag.

Lukas macht einige Schritte auf seine Mitmusiker zu. „Das wäre tatsächlich ‘ne gute Idee, Leute, mir ist grad ne Saite gerissen“, zischt er.

Marlena, die dem Publikum den Rücken kehrt, sieht ihre Mitmusiker völlig überfordert an. Um nichts in der Welt kann sie sich jetzt in dieses Lied reinfallen lassen! Doch Lukas entfernt sich bereits, an seiner Gitarre rumfummelnd, und Simon blickt ihr eindringlich in die Augen. „Mach den Film an, wie beim letzten Mal. Mach die Augen zu, vergiss, wo wir gerade sind – und denk bloß nicht drüber nach, ob das jetzt ‘ne Scheißidee ist. Wir machen das jetzt einfach“, raunt er und beginnt, zu spielen.

Hilflos dreht Marlena sich um, blickt ins Publikum. Kam es ihr bis vor einer Minute noch wie eine feindselige Masse vor, die sie abwartend beäugt und ihr Urteil eigentlich schon längst gefällt hat, kehrt jetzt eine merkwürdige Ruhe in ihr ein. Kaum jemand scheint sich noch für die Band da vorne auf der Bühne zu interessieren, die meisten haben sich längst den Gesprächen mit ihren Begleitern zugewandt. *Es ist eigentlich völlig egal, was wir jetzt machen,* schießt es ihr durch den Kopf. *Also dann!* Sie dreht sich wieder zum Keyboard um und sieht Simon an, der ihr aufmunternd zunickt.

Alles dreht sich, ist verschwommen
Ich folge dir auf deinem Wege
Rufst du mich, treib ich davon und
antworte langsam und träge

Blumentürme aus Cellophan
Am diamantenen Himmel
Will sie pflücken, doch komm nicht ran
Formen und Farben verschwimmen

Simon lächelt sie an. Es fällt Marlena schwer, seinem Blick standzuhalten, doch sie zwingt sich dazu. Im Moment bietet er ihr einen größeren Schutzraum als die Menschen dort unten vor der Bühne. Zaghaft lächelt sie zurück. Langsam beginnt sie, sich wieder ein bisschen wohl mit ihrer Stimme zu fühlen.

Bitte geh nicht, oh bleib doch hier
Ich hab' dir noch so viel zu sagen
Will alles gewinnen und alles wagen
bevor ich mich in deinen Kaleidoskop-Augen verlier'

Marlena löst sich vom Keyboard und tritt zurück in die Mitte der Bühne. Sie löst ihre zweite Hand vom Mikrofon, lässt ihren Arm mit ausladenden Bewegungen ihre Stimme untermalen. Sie singt die zweite Strophe, fühlt sich, als stünde sie in ihrem Wohnzimmer und besänge ihre beste Freundin, die still und aufmerksam im Fernsehsessel neben dem Fenster sitzt und zuhört, wie Marlena ihr ihr Leid klagt. Und auf einmal gelingt es ihr auch auf der Bühne, mit nur ganz wenigen Schritten den Raum für sich einzunehmen. Das, was sie sagt, kommt wieder von Herzen. Es ist echt.

Als das Lied verklingt, wartet sie gar nicht lange auf die Reaktion des Publikums, sondern dreht sich direkt zu Simon um, um ihm dankend zuzulächeln. Als die ersten Reihen zu klatschen beginnen, entgleiten ihr die Gesichtszüge. Simon muss grinsen. Marlena hat gar nicht gemerkt, dass die Leute vor der Bühne ihr zugehört haben. Und es macht ihn glücklich, zu sehen, dass sie mit seiner Hilfe wieder zu ihrem alten Selbst zurückgefunden hat.

***

Einige Stunden nach dem Konzert lässt sich Lukas neben seine beste Freundin auf eine unbequeme Holzbank in einer Art Speisesaal fallen. Wieder ist die Band in einer Jugendherberge untergekommen, doch heute ist an gemeinsames Rumalbern nach dem Gig nicht zu denken. Tobi und Tilman sind schon ins Bett gegangen, Simon telefoniert mit seiner Schwester, und Marlena hat sich mit einem Buch in den ungemütlichen Aufenthaltsraum der Herberge zurückgezogen. Nicht, dass sie sich wirklich konzentrieren könnte – auch wenn die Biographie von Bob Dylan noch so gut ist. Der kleine Lese-Ausflug ist mehr als Flucht vor ihren Mitmusikern zu verstehen, denn gerade heute braucht Marlena ganz dringend einen Ort zum Zurückziehen.

„Was ein Abend!", sagt Lukas leise und lehnt sich gegen Marlenas Schulter. Sie legt ihr Buch weg. „Das kannste laut sagen", erwidert sie. „Ich glaube, das war das beschissenste Konzert, was ich in meinem ganzen Leben gespielt hab."

Lukas lacht leise. „Das stimmt nicht!" Er sieht sie an. „Erinnerst du dich noch an den Gig auf der Karnevalsparty, vor einigen Jahren in Düren?"

Marlena stöhnt. Wie könnte sie das vergessen? ‚Freifahrtschein' war damals von einem sehr jungen Veranstalter gebucht worden, der sich in den Kopf gesetzt hatte, dieses Jahr erstmals auch ein jüngeres Publikum für die alljährliche Party am 11.11. zu begeistern. Schon im Vorgespräch hatten Lukas und Marlena ihn gewarnt, dass die Band Rockmusik, keine Schlager oder Karnevalsklassiker spielt. „Das ist perfekt", hatte der Veranstalter allen Bedenken vehement widersprochen. „Für die Karnevalsstimmung haben wir ein Trio aus Köln, das nach euch spielen soll. Aber wir wollen nicht immer nur monothematisch sein, wir wollen auch mal was Neues ausprobieren. Und wir haben auf anderen Veranstaltungen sehr gute Erfahrung mit Nachwuchsbands und Rockmusik gemacht." Wider ihres Bauchgefühls hatten die ‚Freifahrtschein'e sich auf den Deal eingelassen. Es kam, wie es kommen musste: Das Karnevalstrio, sauer, weil es nicht mehr den ganzen Abend berechnen konnte, war nur für die frühen Abendstunden buchbar gewesen, weil es danach noch auf einer anderen Veranstaltung spielen wollte. Als die Band nach drei Stunden ‚Hölle Hölle Hölle' und ‚Superjeile Zick' die Bühne betrat und nicht einen Song zum Besten geben konnte, bei dem die alkoholisierte Masse hätte mitgrölen können, war die Stimmung gekippt. Marlena lacht bei der Erinnerung daran. „Ich bin noch nie so ausgebuht worden!"

Lukas sieht sie von der Seite an. Er wird ernst. „Aber mal Butter bei de Fische: Was war denn heute los?" Marlena schließt die Augen und schüttelt leicht den Kopf. „Ich weiß es nicht, Lukas", gibt sie ehrlich zu. „Ich hab' mich einfach vom Desinteresse unseres Publikums verunsichern lassen. Ich habe angefangen, alles, was ich tue – jede Bewegung, jeden Spruch, jeden Ton, den ich singe, infrage zu stellen. Und ich hab' zu genau hingeschaut." Ihr Gesicht verzieht sich bei der Erinnerung an den Auftritt. „Ich habe sie alle gesehen; die gelangweilten Blicke; die Leute, die rausgegangen sind, das Kopfschütteln und das Gähnen, egal, ob es aus Müdigkeit, aus Provokation oder aus Sauerstoffmangel war." Sie schüttelt wieder den Kopf, beschämt über sich selbst. „Ich habe mir das alles furchtbar zu Herzen genommen. Völlig unprofessionell."

Lukas winkt ab. „Ach, mach dir keinen Kopf, das passiert den Besten mal." Er gähnt. „Ich würd' dich auch gar nicht drauf ansprechen, wenn ich nicht das Gefühl hätte, dass irgendetwas nicht stimmt mit dir." Er hält inne. „Ist es Simon?" fragt er leise. Marlena lässt ihren Blick aus dem Fenster schweifen. „Nein, Simon war großartig heute Abend", gibt sie zu. „Ich muss mich unbedingt noch bei ihm bedanken, er hat mir wirklich den Arsch gerettet. Seine Entscheidung, ‚Kaleidoskop-Augen' zu spielen, war goldrichtig. Ich hätte mich das nur selbst nie getraut, ich hatte einfach kein Selbstbewusstsein mehr."

Lukas folgt ihrem Blick. „Was ist es dann?". fragt er.

Marlena zuckt die Achseln. Sie kann Lukas ohnehin nichts vormachen. „Die Albträume sind wieder schlimmer geworden", sagt sie. Es dauert einen Moment, bis sie weitersprechen kann. „Es ist, als wären die vergangenen Monate irgendwie verpufft, es fühlt sich wieder an, als sei es gestern gewesen." Lukas drückt mitfühlend ihren Arm, sagt nichts. Er weiß, alles, was er in diesem Moment von sich geben kann, sind bedeutungsleere Floskeln. Jetzt hilft nur zuhören.

Er legt den Kopf schief, schweigt einen Moment. „Machst du was dagegen?", fragt er.

Marlena nickt. „Sie haben mein Sertralin jetzt angehoben", antwortet sie schlicht. Lukas weiß, was das bedeutet. Er ist es gewesen, der, im Wechsel mit Linda, die kompletten ersten Wochen nach der Geiselnahme bei Marlena auf der Couch geschlafen hat. Er hat sie nachts geweckt, wenn sie im Schlaf geschrien und geweint hatte, und er war es auch, der sie zu einer Therapie überredet hatte – auch wenn er sich fast ein halbes Jahr den Mund hatte fusselig reden müssen.

Lukas weiß genau, welche Medikamente Marlena bekommt. Er hat den Beipackzettel vermutlich genauer gelesen als sie selbst. Er legt den Arm um seine beste Freundin. „Sag mir bitte, wenn ich irgendwas tun kann“, sagt er und schließt die Augen. Marlena nickt an seiner Schulter. Wenn sie das nur wüsste.

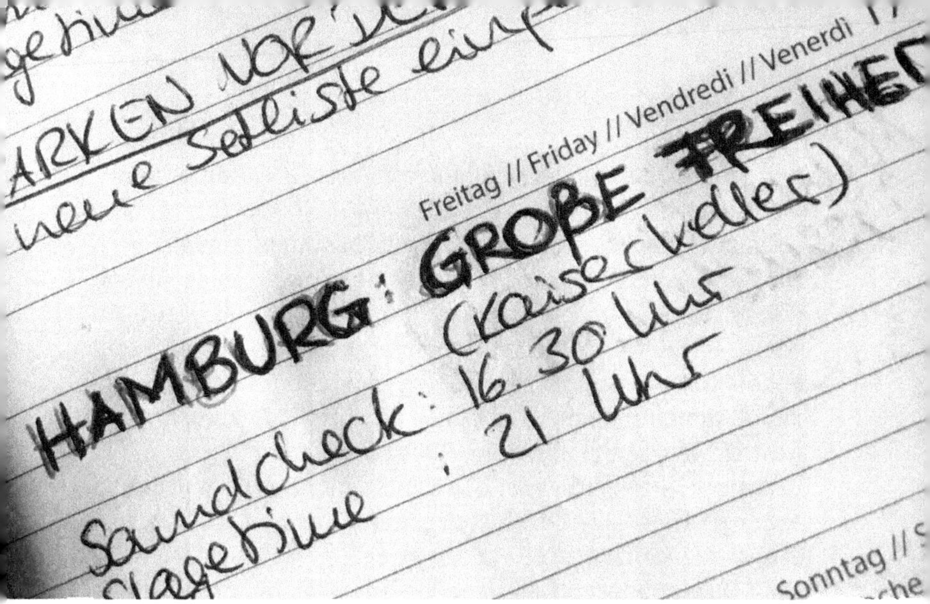

4. Tourtag

Am nächsten Tag erreichen die ‚Freifahrtschein'e schon früh ihr neues Ziel. Sie sind schon vor dem Berufsverkehr auf der Straße gewesen, es ist gerade einmal halb zehn, als Lukas Marlena mit einem Becher Kaffee auf einem Rastplatz kurz vor Hamburg weckt. Der Parkplatz liegt in dunstigem Nebel. „Frank brauchte kurz 'ne Pause, um eine zu rauchen. Er will jetzt schnell am Bahnhof halten und in irgendeinem Schnellrestaurant frühstücken – dann geht's Richtung Kiez." Marlena gähnt herzhaft. Fastfood am frühen Morgen war ihr immer schon zuwider gewesen.

Wenig später verlässt sie mit ihren Mitmusikern den Kleinbus, schnürt sich eng ihren Schal um den Hals. Am liebsten hätte sie auch noch eine Mütze aufgezogen, um der Kälte zu trotzen. Unausgeschlafen zu sein macht den Körper einfach viel zu sensibel.

Im Imbiss angekommen lässt sie sich sofort an einen Tisch fallen, während die anderen ihre Bestellungen aufgeben. Nur Simon gesellt sich zu ihr. „Na, auch keinen Bock auf einen schönen, fettigen Beef-Burger?" Allein seine Betonung löst bei Marlena Würgereiz aus. Sie legt ihren Kopf auf ihre Hände und schließt die Augen. „Ich fühl mich grad, als könnte ich nie, nie wieder was essen."

Simon muss lachen. „Na, das legt sich bestimmt wieder. Sorry, wart' mal kurz...", unterbricht er sich und greift nach seinem Handy. Marlena macht die Augen wieder auf und grinst ihn schief an. „Echt jetzt? Die Gummibärenbande?" Simon zuckt grinsend die Achseln, bevor er den Klingelton wegdrückt und das Gespräch annimmt. „Jo, Timur, was geht?" Er steht auf und geht ein paar Meter, um seine Ruhe zu haben.

Tilman kommt zurück, in der Hand einen Burger mit Ei und Bacon und ein Tablett mit zwei Bechern Orangensaft. „Hier, ich dachte, 'n zweiter Kaffee in der kurzen Zeit ist dir vielleicht zu viel." Dankend lächelt Marlena ihn an. „Was tät ich nur ohne dich?" Er grinst, als er sein Frühstück auspackt. „Immer noch auf 1 und 3 klatschen", spielt er auf ihr wenig ausgeprägtes Rhythmusgefühl an. Müde lächelnd macht Marlena wieder die Augen zu.

„Alles klar, dann bin ich um halb sechs da. Mach dir keinen Kopf, wir kriegen das schon hin." Simon beendet sein Telefonat und gesellt sich wieder zu seinen Mitmusikern. „Wann sind wir am Montag wieder in Köln?", fragt er in die Runde. Tilman grunzt schmatzend, hat aber den Anstand, sein Essen noch schnell herunterzuschlucken, bevor er antwortet. „Vier rum, sagt Frank."

„Was sag ich?" Gefolgt von Tobi und Lukas kommt der Manager an den Tisch seiner Mitreisenden. Tilman winkt ab. „Du würdest uns manchmal besser mal was mehr sagen", ist es überraschenderweise gerade Tobi, der das Gespräch auf das unangekündigte Interview am Vortag lenkt. „Ohne Scheiß, was hast du dir dabei gedacht, einfach mit 'nem Journalisten am Bus anzutanzen?" Frank lacht auf. Es klingt schriller als gewohnt. „Aaach, ihr habt das doch super gemeistert", sagt er ausweichend, bevor er in seinen Burger beißt. Dieses Mal kann Tilman nicht warten, bis sein Mund wieder leer ist. „Alwo if feiß ja nif", als er Marlenas strafend-belustigten Blick sieht, schluckt er, bevor er fortfährt. „Ich weiß ja nicht, was für ein

Interview du da miterlebt hast, aber das, bei dem ich zugegen war, ist grad so einigermaßen gut gegangen."

Marlena richtet sich auf. Sie sieht sich in der Verantwortung, ihre Freunde zu unterstützen und Frank, sollte er protestieren, in diesem Fall klar die Stirn zu bieten. „Frank, die zwei haben Recht! Das war echt ne Scheiß-Aktion. Du hättest mindestens Bescheid geben können, obwohl ich eigentlich der Ansicht bin, dass die Entscheidung, wann wir einen Wildfremden in unseren Tourbus einladen, eher bei uns als bei dir liegt."

Frank bleibt fast das Essen im Hals stecken. „Entschuldige mal, seit wann bist du denn hier die Musikbusiness-Expertin?"

„Darum geht's gar nicht", versucht Lukas die Wogen zu glätten und wirft Marlena einen bremsenden Blick zu. Dieses Gespräch führt zu nichts, wenn sie Frank direkt so sehr verärgert, dass er nach zwei Sätzen aufhört, ihr überhaupt zuzuhören. „Es geht nur darum, dass wir einfach überhaupt keine Ahnung hatten, wie man auf bestimmte Fragen am besten antwortet. Dass das bei so einem großen, will sagen zeitlich langen Interview nicht nur oberflächliche Schönwetter-Fragen sein werden, war ja eigentlich schon im Vorfeld klar!"

„Es fängt ja auch schon bei so banalen Dingen wie der Frage an, ob wir der Presse gegenüber eigentlich sagen dürfen, dass Ruben bei seinen Finnen einsteigt", fügt Tilman hinzu. „Ich hab' nämlich keinen blassen Schimmer, ob das mittlerweile öffentlich ist oder nicht."

Frank winkt ab. „Mach dir doch keinen Kopf um Ruben", sagt er etwas besänftigt. „Es geht jetzt um euch, und ihr braucht die Presse – das hab' ich euch ja letztens schon versucht, klarzumachen."

Marlena nickt. „Okay, klar, kein Ding – aber dann mach doch bitte einfach mal ein Medientraining mit uns oder sowas. Wir haben ja nun nichts davon, wenn wir zu Interviewterminen einladen und dann in den Artikeln, die dabei rauskommen, wie die letzten Vollidioten dastehen, weil wir einfach keinen Peil haben, wie wir rüberkommen."

Frank lacht, versucht immer noch, die Sache als Lappalie darzustellen. „Kennt ihr nicht den Spruch: Schlechte Presse ist besser als keine Presse?" Als er in die versteinerten Mienen seiner Tischnachbarn blickt, sieht er endlich ein, dass er jetzt einen Schritt zurückfahren muss. „Okay, das ist nicht optimal gelaufen", gibt er, schon deutlich kleinlauter, zu. „Beim nächsten Mal bereite ich euch im Vorfeld besser vor."

Tilman, am frühen Morgen noch nicht sonderlich streitlustig, nickt kauend und schlägt dem Manager auf die Schulter. „Guter Mann", sagt er, nicht ohne genau die Spur Selbstgefälligkeit, von der er weiß, dass sie Frank rasend macht; und zwinkert in die Runde. Demonstrativ wirft er seine Serviette auf das Tablett. „Schauen wir uns jetzt Hamburg an, oder was?"

***

Zwei Stunden später knipst Frank seine Schützlinge vor den Landungsbrücken. „Cheese", sagt er und bedeutet ihnen, irgendwas Lustiges zu machen. Tilman reißt überdramatisch die Arme in die Höhe und stößt dabei Tobi fast die Treppe hinunter. „Ey du Penner", ruft dieser aus, muss aber selbst über seinen choreographischen Kampf mit dem Gleichgewicht lachen. Als Frank abdrückt, lächelt er. „Das ist jedenfalls kein gestelltes Bild", sagt er, und gibt Marlena ihre Kamera zurück. Die kleine Gruppe macht sich auf den Weg zum Schiffsanleger, um eine Hafenrundfahrt zu machen. Als sie an der Großen Freiheit angekommen sind, war außer dem Clubbetreiber, der wegen anderer Termine um diese frühe Ankunft gebeten hatte, noch niemand da gewesen. Gegen zwei würden Stefan und seine Roadies vor Ort sein – Zeit genug für die ‚Freifahrtschein'e, sich einen kurzen Abstecher in die Stadt zu gönnen.

„Eine Seefahrt, die ist lustig, eine Seefahrt, die ist schön…", stimmt Lukas an, alle stimmen in sein Albern ein.

Marlena schlendert etwas langsamer hinterher. Sie fühlt sich gelöst an diesem Morgen, trotz aller Müdigkeit ist sie zum ersten Mal seit Tagen nicht erschlagen oder schlecht gelaunt. Während sie beobachtet, wie Tobi und Tilman zwei Passantinnen antanzen, und mit ihnen Drehungen über den Fußweg ziehen, muss sie lächeln.

Was vor vier Jahren noch wie ein Haufen gewirkt hatte, der im Leben niemals zusammenpassen würde, war mittlerweile zu einer festen Einheit zusammengewachsen: Tilman, der ewige Clown, mit seinem impulsiven und hitzigen Gemüt, bei dem man oft das Gefühl hat, dass er schon allein aus Prinzip gerne die Gegenposition der anderen einnimmt. Was hatte sie sich am Anfang mit ihm in die Haare bekommen! Hatte Marlena einen Probenplan geschrieben, war Tilman prompt in den Proberaum stolziert und hatte den anderen eröffnet, dass er sich für diese Woche mal etwas völlig anderes ausgedacht hatte – nur, um neckend Vorwürfe an sie zu richten, wenn sie mal nicht vorbereitet bei der Probe erschien.

Bei dem Gedanken daran lacht Marlena leise auf. Sie war wirklich davon überzeugt gewesen, dass Tilman ihre strukturierte Art auf den Tod nicht ausstehen konnte und deshalb alles boykottierte, was ihr wichtig war – bis sie ihn eines Tages, auf einer Party und nach sieben Bier, wütend damit konfrontiert hatte. Stundenlang hatten sie geredet, diskutiert und philosophiert. Als sie am kommenden Morgen auf seiner Couch wachgeworden war, waren die beiden Freunde gewesen.

Oder Lukas, der gute Lukas! Der ewige Diplomat, der stets versucht, verantwortungsbewusst und aufopfernd seine Herde zusammenzuhalten; ohne zu merken, dass er viele Dinge durch seine stoische Ruhe noch mehr durcheinanderbringt als zuvor. In seiner wohlmeinenden Art, es allen Recht machen zu wollen, vergisst Lukas nämlich oft die Hälfte dessen, was wirklich wichtig ist. Liebevoll farblich markierte Leadsheets für die ganze Band schreiben und sie danach vor der Probe Zuhause auf dem Schreibtisch liegen lassen? Oder mit dem Veranstalter eine Zeit für den Soundcheck vereinbaren, um dann eine Stunde zu früh am Venue aufzuschlagen? Lukas' Spezialität!

Es hatte schon seinen Grund, warum Marlena und er irgendwann, nach zahllosen Nächten ohne Schlaf, zwischen Vertragsvordrucken, Bookingportalen und Kalkulationen für Live-Aufnahmen beschlossen hatten, ihren guten, redegewandten Bekannten Frank ins Boot zu holen. Endlich hatten sie sich wieder auf sich und das, was ihnen wirklich am Herzen liegt, konzentrieren können: Die Musik. Mit dem musikalischen Mastermind Ruben und irgendwann später auch mit Tobi als dem jüngsten und mit Abstand entspanntesten Bandmitglied der Truppe, hatten sie sich gefühlt, als könnte sie nichts und niemand von ihrem Vorhaben, die Bühnen Deutschlands zu erobern, abhalten.

Doch wenn Marlena ehrlich ist: Dieses gemeinsame Ziel war nie das Wichtigste für sie gewesen. Gerade in den vergangenen Monaten hatte sie zu schätzen gelernt, dass sie sich zu jeder Tages- und Nachtzeit auf ihre Bandkollegen verlassen kann. Klar, nicht alle von ihnen stehen ihr so nah, dass sie in allen Details mit ihnen über den Vorfall in der Bahn sprechen würde – diese Last bleibt Lukas und Linda vorbehalten, ohne die Marlena nicht gewusst hätte, wie sie die Wochen danach überhaupt hätte überstehen sollen. Doch das hatte sie auch nie gebraucht. Sie musste sich bei Tilman, Ruben und Tobi nie erklären, wenn sie wegen eines Termins bei ihrer Therapeutin zu spät zu einer Generalprobe kam. Sie musste sich noch nicht einmal erklären, wenn sie – wie vor etwa fünf Monaten, bei einem ihrer musikalischen Grillabende im Garten von Tobi – plötzlich mitten im Song aufstand und ging, weil ihr im Rausch der Gefühle die Tränen gekommen waren, die sie seit dem Vorfall stets zu unterdrücken versucht hatte. Sie kann ihnen blind vertrauen, denn diese Jungs kennen sie besser als irgendjemand anderes auf dieser Welt. Und das, und nichts anderes ist es, was Marlena immer wieder zurück in den Proberaum, auf die Bühne oder in den Tourbus zieht, der langsam aber sicher sein wahres, anstrengendes Gesicht zu zeigen beginnt.

„Kommst du, oder was?“, ruft Lukas Marlena vom Steg aus übermütig zu. Frank war offenbar schon unterwegs, um Tickets zu besorgen. In ihre Gedanken versunken hatte Marlena sich stark zurückfallen lassen. Sie nickt, schließt zu der wartenden Gruppe auf und legt einen Arm um ihren besten Freund. „Wir haben uns schon gefragt, ob du Angst hast, seekrank zu werden“, scherzt Simon und strahlt sie an. Marlena bemerkt, dass er glücklich aussieht – und jetzt, wo er da bei ihren drei Jungs steht: alle mit roten Wangen und den Nachwehen eines jüngst verklungenen Witzes im Gesicht, muss sie sich auch eingestehen, dass er längst nicht mehr nur danebensteht, wenn die Band zusammen ist. Sie lächelt still. *Vielleicht hat er wirklich eine Chance verdient*, denkt sie.

„Ey Leute, habt ihr übrigens Montagabend Lust, mal wieder auf 'nen Pizza-Abend bei mir vorbeizuschauen?“, fragt sie in die Runde. „Dieser missglückte Initiationsritus mit ‚Almost Famous‘ letzte Woche kann ja eigentlich nicht alles gewesen sein, was wir Simon zu bieten haben!“

Tilman wuschelt ihr durchs Haar. „Ausgezeichnete Idee. Ich bring Limetten für den Caipi mit.“

„It's my life" - Bon Jovi

Jahre zuvor…

Eine von Simons größten Stärken war immer schon gewesen, dass er es innerhalb kürzester Zeit schaffte, dass man sich wichtig und wertgeschätzt vorkam. Wahrscheinlich war das auch der Grund, warum er bei ‚Tommy und Gina' neben Mike, der als Frontsänger quasi schon als Frauenmagnet gesetzt war, mit Abstand die meisten Fans hatte, die nach den Gigs unbedingt mit ihm reden und Fotos machen wollten. Wenn Simon entspannt und gut gelaunt war, schenkte er seinem Gegenüber ungeteilte Aufmerksamkeit – und er musste sich nicht einmal anstrengen dafür.

Das war auch der Grund, warum Marlena ihm nie lange böse sein konnte. Immer wieder mal kam er zu spät, sagte kurzfristig Treffen ab oder vergaß Dinge, die Marlena wichtig waren. Ärgerlich war, dass seine Gründe immer irgendwie nachvollziehbar waren: Hier eine Spontanprobe, dort ein Studiojob; Hochzeiten und Konzerte als Aushilfsmusiker häuften sich und schienen ihm oft über den Kopf zu wachsen. Manchmal witzelte Marlena, dass sie es bewundernswert fand, dass er überhaupt noch wusste, welche Songs bei welchem Konzert auf dem Plan standen und drohte damit, seine Samples auf dem Keyboard umzuspeichern, sodass auf der Bühne verkehrte Sounds abgespielt wurden, wenn er seine Programme abrief. Er lachte dann nur und sagte, dass ein guter Musiker mit jeder Situation umgehen können müsse. Sicheres Auftreten bei völliger Ahnungslosigkeit gehöre zum Job.

Zum Jahreswechsel 2011 spielten ‚Tommy und Gina' ein Silvesterkonzert im Sauerland, und Simon lud Marlena ein, mitzukommen. Sie hatte in den vergangenen Wochen weihnachtsbedingt viel mit ihren Cater-Jobs zu tun gehabt, und war ganz dankbar, endlich mal wieder selbst auf die Piste gehen zu können – also hatte sie zugestimmt. Backstage-Bier zu trinken und zur Abwechslung selber mal Häppchen vom Buffet in sich reinzuschaufeln war immerhin nicht das schlechteste – dafür nahm sie, wie sie ihn augenzwinkernd aufzog, auch zwei Stunden ‚Bon Jovi'-Mucke in Kauf.

Was sie ihm und auch sich selbst nicht eingestand war, wie sehr es sie freute, dass er an diesem fast kalendarisch festgelegten Pärchen-Tag offenbar Zeit mit ihr verbringen wollte. Und sie dann auch noch seinen Bandkollegen vorstellte als „die beste Bekanntschaft, für die die Band ‚Tommy and Gina' im Jahr 2010 verantwortlich gewesen ist". „Ja, wir haben einfach die besten Fans der Welt, da kann ich dir nur zustimmen", sagte Mike grinsend und legte einen Arm um seinen Keyboarder. Simon lachte laut auf. „Um Gottes Willen, lass sie das bloß nicht hören! Sie kann ‚Bon Jovi' nicht ausstehen und wäre nie auf einem unserer Konzerte gelandet, wenn man ihr kein Geld dafür gezahlt hätte!" „Na komm, so kannst du das jetzt auch nicht sagen", beschwichtigte Marlena schnell. „Immerhin bin ich wiedergekommen!" Mike schüttelte den Kopf und verdrehte theatralisch die Augen. „Was ist nur aus den guten alten Zeiten geworden, wo man den Titel ‚Groupie' noch mit Stolz getragen hat?" Dann verschwand er Richtung Garderobe. Simon zwinkerte Marlena entschuldigend zu. „Lass dir nix erzählen, der Typ is' immer so."

„Alles gut – ich bin schon schlimmer beschimpft worden", erwiderte sie ruhig. Simon zog die Augenbraue hoch. „Oha, das sind ja ganz neue Töne!" Es lag eine Art amüsierte Zweideutigkeit in seinem Blick – mindestens ebenso ungewohnt wie Marlenas Direktheit. „Du wirst milde, Marlena, ich dachte, diese armen Gestalten da am Bühnenrand sind dir zuwider?"

Sie lachte und hob abwehrend die Hände. „Manchmal muss der Jäger eben die Kleider der Beute tragen, wenn er erfolgreich sein will." Eine Sekunde länger als sonst blieb Simons Blick an ihr hängen, dann lachte er. „Ich mach mich auch mal auf; wir sehen uns in der Pause, okay?" Flüchtig strich er ihr über den Arm, bevor er sich zum Gehen wandte.

Nachdem Marlena ein paar Minuten durch den sich leerenden Backstage-Bereich gestreift war – die Crew war mit dem begin-

nenden Konzert beschäftigt, die Freunde der Band hatten sich vor der Bühne eingefunden – beschloss sie, dass sie sich genauso gut das Konzert anschauen konnte, wenn sie schon mal hier war. Sie ging rüber in den Saal und steuerte die Bar an. „Ein Gin Tonic, bitte", sagte sie und ließ ihren Blick über das Publikum schweifen, während sie wartete. Man konnte über ‚Tommy and Gina' sagen, was man wollte – Erfolg hatte die Band. Der Laden war rappelvoll.

„Marlena?" Sie war so überrascht, ein bekanntes Gesicht neben sich zu entdecken, dass sie einen Moment brauchte, um den Mann, der plötzlich neben ihr an der Theke aufgetaucht war, zu erkennen.

„Marc? Ach krass, was machst du denn hier?" Erfreut nahm sie ihren alten Tontechniker aus 'Dive In!'-Zeiten in den Arm.

„Tja, was macht ein Techniker wohl auf ‚nem Live-Konzert? Kann ich mir jetzt auch nicht erklären", scherzte er.

„Ich hab' heut Nachmittag den Aufbau für die Jungs gemacht, und jetzt versuch' ich, bis zum Abbau heut Nacht mal ein bisschen Silvester zu feiern." Er stützte sich auf der Theke ab. „Aber was machst du hier? Heute kein Job?"

Marlena winkte ab. „Ich habe das covern ein für allemal drangegeben, ich mach nur noch eigenes Zeug." Sie zwinkerte ihm zu. „Und da ich weder Lady Gaga noch Celine Dion heiße, will das niemand für teuer Geld auf 'ner Silvesterfeier hören, weißte?"

Die beiden setzten sich an die Bar, während Marlena ihm in kurzen Sätzen von der Auflösung von 'Dive In!' erzählte. Auch bei Marc hatte sich in den vergangenen Monaten viel getan. Er hatte geheiratet und war vor kurzem aufs Land gezogen, wo er bald mit dem Ausbau des Bauernhofs seines verstorbenen Onkels beginnen wollte. Er schien glücklich, auch wenn er unumwunden zugab, dass sein Job als Techniker jedes Jahr schwerer werde. Nicht nur seien immer mehr Bands und Techniker auf dem Markt unterwegs, sie unterböten sich auch gegenseitig mit Dumping-Preisen, was automatisch dazu führe, dass die Veranstalter der großen Stadtfeste nicht mehr bereit wären, genug Geld für echte Qualität auszugeben.

„Wir haben einfach viel zu viel Angebot auf zu wenig Nachfrage", schloss er. „Als Band bleibt dir heute keine andere Wahl mehr, als

richtig rauszustechen aus dem Wust an Cover-Projekten – mit Showelementen, Kostümen oder Pyrotechnik, weiß der Geier was. Und als Techniker?" Er zuckte hilflos lächelnd die Schultern. „Klemm dich an die Tribute-Bands, die richtig fett im Geschäft sind und hoff' darauf, dass du auf irgendeinem Festival mal jemanden überzeugst, der jemanden kennt, der jemanden kennt, dessen Bruder im Management von Rammstein sitzt und gerade 'nen neuen Haustechniker sucht." Marlena lachte. „Tja, da biste ja bei ‚Tommy and Gina' für den Anfang schon mal ganz gut aufgehoben. Wie viele Gigs spielen die pro Jahr so? 35, 40?" Freudlos winkte sie ab. „Und trotzdem kann keiner von denen davon leben. Is' doch zum Kotzen!"

Marcs Blick ruhte auf ihr, abwartend. Nach einer Weile blickte Marlena auf. „Weißt du, covern – das war zum Schluss wirklich nur noch Job für mich; jeeeedes Konzert die gleichen Nummern von Melissa Etheridge und Tina Turner, und als krönenden Abschluss ‚Sexy' und ‚Highway to Hell', irgendwann konnt' ich's echt nicht mehr hören. Und weil wir dann auch noch ein Haufen durchgeknallter Chaoten waren, die so sehr damit beschäftigt waren, sich bandintern grün zu werden, dass für so was wie Alleinstellungsmerkmale und Professionalität nicht mehr so richtig viel Zeit blieb, waren wir auch noch scheiße bezahlt und konnten am Ende des Jahres auf 'ne Hand voll Gigs vor fünf Leuten im Regen auf irgend 'ner Dorfkirmes zurückblicken. Yey!" Sie ließ ihr aufgesetztes Lächeln in sich zusammenfallen und trank einen Schluck Gin Tonic, bevor sie fortfuhr. „Sorry, aber da kann ich mein Geld dann auch mit was Vernünftigem verdienen und abends in 'ne Karaoke Bar gehen, da habe ich mehr von!" Marc fing schallend an zu lachen, bevor er ihr auf die Schulter schlug und wieder nach seinem Whisky-Glas griff. „Yeah, Marlena, so klingt echter Frust! Guten Rutsch ins neue Jahr!" Er prostete ihr zu.

Als er wenig später aufs Klo verschwand, dachte Marlena über seine Worte nach. Ja, sie hatte Frust. Und ja, sie ärgerte sich bis heute darüber, mit 'Dive In!' gescheitert zu sein – vor allem, weil sie einmal wirklich an das Projekt geglaubt hatte. In Wahrheit hatte sie das Musikmachen mit ihren Jungs so sehr geliebt, dass es bis heute weh tat, zu sehen, wie andere Leute auf der Bühne ihren Traum leben konnten, nur, weil alle ein klein wenig mehr an einem Strang zogen.

Musik – das war Teamwork für sie. Alleine, da war sich Marlena sicher, würde sie nie so gut sein, wie neben einem zweiten Vollblutmusiker, wie jetzt zum Beispiel Simon. Die Magie, die sie mit ihm spürte; das Zusammenspiel von zwei Menschen, die sich auf ihren Instrumenten blind verstanden – das war das Elixier, das sie brauchte, um sich voll zu entfalten. Ihre treibende Kraft. Und auch: Ihr Rezept zum Glücklich sein.

Als ‚Tommy and Gina' in der Pause von der Bühne gingen, schlenderten Marc und Marlena gemeinsam in den Backstage-Bereich. Ganz nüchtern waren sie beide nicht mehr. „Na schöner Mann, alles gut?", begrüßte Marlena Simon deshalb etwas überschwänglicher, als er gerade mit einem Handtuch um den Hals aus der Garderobe kam. Marc hielt dem Keyboarder seine Pranke entgegen und zwinkerte ihm zu. „Jo Simon, bei solchen Begrüßungen erinner' ich mich immer daran, warum ich euch Mucker eigentlich nicht leiden kann!" Simon musste lachen und zog Marlena spielerisch zu sich heran. „Tja Kollege, wer hat, der hat!"

Es wurde noch viel getrunken an diesem Abend. Nicht nur vor der Bühne – auch die fünf Jungs von der Band tankten noch ordentlich, nachdem ihr Konzert um kurz nach halb zwölf beendet war. Die Gespräche wurden ausgelassener, die Themen sorgloser, und um kurz vor zwölf debattierten Mike und Marlena ein weiteres Mal über das Thema Groupies – etwas ausführlicher, dieses Mal. „Das heißt also, du kennst dieses Gefühl gar nicht? Vor einer Bühne zu stehen und die Typen da vorne so toll zu finden, dass du alles dafür tun würdest, um einen von ihnen ins Bett zu kriegen?" Mike kippte einen Tequila herunter und schüttelte den Kopf. „Is' mir 'n Rätsel. Bei Katy Perry Konzerten kann ich bis heute nicht klar denken."

Marlena lachte schallend. „Is' nicht wahr, Katy Perry? Mike als verliebter Fan in der ersten Reihe vor der Bühne eines amerikanischen Teenie-Stars! Also, darauf hätte ich jetzt keine Kohle gesetzt!"

Entschieden winkte Mike ab. „Groupie sein hat ja nicht immer was mit verliebt sein zu tun, nicht wahr? Keine Ahnung, vielleicht hat die Frau ja 'n total ätzendes Piepslachen, zickt morgens schon vorm ersten Kaffee rum oder hat 'ne ausgeprägte Hundephobie, ich kenn die ja nicht! Aber Sex? Come on... sag mir nicht, dass Katy Perry nicht fucking heiß ist!"

Marlena legte die Stirn in Falten und sog scharf die Luft durch die Zähne ein. „Sorry, Mike, aber wir kommen da echt nicht ins Geschäft! Ich steh da mehr so auf Sex auf Augenhöhe, weißt du? Dann auch gerne mit 'nem Rockstar, keine Frage. Aber diese Rumschmacht-Scheiße brauch' ich nicht."

„Aber hat Sex nicht immer irgendwie auch was mit Schmachten zu tun?", schaltete sich plötzlich Simon ein, der unauffällig neben die beiden getreten war. Er legte den beiden Philosophen neben sich je eine Hand auf die Schulter. „Ich mein, Liebe, okay, geschenkt – aber ich geh doch im Normalfall schon mit Leuten ins Bett, die ich faszinierend, heiß und irgendwie umwerfend finde. Is' doch eigentlich scheißegal, ob mir das auf 'ner Bühne, im Club oder beim Spazierengehen im Park aufgefallen ist, oder nicht?" Um sie herum, begannen die Leute langsam von 10 rückwärts zu zählen. Der Jahreswechsel stand kurz bevor.

„Aber wenn du mich im Park aufreißt, will ich im Normalfall nach dem Sex kein Autogramm von dir, Simon", erwiderte Marlena, ohne groß über ihre Wortwahl nachzudenken. 7,6... Simon schmunzelte und zog sie ein Stück näher an sich ran. Demonstrativ anzüglich senkte er seine Stimme: „Könnteste aber kriegen, Baby." 4,3... Der feine Geruch von seinem Rasierwasser stieg ihr in die Nase, sein Lächeln verschwamm fast vor ihren Augen, so nah war er ihr plötzlich. „So?", war alles, was ihr einfiel. Ganz fest war ihre Stimme nicht. Sein Lächeln wurde breiter. „So!", gab er zurück.

2,1... „Frohes Neues Jahr!" rief man um sie herum. Freunde fielen sich um den Hals, Gläser klirrten, irgendjemand links neben ihr begann, zu singen – und Simon? Simon küsste sie. Ganz kurz nur, mit geschlossenen Lippen und es lag nichts Sexuelles in dieser kurzen Geste – doch für Marlena löste sie ein Feuerwerk aus, das ihr den Atem verschlug. Viel zu schnell stand er vor ihr, als sei nichts gewesen, und lächelte sie, jetzt völlig ohne Zweideutigkeit im Blick, herzlich an.

„Alles Gute für 2011 meine Liebe", sagte er. „Auf dass all deine musikalischen, persönlichen und sonstigen Wünsche in Erfüllung gehen!" Dann drehte er sich zu seinen Bandkollegen um und wünschte auch ihnen viel Glück. Marlena schloss die Augen und atmete tief durch. Eigentlich hatte sie in diesem Moment nur einen einzigen Wunsch.

Tourpause

Am Montagabend klingelt es um kurz nach acht an Marlenas Tür. Mit Mehl an den Händen geht sie in den Flur. „Komm rein", begrüßt sie Simon und wischt die Back-Reste an einem Geschirrtuch ab. Aus dem Wohnzimmer dröhnt ‚Abenteuerland' von Pur, und Tilman singt laut und schief mit. Marlena grinst Simon entschuldigend an. „Du hast bisher nur ein kleines Tomatenmassaker verpasst, aber das holst du schnell wieder auf."

Er lacht und reicht ihr eine Flasche Weißwein. „Na dann bin ich ja beruhigt. Da leg ich wohl besser mein Jackett ab, mh?" Marlena dreht sich noch einmal zu ihm um und mustert ihn überrascht. „Ah jo, du gehst ja heute als Pinguin! Wie kommt's? So bist du doch heut Mittag nicht aus dem Bus gestiegen!" Simon hängt seinen Blazer auf und krempelt seine Hemdärmel hoch. „Wie gesagt, ich musste noch 'nem Freund helfen", sagt er und folgt Marlena ins Wohnzimmer.

„*...AUF DEINE EIGNE WEISE*", johlt Tilman gerade im Einklang mit Hartmut Engler und benutzt einen Kochlöffel als Mikrofon. Simon muss lachen. „Habt ihr schon so viel getankt oder was?" Lukas wirft ihm aus der großen Wohnküche eine Schürze zu und zieht die Augenbrauen hoch. „Du musst jetzt sehr stark sein“, sagt er und klopft Simon zur Begrüßung auf die Schulter. „Er mag sich bisher benommen haben, aber dies ist die bittere Wahrheit über Tilman.“ Er hält inne. „Der ist immer so!“

„Jetzt lass den Jungen erst mal ankommen, gib ihm ein Glas Wein und lass ihn danach bitte die gottverdammten Zwiebeln schälen“, schaltet sich Tobi ein. Er kommt aus der Küche und wirft sich auf das Sofa. „Gott, wer isst denn bitte ZWIEBELN auf seiner Pizza?“, fragt er angewidert.

Simon lacht. „Na dann mal her mit dem Messer!“

Knapp anderthalb Stunden später sitzen die ‚Freifahrtschein’e satt und zufrieden auf dem Sofa. „Ey, lass uns ‘ne Runde Tabu spielen“, schlägt Tilman vor. „Haben wir ewig nicht gemacht!“ Marlena, faul an Lukas‘ Schulter gelehnt, stöhnt auf. „Das willst du doch nur machen, weil du durch dein wildes Drauflos-Raten und dein unverschämtes Glück einfach IMMER in der Siegertruppe bist.“ Als sie sieht, dass der Rest der Gruppe der Idee dennoch nicht abgeneigt zu sein scheint, steht sie ergeben auf und holt das Spiel. „Du kannst ja in meine Gruppe kommen, Schätzchen“, ruft Tilman ihr hinterher.

„Nenene, wenn schon, dann losen wir“, grinst Lukas.

„Ja, genau, an DEINER Stelle würde ich das auch wollen“, entgegnet Tilman.

Am Ende hat Lukas Glück: Er landet mit Tilman in einer Gruppe, dessen wirklich außergewöhnliche Gewinnrate einstimmig als genug Ausgleich für die fehlende dritte Person im Bunde gezählt wird. Tobi zieht eine Karte und runzelt die Stirn. „Aaaaalter, okay.... Also, Marlena hat zumindest eine gegen Katzen, glaub ich. Lukas hat, waren es Pappeln? Erlen?“ „Allergie!“, rät Marlena.

Tobi nickt und greift nach der nächsten Karte. „Nachts ist es…“ „Dunkel?“, ruft Simon. „Richtig. Und wenn dieses Zeug auf deinem Körper jetzt…“ „Dunkelhäutig?“ „Sehr gut.“ „Und wenn dann…“ „Warte, ich dachte, Dunkelhäutig wäre das Wort!“ „Nein, aber dadurch kommst du drauf. Wenn du also eine Dunkelhäutige…“ „Stopp“, ruft Lukas. Die Eieruhr ist abgelaufen. „Rassismus wär’s gewesen!“ Marlena und Simon stöhnen auf.

„Ey, umständlicher geht's wohl nicht, oder?", fragt Marlena gespielt mürrisch.

Tilman lacht. „Haha, Amateure! Komm Lukas, das rocken wir!"

Lukas greift nach dem Stapel. „Märchen" „Aschenputtel, Schneewittchen, Hänsel und Gretel..." „Richtig! Nächste. Wie viele Monate hat das Jahr?" „Zwölf." „Okay, einer weniger." „Elf... Fußball. Stürmer. Torwart." „Richtig."

Simon lacht fassungslos auf. „Das gibt's doch nicht."

Marlena nickt missbilligend. „Hab ich doch gesagt!"

„Marlena ist..." „Groß, lockig, schlank, klug, Freak..." „Hey!" „...organisiert...Ja? Organisation?" „Check." Am Ende der Runde liegen zehn Karten in der gegnerischen Mannschaft.

Als Marlena dran ist, sieht sie angestrengt auf ihre Karte und dreht die Eieruhr um. „Also gut, los geht's! Hat Tilman vorhin auf seiner Pizza gehabt!" „Tomate, Rucola, Schinken..." „Richtig. Draußen am Himmel sind gerade?" „Sterne" „Alles klar. Und ich mache in der Band was?" „Singen. Sternensänger!" „Jap." Sie zieht die nächste Karte und grinst Simon an. „Was hab' ich nach eurem ‚Tommy und Gina'-Gig in Kaarst mit dir im Hotel gemacht?"

„Ohhoho, wollen wir das wirklich wissen?", fragt Tobi belustigt. Simon muss lachen. „Eingesperrt." Marlena nickt und legt die Karte weg.

„Du hast was?", fragt Tilman entgeistert und legt die Eieruhr auf den Tisch. „Ey, die Runde war noch nicht rum!"

„Die kannst du gleich zu Ende spielen. Du hast Simon EINGESPERRT?"

Simon grinst bei der Erinnerung. „Wir haben ein Konzert auf 'nem Stadtfest gespielt, und da waren so zwei völlig gestörte Gören." „Groupies", unterbricht Marlena ihn.

Abschätzig guckt Simon sie von der Seite an. „Also ICH habe nicht mit denen geschlafen!"

Sie muss lachen. „Dann sei erst recht froh, dass ich die Tür hinter mir abgeschlossen hab!"

„Also, jedenfalls waren die extrem nervig, auf jedem Scheiß-Konzert von uns sind die aufgetaucht, wollten ständig Fotos machen, Autogramme haben, und so weiter."

Lukas nickt mitfühlend. „Furchtbares Leben, ja."
Marlena muss erneut lachen. „Du hast keine Ahnung!"
„Auf jeden Fall, nach diesem Gig in Kaarst – da sind Marlena und ich kurz in die Pension gegangen, in der wir mit der Band übernachtet haben. Sie wollte ihre Sachen ablegen, weil sie ausnahmsweise – ausnahmsweise!" Er blickt sie vielsagend an. „...mal Bock hatte, auf 'ne After Show Party mitzukommen." Marlena lehnt sich zurück und zuckt die Achseln. „Genau, und die beiden Uschis sind uns nachgelaufen, woraufhin wir erst mal 'ne lustige Akustik-Peepshow hinter der Tür abgezogen haben, aber das hat die beiden herzlich wenig gestört."
Simon nickt grinsend. „Stimmt. Die haben trotzdem geklopft, bis Marlena irgendwann entnervt die Tür aufgemacht hat, und schwupps, standen sie im Zimmer."
Lukas zieht die Augenbrauen hoch. „Nicht im Ernst."
„Doch. Ich hab' dann ne Runde mit denen diskutiert und Simon irgendwie aus den Augen verloren. Er ist aufs Klo gegangen, ich wiederum dachte, dass er so intelligent gewesen ist, sich hinter meinem Rücken aus dem Zimmer zu schleichen, damit wir die zwei endlich loswerden."
„...was ich dir im Übrigen immer noch nicht glaube", wirft Simon ein und sieht sie gespielt erbost an. Lukas lacht laut. „Und dann hat sie dich eingeschlossen? Nee, oder?"
Simon nickt vielsagend. „Jap. Hat die Mädels rausgeschmissen, ist auf die After Show Party, hat sich da tierisch geärgert, dass ich einfach abgehauen bin und sie mich nicht gefunden hat..." „...ich dachte, du hättest dir inzwischen andere Groupies gesucht", verteidigt sie sich mit erhobenen Händen.
„Ja genau, weil ich ja so häufig irgendwelche Frauen auf unseren Konzerten abgeschleppt hab!"
Marlenas Blick bleibt eine Sekunde auf ihm hängen, Stille kehrt ein. „Wie auch immer", fängt sie sich wieder. Blickt zu Boden. „Irgendwann nach zwei Stunden – ich habe natürlich versucht, ihn auf dem Handy zu erreichen, aber der Vollhorst hat das im Tourbus liegen lassen – bin ich dann zurück ins Zimmer, weil ich meine Sachen holen wollte. Und da saß er dann." Sie blickt auf und lächelt in die Runde, wenn auch lange

nicht mehr so gelöst wie zuvor. „Bisschen betrunken, weil er die Minibar gekillt hat, und hat sich irgendeinen alten Tatort reingepfiffen."

Tilman schüttelt fassungslos den Kopf. „Wie geil ist das denn? Ich wusste bisher gar nicht, dass ihr so eng gewesen seid, damals. So ist das also zu eurem Akustik-Projekt gekommen, ja?" Marlena nickt und blickt auf ihre Finger. „Ja, so kann man das nennen", sagt sie, auffällig nachdenklich. Doch sie fasst sich schnell. „Na los, dreh die Eieruhr wieder um. Wir machen euch noch alle, das versprech' ich euch!"

***

Zwei Stunden später räumt Marlena mit Lukas und Simon zusammen die Reste ihres Festmahls zusammen – inklusive den Rest des zerbrochenen Weinglases, welches Tobi beim späteren ‚Activity'-Spielen noch umgerissen hatte, als er versuchte, einen Affen zu imitieren. Sie ist gerade in der Küche beschäftigt, das Mehl auf dem Boden zusammenzukehren, da kommt Lukas mit seiner Jacke über dem Arm zu ihr. Er küsst sie auf die Stirn. „Bist du böse, wenn ich schon mal abhaue und euch alleine lasse? Ich muss morgen früh raus, hab 'nen Zahnarzttermin", sagt er leise.

Marlena schüttelt den Kopf. „Alles gut. Wir machen hier noch schnell Klarschiff und dann schmeiß ich Simon auch raus. Ich muss dringend ins Bett."

Lukas umarmt seine beste Freundin und klopft Simon, der in diesem Moment in die Küchenzeile kommt, zum Abschied auf die Schulter. „Jo, mach's gut, du Tabu-Crack! Nächstes Mal überleg ich mir zweimal, ob ich in Tilmans Gruppe gehe." Simon grinst. „Ja, ich glaub, das haben wir gerockt", sagt er nur. „Im Wohnzimmer ist alles wieder klar soweit", lässt er Marlena wissen, als die Türe hinter Lukas zufällt, und lehnt sich mit seinem Weinglas gegen den Kühlschrank.

Marlena lächelt ihm dankend zu. „War ein cooler Abend – aber wo zur Hölle habt ihr das Mehl überall verteilt?", fragt sie und wischt über ihre Mikrowelle.

„Wenn ich mich recht entsinne, warst du für den Teig zuständig, Frollein", neckt Simon sie.

Er gießt sich noch einen Schluck Wein nach und sieht Marlena an. „Darf ich dich mal was fragen, auch wenn es etwas indiskret ist – einfach, um die Band-Chemie noch ein bisschen besser zu verstehen?"

Marlena nickt ihm aufmunternd zu. „Hau raus!"

„Zwischen dir und Lukas, läuft da was?"

Fast fällt Marlena das Brettchen aus der Hand, welches sie gerade in die Spülmaschine stellen wollte. Sie lacht auf. „Nein", antwortet sie belustigt. „Lukas und ich, wir kennen uns schon seit tausend Jahren und waren nie mehr als enge Freunde. Mittlerweile ist er wie ein Bruder für mich." Sie hält inne, putzt angestrengt an einem unsichtbaren Fleck neben der Spüle. „Ich hab' ihm sehr viel zu verdanken."

Zu spät fällt ihr auf, dass sie Simon damit gerade einen guten Einstiegspunkt in ein Thema verschafft hat, welches sie um alles in der Welt ruhen lassen will. Deshalb zwinkert sie ihm zu und sagt betont fröhlich: „Außerdem war ‚Never fuck the Band' ungefähr die allererste Regel, auf die Frank bestanden hat, als er bei uns anfing."

Simon muss lachen. „Uh, Frank und seine Regelwerke! Muss ich sonst noch irgendetwas wissen, um nicht vor Ablauf der Probezeit gefeuert zu werden? Keine Norweger-Pullis im Proberaum? Kein Bier vor Vier?"

Marlena lacht auch und stellt die Spülmaschine an. Dann geht sie ins Wohnzimmer zur Couch und macht es sich, ebenfalls mit einem frisch eingeschenkten Weinglas, bequem. „Ich denke, du hast nichts zu befürchten. Obwohl dein Pinguin-Outfit heute natürlich sehr grenzwertig für unseren Rocker-Dresscode war", witzelt sie. Dann wird sie ernst. „Nein im Ernst. Natürlich übertreibt Frank es maßlos mit seinen Regeln, Belehrungen und mit seinem Aktionismus. Aber in dem Punkt muss ich ihm zustimmen. Ich hab' zu oft erlebt, dass One-Night-Stands und zerbrochene Liebesbeziehungen hervorragende Bands zugrunde gerichtet haben."

Simon zieht die Augenbrauen hoch. „Ich scheine viel bei dir verpasst zu haben in den vergangenen Jahren." Schnell winkt er ab, in der Befürchtung, mit diesem Spruch einen Tick zu weit gegangen zu sein. „Wie auch immer, ich war bei euch beiden halt nicht sicher und wollt einfach mal fragen."

Marlena nickt. Eine unangenehme Stille entsteht, fast will Simon sein Glas abstellen und seinen Aufbruch einläuten, nur, um irgendwas zu sagen.

Doch Marlena kommt ihm zuvor. „Simon… ich wollt noch danke sagen", sagt sie leise und blickt in ihr Glas. Es fällt ihr schwer, die richtigen Worte zu finden. „Ich hab' es dir am Anfang nicht sehr leicht gemacht, bei uns anzukommen, und du hast mir am Donnerstag auf der Bühne jetzt schon zum zweiten Mal den Arsch gerettet." Sie sieht auf, hält seinem Blick stand. „Ich hab' dich zu früh verurteilt. Es tut mir leid."

Simon legt den Kopf schief. „Ist schon gut", sagt er schlicht. „Dafür spielt man ja in einer Band zusammen. Damit einem die anderen auf der Bühne den Rücken freihalten können, wenn's mal scheiße läuft."

Marlena muss lachen. „Oh ja, scheiße ist für diese Kiste in Münster wirklich kein Ausdruck!"

„Ach wieso? Ich hab' nirgends Eier oder sonstige Lebensmittel auf die Bühne fliegen sehen. Glaub mir, es geht schlimmer." Marlena nippt an ihrem Wein und sieht Simon aufmerksam an. „Ach ja?"

„Ja", lächelt er wissend in sein Glas hinein. „Vor drei Jahren habe ich mit 'ner zweitklassigen Queen-Coverband ein Benefizkonzert in Heilbronn gespielt. Drei, vier Songs auf einem Bikertreffen; keine große Show, einfach Live-on-Stage und gib ihm. 150 Leute waren da. Alles eingefleischte Queen-Fans." Er muss bei der Erinnerung daran grinsen. „Hätte echt schön werden können. Wäre nicht unser Sänger 'ne absolute Ober-Diva gewesen, der morgens um elf eingefallen ist, dass ihr Hals ein wenig kratzt und sie unmöglich auf die Bühne kann."

Marlena grinst, wiegelt aber ab: „Naja gut, wir Sänger tragen unser Instrument aber auch auf dem wackeligen Gerüst aus

Gesundheit, Stress-Resistenz und guter Pflege spazieren. Wenn einer dieser Stützpfeiler umkippt…"

„Marlena, der Typ hat schon im Vorfeld null Bock auf die Kiste gehabt. Hat sich am Abend zuvor in irgendeiner Kneipe volllaufen lassen und ist mit 'nem Kater von einem anderen Stern an der Bühne aufgekreuzt, wohlgemerkt 'ne Stunde vor Stagetime."

„Fuck."

„Kannste laut sagen. Wir hatten keine Chance mehr. Sabrina, die Backgroundsängerin, ist allein auf die Bühne – hauchzarte Blondine, Edel-Punk-Outfit, pinke Highheels, das ist alles cool, wenn sie nur der Sidekick ist. Aber als Main-Act, mit ‚Don't stop me now'? Eine Katastrophe." Simon muss lachen. „Wir haben zwei Stunden gebraucht, um ihr die Pizza, die einer der Biker nach dem zweiten Song auf die Bühne geschmissen hat, wieder aus den Haaren rauszukratzen."

Marlena verzieht das Gesicht. „Oh Gott, die Arme."

Simon nickt. „Wir hätten das einfach nicht machen sollen. Aber manchmal muss man wohl einfach erst mal ein paar Fehler machen, um aus ihnen lernen zu können."

Schweigend nickt Marlena. *Und du? Hast du aus deinen Fehlern gelernt?*

Sie lässt ihren Blick aus dem Fenster schweifen. „Wie kam's denn eigentlich, dass das mit ‚Tommy and Gina' auseinandergegangen ist?" Sie sucht seinen Blick und lächelt ihn vielsagend an. „Und komm mir jetzt bloß nicht zum dritten Mal mit ‚Wahrscheinlich kommt für jeden irgendwann der Punkt, wo er mal was Eigenes machen will.'"

Simon zuckt die Achseln. Es wirkt fast demonstrativ gleichgültig. „Naja, so ist es aber. Irgendwann hatte ich halt die Schnauze voll", sagt er lapidar. Es ist offensichtlich, dass er sich mit dem Thema nicht auseinandersetzen will. Mit einem Nicken, das alles und nichts bedeuten kann, belässt Marlena es dabei. *Ich glaub dir kein Wort,* denkt sie.

Simon blickt auf seine Hände, überlegt einen Moment. „Die Wahrheit ist – Mike hat mich vor die Wahl gestellt." Er schaut auf. „Es ist irgendwann einfach zu viel geworden mit meinen

Studio- und Subjobs. Ich bin zu spät zu Gigs gekommen, hab Proben verbaselt, war nur noch mit halbem Herzen dabei."

Sein Blick ist offen, als er sie ansieht. „Du hattest Recht, damals. Ich hatte zu viel. Aber ich war nicht bereit, alles auf eine Karte – alles auf ‚Tommy and Gina' zu setzen. Als er mit 'nem überarbeiteten Gesellschaftervertrag um die Ecke kam, der Neben-Engagements verbieten sollte, habe ich hingeschmissen und gesagt ‚Du kannst mich mal'!" Ein bisschen zu trotzig klingt es in Marlenas Ohren. Bitter lächelt sie. Es wirkt aufgesetzt. „Naja, immerhin hast du deine Prioritäten klargemacht."

Den Seitenhieb versteht Simon. Er sieht sie an. „Etwas, was ich viel früher hätte tun sollen, Marlena." Er hält inne. „Du sollst wissen, dass ich immer bedauert habe, dass unsere Freundschaft damals auseinandergedriftet ist. Wir hatten gute Zeiten zusammen."

Marlena kann ihn nicht ansehen. *Auseinandergedriftet? Das kannst du nicht ernst meinen!* Sie stellt ihr Glas ab. „Ich bin müde, lass uns für heute mal Schluss machen", sagt sie, und kann nicht verhindern, dass ihre Stimme kühler klingt als noch vor einigen Minuten. Mit seinen Worten hat Simon ein Fenster in die Vergangenheit aufgestoßen, welches sie in den vergangenen Tagen – halb wissentlich, halb unbewusst – verschlossen gehalten hatte. Das mystische Schummerlicht in ihrer heilen Band-Welt hatte es bedeutend leichter gemacht, die Party im Jetzt und im Hier zu genießen. Doch es ist so wie mit so mancher durchzechten Disconacht: Wenn man den Club verlässt und das Tageslicht vor der Haustüre erblickt, erinnert man sich plötzlich wieder: An die Probleme von gestern, an die Probleme von morgen, daran, wie spät es mal wieder geworden ist, und wie hässlich die Stadt ohne Neonlicht, Prosecco-Gläser und extatisch tanzende Körper doch ist. All das war die ganze Zeit über da gewesen. Man hatte es nur vergessen gehabt.

***

Als Simon ein paar Blocks von Marlenas Wohnung entfernt auf seine Bahn wartet, ist er verstimmt. *Ich werde aus dieser Frau einfach nicht schlau,* denkt er sich missmutig und kickt einen

Stein aus dem Weg. Im einen Moment reicht sie ihm freundschaftlich die Hand und dankt ihm für alles, was er für sie getan hat. Im nächsten Moment schmeißt sie ihn fast überstürzt aus ihrer Wohnung und kann noch nicht einmal mehr lächeln, wenn sie ihm „Gute Nacht“ sagt. Was hatte er denn gesagt? Doch bloß, dass er bedauert, dass sie sich damals auseinandergelebt hatten! *Was ist daran denn verwerflich?* Düster starrt er die Schienen an.

Natürlich ist Simon nicht blöd. Er weiß genau, dass die Zeit, in der Marlena ihn bei ‚Tommy and Gina' kennengelernt hat, bereits der Anfang vom Ende gewesen war – auch wenn sich dieses Ende noch bemerkenswert lange hingezogen hat, bis die Trennung von Mike und den anderen zur völligen Eskalation führte. Es war die düsterste Zeit seines bisherigen Lebens gewesen: Von einem nahezu immer überbuchten Keyboarder, der jedes Wochenende mit ‚Tommy and Gina' auf einer anderen Bühne stand, und – so verrückt es auch klingt – von Mädels angehimmelt wurde, weil er ein paar Soli mehr als andere Pianisten draufhatte und dabei auch noch ganz gut aussah, war er von heute auf morgen in ein Nichts gefallen. Hatte hier mal 'nen Sub-, da mal 'nen Studiojob im Kalender stehen gehabt, dazwischen aber viel zu viel Zeit, sich darüber klarzuwerden, dass er eigentlich nichts gelernt hatte und ohne ‚Tommy and Gina' chronisch unterfordert, mehr noch, auch finanziell plötzlich ziemlich am unteren Limit des Möglichen war. Alkohol, belangloser Sex, hier mal 'ne Partypille und da mal 'ne Schlaftablette waren damals das einzige gewesen, was ihn abgelenkt hatte – bis auch das eben sein Tribut gefordert hatte. Nie würde er den Tag vergessen, an dem der Auftritt mit dieser merkwürdigen Galaband völlig aus dem Ruder gelaufen war, weil er seine Termine vertauscht hatte und eigentlich auf den Subjob bei einer Metal Band aus Norwegen eingestellt gewesen war. Als er auf die Bühne ging, war er nicht nur gänzlich unvorbereitet und klamottentechnisch völlig im falschen Film – er hatte die zwei Stunden zwischen Soundcheck und Gig auch mit der einzigen Tätigkeit verbracht, die ihm in seiner Panik sinnvoll erschienen war: Mit trinken. In der Pause hatte der Bandmanager ihn von der Bühne gezerrt und ihm, besoffen wie er war, seine Noten vor die Füße geknallt. „Du brauchst in dieser Branche nie wieder einen Fuß auf den Boden zu setzen", hatte er gebrüllt. „Das verspreche ich dir."

Ja, das alles war keine Glanzleistung gewesen, damals – und Simon ist längst nicht so vermessen, dass er irgendjemandem außer sich selbst die Schuld dafür geben würde. ER hat es verkackt, ER hat die Kontrolle verloren, aus der lähmenden Angst heraus, falsche Entscheidungen zu treffen. Weil er eigentlich keinen blassen Schimmer hatte, was er eigentlich wollte, und dazu noch mit einem bemerkenswert kleinen Selbstbewusstsein ausgestattet ist, wenn es um seine Songwriting-Skills geht – eine Schwäche, die ihm bis heute wohl kaum jemand abkaufen würde. Simon schnaubt wütend. Aber ER hat sich verdammt nochmal auch wieder aus diesem Loch rausgeholt! Ist das denn gar nichts wert?

Als seine Bahn kommt, lässt er sich mit Schwung in einen der Vierersitze fallen und starrt missmutig aus dem Fenster. Es liegt nicht in seiner Natur, anderen gegenüber nachtragend zu sein, ergo steht ihm auch zu, sich selbst nicht ständig die Dinge vorzuwerfen, die vor Jahren vielleicht einmal hätten besser laufen können. Ihm ist bewusst, dass er viele Menschen verletzt hat, aber verdammt – genau das hatte er Marlena im Grunde auch gesagt! Hatte er in den letzten Wochen nicht überaus deutlich gemacht, dass er nicht mehr der Mensch, der Keyboarder, der Mitmusiker ist, der er mal war, damals, vor sechs Jahren?

Und wenn das so ist: Warum wird er dann trotzdem das Gefühl einfach nicht los, dass Marlena ihm trotz seiner Bemühungen, trotz der offensichtlichen, musikalischen Chemie in der Band all diese Dinge immer noch nachträgt; schlimmer noch: dass sie dem, was vor sechs Jahren passiert ist, eine viel größere Relevanz beimisst als allem, was er heute, morgen und übermorgen tun könnte, um sie davon zu überzeugen, dass er es ernst meint?

Sein Blick bleibt an seinem Spiegelbild in der Scheibe hängen. Da hilft nur eins, denkt er resigniert. *Abwarten, Teetrinken – und sollte kein Wunder geschehen, nach der Tournee aus freien Stücken gehen und ‚Freifahrtschein' hinter sich lassen.*

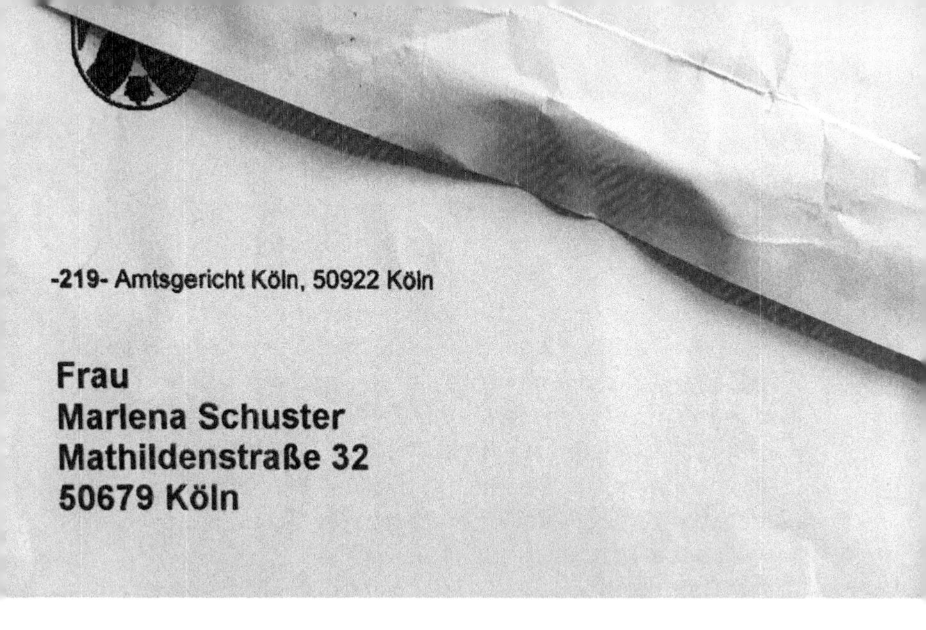
-219- Amtsgericht Köln, 50922 Köln

Frau
Marlena Schuster
Mathildenstraße 32
50679 Köln

Tourpause

Zwei Tage nach dem Spieleabend sitzt Marlena mit ausdruckslosem Gesicht im Büro von Irene Gottlob. Sie blickt aus dem Fenster. Die Worte ihrer Therapeutin fließen an ihr vorbei, wie Treibgut in einem reißenden Fluss. Sie hat keine Chance, irgendeines der Fragmente festzuhalten – sieht sie zerschellen am Fuße des Wasserfalls, vor dessen Abgrund sie solchen Respekt hat.

„Frau Schuster, wir wussten schon seit langer Zeit, dass dieser Tag irgendwann kommen würde“, versucht Irene Gottlob erneut, zu ihr durchzudringen. „Sie haben Angst, das ist nur verständlich. Aber meinen Sie nicht, dass es auch positive Aspekte daran gibt, dass nun endlich ein Termin feststeht?“

Marlena blinzelt. Sie weiß genau, worauf ihre Therapeutin hinauswill; sieht, dass sie sich bemüht, sie zum Reden zu bringen. Doch das Problem ist – ihr ist einfach nicht danach zumute. Am liebsten würde sie einfach nach Hause fahren, sich in ihr Bett legen, die Decke über den Kopf ziehen und schlafen. Sie fühlt sich körperlich wahnsinnig müde; selbst der kurze Weg mit dem Auto in die Innenstadt hat ihr unendlich viel Kraft abverlangt. Alles scheint sinnlos. *Was können Worte schon an dieser Situation ändern?*

Längst sind ihr diese Gefühle vertraut; diese Lähmung, die Überforderung mit den kleinsten Dingen, die ihren Alltag bestimmen. Sie hat die Symptome oft erlebt, seit Zamir Nishliu vor einem Jahr ihren Weg gekreuzt hat. Und sie hasst sich dafür, dass er es schafft, sie noch heute so aus der Ruhe zu bringen – und sei es nur durch einen lächerlichen weißen Briefumschlag, wie der, der ihr heute Morgen ins Haus geflattert ist. „Ladung“ hatte dick und fett in der Betreffzeile gestanden. Der Prozesstermin steht fest – und er ist in zwei Wochen.

Sie schaut auf. „Ich weiß nicht“, nuschelt sie. „Ich wünschte einfach, der Tag wäre längst rum.“ Noch leiser setzt sie nach: „Ich will das alles einfach nur vergessen.“

Irene Gottlob nickt. „Aber Frau Schuster, ich fürchte, Sie werden diesen Tag brauchen, um das alles abschließen zu können.“ Sie hält inne. „Was ist denn das Schlimmste, was passieren kann?“, fragt sie sanft. Marlena zuckt die Achseln. Sie weiß es nicht. Das alles ist fürchterlich irrational, das ist ihr völlig bewusst. Und doch macht ihr das Zusammentreffen mit Nishliu eine Scheiß-Angst. Und die Zeit danach sogar noch viel mehr.

„Was ist denn, wenn er verurteilt wird, und das alles trotzdem nicht weggeht?“, fragt sie. Es steht Panik in ihren Augen. „Was, wenn die Albträume bleiben, die Angst vorm Bahnfahren, die Angst vor Ausländern, die diesem Mann auch nur im Entferntesten ähnlich sehen?“ Sie schüttelt den Kopf, spürt, wie ihr lautlos Tränen über die Wangen laufen. „Was, wenn dieser Horror einfach weitergeht; wenn es völlig egal ist, ob dieser Typ im Knast sitzt oder nicht?“

Wortlos reicht ihr Irene Gottlob ein Taschentuch, gibt ihr die Zeit, sich wieder zu sammeln.

„Sie sind doch schon so viel weiter als noch vor einem halben Jahr, Frau Schuster“, sagt sie ruhig. „Es gab Wochen, da haben Sie nicht eine einzige Nacht durchgeschlafen, weil die Albträume Sie immer wieder geweckt haben. Sie haben es noch nicht einmal allein in Ihrer Wohnung ausgehalten! Schauen Sie doch mal, wie viel Sie im Gegensatz dazu schon erreicht haben, seit wir uns treffen“. Sie lässt die Worte wirken.

Marlena nickt leicht. *Und doch fühlt es sich mit jedem Rückschlag wieder aufs Neue so an wie am Anfang…*

„Sie machen riesige Fortschritte. Aber Sie müssen lernen, sie sich auch zuzugestehen." Irene Gottlob lächelt. „Sie gehen einfach immer noch viel zu hart mit sich selbst ins Gericht. Sie wollen, dass alles von heute auf morgen vergessen ist und Ihr Körper Ihnen wieder gehorcht. Aber so ein Trauma braucht seine Zeit!"

Sie klopft sich auf die Schenkel und lächelt Marlena ermutigend zu. „Erinnern Sie sich noch an diese Übung, über die wir letztens mal sprachen? Den ‚Safe Place'?" Marlena nickt.

„Den werden wir jetzt um eine weitere Übung erweitern, die Ihnen helfen soll, vor und während der Gerichtsverhandlung die Nerven zu behalten."

Müde nickt Marlena. *Alles, was Sie wollen, solange es hilft*, denkt sie ergeben und setzt sich auf.

DIE TODESANGST VON MARLENA S.

Gerichtsverhandlung um 32-jährigen Zamir Nishliu nach grausamer Knarrenattacke in der Bahn.

Köln. Es muss der schlimmste Tag im Leben von Sängerin Marlena S. gewesen sein: Völlig unverschuldet war die damals 29-Jährige vor knapp einem Jahr in eine furchtbare Geiselnahme hineingeraten, die gerade noch einmal glimpflich und ohne Blutvergießen ausgegangen war. Jetzt wird ihr Peiniger endlich vor Gericht zur Rechenschaft gezogen.

Der 32-jährige Albaner Zamir Nishliu wird angeklagt, im Februar vergangenen Jahres in einer Straßenbahn der Linie 18 bei einem Beziehungsstreit mit seiner Freundin die Nerven verloren und eine Pistole gezückt zu haben. Dabei soll ihm die heute 30-jährige Marlena, Frontfrau und Sängerin der aktuell durch Deutschland tourenden Kölner Band „Freifahrtschein", ins Gehege gekommen sein: Offenbar hatte sie die Bahn verlassen wollen und aus Versehen den 32-Jährigen angerempelt. Als sich dann auch noch Zugbegleiter Norman K. in die zu eskalieren drohende Situation einmischte, soll der Angeklagte die junge Frau als Geisel genommen haben, um den Zug ungehindert verlassen zu können.

Die charismatische Sängerin muss Todesängste ausgestanden haben! Augenzeugen berichten weiter, dass der Mann Marlena mit der Drohung, abzudrücken, die halbautomatische Handfeuerwaffe an die Schläfe gehalten hat und mit ihr als Schutzschild durch die Bahn zur Tür ge gangen ist.

Doch der Horror war für Marlena S noch nicht zu Ende: auf dem Bahnsteig angekommen soll der Mann sie in dem Versuch, so schnell wie möglich zu fliehen, ins Gleisbett gestoßen haben. Um ein Haar wäre die junge Frau also auch noch von der Linie 18 überrollt und womöglich lebensgefährlich verletzt worden! Nur durch das beherzte Eingreifen einiger Passanten und die schnelle Reaktionsgabe des Bahnfahrers Guido W. konnte ein grausamer Unfall verhindert werden.

„Es war furchtbar", sagte dieser damals nach dem Vorfall in einem Interview mit dieser Zeitung. „Das arme Mädchen lag vor Schreck wie gelähmt im Gleisbett. Fast wäre es zu einer Katastrophe gekommen!"

Bereits einige Stunden nach dem Vorfall war der vorbestrafte Zamir Nishliu als Hauptverdächtiger in der Wohnung seiner Freundin festgenommen worden; er soll Augenzeugen zufolge gerade im Begriff gewesen sein, mit gepackten Koffern die Stadt zu verlassen.

Die Verhandlung beginnt am Montag in zwei Wochen, dann wird auch Sängerin Marlena S. vor Gericht erscheinen, um auszusagen. Die 30-Jährige leidet noch heute unter dem traumatischen Ereignis und ist in psychologischer Behandlung. (ms)

7. Tourtag

„Gott, wer hat diesen Dreck denn zusammengeschustert? Und so was darf sich Journalist nennen?“ Lukas zerknüllt die Zeitung und schüttelt angewidert den Kopf. Er sitzt mit Tilman, Tobi und Frank im Bus auf dem Weg nach Berlin. Simon wird erst am Veranstaltungsort zu ihnen stoßen – er hatte wegen eines wichtigen Termins mit einem ehemaligen Auftraggeber den Abfahrttermin des Busses nicht einhalten können und kommt mit dem Flugzeug nach. Marlena – auf der Suche nach Ruhe und Ablenkung – hatte gebeten, die letzte Etappe der Strecke fahren zu dürfen, nachdem sie zuvor fast anderthalb Stunden mit ihrer Therapeutin telefoniert hatte. Jetzt steht sie gerade auf dem Rastplatz bei Braunschweig, um eine Zigarette zu rauchen. Sie wolle allein sein, hat sie gesagt.

Frank zuckt die Achseln. „Es ist ja nicht wirklich ein Geheimnis gewesen. War nur eine Frage der Zeit, bis irgendjemand die Geschichte ausgräbt“, sagt er und blickt auf seine Hände. Er hat sichtlich Probleme, mit der Situation, die er heute Morgen am Kleinbus angetroffen hatte, umzugehen: Nicht nur hatte er scheinbar völlig unterschätzt, wie emotional Marlena mit dem Thema heute noch immer umgeht; zu allem Überfluss war er mit dieser Fehleinschätzung offensichtlich auch noch der Einzige gewesen. Nun balanciert er seit Stunden etwas hilflos zwischen dem Mitgefühl, welches er natürlich irgendwie für seine Sängerin hat, und seiner, wie er sich selbst einredet, berufsbedingten Ansicht: Der Artikel ist für die Reputation der Band nicht das Schlechteste, was hatte passieren können. Doch diese Erkenntnis mit den ‚Freifahrtschein’en zu teilen, verkneift er sich auch jetzt, da Marlena den Raum verlassen hat, besser mal. Auch ohne diesen Hinweis ist die Stimmung im Bus schon mies genug.

„So viel zur ach so hilfreichen Presse, die uns mit ihrer Berichterstattung nach vorne bringen soll.“ Es liegt ein provozierender Unterton in Tobis Stimme, als er Frank ansieht. „Ich scheiß auf dieses Pack.“

Der Manager verzieht schmerzhaft die Miene. „Jetzt fang doch nicht gleich an, zu verallgemeinern. Ja, der Artikel ist sicherlich nicht der seriöseste..."

„Aber immerhin ist es Presse, oder wie?". höhnt Tilman. Frank sieht den Schlagzeuger ärgerlich an. „Hab ich das gesagt?"

„Nein, aber du bist mir einen Tick zu entspannt dafür, dass unsere Sängerin gerade von den Medien zum zweiten Mal zum Opfer gemacht wird!"

Frank lacht kurz auf. Langsam ist das Maß wirklich voll. „Tilman, jetzt mach aber bitte mal 'nen Punkt! Zum Opfer gemacht! Du tust geradezu so, als würde Marlena durch den Artikel völlig durch den Dreck gezogen. Es steht nicht eine Lüge in diesem Text, keine Verleumdung; im Gegenteil: Marlena kommt sehr gut weg, denn es wird überdeutlich, dass sie unverschuldet in dieser Situation gelandet ist und heute massiv darunter leitet."

„Ich bitte dich!", mischt sich Tobi ein. „Die stellen sie dar, als wäre sie das arme, kleine, bemitleidenswerte, gebrochene Mädchen! Marlena arbeitet seit einem Jahr daran, sich genauso nicht mehr zu fühlen. Durch den Dreck gezogen oder nicht, der Effekt ist der gleiche!" Frank schweigt. Er weiß nicht, was er darauf sagen soll.

„Okay, der Zug ist jetzt abgefahren." Lukas ist sichtlich bemüht, das Gespräch durch Souveränität wieder auf eine konstruktive Schiene zu bekommen. „Ihr habt Marlena gesehen, der geht's nicht gut, aber sie wird, wie ich sie kenne, alles daransetzen, professionell ihr Ding durchzuziehen." Er schaut in die Runde. „Wie machen wir das für sie so einfach wie möglich?"

Alle Augen richten sich auf Frank; er ist derjenige, der die Erfahrung haben sollte, in solchen Krisensituationen nach außen wie nach innen den richtigen Ton zu finden.

Der Manager räuspert sich. Er fühlt sich sichtlich unwohl in seiner Haut. „Naja, am besten ist es in Presseangelegenheiten eigentlich immer, wenn man möglichst schnell die Kontrolle über die Situation zurückerlangt."

Er kann Lukas, der ihn fragend fixiert, kaum ansehen. Er weiß genau: Was er nun sagen wird, wird dem Gitarristen nicht gefallen. „Es werden gegebenenfalls Presseanfragen auf euch zukommen. Ich könnte mir gut vorstellen, dass einige Zeitungen oder TV-Sender auf den Zug aufspringen und 'ne Stellungnahme von ihr haben wollen werden.“

Lukas schüttelt den Kopf. „Das kannst du ihr momentan nicht zumuten, dafür ist sie nicht in der Verfassung.“

„Dann solltet ihr vielleicht darüber nachdenken, ob ihr das in die Hand nehmen wollt.“

Tilman lacht fassungslos auf. „Das kann doch nicht dein Ernst sein! Ich stell mich doch nicht vor irgendeine Kamera und erzähl so 'nem Medienfuzzi, dass es meiner Freundin und Bandkollegin so mies geht, dass sie keinen Bock hat, sich zu dem Thema zu äußern, aber dass wir sie natürlich alle ganz doll liebhaben und sie unterstützen, wo es nur geht! Dann mach ich sie ja WIEDER klein!“

Frank schüttelt ärgerlich den Kopf. „Nein, dann zeigst du der Welt, dass sie ein Mensch ist, der gerade zwar Unterstützung braucht, aber dennoch auf Tour geht und versucht, für seine Fans da zu sein. Und weißt du, was dadurch passieren wird? Die Fans werden für SIE da sein wollen! Sie werden sie noch mehr lieben als vorher schon, weil sie das Gefühl haben, dass sie ein Mensch ist, der hinter den Scheinwerfern Probleme hat wie jeder andere Mensch auf der Welt auch. Bitte unterschätz nicht, was für eine Kraft einem so eine Fangemeinschaft geben kann.“

„Verdammt Frank, das sind nicht ihre Freunde, die KENNEN sie doch gar nicht!“ Tilmans Stimme ist laut geworden. „Die geilen sich daran auf, dass sie durch Marlena mal wieder daran erinnert werden, dass es Leute gibt, denen es schlechter geht als ihnen selbst. Und dann bilden Sie sich ein, dass sie ihr irgendwas Gutes dadurch tun können, wenn sie ihr ihr Mitleid aufdrängen. Zum Kotzen ist das!“

„Dann solltest du dir verdammt noch mal überlegen, warum du eigentlich mit so einer Band auf die Bühne gehst, Tilman“, erwidert Frank hitzig. „Diese Fans, die du offenbar so zum Kotzen findest, spielen euch nämlich euer verdammtes Geld in die Kassen.“

„Schluss jetzt damit!", brüllt Lukas. Er schlägt mit einem lauten Knall gegen die Buswand, sodass sich selbst Marlena, die einige Meter entfernt an ein Klohäuschen gelehnt steht, erschrocken zu ihm umdreht. Mit einem Mal herrscht Stille im Tourbus. Keiner der Anwesenden hat Lukas jemals so wütend erlebt. Er starrt seine Kollegen an und braucht einen Moment, um sich wieder so sehr zu beruhigen, dass er sprechen kann. „Hört doch verdammt noch mal auf, immer nur an die Band zu denken. Es geht hier um Marlena, um nichts anderes!"

Er hält kurz inne, doch seine Stimme bebt immer noch vor Wut, als er weiterspricht. „Meine beste Freundin ist seit einem Jahr in therapeutischer Behandlung und leidet noch heute wie ein Hund unter dem, was ihr durch dieses Arschloch damals widerfahren ist. Und ich werde nichts, aber auch rein gar nichts zulassen, was auch nur ansatzweise dazu führen kann, dass es ihr noch schlechter geht, das verspreche ich euch!"

Tobi greift beruhigend nach Lukas' Arm. „Alter, beruhig dich bitte! Wir alle werden das nicht riskieren, aber es bringt jetzt keinem was, wenn du ausrastest. Am allerwenigsten Marlena!"

Er wendet sich an Frank. „Aber, um das abzuschließen: Das Thema ist durch, Frank. Keine Interviews von unserer Seite aus. Zumindest nicht jetzt!" Seine Worte lassen keinen Widerspruch zu. „Und bitte sag' die Pressetermine vorm Konzert auch gleich ab. Zumindest heute."

Unwirsch winkt Frank ab. „Nagut, wenn was bei mir aufläuft, regel ich das", nuschelt er. So hatte er sich die Sache mit der Öffentlichkeitsarbeit zwar wirklich nicht vorgestellt, aber er weiß auch, wann er die Klappe halten muss.

Tilman blickt wieder zu Lukas auf. „Du kennst Marlena am besten, Lukas. Was KÖNNEN wir denn für sie tun?"

Lukas seufzt. „So blöd das klingt: Ich befürchte, es ist am besten, sie in Ruhe zu lassen. Marlena sehnt sich nach Normalität! Die wird versuchen, sich so unauffällig wie möglich zu verhalten und 'ne perfekte Show abzuliefern! Aufmerksamkeit wird jetzt so ziemlich das letzte sein, was sie will."

Der Rat klingt einfach, doch jedem im Bus ist klar, dass es so einfach nicht sein wird. Tilman sieht Lukas lange an. *Jemanden auf eine Bühne zu stellen, der Aufmerksamkeit zu vermeiden versucht, ist so ziemlich das Dümmste, was man machen kann*, sagt sein Blick. Und beide wissen genau, wie Recht er damit hat.

***

Als Simon am späten Nachmittag im Columbia Theater in Berlin ankommt, ist er fürchterlich genervt. Es hatte Probleme mit seiner letzten Gage für einen Musical-Job gegeben, und im Büro des Auftraggebers hatte es Stunden gedauert, bis der Fehler und die zuständige Abteilung endlich gefunden gewesen waren. Als er endlich am Flughafen gewesen war, hatte er sich tierisch beeilen müssen, um überhaupt noch seinen Flieger zu kriegen.

Das Schlimmste aber an dem Tag war der Anruf gegen Mittag gewesen. Von dem Reporter, dem er vor Jahren einmal ein Interview zu ‚Tommy and Gina' gegeben hatte und mit dem er letztlich ein sehr gutes, viel tiefer als geplant gehendes Gespräch über das Musikbusiness geführt hatte. Der Reporter, der ihm nun Fragen über seine neue Musikerkollegin gestellt hatte – die er allesamt nicht hatte beantworten können.

„Ich glaube, sie kommt klar – auch wenn das natürlich eine sehr schwierige Zeit für sie ist", hatte er vage vor sich hingestammelt. Und direkt nach dem Auflegen gemerkt, dass er besser einfach komplett die Klappe gehalten hätte. Er muss unbedingt mit Marlena reden, nimmt er sich vor, als er Tilman an der Theke des Columbia Theaters begegnet.

„Da biste ja endlich", begrüßt dieser ihn, während er Merchandise-Kisten ausräumt und die Fanartikel auf einem Tisch ausbreitet, der später von einem der Roadies betreut werden wird. Der Stress steht ihm ins Gesicht geschrieben.

„Wir haben deinen Keyboard-Kram schon mal auf die Bühne gestellt, aber ich bin noch nicht dazu gekommen, da irgendwas aufzubauen. Wäre cool, wenn du damit direkt mal anfangen könntest, wir machen gleich 'nen schnellen Soundcheck."

Simon nickt ihm zu und greift im Vorbeigehen nach einer Kabelkiste, die ebenfalls auf die Bühne gehört. Tilman blickt ihn dankend an, bevor er sich wieder auf die T-Shirt-Kiste konzentriert. Er schätzt es sehr, wenn jemand auch ungefragt anpackt, wenn er irgendwo Arbeit sieht.

In der nächsten Stunde ist unheimlich viel zu tun. Instrumente müssen aufgebaut und verkabelt werden, Abläufe werden durchgesprochen, die nach und nach eintreffenden Helfer werden gebrieft. Erst, als der Soundcheck gegen 18 Uhr abgeschlossen ist und die Musiker sich hinter die Bühne verziehen, um dem Service-Team und bald darauf dem Publikum Platz zu machen, findet Simon die Zeit, Marlena zu suchen. Er ist besorgt, aber auch ein wenig verärgert, denn der Zeitungsartikel hat ihn so kalt erwischt wie jeden anderen Menschen außerhalb der Band.

Er findet die Sängerin in der Catering-Küche, wo sie sich einen Tee aufgießt und gedankenverloren auf der Setliste rumkritzelt. Er setzt sich neben sie. „Wie geht's dir?"

Schon, als Marlena aufblickt, wird Simon klar, dass sie nicht zum Quatschen aufgelegt ist. „Wie soll's mir gehen?", fragt sie. In ihrer Stimme schwingt der gleiche Stress mit, den er vorhin schon bei Tilman gesehen hatte.

Er zuckt die Achseln. „Naja, ich könnte mir vorstellen, dass du schon bessere Tage erlebt hast, nach dem Artikel in der ‚Blitz'."

Sie nickt, weicht seinem Blick aus. „Das hast du ganz richtig geschlussfolgert. Die Frage ist also überflüssig."

Simon fixiert sie, bevor er antwortet. Sehr darauf bedacht, seinen Ärger nicht durchblicken zu lassen. „Entschuldige bitte, dass ich mich erkundige, wie es meiner Musiker-Kollegin geht, nachdem sie für die Kölner Presse zum neuen Objekt der Sensationssüchtigen geworden ist." Er atmet durch, um den vorwurfsvollen Unterton loszuwerden. „Kann man irgendwas für dich tun?"

Marlena lacht freudlos auf, sieht ihn nicht an. „Ich wüsste nicht, was. Ist jetzt ja nicht gerade so, als würde dieser Dreckstext durch Hypnose wieder im Papierkorb des Verfassers verschwinden oder so." Sie merkt selbst, dass sie ungerecht ist.

In Simon reißt der Geduldsfaden. „Nein, das tut er wohl nicht, Marlena. Vermutlich wird morgen sogar der nächste Artikel in irgendeiner Zeitung erscheinen, was man vielleicht hätte verhindern können, wenn ihr mich in irgendeiner Form auf die Möglichkeit, dass mich ein Reporter anruft, um mich auszufragen, vorbereitet hättet." Als Simon an ihrem mit einem Mal furchtbar blassen Gesicht bemerkt, wie hart seine Worte rübergekommen sind, ist es zu spät. Seine Wut ist nicht mehr aufzuhalten.

„Was hast du gesagt?", fragt sie mit brüchiger Stimme.

„Was hätte ich denn sagen sollen? Verdammt, ich hatte keine Ahnung von dieser ganzen Geschichte, bis dieser Typ mich über die Umstände aufgeklärt hat. Mir blieb nicht viel anderes übrig, als einen von ‚Sie kommt schon klar, und wir stehen natürlich alle hinter ihr' zu faseln – dafür habt ihr ja gesorgt!"

Mit großen Augen starrt Marlena ihren Keyboarder an. Ihre Stimme zittert, als sie antwortet. „Du hast denen ein Statement gegeben? Sag mal, hast du eigentlich noch alle Tassen im Schrank? Was glaubst du eigentlich, wer du bist, dir rauszunehmen, für unsere Band irgendwelche Presseansagen zu machen?" Ihre Stimme ist zu einem wütenden Brüllen angeschwollen.

Simon schüttelt den Kopf, er weiß einfach nicht, wohin mit seiner Wut auf sie und auf sich selbst.

„Keiner von euch hat den Arsch in der Hose gehabt, mir mal zu erzählen, was hier im Hintergrund eigentlich alles vor sich hin brodelt. Diese ganze Nummer wäre völlig unproblematisch gewesen, wenn wir vor der Tour mal gemeinsam über eine Medienstrategie für den Fall der Fälle gesprochen hätten; oder meinetwegen: Wenn IHR über eine Medienstrategie gesprochen und sie mir danach mitgeteilt hättet. Aber nein – du hast dich dazu entschieden, mich im Dunkeln zu lassen, um mich möglichst wenig in die Angelegenheiten dieser Band einzubinden, damit du mich nach der Tour so schnell wie möglich wieder rausschmeißen kannst. Sorry, aber diese Situation hast du dir selbst eingebrockt!"

Marlena sieht rot. „DU maßt dir an, mir zu sagen, wie ich mich hätte verhalten sollen? Du hast keine Ahnung von meinem Leben, du hast keine Ahnung wie es mir geht, und diese Reaktion zeigt mir mal wieder überdeutlich, wie froh ich darüber bin, dass das so ist."

„Hast du denn Ahnung von meinem Leben, Marlena? Mein Gott, du tust so, als wäre ich das personifizierte Böse, als hätte ich in einem vorherigen Leben irgendwelche unverzeihlichen Staatsverbrechen begangen! Dabei hast du keinen Schimmer davon, wie meine letzten Jahre verlaufen sind! Du hast keine Ahnung, wie ich dahin gekommen bin, wo ich heute bin. Du hast dein Urteil über mich gefällt, ohne jemals irgendeine Frage zu stellen!"

Marlena lacht hysterisch auf. „Was hätte ich dir denn für Fragen stellen sollen, Simon? Du hast mich schon vor Jahren vor den Kopf gestoßen; mich hängen lassen, als ich dich gebraucht habe! Entschuldige bitte, dass ich nicht so blöd bin, dich mein Vertrauen ein zweites Mal missbrauchen zu lassen!"

Stefan und einer der beiden Roadies kommen in die Küche geeilt, dicht gefolgt von Tilman, der verwirrt von einem zum anderen schaut, um zu verstehen, was hier in den vergangenen Minuten passiert ist.

Simon nickt und steht auf. „Stimmt, es ist immer einfacher, wenn man sich gar nicht erst mit den Menschen um sich herum auseinandersetzt, dann kann man auch nicht verletzt werden. Wie wunderbar das funktioniert, siehst du ja jetzt!"

„Hey, es ist gut jetzt...", versucht sich Stefan einzuschalten, doch es ist, als würde er von der Szenerie abprallen wie von einer gläsernen Wand. Weder Marlena noch Simon nehmen Notiz von ihm.

Mit weit aufgerissenen Augen starrt Marlena Simon hasserfüllt an. „Du bist immer noch genau das gleiche gefühlskalte Arschloch wie damals!"

„Marlena..." Tilman macht einen Schritt auf die Sängerin zu.

„Ach ja?" Simon wird laut. „Wenn ich so ein gefühlskaltes Arschloch wäre, hätte ich dich ja wohl einfach in der Straßenbahn sitzen lassen, bis du restlos von deiner Panikattacke verschluckt wirst."

„Verpiss dich!", brüllt Marlena unvermittelt, ihre Stimme kippt, wird schrill und heiser, bis kaum noch Töne aus ihrem Mund kommen. „Verschwinde aus meinem Leben und komm nie wieder!" Mit geballten Fäusten macht sie einen Schritt auf Simon zu, doch Tilman stellt sich ihr in den Weg.

„MARLENA!"

„Lass mich, verdammte Scheiße", faucht sie, als er sie in seinen Arm ziehen will. Reißt sich los, stürmt an der kleinen Gruppe vorbei, raus ins Freie.

Fassungslos starren Tilman und Stefan ihr hinterher, dann richten sich alle Augen auf Simon.

Er schließt die Augen und atmet durch. „Es tut mir leid", sagt er leise. „Es tut mir leid, das war..."

„Das war was?" Tilmans Frage hallt gefährlich laut durch den Raum.

„Es REICHT jetzt, Leute." Der energische Ton von Stefans Stimme lässt keinen Widerspruch zu. Er greift nach Simons Arm. „Du und ich, wir gehen jetzt mal an die frische Luft!"

Als Simon Tilmans Blick begegnet, während er an Stefans Seite an der kleinen Gruppe vorbeigeht, sieht er vor allem Unverständnis darin. Unverständnis, und eine unglaublich laute, wütende Frage, die er niemals würde beantworten können. *Was zum Teufel hast du dir dabei nur gedacht?*

***

„Mann, mann, mann, ich muss schon sagen: Eskalieren könnt ihr wirklich, sowohl auf der Bühne als auch dahinter." Stefan setzt sich neben Simon auf den Rand eines steinernen Blumenkübels hinter dem Columbia Theater. Er schaut den Keyboarder ruhig von der Seite an. Ohne Eile gibt er ihm die Zeit, erst einmal wieder runterzukommen.

Dabei ist er gar nicht mehr wütend! Das, was Simon vor fünf Minuten noch schwer wie eine explosionsbereite Handgranate im Bauch lag, ist nun einer tiefen Traurigkeit gewichen. Einer

Traurigkeit, die sich mit der Resignation der Erkenntnis mischt, zu weit gegangen zu sein. Er hatte Marlena nicht verletzten wollen, im Gegenteil, er würde ihr sogar gerne helfen, diesen Schmerz, diese Verzweiflung, die Angst zu bewältigen, die diesen klugen, einst so uneingeschränkt neugierigen und lebensfrohen Menschen heute offenbar so lähmen. Doch sie lässt ihn nicht rein, sie lässt ihn einfach nicht rein; in ihre Band, in ihre Gedanken, in ihre Sorgen. Simon seufzt. *Und wie du gerade mal wieder bewiesen hast, ist das wohl auch ihr gutes Recht...* „Ich hab's verkackt", stellt er fest. „Ich habe total überreagiert. Oh, Gott, was bin ich für ein Idiot."

Stefan muss lachen. „Wowowow, Kollege, nun mal halblang! Das ist doch alles überhaupt kein Weltuntergang, es kommt in den besten Familien vor, dass man sich mal in die Haare kriegt!" Er boxt ihm freundschaftlich gegen die Schulter, doch Simon ist nicht empfänglich für beruhigende Worte.

Er schüttelt resigniert den Kopf. „Hast du gerade 'nen anderen Film gesehen als ich? Das war nicht nur irgendein Streit, Stefan, das war die Spitze eines Eisbergs, der sehr sehr tief zu reichen scheint." Sein Blick schweift über die Häuserdächer der Berliner Skyline. „Ich glaube, sie hat Recht. Ich sollte besser einfach gehen, unter diesen Umständen kann das auf der Bühne sowieso nicht funktionieren." Er blickt wieder zu Stefan. „Du kommst doch viel rum, kennst du in Berlin 'nen guten Keyboarder, der einspringen kann, bis ich mich morgen um 'nen Ersatzmann gekümmert habe?"

Jetzt erst realisiert Stefan, wie ernst die Situation für Simon zu sein scheint. Sein Blick verdunkelt sich, als er wieder anfängt zu sprechen.

„Alter, jetzt rast mal nicht gleich aus! Du kannst nicht einfach abhauen, nur weil's backstage mal kurz unangenehm wird – so funktioniert das nicht. Niemand hat gesagt, dass das Tourleben immer schön und einfach ist. Im Gegenteil: Es ist 'ne Scheiß-Arbeit. Du schläfst über Wochen so gut wie nicht, stehst ständig unter Adrenalin, bist jeden Tag in einer anderen Stadt, von der du sowieso nichts siehst, musst 24/7 gute Laune haben und dich mit deinen Mitmusikern arrangieren, die nie weiter als ein paar Meter von dir entfernt sind. Glaub mir, ich habe schon viele Freundschaften daran zerbrechen sehen!"

Simon zuckt die Achseln. „Dafür müsste man erstmal befreundet sein."

Stefan lacht auf. „Jetzt hör mal auf mit deinem Mimimi! Ich hab' wohl gemerkt, dass Marlena und du nicht gerade in der Stimmung seid, morgen zu heiraten. Das heißt aber nicht, dass sie dich so sehr hasst, wie du's grad darstellst." Er wird ernst. „Das Problem ist: Unter diesem ständigen Druck der Tournee werden solche Dinge sehr schnell sehr persönlich. Du legst all deine persönliche Überforderung in das, was du sagst, im schlimmsten Fall holst du dann auch noch die Sachen hervor, die du eigentlich schon vor Jahren mal hattest raushauen wollen, weil sie dich immer schon ein bisschen genervt haben und zack! Die Situation gerät aus dem Ruder."

Simon nickt, den Blick in weite Ferne gerichtet. „Das Ding bei uns ist nur: Da geht's nicht um Kleinigkeiten. Da geht's um die grundsätzliche Frage, ob Marlena und ich zusammen in einer Band funktionieren können, und das hat sie von Anfang an schon bezweifelt." Er knibbelt an seiner Jeans. „Die Situation ist so verfahren, das bekommst du nicht durch einmal drüber schlafen und ‚dann haben wir uns wieder lieb' in den Griff."

Stefan steht auf, verschränkt die Hände hinter dem Kopf und schaut in den Himmel. Er seufzt in dem Versuch, Simon ernst zu nehmen. „Ja klar. Das, was man einmal gesagt hat, das kann man nicht mehr zurücknehmen." Er hält kurz inne und schaut zu Simon herunter, bis er seine volle Aufmerksamkeit hat. „Boxt du?" Simon runzelt die Stirn. „Nein..." antwortet er, irritiert über den plötzlichen Themenwechsel.

Stefan löst seine Arme hinter dem Kopf und geht vor Simon in die Hocke. „Probier's mal aus. Irgendwo muss der Stress der Tour ja hin, und ich gebe dir Recht: Man kann nicht immer alles ausdiskutieren, manchmal muss man auch einfach mal die Schnauze halten und dem anderen aus dem Weg gehen. Auf Tour sein heißt auch, zu lernen, runterzuschlucken, wenn man sieht, dass der andere gerade massiver unter dieser Ausnahmesituation leidet als man selbst. Der Zeitungsartikel heute hat Marlena extrem zugesetzt – das ist zwar etwas, woran sie noch arbeiten muss, aber dahin kommst du nicht von heute auf morgen und durch theoretische Vorbereitung. Das erste Mal wird immer wehtun!" Er lächelt, fast wirkt es väterlich. „Und es tut ihr weh, Mann! Für dich heißt das nix anderes, als dass du jetzt die Zähne zusammenbeißen musst. Du musst erkennen, dass sie gerade nicht sie selbst ist und dass sie nicht meint, was sie sagt. Auch wenn Sie sich scheiße verhält und dich unberechtigterweise ankackt – begegne ihr mit Respekt! Sie ist grad die Schwächere."

Simon steht auf, geht ein paar Schritte und lehnt sich dann gegen die schwere Stahltür zum Backstage-Bereich. „Okay, Respekt, Rücksicht – das kann ich alles verstehen. Aber Marlena hat überaus deutlich gesagt, dass ich verschwinden soll", wendet er ein. „Ich glaube nicht, dass das hier noch meine Entscheidung ist."

Stefan legt amüsiert den Kopf schief. „Ah ja, und was will sie jetzt machen, zwei Stunden vor der Show? Ich meine, selbst WENN ich jemanden hier in Berlin wüsste, der einspringen kann – der muss erst mal Zeit haben, hier hinkommen, sich euer Zeug angehört haben, und selbst dann hat er noch keinen Soundcheck gehabt oder auch nur einen Ton mit euch gespielt." Sein Blick wird fest und ernst. „Vergiss es, Mann! Alleine, darüber nachzudenken ist schon kindisch. Das klingt jetzt härter, als es soll, aber wenn ihr Profis werden wollt, müsst ihr mal langsam damit anfangen, euch auch so zu verhalten!"

Simon blickt ins Leere. Er hört die Wahrheit in Stefans Worten, und es wurmt ihn, dass er es ist – sein Tontechniker! – der ihn zur Einsicht bringen muss. Und dennoch: Der Gedanke daran, gleich wieder in diese Halle rein zu müssen, macht ihn fertig.

Er verzieht das Gesicht, als er Stefan wieder ansieht. „Weißt du eigentlich, wie räudig sich das anfühlt, mit Leuten auf 'ner Bühne zu stehen, die dich die ganze Zeit wie einen nervigen Eindringling behandeln?"

Stefan lacht und klopft Simon auf die Schulter, bevor er ihm seine Antwort in voller Härte vor den Latz knallt. „Alter, schon wieder dieses Mimimi! Du willst Profi sein! Im Fragefall muss dein Ego zurückstehen, so einfach ist das. Wenn nicht, um dich bei Marlena zu qualifizieren, dann zumindest, um deinen Vertrag zu erfüllen. Der Zeitpunkt, zu reflektieren, ob du dir das weiterhin antun willst, ist nach der Tour. Nicht jetzt!" Er nickt ihm aufmunternd zu. „Und, unter uns: Wenn du dich dann, nach all diesen Strapazen, nach all diesem Stress, noch dafür entscheidest, weiterzumachen, dann kann ich dir versprechen: Mit der Erfahrung wird es leichter. Und wenn es leichter ist, macht es auch wieder Bock! Darauf kannste einen lassen." Er klatscht in die Hände und greift Richtung Türgriff. „Aber jetzt musst du da durch, so oder so."

Simon guckt ihn belustigt an. „Nichts für ungut, Mann, aber woher nimmst du all dieses kluge Zeug? Als Tontechniker hast du doch ganz andere Probleme!"

Stefan lacht. „Ich war vier Jahre lang mit der Sängerin einer Girl Group zusammen. Glaub mir – dagegen ist das hier alles so friedlich wie der Besuch im Bälle-Becken bei IKEA."

Die Tür des Columbia geht auf und Tilman kommt raus, dicht gefolgt von Lukas, der gerade mit Frank aus der Stadt zurückgekommen ist. „Hier seid ihr", sagt er kurz und mustert die beiden kühl.

Stefan hebt abwehrend die Hände. „Ich wollt eh mal wieder rein, Freunde, wenn ihr euch also weiter die Köpfe einschlagen wollt: Tut euch keinen Zwang an. Aber denkt dran, ihr habt 'nen Vertrag zu erfüllen." Er zwinkert Lukas zu, als er sich an ihm vorbeischiebt. „Bleibt sauber." Schief lächelt Lukas ihm hinterher.

Tilman wendet sich an Simon. „Marlena geht 'ne Runde spazieren, Tobi und Frank klären irgendwas mit dem Veranstalter." Er lehnt sich gegen die Wand und beginnt, sich eine Zigarette zu drehen. „So Alter, und jetzt mal ganz langsam. Was ist zwischen dir und Marlena vorgefallen?"

Es ist offensichtlich, dass Tilman versucht, Simon so unvoreingenommen zu begegnen wie irgendwie möglich. Leicht fällt es ihm jedoch nicht, hat er doch die letzte halbe Stunde damit zugebracht, Marlena zumindest so weit zu beruhigen, dass sie wieder ansprechbar ist.

„Es tut mir leid, ich hab' einfach im falschen Moment die falschen Sachen gesagt", kommt Simon ihm sofort entgegen. Das letzte, was er will, ist eine weitere Auseinandersetzung, und er weiß genau, wo er bei Tilman, vor allem aber bei Lukas steht. „Ich hätte sie nicht so angehen dürfen!"

„Warum, wenn ich mal fragen darf, hast du es dann getan?" Düster schaut Lukas Simon an. Die Erklärung, die jetzt kommt, muss schon wirklich gut sein, um seine Gunst zurückzugewinnen.

Simon streicht sich mit beiden Händen die Haare aus dem Gesicht. „Meine Nerven lagen blank, Lukas, und ich weiß, das ist nicht entschuldbar. Aber dieser Zeitungsartikel hat auch mich ziemlich unvorbereitet getroffen." In knappen Worten erzählt er den beiden vom Anruf des Reporters am Mittag und von seinen Antworten auf dessen Fragen. „Ich hatte einfach keine Ahnung, was ich sagen sollte, der Typ hat mich völlig überrumpelt. Aber ihr müsst mir glauben, dass mein einziges Ziel in diesem Gespräch gewesen ist, die Situation so gut es geht zu retten. Was mir, und darum ging es in meinem Gespräch mit Marlena, erheblich leichter gefallen wäre, wenn ich im Vorfeld von dieser Sache gewusst hätte."

Lukas schnaubt und tritt motivationslos gegen den Blumenkübel. „Mensch, da haste dir ja 'nen richtig geilen Zeitpunkt für diese Moralpredigt über Bandpolitik ausgesucht." Missmutig sieht er Simon an. „Großartig!"

„Aber er hat nicht ganz unrecht, Lukas", ergreift Tilman prompt Partei für Simon. Dass dieser im besten Willen gehandelt hat, glaubt er ihm sofort. „Ich hab' auch echt kein Verständnis für Frank, der hat uns pressetechnisch wirklich so richtig ins Messer laufen lassen. Diese Dinge hätten vorher wirklich mal besprochen werden müssen." Er zündet sich seine Zigarette an.

„Naja, es ist jetzt nicht gerade so, als hätten wir ihn darum gebeten. Von Marlenas Situation und der anstehenden Gerichtsverhandlung haben wir schließlich auch gewusst", wendet Lukas ein. Auch er wird langsam ruhiger.

„Joa, aber Frank ist hier der Profi, der diese Situation hätte vorhersehen können, Lukas", hält Tilman dagegen und pustet den Rauch aus. „Ich wäre im Leben nicht drauf gekommen, dass irgend so ein Käseblatt aus der Nummer 'ne Geschichte machen würde. Normalerweise verklappen die solche Gerichtsankündigungen unter ‚Ferner liefen' irgendwo rechts in 'ner Spalte." Nachdenklich blickt er zu Boden. „Frage mich eh, wie das zustande gekommen ist."

„Ist ja jetzt nebensächlich", schnaubt Lukas. Es klingt versöhnlich. „Wir müssen jetzt einfach gucken, dass wir diese Situation irgendwie retten." Als er sich an Simon wendet, ist der anklagende Ton in seiner Stimme jedoch noch nicht komplett verschwunden. „Ich hab' keine Ahnung, was zwischen Marlena und dir in der Vergangenheit wirklich vorgefallen ist, Simon, und es geht mich auch nichts an. Aber was auch immer es mit dieser Geschichte auf sich hat, ihr müsst das klären. Ansonsten gefährdet ihr die gesamte Tournee."

Simon nickt reuevoll. „Ich weiß, und es tut mir wirklich leid, dass ihr da mit drunter leiden müsst. Ich werde mit Marlena sprechen, wenn sie zurück ist."

Tilman wippt mit dem Fuß gegen den Blumenkübel und schüttelt den Kopf. „Halte ich offen gestanden für 'ne ziemlich blöde Idee. Das Risiko, dass das wieder eskaliert, ist zu groß." Er steht auf. „Vielleicht sollten wir uns vor dem Konzert heute einfach mal 'ne halbe Stunde zurückziehen und uns hinter der Bühne einspielen. Das schafft bei allen das Vertrauen, dass das mit der Musik funktioniert, und es zieht mögliche Reibereien auf der Bühne gegebenenfalls vor." Er nickt Simon zu. „Ich mach das mal mit Marlena klar, und nach dem Konzert nehmt ihr euch dann ne Auszeit und sprecht in Ruhe." Lukas nickt zustimmend. „Klingt vernünftig."

***

Eine Stunde später steht Marlena im Backstage-WC und wäscht sich die Augen mit kaltem Wasser aus, bevor sie sich mit Make-Up und Kajalstift für die Bühne fertigmacht. Als sie ihr Spiegelbild betrachtet, seufzt sie. *Wie ich diese Schreckens-*

maske in eine gut gelaunte Partybombe verwandeln soll, ist mir ein Rätsel.

Der Spaziergang über den Dreifaltigkeitsfriedhof hat ihr gutgetan, ihr Kopf fühlt sich wieder klarer an und der Druck im Bauch ist verschwunden, was – zugegebenermaßen – auch mit der halben Beruhigungstablette, die sie eingeworfen hat, zu tun haben kann. Doch die Bitterkeit, der Frust über die Erkenntnisse des heutigen Tages, die Nachwehen ihres Ausbruchs – all das ist immer noch da. Und es fühlt sich an, als würde es nie wieder weggehen.

Wieder einmal ärgert Marlena sich maßlos darüber, dass ein blöder Zeitungsartikel offenbar die Macht hat, ihre Welt so derartig aus den Fugen zu heben. Sie kennt und verhöhnt die „Blitz"-Zeitung seit vielen Jahren und hatte schon x-Mal mit Lukas darüber gewitzelt, welche Geschichten sich diese Schmierfinken wohl über sie aus den Fingern saugen würden, wenn sie irgendwann einmal berühmt und erfolgreich sind. Jetzt war der Tag offenbar eingetreten, und trotzdem hatte es sie kalt erwischt. *Naiv ist das,* wirft sie sich vor. *Naiv und übersensibel. Es hätte wirklich schlimmer kommen können.*

Es fällt Marlena schwer, das zuzugeben, aber das, was ihr am meisten zu schaffen macht, ist mitnichten der Inhalt des Artikels. Es ist der Verlust ihrer Kontrolle. Sie möchte selbst bestimmen, wann welche Geschichten über sie an die Öffentlichkeit gelangen. Sie möchte sich solche wichtigen Aspekte ihres Lebens nicht von der Presse aus der Hand nehmen lassen. Oder von Simon. Oder von irgendwem.

Als sie den Kajalstift ansetzt, mahlen ihre Zähne aufeinander.

Sie fühlt sich ohnmächtig mit der Erkenntnis, die sie heute bitter hatte machen müssen: Dass sie keine Chance hat gegen diese Maschinerie. Eigentlich kann sie noch froh sein, dass der Reporter Simon angerufen hat, und nicht ihre geschwätzige Nachbarin von nebenan, die Marlena schon seit langem in Verdacht hat, heimlich Strichliste darüber zu führen, wer sie wann besuchen kommt. Simon ist wenigstens Teil des Ganzen; was geschrieben wird, betrifft ihn ebenfalls. Und er hat sicherlich kein Interesse daran, Lügen oder pikante Details über sie zu verbreiten.

Der Lidstrich oben sitzt, jetzt muss noch der untere her. Hochkonzentriert starrt Marlena in den Spiegel – doch es dauert nicht lange, da schweifen ihre Gedanken wieder zu Simon ab. Das Problem ist einfach – sie vertraut ihm nicht. Sie will Simon all das, was sie momentan durchmacht, nicht zeigen, und sie weiß genau: Wenn sie mit ihm Musik macht, kann sie nicht verhindern, dass er hinsieht. Ihre Gefühle, ihren Alltag, ihr ‚Ich' erkennt, welches ihr zeitweise solch eine Angst macht, dass sie selbst dem Anblick nicht lange standhalten kann. Und das Schlimmste an dieser Erkenntnis ist eigentlich: Sie dokumentiert nur allzu deutlich, dass Simon Recht hat mit dem, was er ihr vorwirft. Sie steht sich mit ihrem Verhalten selbst im Weg. Sie selbst hat sich in diese Situation manövriert, weil ihr Kontrollzwang es ihr verbietet, sich auf andere Leute zu verlassen.

Marlena muss kurz innehalten, bevor sie mit ihrem linken Auge weitermachen kann. Ihre Hände zittern, warum zittern ihre bescheuerten Hände jetzt?

Sie schließt die Augen, atmet tief durch. *„Denken Sie an Ihren Safe-Place"*, erinnert sie sich an die Worte ihrer Therapeutin. Einen Moment gibt sie sich Zeit, sich an diesen warmen, sicheren Ort zu erinnern. Die Kaminecke im Ferienhaus ihrer Oma, auf der Couch, unter einer Decke, weit weg von allem, was ihr etwas anhaben kann. Sie spürt, wie ihre Atmung sich wieder beruhigt. Wie die Stille zurückkehrt, die sie erdet und wieder ins Hier und Jetzt zurückbefördert.

Als sie wieder in den Spiegel blickt, sind ihre Augen traurig, aber klar. *Es ist zu viel*, denkt sie, *ich hab' einfach keine Kapazitäten dafür.* Und mit einem Mal weiß sie auch ganz genau, was sie zu tun hat. Sie schminkt schnell ihr linkes Auge fertig und packt ihre Sachen zusammen. Als sie das Badezimmer verlässt, schwört sie sich: Für den Rest des Abends wird sie das Denken drangeben. Denn das, was da unten in ihren Gehirnwindungen noch so lauert, ist viel zu gefährlich und unberechenbar.

***

Das Konzert war so mittelprächtig gelaufen. Für Simon hatte es sich ein bisschen so angefühlt, als hätte die Band unter einer Art Käseglocke auf der Bühne gestanden; ohne Connection zum Publikum, gedämpft und ohne die Energie, die normalerweise wie ein Funke auf die Fans überspringt.

Wenn man es positiv ausdrücken möchte: Es hatte keine Zwischenfälle gegeben. Alles war sauber über die Bühne gegangen, und daran gemessen, dass sie am frühen Abend alle noch unsicher gewesen waren, ob sie dieses Konzert überhaupt würden spielen können, kann man das wohl als Erfolg verbuchen.

Jetzt, nach dem Abbau und der Ankunft in der Pension, in der sie heute schlafen werden, sind Tobi, Tilman und Lukas zu einem Spaziergang aufgebrochen. Frank hatten sie unter dem Vorwand, mit ihm über eine Idee für die Website sprechen zu wollen, mitgenommen.

Es ist ein glücklicher Zufall, dass die Band gerade die heutige Nacht nicht in einem Mehrbettzimmer verbringt, sondern in einem winzigen Bed and Breakfast mit Doppelzimmern untergebracht ist. Als Simon an die Zimmertür von Lukas und Marlena klopft, rechnet er zunächst gar nicht damit, dass sie die Türe öffnen würde. Als sie es doch tut, mit ihrem Buch in der Hand und zerzausten Haaren, ist er fast erleichtert, als er ihren müden Blick sieht. Was immer sie eingeworfen hat, es hat offenbar geholfen. Und das freut Simon in erster Linie für sie, nicht für sich selbst.

„Wir sollten reden", eröffnet er das Gespräch möglichst neutral. Sie nickt und bedeutet ihm, auf dem einzelnen Stuhl in der Ecke gegenüber des Bettes Platz zu nehmen. Sie selbst lässt sich wieder in ihre Kissen sinken.

„Ich möchte mich entschuldigen – ich hätte dich vor dem Konzert nicht so angehen dürfen. Es tut mir aufrichtig leid, dass die Situation so eskaliert ist", beginnt er.

Leidenschaftslos winkt sie ab. Ob es die Tabletten sind oder ob die massive, emotionale Erschöpfung, unter der sie leiden muss, einfach den Aus-Knopf gedrückt hat – er weiß es nicht. Aber wenn das hier etwas bringen soll, kann er keine Rücksicht darauf nehmen. „Trotzdem finde ich, wir sollten dieser Sache mal auf den Grund gehen, Marlena."

Teilnahmslos zuckt Marlena mit den Achseln. „Worüber willst du denn reden, Simon? Was soll das bringen?" Ihre Stimme ist leise. Resigniert.

Simon zieht die Augenbrauen hoch. „Es würde uns zumindest die Chance einräumen, diese Tour ohne öffentlichkeitswirksame Katastrophe zu überstehen!"

Marlena lächelt ihn freudlos an. „Nobel", ist alles, was sie sagt. Mit einem leisen Anflug von Ironie.

Simon merkt, dass er schon wieder wütend wird, hält sich aber zurück. Herausfordernd sieht er die Sängerin an. „Was willst du von mir hören, Marlena? Ja, ich hab' mich damals scheiße verhalten. Ich hab' dich versetzt, ich hab' mich nicht festlegen wollen, ich war ein gedankenloses Arschloch – es tut mir leid, wirklich! Aber meinst du nicht, dass es besser wäre, dieses Thema ad acta zu legen und zu schauen, wie wir eigentlich in der Jetzt-Zeit miteinander klarkommen?"

Marlena schnaubt durch die Nase, immer noch freudlos lächelnd schüttelt sie den Kopf. „Ich will gar nichts von dir hören, Simon. Ich will ehrlich gesagt einfach nur mit dir Musik machen und ansonsten meine Ruhe haben. Denn du hast völlig Recht: Man kann die Vergangenheit nicht mehr rückgängig machen." Sie sieht ihn an. „Ich zum Beispiel habe in der Vergangenheit beschlossen, nicht mehr mit dir befreundet sein zu wollen."

Die Aussage trifft ihn härter als erwartet. Simon muss kurz schlucken, auch wenn ihre Worte ihn eigentlich nicht überraschen sollten. Er nickt. „Okay", sagt er. „Dann machen wir das. Ich halte mich aus deinem Leben raus, du hältst dich aus meinem raus – wir machen einfach nur Musik."

„Ja."

„Dann frage ich dich jetzt, aus rein professionellem Interesse und ohne private Hintergründe: Gibt es noch irgendetwas, das ich wissen muss?"

Sie lacht bitter auf. „Du meinst, ob ich noch irgendwelche Leichen im Keller habe?" Sie schüttelt den Kopf. „Nein, Simon, sonst ist alles klar. Ich habe in zwei Wochen 'ne Gerichtsverhandlung. Ich mache eine Therapie. Ich habe Panikattacken in Straßenbahnen und an Bahngleisen, ich habe Schlafstörungen und darüber hinaus habe ich Angst vor Spinnen. Ach ja, und ich schnarche gelegentlich. Ich glaube, sonst gibt es nichts, was du wissen muss."

Simon steht auf, er hat genug. Das hier ist sinnlos. „Okay. Dann bringen wir diese Tournee hinter uns und sehen danach zu, dass wir wieder getrennte Wege gehen. Zumindest gehe ich davon aus, dass es das ist, was du willst."

Marlena nickt und greift wieder nach ihrem Buch. „Ja, genau das ist es, was ich gerade will", sagt sie, in demselben, gleichgültigen Tonfall, der sich durch das gesamte Gespräch gezogen hat.

Er wendet sich zum Gehen, will das Zimmer verlassen. Doch dann dreht er sich noch einmal um.

„Eine Frage hätte ich noch." Sie sieht auf. „Was hat sich verändert? Seit unserem Pizza-Abend? Was ist passiert, dass du plötzlich einen Rückzieher machst?"

Marlena sieht ihn lange an. „Ich schätze, mir ist bei unserem Pizza-Abend einfach wieder eingefallen, warum ich nicht mehr mit dir befreundet bin."

„Und warum ist das so?"

Sie schlägt wieder die Buchseite auf, auf der sie vorhin aufgehört hatte, zu lesen. „Fang doch mal damit an, dass du dir noch nicht mal diese Frage selbst beantworten kannst."

Simon sieht sie lange an. Dann dreht er sich auf dem Absatz um und verlässt den Raum.

„Something for the pain"
Bon Jovi

Jahre zuvor...

Es war der wichtigste Tag ihrer bisherigen, musikalischen Karriere. Marlena stand vor den ‚Rheinklang Studios' am Kölner Appellhofplatz und strich sich ungeduldig die Haare aus dem Gesicht. Heute wollten sie und Simon ihre ersten drei Songs für ein Demo-Tape aufzeichnen – und der Herr Tastengott war schon eine dreiviertel Stunde zu spät.

Marlena war wirklich sauer. Nicht nur, weil sich Simons Unzuverlässigkeit in den vergangenen Wochen generell verschlimmert und er sie erst letzte Woche 'ne Stunde allein in ihrem Lieblingsrestaurant hatte sitzen lassen. Auch die Tatsache, dass er ihr fest versprochen hatte sich zu bessern, war nicht das, was sie am meisten wurmte. Nein, heute ging es um etwas! Und mit seinem Verhalten signalisierte Simon ganz deutlich, dass ihm die gemeinsamen Aufnahmen lange nicht so wichtig sein konnten wir ihr. Schon zweimal war Marcel, der Tonmeister, der sie an diesem Tag betreuen sollte, zu ihr nach draußen in die kühle Frühlingssonne getreten, um zu rauchen. Auch er hatte nichts Besseres zu tun, als zu warten, bis Simon hier aufkreuzte. Nur musste er keine Stange Geld dafür bezahlen, um dabei zuzusehen, wie die vereinbarte Aufnahmezeit im Studio wie Sand in einer Sanduhr davonrieselte und das Pensum, dass sie sich vorgenommen hatten, immer unrealistischer zu bewältigen wurde. Als er seine dritte Zigarette ausdrückte, lächelte er Marlena mitleidig an. „Musiker!", sagte er nur. Sie nickte missmutig. „Da sagste was." „Du kannst wirklich schon mal reinkommen, wenn du willst!" Sie winkte ab. „Schon gut, ich würde da drin die Wände hochgehen!"

Zum elften Mal versuchte sie, Simon anzurufen, nur um erneut seine Mailbox zu erreichen, die ihr unmissverständlich klarmach-

te, dass der Typ sein Handy ausgeschaltet hatte. Heute! Wie eine eingesperrte Raubkatze streifte sie immer wieder über den Bürgersteig vor dem Tonstudiokomplex; mit jeder Runde wurde sie wütender. Welcher Grund dieser Welt konnte rechtfertigen, dass er sie so dermaßen hängen ließ? Ne tote Oma vielleicht? Ein Autounfall? Marlena schüttelte ärgerlich den Kopf. Vielleicht, ja. Aber sie kannte Simon mittlerweile zu gut, um noch daran zu glauben, dass es ausgerechnet dieses eine Mal nicht ein sehr viel harmloserer Grund sein sollte.

Eine weitere Stunde und acht unbeantwortete Anrufe später ging sie resigniert hoch ins Studio, wo Marcel mit einem Kollegen einen Kaffee trank. „Ich würd' gern zahlen", sagte sie knapp. Der Tonmann verzog mitfühlend das Gesicht. „Wir schicken dir 'ne Rechnung, Marlena, alles gut." Sie nickte. An und für sich hatte es keinen Sinn, auch nur einen Satz zu der Situation zu verlieren. Die Jungs wussten genau, was los war. Trotzdem konnte sie es sich beim Rausgehen nicht verkneifen. „Tut mir leid, dass wir eure Zeit vergeudet haben."

Manchmal reichte so etwas aus; ein einziger Satz, mit dem man sich die Situation noch einmal ganz deutlich vor Augen führte. Sie schaffte es noch bis zu ihrem Auto, dann liefen die Tränen wie heiße Rinnsale über ihre Wangen. Sie hasste Simon in diesem Moment. Wie konnte er nur so dermaßen auf ihrer gemeinsamen Arbeit rumtrampeln? Er wusste ganz genau, wie wichtig ihr diese Aufnahmen gewesen waren! Er wusste, wie oft sie von ihren Mitmusikern schon enttäuscht worden war. Und nun trat er in die exakt gleichen Fußstapfen? Schlimmer noch, er besaß sogar noch die Respektlosigkeit, es zu tun, wenn es um ihre eigenen Songs ging? Um etwas, wo ihr ganzes Herzblut drinsteckte?

Erst Stunden später, es war mittlerweile Abend geworden, waren die Tränen versiegt und sie schlurfte in ihrer Wohnung in die Küche, um sich lustlos zwei Stücke Tiefkühlpizza aus dem Kühlschrank aufzuwärmen. Dann ging sie zurück ins Wohnzimmer, surfte wahllos durchs Internet, fing eine Folge ihrer Lieblingsserie an, nur um sie zehn Minuten später wieder auszumachen. Sie konnte sich einfach nicht konzentrieren. Irgendwann gegen 21 Uhr führte ihre Surf-Routine sie, wie so oft, in ihre üblichen sozialen

Netzwerke, obwohl sie selbst gar nicht wirklich sagen konnte, was sie da wollte – und es fiel ihr wie Schuppen von den Augen, als sie den Eintrag von ‚Tommy and Gina' auf ihrer Startseite las, der durch einen neuen Kommentar wieder nach oben gerutscht war. „Achtung Achtung", stand da. „Es ist uns eine Ehre, heute Abend spontan bei den Siegburger Rocktagen einzuspringen, weil unsere Kollegen von den PINK MOTORCYCLES krankheitsbedingt ausfallen. Um acht geht's los, kommt vorbei – wir freuen uns auf Euch!" Darunter grinsten Simon und Mike in die Kamera – offenbar beim Soundcheck von einem der anderen Bandmitglieder fotografiert, und zwar um – Marlenas Blick rutschte auf die Zeitangabe über dem Foto – 16.13 Uhr. Ziemlich genau um die Zeit also, als sie voller Frust und tief enttäuscht die ‚Rheinklang Studios' verlassen hatte.

Der Schmerz, der ihr Herz in diesem Moment zusammenpresste wie eine Faust einen tropfnassen Schwamm, traf sie unerwartet. Es war keine Wut mehr in ihr, keine Energie – alles, was sie fühlte war diese unbeschreibliche Enttäuschung. Und Fassungslosigkeit.

Natürlich war ihr sofort klar, was geschehen war. Simon hatte den Termin einfach vergessen, und als seine Band ihn wegen des Gigs in Siegburg angerufen hatte, war die letzte Chance darauf, dass Mr. Ich-blick-immer-nur-zehn-Minuten-in-die-Zukunft doch noch aus Langeweile über den entsprechenden Eintrag in seinem Handykalender stolpern könnte, von einer neuen Ablenkung zerschlagen worden. Denn so lief es immer.

Monatelang hatte sie jetzt hautnah beobachtet, wie er einen Auftrag nach dem anderen annahm. Heute als ‚Bon Jovi'-Keyboarder, morgen als singender Bote oder Persil-Jingle Pianist, und übermorgen als Sub in einer Kiss-Coverband. Er verteilte sein Herz in so vielen Projekten, dass es völlig offensichtlich war, dass er einfach keine Ahnung hatte, was er eigentlich wirklich wollte. Bis heute hatte Marlena mit all ihrer Kraft versucht, daran zu glauben, dass sie und ihr Duo vielleicht zu dem Projekt werden könnten, für das sein Herz Feuer fing. Dass das Ding einfach erst mal so richtig ins Rollen kommen musste und der Rest danach von ganz allein käme.

Die Wahrheit war: Sie hatte sich was vorgemacht. Simon wollte nicht mit ihr zusammen Musik machen und in den Sonnenuntergang reiten. Er würde nie der musikalische Counterpart für sie werden, den sie sich mithilfe eines Abziehbildes von ihm im Kopf zusammengeträumt hatte.

Nur: Wie sollte es jetzt weitergehen? Für sie und ihre Musik? Vor allem aber: Für ihre Freundschaft, die schon seit langer Zeit unter der Last einer verzweifelten, einseitigen Liebe gelitten und heute still und leise unter ihnen zusammengebrochen war?

Lange dachte sie über diese Fragen nach, starrte in ihr dunkles Wohnzimmer, untersuchte jeden Gedanken auf seine Vor- und Nachteile. Am Ende wurde ihr klar, dass sie keine Wahl hatte. Wenn sie ihre Selbstachtung behalten und vielleicht auch einen kleinen Teil ihrer Freundschaft retten wollte, musste sie Simon mit der Wahrheit konfrontieren. Sie konnte kein weiteres Mal traurig lächelnd nicken, wenn er sie morgen oder übermorgen anrufen und sich aufrichtig dafür entschuldigen würde, sie erneut versetzt zu haben. Sie musste ihm sagen, dass er sie enttäuscht hatte. Und dass er sich ein für alle Mal überlegen sollte, ob er das mit ihr wirklich wollte – weil sie, und das würde der schwerste Part werden, verdammt nochmal in ihn verliebt war und wirklich unter seinem Verhalten litt.

Um kurz vor zehn zog Marlena ihre Jacke an und machte sich auf den Weg nach Siegburg. Es hatte zu regnen begonnen, doch sie merkte es nicht einmal. Getrieben von einer Mischung aus Angst, Entschlossenheit und der Überzeugung, endlich das Richtige zu tun, stieg sie wenig später in die Bahn. Jetzt oder nie.

In der Gegenwart

Der Rest des Tournee-Wochenendes fliegt ereignislos dahin. Leipzig, Dresden, Erfurt – langsam aber sicher merken die einzelnen Bandmitglieder überdeutlich, wie sehr man auf Tour das Gefühl für Raum und Zeit zu verlieren scheint.

Marlena zieht sich soweit es geht aus dem täglichen Tourgeschehen zurück; macht ihren Job, liest viel und versucht, irgendwo zwischen Aufbau, Soundcheck, Konzert und schlaflosen Nächten die Ruhe zu finden, nach der ihr Körper überdeutlich verlangt. Am Sonntag in Erfurt bricht sie nach mehrfachem Drängen von Stefan gegen Mittag mit ihrem Tontechniker zu einem Waldlauf am Stadtrand auf; als sie zurückkommt, sind ihre Gedanken immerhin so klar, dass sie sich im Club zu Lukas, Tilman und Frank setzen kann, um eine Runde Poker mit ihnen zu spielen. Doch nach einer Stunde merkt sie, dass sie – wie so oft in diesen Tagen – körperlich so müde ist, dass sie Angst hat, das Konzert nicht zu überstehen, ohne vorher zumindest noch eine Stunde geschlafen zu haben. Mit einer vagen Entschuldigung verabschiedet sie sich und legt sich im Kleinbus aufs Ohr.

Lukas beäugt all das mit wachsamen Augen. Er weiß: Seine beste Freundin braucht Zeit für sich, sucht auf diese Weise nach einem Weg, dem Stress der Tour, den Anforderungen an sie als Frontfrau gerecht zu werden. Und doch: Dass Marlena sie, ihre Band-Familie, so sehr außen vor hält und sich in sich selbst verkriecht, anstatt zumindest mit ihm, ihrem besten Freund, über das, was in ihr vorgeht zu sprechen, ist neu. Und als er sie am Montagabend an ihrer Wohnung raus lässt und sie ihm ein trauriges Lächeln zuwirft, bevor sie schleifenden Schrittes in ihrem Hausflur verschwindet, fährt er mit einer beunruhigenden Gewissheit nach Hause: Diese Geschichte hat ihren Höhepunkt noch nicht erreicht.

Tourpause

„Schuster?“

„Frau Schuster, hier ist Sandra Weiß von Campus FM. Ich rufe an, um ein Porträt über sie und ihre Band zu machen. Ich hab‘ gehört, dass Sie auf ihrer Tour in ein paar Wochen auch bei uns in Köln vorbeikommen.“

„Ja, das ist richtig!“ Marlena muss sich ein Seufzen verkneifen. Das ist nun der dritte Anruf aus einer Redaktion, den sie an diesem Montag in Empfang nimmt. Mittlerweile ist sie mit dem Ablauf so sehr vertraut, dass sie einfach nur wünscht, vorspulen zu können zu dem unausweichlichen Punkt, an dem die Reporterin auf ihre bevorstehende Gerichtsverhandlung zu sprechen kommt und sie mit der Erwiderung „Kein Kommentar“ das Gespräch beenden kann.

Als es knappe zweieinhalb Minuten später soweit ist und sie den Hörer auflegt, versucht sie erst gar nicht, sich wieder in ihre Arbeit an der Corporate Identity für das Café in der Südstadt zu vertiefen. Stattdessen wählt sie Lindas Nummer.

„Dich gibt’s noch!“, wird sie am Telefon belustigt begrüßt.

„Können wir shoppen gehen?“, fragt Marlena ohne Umschweife. „Ich muss vor die Tür.“

„Was ist passiert?“ Wenn Marlena eins an ihrer besten Freundin schätzt, dann ihre Fähigkeit, zwischen den Zeilen zu lesen. Auch wenn sie gerade alles will, nur nicht über das sprechen, was ihr auf der Seele brennt.

„Erfreulich zu hören, dass du zu den wenigen Menschen dieser Stadt zu gehören scheinst, die die ‚Blitz‘ nicht lesen.“

„…Nein!?!“

Marlena seufzt. „Doch.“

„Wann?“

„Letzten Donnerstag.“

„Marlena, warum hast du nicht früher angerufen?“

„Linda, weil ich ohnehin 24/7 unter Beobachtung bin und dann nicht auch noch reden will, wenn ich mal fünf Minuten Ruhe hab.“ Es klingt patziger, als sie will.

Einen Moment später hört sie Linda auf ihrem Laptop rumtippen. Marlena muss gegen ihren Willen schmunzeln. „Du musst ihn jetzt nicht lesen, Linda, ich kann dir nachher auch persönlich erzählen, was drinsteht. Jetzt schenk dem Laden nicht noch ‘nen Klick!“

„Ich hab‘ noch ‘nen Frauenarzttermin in ‘ner Stunde, danach habe ich Zeit. Wenn du willst, hol mich ab. Ich bin auf der Schildergasse.“

„Um fünf?“

„Geht klar, bis dahin sollte ich fertig sein.“

***

Als Marlena ihre Freundin zwei Stunden später bei ihrer Frauenärztin abholt, ist ihre Reaktion so ehrlich, wie Marlena befürchtet hatte. „Du siehst beschissen aus“, sagt Linda, bevor sie ihre Freundin fest umarmt. „Du siehst sogar noch beschissener aus, als ich nach unserem Telefonat zu befürchten gewagt hatte.“ Bevor sie sich gänzlich von Marlena löst, sieht sie ihr prüfend in die Augen. „Möchtest du wirklich shoppen oder wollen wir zu mir gehen? Ich mach‘ alles mit.“

Marlena schüttelt den Kopf. „Ablenkung und Raus-aus-dem-Haus sind grad genau das Richtige!“

Linda hakt sich bei ihr ein. „Okay, dann lass uns mal Richtung Ehrenstraße gehen. Ich habe da letztens 'ne echt schöne Lederjacke gesehen." Sie drückt Marlenas Arm. „Und während wir laufen, kannst du mir alles erzählen, was in der vergangenen Woche passiert ist."

Marlena seufzt. Eigentlich will sie das gar nicht, und doch: Die Mädchen sind noch keine fünf Meter gegangen, da sprudelt die Geschichte nur so aus ihr heraus: Der neueste Eklat mit Simon, über den sie Linda schon in den letzten Wochen die ein oder andere Story erzählt hat; die Tour, die mit jedem Wochenende ein bisschen anstrengender zu werden scheint, nicht zuletzt die Medien, mit denen sie einfach nicht umzugehen weiß. Lediglich über die Vorladung hatten sie in ihrem letzten Telefonat vor rund einer Woche schon kurz geredet. Linda hatte bereits vor einem halben Jahr gesagt, dass sie zum Gerichtstermin mitgehen würde.

Während sie Marlena zuhört, ändert ihre beste Freundin instinktiv nach einigen Minuten die Richtung und steuert zunächst in stillem Einverständnis mit Marlena ihr Lieblingscafé an. Unmöglich, dieses Gespräch zwischen Kleiderständern weiterzuführen!

Als die Mädchen sich an ihrem Stammtisch niedergelassen und je einen Tee bestellt haben, beendet Marlena mit den Anrufen des heutigen Morgens ihre Geschichte. Mitfühlend greift Linda über den Tisch hinweg nach der Hand ihrer Freundin. „Was sagt Frank denn zu diesem Medien-Scheiß? Du sollst Interviews geben, oder was?"

Marlena zuckt die Achseln. „Am liebsten wäre ihm das, klar. Aber das kann ich nicht, Linda. Ich kann das nicht noch mal durchleben; zumindest nicht, ohne Gefahr zu laufen, dass ich vor laufendem Mikrofon anfange, zu heulen."

Linda nickt. Keine weiteren Erklärungen nötig. „Ich versteh auch ehrlich gesagt gar nicht, warum die so auf euch anspringen. Also, nichts für ungut, aber ihr seid 'ne aufstrebende Band mit 'ner kleinen Fanbase und den ersten größeren Konzerten; es ist jetzt nicht so, als wärst du Britney Spears." Marlena nickt.

Dieser Gedanke war ihr in den vergangenen Tagen auch schon oft durch den Kopf geschossen.

„Was sagt die Gottlob?", hakt Linda weiter nach.

„Nimm deine Medikamente, gönn dir Pausen, achte auf dich und vermeide, was du nicht aushalten kannst."

Linda lacht. „War die schon mal auf Tournee? Nee, oder?"

Sie wird ernst. „Aber Recht hat sie natürlich, Marlena. Wenn du merkst, dass du wirklich nicht mehr kannst, sag' die restlichen Termine ab. Deine Gesundheit ist wichtiger als jedes Konzert, jede Gage und jede Karriere der Welt."

Sofort winkt Marlena ab. „Ich schaff das schon."

Linda legt den Kopf schief. „Ehrlich? Du siehst momentan nicht so aus."

„Linda, was soll ich denn tun? Das hier ist nicht nur meine Karriere, und ich bin nun mal das Drecks-Gesicht dieser Band. Es ist nicht wie bei einer Coverband, wo du mal eben 'ne Ersatzsängerin anrufst und sagst, du musst erst mal deine Erkältung auskurieren."

„Ja gut, aber deine Mitmusiker haben auch nichts davon, wenn du dich nach der Tour in die Geschlossene einweisen lassen kannst."

Verärgert legt Marlena die Stirn in Falten. „Ach komm, es ist jetzt nicht so, dass ich kurz vorm Suizid stehe. Mach mich jetzt bitte nicht kränker, als ich bin."

Ein älteres Ehepaar am Nachbartisch dreht sich erschrocken um, denn Marlena ist viel lauter geworden als sie wollte. Mit einem Handzeichen gibt sie ihnen zu verstehen, dass alles gut ist und es ihr leidtut.

„Okay", sagt Linda betont ruhig. Ihre Freundin ist momentan für Vernunft unerreichbar, das ist offensichtlich. Statt also mit ihr zu kämpfen und dadurch komplett den Zugang zu ihr zu verlieren, hilft in dieser Situation nur eins: Zuhören, da sein – und aus der Distanz heraus versuchen, das Schlimmste zu verhindern. *Ich muss unbedingt mit Lukas telefonieren.*

„Was brauchst du? Soll ich gucken, ob ich Donnerstag und Freitag frei kriege? Dann würd' ich mitkommen nächstes Wochenende! Vielleicht hilft's dir ja, wenn du nicht allein bist."

Marlena könnte sie küssen für diese Aussage, winkt aber dankend ab. „Das ist ganz lieb, aber wie gesagt: Wenn ich gerade eins nicht brauche, dann noch mehr Menschen um mich herum. Ich bin schon mit meinen Jungs heillos überfordert."

Sie grinst schief. „Ich glaube, das Einzige, was du mir grad geben kannst, ist Ablenkung. Nicht an die Tour denken müssen. Nicht an Simon denken müssen. Und vor allem: Nicht mit dem ständigen Zwang im Kopf durch die Gegend rennen, für all diese Probleme jetzt, in diesem Moment, eine Lösung finden zu müssen."

Entschlossen legt Linda ein paar Münzen auf den Tisch. „Na dann – lass uns shoppen gehen! Wie gesagt, ich brauche unbedingt diese Lederjacke."

Die Mädchen machen sich auf den Weg zu Ehrenstraße, stoppen vorher in zwei Schuhgeschäften und einem Taschen-Laden, und beinahe wäre es Marlena gelungen, für einen Moment abzuschalten. Doch dann, an der Kasse der Drogerie, in der Linda kurz anhalten wollte, holt sie die Realität schneller wieder ein, als sie überhaupt vollends außer Sicht geraten konnte.

„Entschuldigung, ich möchte nicht stören – aber du bist doch die Sängerin von ‚Freifahrtschein', oder? Coole Mucke macht ihr!" Aus großen Augen schaut das Mädchen hinter ihr in der Schlange sie an. Marlena versucht, so herzlich es geht, zu lächeln. „Danke", sagt sie. „Wow, ohne meine Jungs und die passende Bühne im Hintergrund passiert mir das selten, dass mich jemand erkennt! Wie ungewohnt", versucht sie sich an Smalltalk, der mindestens genauso unaufrichtig ist wie das ‚Ich möchte nicht stören' ihrer Gesprächspartnerin.

„Naja, du warst ja letzte Woche erst groß in der Zeitung. Schlimm, was dir da zugestoßen ist..."

***

„Baltes?... Jo, Marek, klar erinner' ich mich, wie geht's dir?" Frank steht derweil in seinem Büro und wippt ungeduldig mit dem Fuß. Der Anrufer, den er gerade an der Strippe hat, ist ihm noch aus ‚Knoxville'-Zeiten in Erinnerung. Ein sehr unangenehmer Zeitgenosse, immer auf der Suche nach dem Haar in der Suppe, und unfassbar unnachgiebig. „Ein Interview? Du, tut mir leid, aber die Tournee lässt momentan keine externen Pressetermine zu. Du weißt ja, wie das ist..."

Nervös spielt Frank mit dem Kuli herum, mit dem er eben die Kalkulation der Besucherzahlen der Tournee in seinen Promotion-Ordner gekritzelt hatte. „Klar versteh ich das. Aber ich glaube, zurzeit kann Marlena ohnehin nicht viel zu dem Thema sagen. Da muss ich dich leider auf nach der Verhandlung... wie? Hallo?" Der Anrufer hat aufgelegt. Wütend wirft Frank sein Telefon auf den Schreibtisch. Die Abdeckung des Akkus löst sich und springt klirrend zu Boden. Er flucht. Was ist er diesen elendigen Spagat zwischen den Interessen seiner Schützlinge und den Anforderungen der Medien doch leid!

Herzlich gern würde er den Reportern, die ihn anrufen, ein paar Kommentare geben. Ihnen die Exklusiv-Interviews verpassen, nach denen sie gerade vereinzelt verlangen.

Frank weiß ganz genau: Diese acht, zehn Anrufer, die sich mit dem Thema überhaupt näher beschäftigen wollen, werden kein zweites Mal nachfragen, wenn er weiterhin nein sagt – dafür ist die Band einfach nicht groß genug, und dafür passiert in dieser Welt tagtäglich zu viel Scheiße, als dass die Medienhäuser von Morgen ernsthaft auf seine Geschichte angewiesen wären.

Zum Teufel mit dieser ständigen Rücksichtnahme, denkt er wütend, als er sich wieder an seinen Schreibtisch fallen lässt. *Warum muss man als Manager eigentlich immer tatenlos zusehen, wenn die Band, in die man seine komplette Energie investiert, einfach nicht checkt, was für Chancen sie in den Wind schießt?*

Er versucht, sich wieder in seine Arbeit zu stürzen. Die Tabelle mit den Besucherzahlen nimmt Formen an – nur sieht ihr Inhalt leider nicht ganz so aus, wie er sich das vorgestellt hat. Benutzen will er sie, um ‚Freifahrtschein' mit ihrer Hilfe an neue Kooperationspartner zu vermitteln: Unternehmen, die für ihre Firmenveranstaltungen Live-Musik brauchen. Bandwettbewerbe. Sponsoren für Konzerte, Video- und Tonaufnahmen. Nicht jede junge Nachwuchsband kann von sich behaupten, in so großen Hallen zu spielen. Frank seufzt. *Für den gewünschten Erfolg müsste da allerdings auch ein paar Mal das Wort ‚Ausverkauft' auftauchen...*

Er blickt auf den Stapel mit Konzertanfragen, die es abzuarbeiten gilt; viele von ihnen kleine Clubkonzerte und mies bezahlte Stadtfeste. Hier wird er deutlich aussortieren müssen, um dem Ruf, den er ‚Freifahrtschein' nach der Tournee zugedenkt, gerecht zu werden. Auch darüber wird er mit Marlena und Lukas noch diskutieren müssen: Er weiß genau, dass es einige Konzerte auf dieser Liste gibt, aus denen die Band in seinen Augen eindeutig herausgewachsen ist, während sie den ‚Freifahrtschein'en selbst am Herzen liegen. Nostalgie nennt Frank das. Erinnerungen an das erste größere Festival, an das erste Konzert in der Besetzung mit Tobi, an die fantastische Feier am Rhein nach dem Open Air im Rheinauhafen. Nur, das nichts davon Geld in die Kasse spielt oder Verkaufszahlen generiert.

Frustriert schiebt er den Stapel von sich. Seine Augen bleiben auf einem gelben Post-it Zettel hängen, der in bereits seit Tagen vom Telefonhörer aus anstarrt. Ein Zettel, dessen alleinige Existenz ihm seit Tagen ein ungutes Gefühl bereitet.

Er schließt die Augen. Was gibt es jetzt schon noch zu verlieren? Er greift nach dem Telefon und wählt die Nummer.

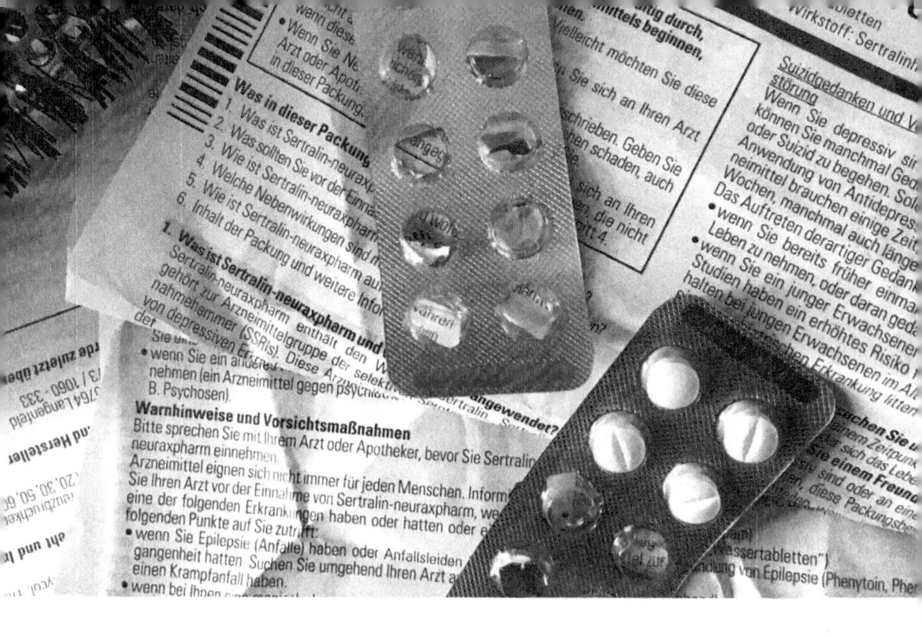

Noch 6 Tage bis zum Prozess

„Bewegen Sie sich nicht, junge Dame. Alles wird gut“, sagt der stämmige Mann, der sich eben mit betont ruhiger Stimme als Norman vorgestellt hat. Leider sagen seine Augen Marlena etwas völlig anderes: Sorge steht darin, während sie immer wieder von dem Mann in Marlenas Rücken zu ihr schweifen. Marlena kann nicht verhindern, dass sie anfängt zu zittern. Ihre Knie drohen, unter ihr nachzugeben.

„Nichts wird gut, wenn du nicht bald die Schnauze hältst“, brüllt der Mann mit der Pistole. Panisch zuckt Marlena zusammen; die eiskalte, holprige Stimme des Mannes geht ihr durch Mark und Bein. „Und du hör auf, so rumzuzappeln.“ Ein starker Arm legt sich um ihren Hals und zieht sie noch fester in die Klemme zwischen Pistolenlauf und diesem stinkenden, betonharten Körper. Der Schachzug des Mannes gelingt: Selbst, wenn sie wollte; sie könnte sich nicht mehr bewegen.

Marlena presst die Augen zusammen. Sie will nichts mehr sehen. Nicht mehr die panisch kreischende Frau, die gerade rückwärts in den Vierersitz hinter sich und auf den Schoß einer Rentnerin gefallen ist. Nicht die hektischen Blicke des Bahnbegleiters, der mit beschwichtigend erhobenen Armen ein Stück zurückweicht, um dem Mann das Gefühl eines Schutzraums zu geben. Auch nicht die verzweifelt um Ruhe bemühte Mutter gegenüber, die ihren lauthals weinenden Säugling zu beruhigen versucht. Jeder einzelne dieser Menschen um sie herum kann mit jeder Bewegung, jedem Wort über ihr Leben entscheiden. Und Marlena hat nicht in einen einzigen von ihnen das Vertrauen, im Fragefall richtig zu handeln. Ihr Tod ist so gut wie besiegelt.

Mit einem Rucken hält die Bahn in der Haltestelle Barbarossaplatz. Der Mann setzt sich in Bewegung, zwingt sie, jeden seiner drängenden Schritte gen Tür mitzugehen. „Aus dem Weg!", brüllt er noch einen Tick lauter als zuvor. Seine Anspannung ist in jedem seiner Muskeln zu spüren, die Marlena in den Rücken und die Beine drücken. Der Fluchtinstinkt hat eingesetzt – er will nur noch raus aus dieser Bahn.

„Beweg dich, Schlampe!", flüstert er ihr ins Ohr.

Unbeholfen stolpert Marlena vor ihm durch den engen Gang der Bahn, die anderen Fahrgäste weichen so weit zurück, wie es irgendwie geht. Aus ihren nun wieder geöffneten Augenwinkeln sieht Marlena, wie einige der Fahrgäste sich in ihre Sitze hineinducken und die Hände hinter dem Kopf verschränken, um sich so wenig angreifbar wie möglich zu machen. Auch den Zugbegleiter scheint der Mut verlassen zu haben. Er presst sich mit immer noch erhobenen Armen gegen den erlösenden Spalt der sich öffnenden Tür ins Freie. Sie retten Ihren Arsch und opfern dafür meinen, schießt es Marlena durch den Kopf, als sie der Albaner hinter ihr durch die geöffnete Tür ins Freie schiebt. Ohne den steinharten Griff um ihren Hals auch nur geringfügig zu lösen.

„Du bist draußen, lass mich frei!", schluchzt sie, bevor sie die Worte in ihrem Mund stoppen kann. Ihr Magen droht zu rebellieren, so sehr drückt die Panik, der Laufinstinkt in ihr gegen ihre Kehle.

„Schnauze!", zischt der Mann, als sie den Bahnsteig erreichen. Auch hier ist die Reaktion der Fahrgäste die gleiche wie im Zug: Sie weichen zurück, schreien auf, starren den Mann aus weit aufgerissenen Augen an.

Hart rempeln sie einen Mann mit seinem Handy an, der die Situation offenbar noch nicht ganz durchschaut hatte. Ihr Angreifer stolpert, Marlena mit ihm. Und da scheint er endlich zu *erkennen, dass sie eine Last für ihn ist. Mit einem harten Stoß in den Rücken drückt er sie von sich und rennt; rennt um sein Leben. Die Pistole fällt klirrend neben Marlena zu Boden – das registriert sie im Fallen, bevor ihr Kopf hart auf dem Boden aufkommt. Sie rutscht über die Kante des Bahnsteigs und fällt einen weiteren Meter, bis sie unsanft auf den Schienen des Gleisbetts auftrifft. Einen Moment ist sie zu benommen, um zu erkennen, was um sie herum passiert. Doch dann reißt sie die Augen weit auf, starrt auf die Räder des Zuges auf ihrer Augenhöhe, nur wenige Meter von ihrem Kopf entfernt. Sie öffnet den Mund, will schreien, doch der Ton bleibt ihr in der Kehle hängen. Sie kann sich nicht bewegen, mit einem Mal tut ihr alles weh. Bevor sich ihre Augenlider erschöpft schließen, sieht sie, dass die Lichter des Zuges die Farbe wechseln. AUS, denkt sie. Dann wird alles um sie dunkel.*

***

Marlena wird von ihrem eigenen Schreien wach. Kalter Schweiß läuft ihr den Nacken herunter, einen Moment braucht sie, um die Umrisse ihres eigenen Schlafzimmers zu erkennen. Als sie begreift, dass sie nicht mehr im Gleisbett liegt, sondern in ihrem Bett, den Lichtschalter, die Türe, das Fenster zum Hof nur einen Griff weit entfernt, wird sie von einer Erleichterung ergriffen, wie sie sie lange nicht erlebt hat. Wie von selbst löst sich das Schluchzen der Anspannung aus ihrer Kehle, die Tränen wollen gar nicht mehr aufhören, ihre Wangen herabzulaufen.

Eine ganze Weile bleibt sie so liegen. Starrt ihre Decke an, wird mit jeder Minute, die verstreicht, ein kleines bisschen wütender. Auf sich selbst. Auf dieses Leben, das sie sich ausgesucht hat und das ihr doch nicht die Ruhe gibt, sich von der Vergangenheit zu erholen. Auf Simon, der es noch ein Stück komplizierter gemacht hat. Und wieder auf sich – weil sie die Schuld bei anderen sucht, obwohl sie allein diejenige ist, die sich all das; ihre Wut, ihre Verzweiflung, ihre Erschöpfung, zuzuschreiben hat.

Niedergeschlagen wirft sie die Decke zurück. Zwar fühlt sie sich, als hätte sie keine Minute geschlafen, sondern einen

Halbmarathon gelaufen und danach noch zwei Stunden Krafttraining gemacht, doch die Angst, wieder einzuschlafen und feststellen zu müssen, dass ihr Traum eine Endlosschleife ist, ist zu groß. In der Küche greift sie nach der Schachtel mit ihren Beruhigungstabletten für den Notfall, schluckt die doppelte Dosis und setzt sich einen Kaffee auf. Sie muss fit sein – heute Nachmittag ist eine Bandbesprechung im Proberaum für das kommende Wochenende geplant, außerdem muss sie noch Einkaufen und bei ihrer Therapeutin vorbei, die sie für die Gerichtsverhandlung am Montag briefen will. Fast ohne nachzudenken und mit einer Leere im Bauch, die sie nicht einmal mehr erschrickt, zieht sie ihre Laufsachen an. Erst, als sie durch die Haustür in die Dunkelheit joggt, lange bevor irgendjemand anderes in ihrer Straße auch nur ans Aufstehen denkt, verlässt der letzte Geist des Traums ihren Kopf – und hinterlässt nichts als dumpfe Gleichgültigkeit.

***

„Mir wär' es echt ganz recht, wenn wir das mit dem Soundcheck ein bisschen optimieren könnten. Das war mir letztes Wochenende echt ein bisschen zu stressig vorm Einlass. Da müssen wir alle ein bisschen mehr Disziplin an den Tag legen", schließt Lukas gegen Abend seine Rede und blickt in die Runde. Tobi nickt und gähnt. Auch an ihm scheint das Tourleben nicht spurlos vorbeigezogen zu sein. „Können wir machen. Vorausgesetzt, du, Frank, kannst uns den Rücken mit dem Merch-Kram ein bisschen vom Hals halten, das hat nämlich in Erfurt und Berlin unheimlich viel Zeit gefressen." Tilman nickt ihm zustimmend zu. „Echt, Frank, ich fände auch wirklich gut, wenn du mit den beiden Roadies nochmal reden könntest. Ich habe denen in Berlin erst mal in aller Ausführlichkeit unsere Preisliste erklären müssen, und das ist eigentlich echt das letzte, was zeitlich bei 'nem Slot von drei Stunden zwischen Aufbau und Einlass drin ist. Für beide Parteien!" Frank nickt abwesend.

Simon, der gerade damit beschäftigt ist, umständlich sein Handy-Ladegerät in der Steckdose zu versenken, beäugt ihn von der Seite. Frank scheint heute ganz und gar nicht bei der Sache zu sein – schaut ständig auf seine Uhr, auf sein Handy, blickt ziellos umher. „Ist irgendwas?“, fragt Simon ihn geradeheraus. Er hat keinen Bock mehr auf die fehlende Transparenz in dieser Band.

Frank schreckt hoch. „Nein, alles klar. Ich – muss nur noch mal das Thema Presse ansprechen, meine Guten.“ Er sieht Marlena direkt an, die ihr Knie an der Tischplatte abstützt und sich gegen die Wand der Sitzecke lehnt, die Augen geschlossen. „Ich habe in den vergangenen Tagen recht viele Anrufe erhalten…“

„Sag an!“, erwidert sie ironisch und wendet ihm den Blick zu. Ihre Augen sind blutunterlaufen. „Ich hab‘ zwar keine Ahnung, woher die meine Nummer haben, aber ich hab‘ auch ein paar äußerst nette ‚No comment‘-Gespräche geführt.“

Frank seufzt. „Marlena, ich weiß, dass es dir nicht gut mit dieser Sache geht. Aber das ist ‘ne Chance für euch! Die Presse will momentan über euch schreiben, das solltet ihr wirklich nutzen!“

„Frank, sie wollen aber nicht das über uns schreiben, was wir lesen wollen, Ende der Geschichte.“ Eigentlich wollte Marlena nicht so zickig klingen, aber das Thema geht ihr furchtbar an die Nieren. „Außerdem, was wollen die denn hören? Die Geschichte ist draußen, das einzige, was ich noch dazu beisteuern kann, ist ein: ‚Ja, es tut verdammt weh, aus einem Meter Höhe in ein Gleisbett zu stürzen‘ und ‚Nein, ich glaube nicht, dass Herr Nishliu sich bei mir entschuldigen möchte.‘ Ganz ernsthaft – ist das berichtenswert? NÜTZT uns das?“

„Klar nützt euch das. Jede Erwähnung eures Namens kann dazu führen, dass irgendjemand sich denkt ‚Och, cool, ne Deutschrockband. Da muss ich mal auf Youtube reinhören.‘ Du kannst das nicht nur schwarz-weiß auf den Inhalt dieser Nachricht beziehen.“ Frank klingt schon deutlich ungeduldiger als zuvor. Marlena lächelt ihn müde an.

„Ich glaube, darüber gibt es unterschiedliche Theorien, Frank. Nimm Julia Roberts oder Leonardo diCaprio – die beiden haben null Bock auf Interviews zu ihrem Privatleben, und ehrlich gesagt habe ich mitunter genau deshalb, weil ich deren Dreck unterm Sofa nicht kenne, eine sehr viel höhere Meinung von ihnen als von Britney Spears oder Lindsey Lohan."

Tilman lacht laut auf. „Bäm Marlena! Warum nicht mal mit den ganz Großen mitmischen!"

Marlena schielt zu ihm herüber. „Ist doch wahr, Mensch. Und Ruhm und Bekanntheit ist doch genau das, worauf Frank hinauswill."

„Leute, damit ist nicht zu spaßen!", wütend haut Frank mit der flachen Hand auf den Tisch. „Ob ihr das wollt oder nicht, ihr braucht diese Scheiß-Presse, um groß zu werden."

„Frank, mit Marlenas Gesundheit ist auch nicht zu spaßen", versetzt Tilman mit festem Blick. „Falls es dir noch nicht aufgefallen ist, die Frau schläft hier fast am Tisch ein. Wenn sie sagt, sie hat keine Kraft für Hintergrundgespräche und Interviews..."

„So ein Bullshit. Ich sehe den Sinn dahinter einfach nicht!" Marlena ist aufgestanden, verärgert schaut sie in die Runde. „Mir geht's gut, ich hab' nur schlecht geschlafen, also tut bitte nicht so, als wäre ich die bemitleidenswerte Bremse dieser schönen Unternehmung hier."

Tilman hebt abwehrend die Hände. „Hab ich nie gesagt."

Wütend sieht Marlena rüber zu Frank. „Die Gerichtsverhandlung ist am Montag, unser Köln-Konzert den Samstag drauf. Ab Dienstag kannst du mich medientechnisch verplanen wie du willst, aber ich beantworte keine Fragen zu dieser Drecks-Geiselnahme. Und damit Schluss!"

Stur schaut Frank Marlena an. „Das kann ich nicht garantieren. Das wird für viele von denen Thema Nummer Eins sein."

„Dann such uns die, für die es wirklich um unsere Musik geht, Frank! Das kann doch nicht so schwer sein!"

„Es ist schwer." Mit einem Mal richten sich alle Augen auf Simon. „Es ist schwer, wenn du einmal mit so etwas auf der Agenda gelandet bist. Ich habe das schon öfters bei Musikerkollegen erlebt. Du läufst unter 'nem bestimmten Stichwort in den Redaktionen – ‚Die Kölschrockband mit den karierten Hemden', ‚Die Depri-Emos von diesem Konzert in Dings' oder ‚Die Sexbombe mit dem engen Lederrock und der Schifferschaukel auf der Bühne'. Nur über diese Stichworte wird entschieden, ob du berichtenswert bist. ‚Diese Nachwuchsband aus Chorweiler' wird niemals in der Zeitung landen. Es sei denn, sie haben so viele Fans, so viele Downloads, so krasse Schocker-Videos oder so viele prominente Freunde, die über sie reden, dass sie dadurch halt berichtenswert sind." Simon schaut in die Runde. „Was wir jetzt also tun müssen, ist das Stichwort ändern. Unser Alleinstellungsmerkmal."

Er greift über den Tisch nach dem Block, der bislang unangetastet vor Frank gelegen hat. „Also, was haben wir?" „Neuer Keyboarder." Tilman ist sofort bereit, mitzumachen. „‚NRW Rock-Zepter'-Preis."

Simon schreibt beides auf. „Gebürtige Kölner Frontsängerin, Ex-Keyboarder startet mit finnischer Metalband durch" notiert er dazu und sieht nachdenklich in die Runde. „Ideen?"

Ratlos schütteln seine Mitmusiker den Kopf. „Tja, viel fällt mir auch nicht mehr ein."

Tobi seufzt. „Und was lernen wir daraus? Wir brauchen ein Schocker-Video oder prominente Freunde!"

Frank steht auf. „Mann Leute, seht es doch ein! Die Medien bestimmen das Thema! Euer Interview zum neuen Keyboarder, der als ach-so-tolles Alleinstellungsmerkmal auf eurer Liste steht, ist bislang noch nirgendwo erschienen, auch wenn wir das jetzt schon vor zwei Wochen geführt haben."

Lukas sieht ihn schief an. „Ach ja, genau, dein Kumpel Markus. Hat der sich nochmal gemeldet?"

Frank sieht Lukas nicht an und murmelt irgendetwas. Es ist offensichtlich, dass das Thema ihm schwer im Magen liegt. Lukas beschließt, ihn in Ruhe zu lassen.

„Also gut. Wir denken alle noch mal über das Thema nach, dann entscheiden wir, was wir tun." Mit einem Blick zu Frank fügt er hinzu: „Du siehst, wir verstehen, wie wichtig das ist. Lass uns bitte noch was Zeit, wir finden 'ne Lösung!"

Frank zuckt resigniert mit den Schultern und zieht seine Jacke an. „Zeit, Zeit, Zeit! Journalisten kriegen jeden Tag neue Themen auf den Tisch. Ich hoffe, das habt ihr auf dem Schirm." Er klopft auf den Tisch. „Ich fahr heim. Übermorgen, 14 Uhr am

Proberaum." Und an Marlena gewandt fügt er hinzu: „Seht zu, dass ihr noch was Schlaf bekommt."

Als er die Tür hinter sich zu fallen lässt, würde Marlena am liebsten ihr Glas hinter ihm herwerfen. Warum ist es eigentlich neuerdings laufend so, dass Frank sie mit ihren Problemen im Regen stehen lässt und nur Pseudoratschläge durch den Raum kegelt?

***

„Ich bleib noch was, Lukas du kannst schon fahren. Ich ruf mir ein Taxi, wenn ich heim will." Marlena streckt sich auf der Sitzbank im Aufenthaltsraum aus. Lukas, als letzter der Band noch vor Ort, aber ebenfalls bereits mit Jacke und Autoschlüssel in der Hand, zieht zweifelnd die Augenbraue hoch. „Marlena, du siehst echt nicht gut aus." Als er Anstalten macht, seine Jacke über die Lehne des gegenüber stehenden Stuhls zu hängen, um sich wieder hinzusetzen, rafft sich Marlena auf: Sie winkt ab, steht auf und greift nach ihrem Notenordner. „Das mag sein, aber da ich eh nicht schlafen kann, werde ich mir jetzt einfach eine große Portion von der Droge geben, die meiner Seele am besten tut." Sie lächelt schwach. „Das Keyboard, der Weißwein und ich, allein im Proberaum."

„Dann bleib' ich bei dir!"

Mit einem Mal ist aller Charme aus Marlenas Blick verschwunden. Säuerlich blickt sie ihn an. „Lukas, ernsthaft – ich will allein sein!" Dann fängt sie sich wieder und tritt einen Schritt auf ihn zu. Küsst ihn auf die Stirn, legt ihre Arme um seine Schultern. „Weißt du, ich liebe dich, das weißt du – aber ich muss dich und die anderen in den kommenden vier Tagen wieder 24/7 ertragen. Bitte gib mir diesen einen Abend, okay?" Sie lächelt gewinnend.

Lukas hält inne, sieht seine beste Freundin nur an. Dann zieht er sie in seinen Arm und drückt sie fest an sich. Er weiß genau, wann es sinnlos ist, ihr zu widersprechen. „Lass den Weißwein weg. Alkohol macht's nur noch schlimmer!" Er streicht ihr über den Arm und zieht seine Jacke an. „Und wenn du reden willst, ruf mich an. Jederzeit, okay?“ Marlena blickt zu Boden und nickt.

Lukas, guter Lukas! Wie hab‘ ich bloß einen Freund wie dich verdient, denkt sie, als die Tür hinter ihm ins Schloss fällt.

Dann geht sie an den Kühlschrank, schenkt sich ein Saftglas voll Weißwein ein und geht zum Sicherungskasten, um das Licht im Proberaum anzuknipsen.

Es ist kalt in dem kahlen, mit Isolationsstoff verkleideten Raum. Sie fröstelt, als sie die Mehrfachsteckdosen einstöpselt, die das Keyboard und die Gesangsanlage mit Strom bedienen. Im schummrigen Kellerlicht lässt sie sich auf den Klavierhocker fallen. Stellt, nach einem großen Schluck Wein, ihr Glas auf der Ablagefläche neben sich ab. Legt die Hände auf die Tasten. Und schließt die Augen.

Worüber soll ich klagen
Ich kenne gar kein Leid
Ich hab' gar nichts zu erzählen
Kenne keine Einsamkeit

Ich schließe meine Augen
Ich kann sowieso nichts sehen
Höre auf mit dem Denken
Weil ich eh nichts versteh

In einer der vergangenen, schlaflosen Nächte hatte Marlena versucht, ihre Gefühle in einem Songtext zu kanalisieren – in dem verzweifelten Wunsch, den Kopf frei zu kriegen. Die gewünschte Ruhe hatte sie dadurch zwar nicht gefunden, das Ventil funktioniert am Klavier aber tatsächlich sehr gut. Fast erschrickt es sie selbst, wie eindringlich ihr rudimentäres Klavierspiel und ihre Stimme wirken. Es klingt brüchig, verzweifelt, ausgelaugt – der Spiegel, in den sie sich selbst zwingt, hineinzusehen, ist so brutal, dass sie schon beim Refrain mit den Tränen kämpfen muss.

Und ich schreibe ‘ne Geschichte
Sie handelt von nichts

Ein Buch mit tausend Seiten
Von denen keine einzige beschrieben ist
Und ich bin der Protagonist

Zittrig atmet sie aus, hangelt sich durch die zweite Strophe, legt all ihre Wut auf sich selbst in ihr Klavierspiel, welches immer aggressiver wird. Als sie in der Bridge angekommen ist, brüllt sie fast.

Doch wenn ich nichts fühle, warum tut es dann so weh?
Meine Füße sind so schwer, doch ich will weitergehen
Und wenn ihr alle da seid, warum bin ich dann allein?
Während alle Stimmen in mir durcheinander schweigen

Den nächsten Refrain kann sie nur noch spielen, das trockene Schluchzen aus ihrem Hals erstickt jeden sauber gesungenen Ton. Musik, das war immer schon die beste Therapie für Marlena. Den Klängen der einzelnen Noten zuzuhören, wie sie durch den leeren Raum treiben wie nasse Blätter im Regen in einer Pfütze, erfüllt sie mit einer merkwürdigen Ruhe. Dem Gefühl von Frieden, ausgelöst durch das Loslassen, was sie sich seit Tagen verboten hat.

Wie hat das alles nur so weit kommen können? Wie hatte sie nicht erkennen können, wo ihre Grenzen liegen, und wie – zum Teufel – soll sie nun, da alles in ihrem Körper brüllt, dass sie überschritten wurden, den Ausweg aus dieser Misere finden? Sie kann nicht mehr, das spürt sie genau. Doch in den vergangenen Monaten hat sie ihr Leben, ihren täglichen Druck, die Anforderungen an sich selbst, so sehr in die Höhe getrieben, dass es ihr jetzt unmöglich erscheint, das alles einfach sachte herunterzudrehen, wie den Lautstärkeregler an einem Mischpult. Sie wird enttäuschen; ihre Freunde, ihre Band, ihre Fans, vor allem sich selbst – sie tut es schon jetzt. Und sie kann einfach nicht ertragen, die Kontrolle abzugeben und einzusehen, dass all das jetzt gerade nicht wichtig ist.

Ihr gesamtes Leben lang ist Marlena organisiert an die Dinge herangegangen. Logisches, weitsichtiges Denken, das liegt ihr. Oft ist sie damit an Grenzen gestoßen, weil andere Leute – Simon zum Beispiel – diese Weitsicht nicht wertschätzen, nicht begreifen konnten. Oft ist sie über fremde Grenzen hinweggeschossen, um an ihren Träumen festzuhalten.

Doch dass die Grenzen plötzlich aus ihr selbst herauskommen, sie lähmen, nachts wachhalten, zur Sklavin eines Medikaments machen, dessen Nebenwirkungen allein nicht auf eine Seite des Beipackzettels passen – das kennt Marlena nicht, und es macht sie fertig. Ohnmächtig sein gehört für sie zu den schlimmsten Emotionen, denen man ausgesetzt sein kann. Sie fühlt sich nutzlos. Ausgebrannt. Den anderen wie ein Klotz am Bein, der noch nicht einmal ein geistloses Interview mit einem Reporter meistern kann.

Sie unterbricht ihr Spiel kurz, um sich die Tränen von der Nase zu wischen und einen weiteren, großen Schluck Wein zu trinken. Müde ist sie. Müde und verzweifelt. Eine Mischung, die das Gegenteil von Schlaf garantiert. Da kommt der Alkohol ganz recht, auch wenn Marlena genau weiß, dass Lukas mit seiner Warnung Recht hat: Alkohol macht alles nur noch schlimmer. Aber er schläfert auch ein und umnebelt die Gedanken, die ihren Kopf nicht zur Ruhe kommen lassen.

Und ich schreibe 'ne Geschichte
Sie handelt von nichts
Ein Buch mit tausend Seiten
Von denen keine einzige beschrieben ist
Und ich bin der Protagonist

Es klingt nicht schön, dafür laut. Dieses elende Selbstmitleid, mit dem sie ihr Handeln rechtfertigt, geht Marlena fürchterlich auf den Zeiger. Marlena Schuster ist nicht schwach, sie ist nicht diese Heulsuse, die sich fallen lässt und aufgibt, ermahnt sie sich. Spielt immer schneller, immer härter, wechselt die Tonarten, das Lied, die Sprache – sie merkt es gar nicht. Ohne abzusetzen spielt sie ‚Sintflut', ‚Jäger der Wüste', ‚Zeppelin' hintereinander weg; denkt nicht mehr nach, hört nicht mehr zu. Nur noch die Tasten und sie spielen eine Rolle, liefern sich einen erbitterten Kampf, den keiner von ihnen gewinnen kann – denn Musik ist das schon lange nicht mehr.

Als Marlena zwanzig Minuten später endlich den letzten Akkord anschlägt – ein hässliches, halbvermindertes A-Moll – ist sie atemlos. Durchgeschwitzt. Und völlig erschöpft.

Sie greift nach dem Weinglas und trinkt es in einem Zug aus, wischt sich die Schweißperlen von der Stirn. Sehnt sich plötzlich – zum zweiten Mal in nur wenigen Tagen, obwohl sie eigentlich längst mit dem Rauchen aufgehört hat - nach Nikotin, und hofft inständig, dass Tilman irgendwo in der Küchenzeile eine Schachtel liegen gelassen hat.

Als sie aufsteht, wird ihr schwarz vor Augen.

Ihre Knie kribbeln, schon auf den ersten zwei Metern spürt sie, dass ihre Füße sich fremd anfühlen. Ihr Kopf ist heiß, ein eiskalter Schauer läuft ihr den Rücken herunter.

Reiß dich zusammen, ermahnt sie sich und greift nach dem Türrahmen, nur wenige Zentimeter entfernt.

Dann verliert sie das Bewusstsein.

„Bad Medicine" - Bon Jovi

Jahre zuvor...

Pam pam pam pam pam. Harte Trommelschläge knallten ihr um die Ohren. Sie spürte das Wummern des Basses in ihrem Bauch, jeder Gitarrenanschlag fühlte sich an wie ein Schlag ins Gesicht. Das grelle Neonlicht verschwamm vor ihren Augen zu einem bunten Brei – im Takt waberte er um sie herum; rot, grün, rot, gelb, rot, grün, rot – immer wieder.

Marlena kämpfte sich durch zur Bar. Schweiß lief ihr den Rücken herab, ihre Haare hingen strähnig über ihr feuchtes T-Shirt; es war ihr egal. „Noch ein'!", brüllte sie die Kellnerin über die Theke hinweg an, hob ihr Wodka-Glas. Beim Umdrehen verschwamm ihre Umwelt, die unscharfen Fratzen um sie herum zerliefen zu einer rötlichen Masse. Wie war sie hier eigentlich hingekommen?

Pam pam pam pam pam. ‚Wie kannst du nur', brüllte eine weinerliche Stimme in ihrem Kopf gegen die Musik an. Sie schob sie fort, wie die Körper um sich; hier ein Arm, dort eine Schulter, da ein Hintern. Die Tanzfläche des ‚Rose Club's verschluckte sie erneut, der Wodka-Lemon brannte kalt, biss in der Nase, sie würde ihn am Tag drauf nicht mehr riechen können.

Der DJ spielte ‚Poison' von Alice Cooper, sie riss die Arme hoch. Das halbvolle Glas schwappte, das Mädchen neben ihr fluchte.

Schief und laut sang Marlena mit, rempelte weitere Leute um sie herum an. Sie merkte es gar nicht.

‚Wie kannst du nur?' Da war sie wieder, die Realität. Marlena kniff die Augen zusammen.

„Wow, Marlena, mach ma ruhig", grinste Mike sie an. Er war plötzlich neben ihr aufgetaucht, eine Blondine im Arm, offenbar auf dem Weg nach draußen. Warum war sie mit Mike im ‚Rose Club?'

Marlena blinzelte. ‚Sein Hut! Hat ihm eigentlich mal jemand gesagt, wie scheiße dieser Hut aussieht?', fragte sie sich, als sie von ihm wegtanzte. Sie wollte nicht reden. Sie wollte nicht denken. Sie wollte nur in diesem Vorhang aus Musik und Farbe verschwinden. ‚Macht das Lied lauter', dachte sie. Vielleicht hatte sie es auch laut gesagt.

‚Wie hab' ich mich nur so sehr in dir täuschen können?', die Stimme in ihrem Kopf gibt einfach keine Ruhe. ‚Wie konnte ich nur glauben, dass du anders bist als andere Musiker? Dass da wirklich was ist, unter dieser arroganten Rockstar-Fassade?' Bilder von seinem verstehenden Blick blitzten in ihrem Kopf auf. Ein anzügliches Lächeln. Ein Augenzwinkern. Ein Kuss. Das Glas fiel ihr aus der Hand, der Wodka-Lemon zog in ihre Sneakers. Sie starrte auf den Boden, musste plötzlich lachen. ‚Wer geht auch mit Sneakers in einen Club?'

„Hoppla!", der Typ neben ihr griff nach ihren Armen. Wirkte belustigt. „Alles klar bei dir?" Sein forschender Blick verschwamm vor Marlenas Augen. Sie verzog das Gesicht zu einem Lächeln. Es fiel anzüglicher aus als geplant. „Klar", lallte sie zurück. ‚Nichts ist klar', brüllte die Stimme in ihrem Kopf. Marlena ignorierte sie, stützte sich gegen ihr Gegenüber.

„Ich glaub, wir verpassen dir mal 'n Wasser, mh?", erwiderte der Typ. Liebe Augen. Viel zu lieb für das Abenteuer, das sie jetzt so dringend brauchte.

‚Ich will nicht vernünftig sein, du Arschloch', motzte die Stimme in ihrem Kopf. Der weinerliche Unterton war zurückgekehrt. ‚Ich bin immer vernünftig!'

„Ich mach' das, danke!" Mike drängte sich zwischen den Typ und sie. Griff nach Marlenas Schulter, schüttelte sie kurz.

„Marlena, echt jetzt, komm mal bitte wieder klar für 'nen Moment, ich will abhauen!"

Sie musste lachen. „Seitwann fragsu michn dafür um Erlaubnis?"

Er stöhnte und verdrehte die Augen. „Ey, hätte ich dich doch an der Bahnhaltestelle sitzen und nach Hause fahren lassen."

Tausend Sachen passierten gleichzeitig: Auf einmal war da ein Glas Wasser in ihrer Hand, da war der Barkeeper, der einen Hocker zu ihr rüberschob und Mike, der weiterhin auf sie einredete. Und da war diese Blondine, die sie auf einmal mit sich zog. Marlena musterte sie, während sie die Übelkeit in sich hochsteigen spürte. ‚Ach Süße, spar dir doch die Mühe, ihn zu beeindrucken – er wird deinen Namen morgen eh nicht mehr wissen!', dachte sie sich, als Blondy die Tür zum Klo aufstieß und sie vor sich herschob. Erst mit der ersten Würgewelle erstickte ihr leises Lachen. Wann hatte sie angefangen zu lachen?

„Gott Mädchen, was hast du denn bloß alles gesoffen?", schimpfte Blondy, während sie Marlenas wirre Locken zurückhielt.

‚Ich habe keine Ahnung', antwortete die Stimme in Marlenas Kopf. Trotzig. Gleichgültig. Tottraurig. Erschöpft schloss sie die Augen. Sie war auf einmal unendlich müde. Blondy klopfte etwas härter als nötig gegen ihre Wange. „Hey, nicht pennen jetzt!"...

In der Gegenwart

„Scheiße Marlena, wach auf!“ Als sie nach einer gefühlten Ewigkeit endlich die Augen öffnet, atmet Simon hörbar aus. Er hat keine Ahnung, wie lange Marlena schon ohnmächtig im Proberaum gelegen hat. Er war nur deshalb zurückgekommen, weil ihm zuhause aufgefallen war, dass er sein Handy samt Ladegerät hatte in der Steckdose stecken lassen. Nur, weil ihm das angeschaltete Licht im Proberaum aufgefallen war, war er überhaupt reingekommen.

Marlenas Lider flackern, sie ist ganz offensichtlich verwirrt. „Was…?“, bringt sie heraus, doch Simon bedeutet ihr, es erst mal langsam anzugehen. Er legt seine Fingerspitzen an ihren Hals und misst ihren Puls, er ist schwach, aber nicht besorgniserregend. Dann zieht er einen Stuhl heran und legt ihre Beine hoch. „Wann hast du zuletzt was gegessen?“, fragt er sie und geht neben ihr in die Hocke.

„Heute Mittag, glaub ich“, antwortet Marlena matt und versucht aufzustehen, doch Simon drückt sie sanft wieder zurück auf den Boden.

„Bleib bitte noch was liegen, ich will nicht, dass du mir direkt wieder zusammenklappst“, sagt er und zieht seine Jacke aus, um sie ihr für eine bequemere Lage unter den Kopf zu legen.

„Was ist passiert?“, fragt sie und sieht aus kleinen Augen zu ihm auf.

„Das weiß ich nicht, Marlena, du lagst hier, als ich in den Proberaum kam. Es ist jetzt elf, kannst du dich erinnern, wann du das letzte Mal auf die Uhr gesehen hast?“

Marlena verzieht das Gesicht und schüttelt den Kopf. „Aber ihr seid ja erst gegen halb zehn abgehauen, so lang kann’s ja nicht sein. Ich hab‘ bestimmt mindestens eine halbe Stunde gespielt oder so.“

Simon spart sich den Hinweis, dass eine einstündige Ohnmacht schon eine Sache ist, mit der man vielleicht mal bei einem Arzt vorbeischauen sollte. Marlena würde es eh nicht tun. Er erinnert sich noch bestens an seinen rund zweistündigen Kampf mit ihr, nachdem sie vor Jahren bei einer gemeinsamen

Radtour gegen eine Bank gebrettert und sich beim Sturz den Kopf an einem Stein aufgeschlagen hatte. Er hatte damals verloren. Marlena zum Arzt zu bekommen ist ungefähr so unmöglich, wie einen Elefanten unfallfrei aus dem Porzellanladen zu befördern – mit dem Unterschied vielleicht, dass der Elefant weniger aggressiv ist.

„Warum bist du überhaupt hier?", fragt Marlena ihn, ihre Stimme klingt schon wieder etwas klarer.

„Hatte was vergessen", sagt er schlicht. Er lächelt sie zaghaft an. „Ein Glück!"

Sie versucht sich an einem leichten Lachen. „Aber hallo!"

Erneut zieht sie ihre Beine zurück und drückt sich hoch. So langsam, dass Simon sie einfach nur beobachtet, ohne einzugreifen. Wenn ihr schwindelig wird, wird sie noch früh genug einen Gang zurückschalten.

„Es geht wieder", klärt sie ihn eine Minute später auf, die Beine angewinkelt, die Arme um die Knie geschlungen.

„Kannst du aufstehen?" Er reicht ihr seinen Arm als Stütze. Dankend hält sie sich fest und zieht sich hoch.

„Gut, dann fahr ich dich jetzt nach Hause."

„Das brauchst du nicht, Simon, ich…" Offenbar wird ihr wieder schwarz vor Augen, denn sie krallt sich an seinen Oberkörper und macht einen unbeholfenen Ausfallschritt.

„Keine Widerrede, Frollein", sagt er und greift unter ihre Kniekehlen, um sie sanft hinauf auf seinen Arm zu ziehen. Sie scheint zu schwach zu sein, um sich zu wehren, denn sie lehnt sich anstandslos an seinen Oberkörper.

„Die Sicherungen…", murmelt sie. Simon muss lächeln. *Selbst wenn es dieser Frau so richtig scheiße geht, denkt sie noch in Organigrammen!*

„Ich bring dich erst mal zum Auto, dann komm ich zurück und mach hier schnell Klarschiff, keine Sorge!"

Sie nickt leicht, schließt die Augen. Als er sie auf seinem Beifahrersitz absetzt, ist sie bereits eingeschlafen.

Noch 5 Tage bis zum Prozess

Als Marlena am nächsten Morgen aufwacht, hat sie rasende Kopfschmerzen. Zwar hat sie durchgeschlafen, mindestens acht Stunden lang, und auch die Albträume, das schreckhafte Erwachen mitten in der Nacht und die Angstattacken sind ausgeblieben. Dafür aber fühlt sie sich körperlich noch erschlagener als an den Tagen zuvor. Falls das überhaupt möglich ist.

Müde setzt sie sich auf und reibt sich die Augen. Es dauert einen Moment, bis sie sich daran erinnern kann, was am Vorabend passiert ist. Sie weiß noch, dass Simon sie im Proberaum gefunden und nach Hause gefahren hat. Auch kann sie sich daran erinnern, dass er ihr einen Toast und ihre Medikamente ans Bett gebracht hat, bevor sie eingeschlafen ist. Der Rest ist unscharf, irgendwie nicht ganz greifbar.

Sie gähnt und lässt die Füße aus dem Bett fallen. Die Sonne scheint durch das große Fenster auf ihr Bett, der letzte Schnee im Innenhof scheint geschmolzen zu sein. Draußen scheint es ein schöner Tag zu werden.

Als sie aufsteht, fällt ihr ein großer blauer Fleck an ihrem Unterarm auf. Offenbar ist sie ungünstig gefallen, als sie im Proberaum ohnmächtig geworden ist.

„Wie geht's dir?", fragt eine Stimme von der Couch im Wohnzimmer aus, als sie in die Küche schlurft. Marlena erschrickt fast zu Tode. „Du bist ja noch hier!", stellt sie geistreich fest, als sie Simon erkennt; oberkörperfrei und mit völlig zerzausten Haaren liegt er auf ihrem Sofa. Sie wendet den Blick ab. Der Anblick irritiert sie.

„Was denkst du denn? Das ich dich nach der Nummer gestern einfach alleine lasse?" Er setzt sich auf und greift nach seinem Hemd. *Gott sei Dank*, denkt sie. *In deinem Retro-Fummel gefällst du mir gleich besser.*

Marlena geht in die Küche und setzt Kaffee auf. Simon folgt ihr; die Sonnenstrahlen aus dem Küchenfenster umschmeicheln sein verschlafenes Gesicht.

„Wie geht's dir denn nun? Irgendwelche Schmerzen, Schwindelgefühle, Kreislaufschwächen?", fragt er.

Sie muss lächeln. „Mir geht's gut! Ehrlich gesagt, ich habe lange nicht mehr so tief geschlafen wie letzte Nacht."

Er stemmt sich hoch auf ihre Arbeitsplatte und streicht sich eine lange Strähne aus dem Gesicht. „Das freut mich."

Einen Moment lang sehen sich die beiden nur an. Dann fasst sich Marlena ein Herz. „Danke. Du hast mir schon wieder den Arsch gerettet."

Simon grinst. „Ja, das wird langsam zur Gewohnheit." Sein Blick wird ernst. „Aber ich mach's gern, wenn du mich lässt."

Sie zuckt die Achseln. „Naja, mir blieb ja gestern nicht viel anderes übrig." Ihre Mundwinkel zucken leicht.

„Nein, das stimmt."

Sie reicht ihm eine dampfende Kaffeetasse und setzt sich ihm gegenüber auf die Arbeitsplatte. Ihre langen Beine baumeln. Um von vorneherein jegliche Form von unangenehmer Stille zu vermeiden, knipst sie das Radio neben sich an. Irgendeine amerikanische Sängerin singt leise von ihrer Freude darüber, ihren Ex-Freund endlich los zu sein.

„Ich weiß, ich hab' versprochen, dich in Ruhe zu lassen", ergreift Simon das Wort, nachdem er einen Schluck Kaffee getrunken hat. „Aber bitte lass mich das sagen: Frank ist ein Idiot, und er hat definitiv nur halb so viel Ahnung von dieser ganzen Medienmaschinerie, wie er von sich behauptet. Lass ihn also bitte nicht so sehr unter deine Haut gehen! Es ist völlig unwichtig, ob du jetzt ein Interview gibst oder nächste Woche. Und wenn du gar keins geben willst, ist das auch legitim."

Marlena blickt in ihre Tasse, rührt mit dem Löffel hin und her. „Ich glaube, diese ganze Medien-Scheiße war nur der Tropfen, der das Fass zum Überlaufen gebracht hat, Simon", beschließt sie, ihn ein kleines Stück mehr von sich sehen zu lassen. Der Typ hatte sie auf seinen bloßen Armen ins Bett getragen und sie im denkbar schwächsten, verletzlichsten Zustand gesehen, in dem sie sich befinden konnte – mehrfach. Was also konnten ein paar Worte noch schlimmer machen?

„Diese Gerichtsverhandlung geht mir wirklich nah", gibt sie mit leiser Stimme zu. „Ich werde das Bild dieses Kerls einfach nicht los, jede verdammte Nacht holt mich dieser Scheiß wieder ein. Ich schlafe nicht mehr, und wenn ich wach bin, versuch ich, mich mit Arbeit und Ablenkung zuzuballern, um nicht nachdenken zu müssen." Ok, das war doch ein bisschen mehr, als sie eigentlich hatte sagen wollen. Unsicher blickt sie auf. „Die Ohnmacht war einfach ein überfälliges Warnsignal meines Körpers, der mir sagen will, dass er die Schnauze voll von mir hat, fürchte ich", versucht sie zu scherzen.

Simon lächelt nicht. Er nickt nur. Marlena winkt ab. „Aber mach dir keinen Kopf. Mir geht's gut", versucht sie, lapidar zu klingen.

Es dauert einen Moment, bis er sich dazu durchringen kann, das Wort zu ergreifen.

„Wir haben nie darüber gesprochen, Marlena, aber ich hab' nach dem Abi ein Jahr Zivi in einer Reha-Klinik gemacht, auf der Station für psychosomatische Fälle. Ich hab' in dieser Zeit viele Menschen gesehen, denen es wirklich nicht gut geht. Leute, die nur knapp Unfälle überlebt haben. Frauen, die von ihren Ehemännern über Jahre hinweg windelweich geprügelt wurden. Traumapatienten, alte und junge. Ich will gar nicht drüber nachdenken."

Er sieht sie nicht an, als er weiterspricht. Er weiß, dass er sich weit in ein Gefilde vorwagt, welches Marlena unter Hochsicherheitsstandards vor ihm verborgen halten will.

„Fast alle vereint eine Sache: Sie machen sich selbst für ihren Zustand verantwortlich, weil sie nicht akzeptieren können, dass sie keinen Einfluss auf das haben, was ihr Geist durchmacht. Es ist nicht leicht, die Kontrolle abzugeben – aber letztendlich müssen sie das, um geheilt zu werden." Er sieht auf. „Ich weiß, was du durchmachst. Und ich weiß auch, wie viel Kraft es dich kostet, deinen Alltag überhaupt in dem Maße zu meistern, wie du das momentan tust." Er sucht ihren Blick. „Aber funktionieren ist nicht alles, Marlena. So wirst du nicht gesund."

Marlena lächelt bitter in ihren Kaffee, als sie antwortet. „Du klingst wie meine Therapeutin. Die sagt auch, ich soll meine Erwartungen an mich selbst runterschrauben. Aber ganz ernsthaft, was soll ich denn machen? Ich hab' für diese Sache hier unterschrieben, ich habe mein Leben lang dafür gekämpft, mit meiner Band Erfolg zu haben – ich bin es mir doch selbst schuldig, das jetzt durchzuziehen." Sie hält kurz inne. „Außerdem: Wenn ich mich jetzt hängen lasse, hat der Wichser aus der Bahn gewonnen, und das lasse ich nicht zu!"

„Er gewinnt aber auch, wenn du dich so kaputt machst, dass du irgendwann nicht mehr um einen stationären Aufenthalt in einer Nervenklinik herumkommst." Simon weiß, dass seine Worte hart sind, aber es ist der einzige Weg, ihr die Ausweglosigkeit ihrer Situation vor Augen zu führen.

Marlena schnaubt bitter. Er ist der zweite, der ihr dieses Argument nun binnen weniger Tage um die Ohren knallt, und wenn diese Tatsache ihr auch eine Warnung sein sollte, ist es doch vor allem Verärgerung, die sie in sich aufkommen spürt. *Ihr seid alle noch größere Drama-Queens als ich,* denkt sie missmutig.

„Du bist kein Mensch, der halbe Sachen macht", fährt Simon fort, jetzt wieder um einen sanften Tonfall bemüht. „Aber du bist in einer Spirale gefangen, die deine Gesundheit angreift. Es geht dir nicht gut, du fühlst dich nicht sicher, und das kompensierst du mit 120 prozentigem Einsatz für die Band, was dich wiederum so sehr schwächt, dass es dir am Ende des Tages nur noch schlechter geht. Und am nächsten Tag beißt du wieder die Zähne zusammen, und versuchst, 130 Prozent zu geben, um deiner Wut auf dich selbst gerecht zu werden. Ist es nicht so?"

Marlenas Augen zeigen deutlich, wie Recht er hat mit seinen Worten. Sie schluckt, streicht sich fahrig durchs Gesicht, weicht seinen Blicken aus. Es tut Simon fast weh, sie so zu sehen.

„Verstehst du, es wird nie genug sein. Nicht für dich selbst! Du kannst immer mehr tun, du kannst immer perfekter auftreten, auf der Bühne, vor den Medien, vor deinen Mitmusikern." Er drückt sich von der Arbeitsplatte ab und macht einen Schritt auf sie zu. Legt seine Hände auf ihre Knie, ganz leicht, um sie nicht einzuengen, ihr aber doch das Gefühl zu geben, dass er sie versteht. Für sie da ist.

„Du bist kein Roboter, Marlena, und nichts davon, was du tust, ist selbstverständlich. Es gibt Leute, die legen ihren Beruf nieder, wenn sie ein solches Trauma durchlaufen haben. Sie benötigen ständige psychologische Betreuung. Findest du, dass diese Menschen Weicheier sind? Sich zusammenreißen, nicht so viel rumheulen sollten?"

Marlena schüttelt den Kopf, es wirkt kraftlos. „Natürlich nicht!"

Simon nickt. „Siehst du. Da bist du tolerant! Dir selbst gegenüber aber bist du noch nicht einmal bereit, dir mal eine kurze Atempause zu gönnen!" Er lächelt sie an. „Irgendwas stimmt da doch nicht!"

Sie erwidert sein Lächeln, wenn auch sehr traurig. Das Gespräch scheint ihr ernsthaft zuzusetzen. Ein gutes Zeichen, wie Simon findet.

„Ja, mag sein", lenkt sie ein. „Es ist schon so, dass ich mir manchmal so 'nen Zeitanhalter für das Ganze hier wünschen würde." Sie macht eine ausladende Armbewegung. „Einfach mal kurz auf Pause drücken, 24 Stunden schlafen und dann mit neuer Kraft weitermachen, ohne was verpasst zu haben."

Sie seufzt. „Aber jetzt mal alle Träumereien beiseite: So 'ne Auszeit, egal wie kurz, würde für uns auch direkt mehrere Konzertabsagen bedeuten. Und damit mehrere tausend Euro Verlust."

Die Verwandlung, die sie durch ihre eigenen Worte durchmacht, ist faszinierend anzusehen. Mit einem Mal streckt sie die Schultern durch, scheint all ihre Kraft zusammenzunehmen, um dann energisch ihre Mauer aus Abwehrmechanismen wieder hoch zu fahren. *Wow*, denkt Simon. *Wenn das jedes Mal so abläuft, wundert mich nicht, warum sie kräftetechnisch so am Boden ist.*

Immerhin scheint sie seine Ansprache so sehr wertzuschätzen, dass sie sich um Höflichkeit bemüht. Sie greift nach seinen Händen auf ihren Knien, drückt sie sanft, dann schiebt sie sie weg. „Es ist lieb, dass du dir Sorgen machst", sagt sie mit zaghaftem Lächeln. „Aber ich komm schon klar, wirklich. Es war gestern einfach alles ein bisschen viel."

Simon legt den Kopf schief und lacht leise, ohne sie zu verhöhnen. Betont locker sagt er: „Hey Marlena, ich sag doch gar nicht, dass du dich komplett in Watte packen sollst." Er macht einen Schritt zurück, lehnt sich wieder gegen die Arbeitsplatte gegenüber. *Du willst Abstand? Kannst du haben!*

„Es ist völlig okay, wenn du dir Bewältigungsstrategien gegen die Angst suchst, dich mit dem ganzen Thema auseinander setzen zu müssen – hey, wer könnte das besser verstehen als ich?" Er zwinkert ihr zu. *Immer über die Wir-Schiene gehen.*

„Tritt auf, arbeite an deinen Projekten, geh meinetwegen zusätzlich jeden Tag zwei Stunden laufen! Was auch immer dir gut tut, tu' es! Das einzige, was ich sage ist: Lass dir helfen, wenn es nicht mehr geht." Er hält kurz inne. „Und hass' dich nicht direkt selbst, wenn mal was schiefgeht! 80 Prozent tun's auch mal."

Marlena rutscht von der Arbeitsplatte herunter, schüttelt unwirsch den Kopf und greift nach der Dose mit den Schmerztabletten neben sich auf dem Regal. *Diese verdammten Kopfschmerzen!*

„Simon, wirklich, ich komme klar!“ Sie sieht ihn nicht an, während sie sich ein Glas Wasser einschenkt und die Tabletten aus dem Blister drückt. Es ist offensichtlich: Die Verbindung in diesem Gespräch ist abgebrochen. „Ich war gestern total übermüdet, genervt und hab‘ zu viel getrunken – diese Mischung kann halt schon mal nach hinten losgehen, so what! Jetzt geht's mir gut, echt, und ich verspreche, auf mich aufzupassen.“ Alles, was Marlena sagt, klingt dahingesagt. Sie will ihn loswerden.

Er tut ihr den Gefallen, doch einen letzten Satz kann er sich nicht verkneifen – auch wenn er damit riskiert, am Ende doch wieder als Buhmann aus diesem Gespräch heraus zu gehen. *Das hier ist einfach zu wichtig!* „Dann fang bitte damit an, mal zu googeln, wie deine Mörder-Painkiller da vorne und die Beruhigungsmittel, die du seit Tagen einwirfst wie Smarties, miteinander reagieren!“

Er drückt sich von der Arbeitsplatte ab, streicht ihr ein letztes Mal über den Arm, bevor er sich zum Gehen wendet. „Wisse einfach, dass wir da sind, wenn du uns brauchst, jeder einzelne von uns!“

Ihr Lächeln ist künstlich, als sie sich von ihm verabschiedet – ganz die höfliche Gastgeberin. „Das weiß ich, danke“, sagt sie. Und doch ist sich Simon beim Verlassen der Wohnung sicher, dass sie beim nächsten Konzert versuchen wird, 140 Prozent zu geben.

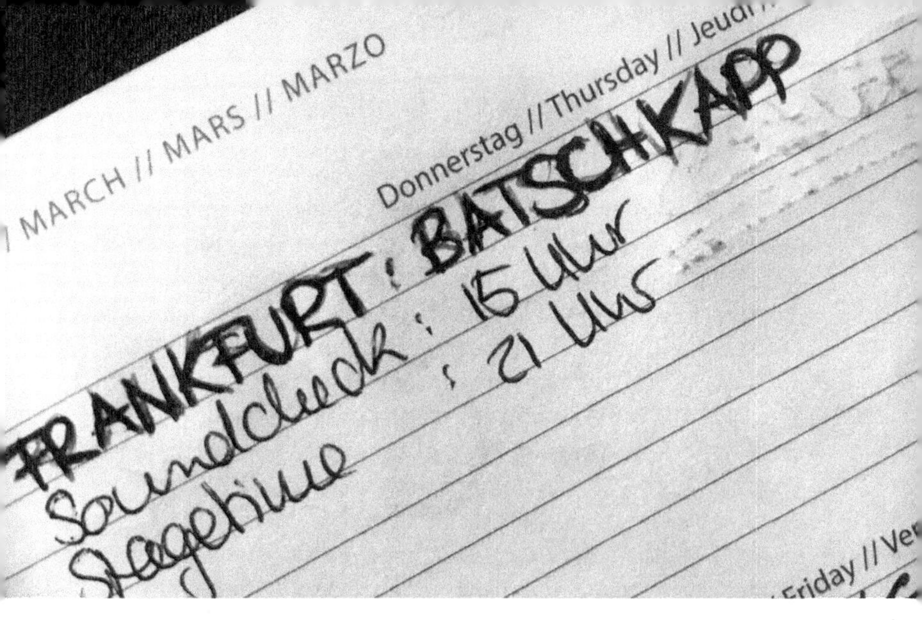

11. Tourtag

„Kick, bitte“, schallt Stefans Stimme über die Anlage des Batschkapps hinauf auf die Bühne. Tilman tritt die Bass Drum, rhythmisch hallen die Schläge durch den Zuschauerraum des Frankfurter Clubs.

Während sein Schlagzeuger bereits mitten im Soundcheck vertieft ist, sitzt Simon am Rande der Bühne und programmiert Sounds in seinem Keyboard. Das Treiben um ihn herum ignoriert er: Die beiden Roadies, die mit der Verkabelung des Monitorings beschäftigt sind; Tobi, der an seinem Verstärker herumhantiert; das Barpersonal hinter der Theke, das lautstark klappernd die Gastro des kommenden Abends vorbereitet.

Er hatte sich am Vortag noch einmal zuhause hingesetzt und am Sounddesign des auf der Tour gespielten Repertoires gebastelt. Gerade bei ‚Kaleidoskop-Augen‘ und ‚Jäger der Wüste‘ war ihm aufgefallen, dass die Effekte, die er im Refrain benötigt, etwas flach und zu wenig voluminös klingen. Mehrere Stunden hatte es gedauert, bis er mit dem Klangergebnis zufrieden war. Am Ende war es weit nach Mitternacht gewesen, sodass er nur noch die Files in der digitalen Bank abgespeichert und sich schlafen gelegt hatte.

Nun heißt es, die Dateien dem Tour-Repertoire zuzuordnen – und das wird eine Weile dauern. Die Speichermöglichkeiten seiner Keyboards gehen so weit, dass Simon seine Klaviatur in Abschnitte unterteilen kann, mit deren Hilfe er in der Bass-Linie zum Beispiel einen Trompetensound untermischen kann, während er in der rechten Hand reine Pianotöne anschlägt.

„Okay. Snare!", ruft Stefan durch die Halle. Der dumpfe Bass-Ton wechselt in einen scheppernden Trommelsound.

„Na Kollege, alles schick?", fragt Lukas und setzt sich neben Simon auf den Boden. Beginnt, leise seine Gitarre zu stimmen.

Simon nickt nur, konzentriert drückt er ein paar Knöpfe, bis er sich seinem Mitmusiker zuwendet. „Alles bestens. Selbst?"

Lukas dreht an seiner E-Saite herum, bis sein Stimmgerät am Schaft der Gitarre grün aufblinkt, dann wendet er sich Simon zu. „Ich war eben mal drüben bei Marlena, die singt sich grad ein. Wir haben kurz über das Set gesprochen und überlegt, ein, zwei Songs im Programm zu tauschen. Würde dich das sehr stressen?"

„Nö, wenn ich einmal hier fertig bin, kann ich alles ganz leicht hin und her schieben. Um welche geht's?"

Lukas widmet sich seiner A-Saite. „Marlena hat vorgeschlagen, nach ‚Zeppelin' mit ‚Kaleidoskop-Augen' weiterzumachen, danach erst mal zwei alte Nummern zu spielen und dann ‚Analog' und ‚Jäger der Wüste' drauf zu setzen. Dann haben wir 'ne bessere Dynamik im Set."

Simon nickt, kritzelt fast komplett unleserlich ein paar Notizen auf seine Setliste. „Können wir machen", gibt er zurück, bevor er von Stefans Gebrüll unterbrochen wird.

„Tilman, jetzt die Hihat, und danach bitte mal Kick, Snare und Hihat zusammen. Wär' aber cool, wenn du die Snare vorher nochmal stimmen könntest, die schwingt nach!"

„Du schwingst nach!", blafft Tilman seinen Tonmann amüsiert an, widmet sich aber ohne zu zögern seinen Stimmschrauben.

Simon grinst in sich hinein, während er sich wieder den Programmen in seinem Keyboard widmet. „Was ist dein Eindruck von Marlena heute?", fragt er Lukas in beiläufigem Ton.

„Wirkt ganz aufgeräumt, würd' ich sagen", gibt der zurück, als er aufsteht, um seine fertig gestimmte Gitarre wieder zurück in den Ständer zu stellen. „Warum?"

Simon zuckt die Achseln. „Ich hatte den Eindruck, dass ihr ihre Medikamente momentan ganz schön zu schaffen machen."

Ohne, dass Marlena ihn hätte darum bitten müssen, hält er sich an die stillschweigende Vereinbarung, den anderen Bandmitgliedern vorerst nichts von ihrem Zusammenbruch im Proberaum zu erzählen. *Vorerst.* Er hat sich geschworen, sie in den kommenden Tagen genau im Auge zu behalten. Beim leisesten Anzeichen eines weiteren Schwächeanfalls, wird er herzlich gern all ihren Hass auf sich ziehen und mit den Jungs darüber beraten, wie sie ihre Sängerin vor sich selbst schützen können. *Gesundheit geht vor!*

Lukas setzt sich wieder neben ihn. „Ich glaub, die war gestern noch mal beim Arzt und hat sich andere Schlafmittel verschreiben lassen. Mal gucken, wie Sie das Wochenende durchhält", sagt er schlicht.

Einen Moment lang hängen sie beide ihren Gedanken nach, denn das laute Getrommel von Tilman macht eine weitere Unterhaltung unmöglich. Unten im Zuschauerraum diskutiert Frank gerade mit dem Veranstalter, es scheint um den zeitlichen Ablauf vorm Einlass zu gehen. Die beiden Roadies hinter ihnen haben sich mittlerweile der Box an einer Traverse auf der anderen Seite der Bühne zugewandt.

„Ey Jungs, hat einer von euch zufällig 'ne Mikroklemme für ein handelsübliches SM58 da?" Dennis, der Singer-Songwriter, der sie bereits in Dortmund supportet hat, steht plötzlich neben ihnen, als der Schlagzeug-Lärm verklingt. „Ich hab's grad tatsächlich geschafft, bei meiner die Halterung abzubrechen."

Lukas runzelt belustigt die Stirn. „Superman oder was?"

„Nee, eher so Autotür."

Simon greift in seine Hardware-Kiste und kramt einen Ersatz-Mikroständer hervor. „Hier, kannst den nehmen – der geht nicht so schnell verloren wie 'ne Mikroklemme", zwinkert er dem Gitarristen zu.

„Könnt ihr bekloppten Affen da vorne mal die Klappe halten? Ich versuch' hier, 'nen Soundcheck zu machen!" Stefan klingt nur halb ernst, als er die kleine Gruppe ein paar Meter neben sich anbrüllt. Belustigt zeigt Lukas ihm einen Vogel.

Stefan reckt grinsend die Faust in die Höhe.

„Okay, jetzt die Toms bitte, Tilman", wendet er sich wieder der Bühne zu. „Und gib 'n bisschen Gas, wir haben nicht den ganzen Tag Zeit!"

***

Marlena kann sie schon von Weitem sehen: Die Gruppe aus sechs, sieben Mädels und Jungs, die vor dem Haupteingang des Frankfurter Batschkapp stehen. Dabei beginnt das Konzert erst in drei Stunden! Sie seufzt leise. *Klasse, und ich sehe aus wie ausgespuckt.*

Weil Aufbau und Soundcheck an diesem Tourtag so früh angesetzt gewesen waren, hatte sie sich danach die Zeit genommen, vor dem Essen noch eben eine Runde laufen zu gehen. Blöd nur, dass sie jetzt in diesem Aufzug an diesen Menschen dort vorbei muss. Den Hintereingang kann sie von hier aus jedenfalls nicht mehr unbemerkt erreichen.

„Marlena, hi", ruft ihr ein aschblondes Mädchen aus der Gruppe zu. Marlena kennt sie – sie zählt zu der kleinen Fangemeinde der ersten Stunde, hatte schon bei Stadtfesten vor drei, vier Jahren oft mit ihren beiden Freundinnen in der ersten Reihe gestanden. Marlena bemüht sich um ein Lächeln. „Na ihr? Ihr seid aber früh hier!"

Das Mädchen kichert. „Na sicher, du kennst uns doch", und eine ihrer Freundinnen – Marlena meint sich zu erinnern, dass sie Kathi heißt – macht einen Schritt auf sie zu, um sie zu umarmen. „Du, ich bin total verschwitzt – ich war grad 'ne Runde joggen," wehrt Marlena den Körperkontakt ab, kann aber nicht verhindern, dass Kathi – *oder Katja? Kari?* – einen Arm um ihre Schultern legt und sie an sich drückt. Fast verschwörerisch dämpft sie die Stimme: „Wie geht's dir denn? Ist ja furchtbar, was dir da passiert ist." Es klingt, als wären sie alte Freunde.

Unglaublich, denkt Marlena, versucht aber tapfer, das Mädchen anzulächeln. „Mir geht's gut, danke. Die Tour macht mega Spaß, da muss es einem einfach gut gehen!" *Wenn ich das noch zwei Wochen so exzessiv durchziehe wie jetzt, besteh ich am Ende der Tour jeden Lügendetektor-Test im Schlaf!*

„Gut so, Marlena!" Ein etwas pummeliges Mädchen mit roten, kurzgeschorenen Haaren und Nasenpiercing – Romy? – legt ihr ebenfalls einen Arm um die Schultern. „Dieses Arschloch kriegt dich nicht klein! Und wenn, dann sind wir ja auch noch da!" Vorsichtig versucht Marlena, sich aus den Umklammerungen der beiden zu befreien. Mit nervösem Lächeln tritt sie einen Schritt vor, direkt vor die Linse eines Jungen, der schon die ganze Zeit Fotos von ihr macht. Ihr Lächeln wird dünn, fahrig schnellt ihr Blick an ihm vorbei, auf der Suche nach einem Weg raus aus dieser Menschentraube.

„Ey! Das können doch keine geilen Fotos werden, man, mit roter Birne und nass bis auf die Haut", versucht sie, locker und entspannt zu klingen. Der Junge – auch seinen Namen sollte sie eigentlich irgendwo abgespeichert haben! – grinst und knippst weiter. „Ne heiße Frau wie dich kann eh nichts entstellen", ruft er ausgelassen. Marlena wird schlecht. Sie macht einen Schritt auf die Tür zu. „Wie auch immer, ich geh mal duschen", sagt sie, doch noch bevor sie den Satz beendet hat, greift von hinten wieder ein Arm nach ihr. „Spielt ihr heute Abend auch wieder dieses neue Stück mit den Augen?"

„Ohhh ja, bitte, voll die geile Nummer."

Plötzlich reden sie alle durcheinander. „Hast du die geschrieben oder euer heißer, neuer Keyboarder?"

„Mega das Schnittchen übrigens", kommt es von der vermeintlichen Kathi. Sie zwinkert Marlena zu. „Aber den krallst du dir bestimmt selbst, oder?"

„Oh bitte nicht, du hast 'nen richtigen Mann verdient, Marlena, nicht so'n halbes Weib."

„Ach halt's Maul, Tino, der Typ ist heiß. Jedenfalls zehn Mal heißer wie du!"

Marlena gelingt es endlich, die Tür zu erreichen. Hektisch klopft sie wie vereinbart gegen die Scheibe, damit man sie wieder rein lässt.

Wo ist dieser verdammte Security des Schuppens?

„Schlaft ihr eigentlich direkt hier um die Ecke im Hotel Amadeus?“ Schon wieder ist diese Kathi neben ihr. Sie lächelt sie bittend an. „Dann könnten wir nach dem Gig noch irgendwo feiern gehen!“

Marlenas Lächeln wirkt mittlerweile sehr angestrengt. „Nein, wir düsen nach dem Gig direkt los“, lügt sie. Aus dem Augenwinkel sieht sie, dass der Security drinnen endlich um die Ecke biegt. Er legt einen Zahn zu, als er Marlena in der Fantraube entdeckt.

„Schade. Aber dann vielleicht übermorgen in Stuttgart?“

„Au ja, lass‘ in Stuttgart ‘ne After Show Party machen!“ Romy ist ganz aus dem Häuschen.

„Mega Idee! Ich kenne ‘nen super Club in der Nähe des Wizemanns.“

„Ein bisschen feiern wird dir vor der Gerichtsverhandlung auch sicher gut tun, Marlena! Wann ist die noch gleich? Irgendwo hab‘ ich das gelesen…“

„Ist der Typ eigentlich auf freiem Fuß? Dann könnte der ja jederzeit auf einem eurer Konzerte vorbeikommen.“

Marlena zuckt vage mit den Schultern. Der Security hinter der Tür hantiert mit seinem Schlüsselbund herum. *Auf unseren Konzerten?*

„Ach, mach dir keine Sorgen! Wenn der dir zu nah kommt, pusten wir den um.“ Irgendwas an der Aussprache dieses Tino gefällt Marlena nicht.

„Genau! Und wenn der vor Gericht freigesprochen wird, kümmern wir uns da auch drum!“ Romy lacht, sie scheint die Idee großartig zu finden.

„Leute, ich…“ Marlena versucht verzweifelt, wieder Oberwasser zu gewinnen.

„Hast du Angst vor dem?“ Wieder Kathi. „Ich hätte Angst.“

„Voll“, pflichtet Romy ihr bei.

Endlich geht die Tür auf und Marlena schlüpft durch den Türspalt, ohne verhindern zu können, dass es wie eine Flucht aussieht.

„Können wir nach dem Gig noch ein Foto zusammen aufnehmen? Marlena! Du hast es beim letzten Mal versprochen", ruft eines der Mädchen ihr hinterher, bevor die Tür hinter ihr und dem Security ins Schloss fällt.

Marlena zittert immer noch, als sie in der Backstage-Garderobe angekommen ist.

***

Frank steht einige Stunden später am Treppenaufgang hinter der Bühne und wird mit jedem Lied, das verklingt, eine Spur ärgerlicher. Von seinem Platz aus kann er das Geschehen im Rampenlicht gut verfolgen. Spaß macht das an diesem Abend allerdings nicht.

Schon direkt nach Beginn des Konzerts war nichts so gelaufen, wie eigentlich geplant: Während die ersten drei Lieder bei ‚Freifahrtschein' normalerweise direkt hintereinander weg gezockt werden, um das Publikum erst mal in eine gewisse Stimmung zu heben, hatte Marlena heute direkt nach der Opener-Nummer – in diesem Fall ‚Sintflut' – eine Begrüßungsansage gemacht: Atemlos, ohne Begeisterung, noch dazu viel zu lang. Nicht nur Frank war das aufgefallen, auch Lukas und Tilman hatten einen irritierten Blick gewechselt – vor allem, nachdem ihre Sängerin dann auch noch ‚Sanduhr' anstatt ‚#Like4Like' angesagt hatte. ‚SANDUHR'! Eine der ruhigsten Nummern im Set, und das direkt zu Beginn der Show!

Die Reaktion des Publikums war entsprechend verhalten ausgefallen. Bei ‚Zeppelin', drei Lieder später, hatte Marlena die Leute dann zwar einigermaßen gekriegt, so richtig ausgelassen war die Atmosphäre da draußen aber immer noch nicht.

Frank nimmt missmutig einen Schluck Kaffee aus seinem Pappbecher. Die letzten Tage waren für ihn ohnehin schon wahnsinnig anstrengend gewesen. Nicht nur hatte er ständig Anrufe von Leuten abweisen müssen, die nähere Informationen zu Marlenas Bahn-Geschichte und der bevorstehenden Gerichtsverhandlung haben wollten. Auch war aus dem ursprünglich von Tobias geforderten „einen Tag Schonzeit", was die Pre-Show-Pressegespräche angeht, mittlerweile offenbar klammheimlich die Regel geworden. Am letzten Wochenende hatte er das noch verstanden; da war er aber auch noch davon ausgegangen, spätestens heute wieder das normale Tourtagesgeschäft aufnehmen zu können. Als er Lukas aber dann am Morgen die Liste mit den Terminen für den heutigen Tag hatte geben wollen, war er eines Besseren belehrt worden.

„Wir haben doch gesagt: Keine Presse-Statements vor der Gerichtsverhandlung, Frank"

„Lukas, das hier sind doch keine Exklusiv-Interviews zu Marlenas Situation – das sind die normalen, kurzen ‚Und, wie fühlt sich die erste Deutschland-Tournee an?'-Gespräche...."

„...also nicht mit Journalisten?"

„Doch, natürlich, aber..."

„Dann weiß ich nicht, warum wir darüber diskutieren. Wir haben dir gesagt, Marlena hat momentan andere Sachen auf der Platte – ab Dienstag nächster Woche kannst du sie wieder verplanen, vorher nicht. Punkt."

„Lukas, die Presse erwartet das! Diese Pressetermine gehören bei Bands eurer Größenordnung zum Standard-Programm. Mindestens die Hälfte der Nachberichterstattung eurer Konzerte generiert sich über solche Interviews!"

„Dann müssen wir für den Moment eben mit der anderen Hälfte auskommen."

Wie man sich so stur stellen und die Chancen, die man hat, so sehr gegen die Wand knallen kann, ist Frank ein wahres Rätsel. Er hat versucht, gute Miene zu bösem Spiel zu machen – hatte die Lokalzeitungen, die freien Journalisten und die wenigen Radio-Reporter angerufen, sich Lügen von ‚zeitlichen Engpässen' und ‚einer sich anbahnenden Grippe innerhalb der Band' einfallen lassen und höflichst um Verständnis gebeten, dass die Pressetermine abgesagt werden müssen. Welche Konsequenzen das allerdings langfristig haben wird, das bleibt auch für ihn abzuwarten. *Und wenn die Band jetzt auch noch anfängt, ihre sonst so mitreißenden Live-Performances zu verhunzen, werde ich mir wirklich Gedanken darum machen müssen, ob diese Truppe noch tragbar ist,* denkt er. Marlena auf der Bühne bleibt gerade, mitten in ‚Jäger der Wüste', wie angewurzelt neben ihrem Mikroständer in der Mitte der Bühne stehen und fordert das Publikum dazu auf, den Refrain mit ihr zu singen. Verständnislos schüttelt Frank den Kopf. *‚Jäger der Wüste' ist keine Hymne für Publikumsanimationen, da musst du auf der Bühne Action machen, Mädchen! Hast du denn den Verstand verloren?*

„Ich muss dich kurz stören", brüllt ihm plötzlich eine Stimme ins Ohr. Verärgert dreht er sich um. Dave, einer der Roadies, steht mit der Preisliste des Merchandisings neben ihm. „Die alte CD der ‚Freifahrtschein'e ist ja ausverkauft, richtig? Was ist denn dann dieser Eintrag hier unten, ‚DK...Reflec....'?"

„‚Refractions', Mann...", brüllt Frank entnervt zurück. „Das ist die Platte des Support-Acts, DK steht für Dennis Kresin. Warum steht das überhaupt auf eurer Preisliste? Die verkauft der selbst und Punkt."

Ganz offensichtlich erleichtert nickt Dave und wendet sich zum Gehen. „Ah gut. Ich hab' die nämlich auch nicht gefunden bei uns." *Kann denn niemand in dieser verdammten Unternehmung hier einfach mal seinen beschissenen Job richtigmachen?*

Auf der Bühne beginnt gerade der letzte Song vor der Zugabe. Immer noch wartet Frank vergebens auf ‚#Like4Like', in seinen Augen ganz klar eine der stärkeren Nummern im Set. Anstatt dessen hallen plötzlich die ersten Klänge einer Covernummer, die die Band ewig nicht gespielt hat, durch das Batschkapp. Frank steht buchstäblich kurz vorm Explodieren. Kritisch beobachtet er Marlena, die von ihrer ganzen Körperhaltung so wirkt, als sei das Konzert für sie längst abgeschlossen. Schon seit sie heute Nachmittag vom Laufen zurückgekommen ist, wirkt sie verändert. Hat beim Catering wenn es hochkommt einen halben Teller Suppe gegessen, kaum geredet und sich mindestens 40 Minuten zum Einsingen zurückgezogen.

Sie entwickelt sich noch zu einer richtigen Diva, denkt Frank in die letzten Klänge des Liedes hinein. Fast ist er überrascht, dass das Publikum laut jubelnd nach einer Zugabe fordert.

Marlena lächelt ins Publikum, winkt den Leuten zu und wendet sich zum Gehen. Doch sobald sie sich vom Publikum wegdreht und auf der ihm entgegengesetzten Seite die Bühne verlässt, fallen ihre Gesichtszüge komplett in sich zusammen. Ihr Blick wirkt völlig desinteressiert, fast benebelt. Schlurfenden Schrittes verschwindet sie aus seinem Blickfeld.

Mädel, reiß' dich gefälligst zusammen, mit so einer Haltung kannst du in dieser Branche keinen Blumentopf gewinnen.

Frank ist jetzt wirklich angespannt. Aus dem Zuschauerraum ist lautes, rhythmisches Klatschen zu hören. Umpft – Umpft – Umpft. Umpft – Umpft – Umpft, dröhnt es durch die Halle. Aus irgendeinem Grund scheint das Publikum zufrieden zu sein. Und auch wenn Frank es an diesem Abend wirklich nicht verstehen kann, es erleichtert ihn ein Stück weit. Auch wenn er nach der Show wirklich ein ernstes Wörtchen mit der Band würde reden müssen.

„Frank…?" Schon wieder eine Stimme hinter ihm.

„Jetzt nicht, bitte", winkt er konzentriert ab. *Wo bleiben die fünf denn jetzt, verdammt? Die können nicht ewig mit ihren Zugaben warten!*

„Nee, ernsthaft, Mann, es…" Unwirsch dreht Frank sich um und fährt Dennis, dem Support-Musiker, über den Mund.

„Ich habe jetzt keine Zeit, hab' ich gesagt!"

Als er sich wieder zur Bühne umdreht, sieht er, wie Lukas aus dem gegenüberliegenden Bühnenschatten hektisch zu ihm herüberwinkt und auf das Licht zeigt. *Das Licht? Was ist mit dem Licht?*

„Frank, ernsthaft, du musst der Technik Bescheid sagen, dass die Saal-Licht und Musik anmachen müssen. Die Band kann nicht wieder auf die Bühne", dringt die fast verzweifelte Stimme des Akustik-Gitarristen erneut zu ihm durch. Wütend dreht er sich zu Dennis um. „Was soll das heißen, die Band kann nicht wieder auf die Bühne? Warum nicht?" blafft er den Musiker an.

„Weil Marlena hinter der Bühne zusammengebrochen ist."

Tourpause

Das Problem mit dem Tourleben ist ja: Es ist eine der stärksten Drogen, die man sich selbst in den Körper pumpen kann. Es ist nicht nur das Adrenalin, das durch die Adern läuft, wenn man auf der Bühne steht und die Leute einem zujubeln.

Die Anspannung; der riesige Bock auf Musik oder die große Party, die man haben kann, wenn alles vorbei ist.

Nein – das, was am meisten süchtig macht, ist das Gefühl, Teil eines unerschütterlichen Ganzen zu sein. Einer Familie anzugehören, die genau das fühlt, was einen selbst auch antreibt – die den gleichen Stress und die Begeisterung kennt, die man durchlebt, und die nachvollziehen kann, wie man drauf ist, wenn man am Ende des Abends in seinen Bus-Sitz fällt; unfähig, zu schlafen, und doch zu kaputt, um irgendetwas anderes zu machen.

Es ist kaum zu beschreiben, wie schwer einem das Herz sein kann, wenn die Energie des Konzerts langsam verschwindet. Wie brutal das Wiederkehren all der Gefühle ist, die man für die Zeit auf der Bühne verdrängt hat.

Das Einzige, was hilft, ist dann oft das gemeinsame Herunterkommen, bei einem Bier oder zwei, mit albernen Gesprächen und der uneingeschränkten Möglichkeit, man selbst zu sein. Und sei es nur für ein paar Stunden.

Das Gefühl, aus dieser Familie herausgerissen zu werden und wieder in den eigenen Alltag zurückzukehren, war Marlena immer schon schwergefallen. Meist war es deshalb zu ertragen gewesen, weil ihr Terminkalender auch unter der Woche so voll ist, dass sie wenig Zeit zum Nachdenken hatte.

Etwas, was radikal anders ist, wenn man plötzlich 72 Stunden gähnende Leere vor sich sieht, weil plötzlich drei Konzerte abgesagt werden müssen. Und dann auch noch nur wegen dir!

Als Marlena am Samstagmorgen aufwacht, liegt sie auf der Couch und spürt jede Faser ihres Körpers. Nachdem Lukas sie in der Nacht zu Freitag zuhause abgesetzt hatte, hatten sie fast eine dreiviertel Stunde vor ihrer Haustür diskutiert, ob er nun zur Sicherheit bei ihr übernachten soll oder nicht.

„Lukas, es geht mir GUT! Meine Güte, warum glaubt mir denn keiner, dass ich klarkomme? Ihr müsstet dieses ganze Drama wegen mir gar nicht veranstalten! Von mir aus können wir morgen nach Saarbrücken fahren und gut ist."

„Marlena, du bist umgefallen, als du von der Bühne kamst!"

„Ach, was für eine Scheiße, Lukas! Mir war schwarz vor Augen, so wie das ganze Konzert über auch, und da habe ich das auch ganz gut kaschieren können! Als ich von der Bühne runter kam, hatte ich dann kurz Zeit für mich, deswegen hab' ich die Gelegenheit genutzt und die Beine hochgelegt. Wenn ihr nicht so ein Theater gemacht hättet, wäre ich schon wieder aufgestanden."

Doch Lukas hatte sie nur mitleidig angesehen. Dieser Blick ist der Grund, warum Marlena unendlich froh darüber ist, dass sie mit der Ankündigung, schlafen gehen zu wollen, am Ende gesiegt hatte und alleine zurück in ihre Wohnung gekommen war. Wäre Lukas mitgekommen, hätte er das Chaos, die leeren Tablettenschachteln auf dem Küchentisch, die Energy-Drink- und Cola-Flaschen und natürlich auch ihr Nachtlager auf der Couch gesehen – alles Warnsignale, die eine klare Sprache zu Marlenas Gesundheitszustand sprechen.

Dass sie selbst längst nicht so naiv, so unreflektiert und so sorgenfrei ist, wie sie zugibt, war spätestens in dem Moment ganz offensichtlich geworden, als die Haustür hinter ihr ins Schloss gefallen war. Nur ein Blick auf den Zustand ihrer Wohnung hatte gereicht, um sie in Tränen ausbrechen zu lassen. Wie ein Häufchen Elend hatte sie in ihrem Hausflur auf dem Boden gesessen, eine gefühlte Ewigkeit lang, den Koffer mit ihren Bühnenoutfits neben sich, ihre Jacke, die Handtasche auf den Füßen, bis sie erschöpft gegen die Tür gelehnt eingeschlafen war.

Tief in ihrem Inneren weiß Marlena, dass ihre Mitmusiker richtig entschieden haben, als sie das Konzert vor den Zugaben abgebrochen und den Toursanitäter geholt hatten. Ein leichter Kreislaufzusammenbruch, so die Diagnose – zurückzuführen auf den ständigen Wechsel zwischen Koffein und Beruhigungsmitteln, den sie ihrem Körper in den vergangenen Tagen angetan hatte. Nichts dramatisches also – und trotzdem hatte sie, insbesondere für Lukas und Simon, völlig ausgereicht, um den Streit des Jahrhunderts mit Frank vom Zaun zu brechen.

„Ihr könnt das Tourneewochenende nicht absagen, das kostet uns ein Schweinegeld!"

„Frank, es reicht! Marlena wird bis nach der Gerichtsverhandlung nicht auftreten und Punkt."

„Das wirst du unseren Vertragspartnern dann aber schön selbst erklären, mein Freund!"

„Klar. Ist ja nicht so, dass das dein Job wäre oder sowas…"

„Erzähl mir nicht, was mein Job ist, Lukas, sondern mach' verdammt nochmal deinen!"

Wenn Sie nur daran zurückdenkt, wie ihre engsten Vertrauten sich hinter der Bühne angebrüllt hatten, während Stefan und seine Roadies hektisch die Bühne abgebaut hatten und der Veranstalter, Dennis, die Sicherheitsleute und weißt der Geier wer noch alles ständig an ihnen vorbeigerannt waren! Es war furchtbar gewesen.

Und doch war am Ende eigentlich alles ganz schnell gegangen. Sie waren noch nicht wieder in Köln gewesen, da hatte Tilman via Social Media und Homepage bereits die Fans informiert; Hotelzimmer waren storniert und Anrufe auf den Anrufbeantwortern des Ticket-Vertriebs und der drei Live-Clubs in Saarbrücken, Stuttgart und Freiburg hinterlassen worden. Frank hatte eingelenkt, nachdem Simon sich anhand ihres vehementen Protests gegen die Absagepläne dazu gezwungen gesehen hatte, die Geschichte ihres Zusammenbruchs aus dem Proberaum auszupacken. Ihr Manager hatte sie mit einer Mischung aus Mitleid, Verärgerung und Resignation gemustert und die Schultern gezuckt. „Okay, ja, das Risiko ist zu groß", hatte er zugegeben; dann mit zusammengebissenen Zähnen begonnen, sich um das Technik-Team, die Transportlogistik und die Fans vor der Halle zu kümmern. Am Proberaum in Buchforst hatte Marlena verzweifelt versucht, sich bei ihm zu entschuldigen, hatte sogar noch einen weiteren Vorstoß gewagt, um wenigstens die Konzerte am Samstag und am Sonntag noch retten zu können. Doch Frank hatte abgewunken und ihr wenig liebevoll die Schulter getätschelt. „Werd' du lieber gesund, damit hilfst du mir mehr als mit allem anderen." Die Enttäuschung aber war ihm deutlich anzusehen gewesen.

Seitdem liegt sie hier. War am Freitagvormittag irgendwann völlig gerädert vom Flur auf ihre Couch umgezogen, hatte lediglich ihre Konzert-Klamotten gegen eine Schlafanzughose und ein übergroßes T-Shirt getauscht. Noch nicht einmal ihren Tourkoffer hat sie ausgepackt.

Immer wieder hatte sie zwischendurch sinnlose ‚Ja-mir-geht's-gut-mach-dir-keine-Sorgen-ich-schlafe-viel-und-bin-bestimmt-bald-wieder-auf-dem-Damm'-Telefonate führen müssen: Mit Linda und Lukas, die sich offenbar darauf geeinigt hatten, abwechselnd alle zwei Stunden zu überprüfen, ob sich nicht doch noch irgendwo eine Ausrede finden lässt, mit der sie sich über ihren Wunsch nach Ruhe hinwegsetzen und in ihre Wohnung einfallen können. Mit ihrer Mutter hatte sie telefoniert, mit Tilman, sogar mit Stefan Klingenberg.

Abgesehen davon aber besteht ihr Zeitvertreib ausschließlich daraus, mit ihrem Handy auf der Couch zu liegen, lustlos durch soziale Netzwerke zu scrollen und Interviews mit den Schauspielern ihrer Lieblingsserien anzuschauen. Und zu schlafen. Ausnahmsweise sogar mal wieder traumlos – die neuen Schlaftabletten scheinen endlich zu wirken.

Trotzdem fühlt sie sich schlecht, nutzlos; wie ein demotivierter Arbeitsloser, zwischen dem Nachmittagsprogramm im Fernsehen und der ewig gleichen Jogginghose gefangen; seiner Aufgabe, seiner Daseinsberechtigung beraubt, und dominiert vom Selbsthass darüber, seine Situation immer tiefer in den Sumpf zu befördern. Welche Folgen werden die Konzertabsagen für ihrer aller Karriere haben? Wie würden sich ihre psychischen Probleme auf ihre Band, auf ihre Freundschaften und auf ihr Selbstwertgefühl auswirken?

Seufzend steht sie auf, zwingt sich dazu, unter die Dusche zu steigen und sich anzuziehen, auch wenn sie gar nicht so recht weiß, warum eigentlich – sie hat eh nichts vor, nachdem ihr Wochenend-Programm geplatzt ist wie eine Seifenblase.

Sie widmet sich lustlos dem Chaos in ihrer Wohnung, räumt etwas auf, nur um zehn Minuten später wieder damit aufzuhören, weil ihr die Kraft fehlt, die Spülmaschine auszuräumen.

Es wird Zeit, dass sie sich mit sich selbst auseinandersetzt, beschließt sie, als sie sich in der Küche einen Tee aufgießt und aus dem Fenster blickt.

Also gut Marlena, was wird passieren, wenn die Verhandlung übermorgen unglimpflich ausgeht? Was machst du, wenn dieser blöde Sack freigesprochen wird?

Sie weiß es nicht. Es gibt nichts, was sie tun kann. Es ist noch nicht einmal so, dass sie wirklich sicher ist, dass diese Verurteilung so wichtig für sie ist – sie will keine Rache, noch nicht einmal die Gerechtigkeit, die andere Leute in einer Verurteilung erkennen würden, will sich ihr erschließen. *Was ändert es denn, wenn er eingesperrt wird? Was ändert es, ob es ihm leidtut?*

Die Wahrheit ist: Ihr Angreifer ist nebensächlich, denn er steht nur für eine Erkenntnis, die längst niemand mehr zurücknehmen kann: *Du bist nicht sicher! Du bist nicht sicher, wenn du in die Bahn, den Bus oder das Flugzeug steigst; nicht sicher, wenn du eine Konzerthalle betrittst, ins Kino gehst oder über die Domplatte schlenderst. Du bist nicht einmal sicher in deinen eigenen vier Wänden, denn es wird immer Menschen geben, die dir dieses*

Heiligtum, deinen Schutzraum, kaputt machen wollen. Oft hatte sie schon mit Irene Gottlob über das Thema gesprochen, die immer und immer wieder das gleiche sagt: *„Das stimmt, Frau Schuster, nichts im Leben ist sicher, auch Ihr Schutzraum nicht. Wichtig ist nur, dass Sie Ihr Leben davon nicht bestimmen lassen. Dass Sie sich selbst Schutzräume suchen, die das Gefühl, genau diese Tatsache ertragen zu müssen, etwas weniger unerträglich machen."*

Es geht also nur um das eigene Lebensgefühl. Die Illusion von Sicherheit, die man sich selbst erschaffen muss. Mit deren Hilfe es leichter fällt, die berechtigten Ängste zu vergessen, zu ignorieren zu lernen. *Was für eine Farce!*

Das, was Marlena am meisten Angst macht, wenn sie an die Gerichtsverhandlung denkt, ist: Alles noch einmal durchleben zu müssen. Ihrem Angreifer in die Augen blicken, dasselbe Feuer, die gleiche Wut wieder entdecken zu müssen. Bilder, die schwer zu verdrängen waren und fortan wieder viel bunter, viel lebhafter durch ihre Träume geistern werden.

Erst, als sie den Tee verschüttet und ihren eigenen Schmerzenslaut hört, merkt Marlena, wie sehr ihre Hände zu zittern begonnen hatten. *Es ist aussichtslos*, denkt sie. *Die Verurteilung wird dir nicht helfen, du wirst das schon irgendwie alleine überwinden müssen. Wie so oft...*

Das Klingeln der Tür reißt sie aus ihren trüben Gedanken. Verwundert geht sie zur Gegensprechanlage. Sie erwartet niemanden. „Hallo?"

„Ich bin's Simon. Magst du mal runterkommen?"

Marlena zögert. „Ehrlich gesagt, es ist grad..."

„Ich will dir was zeigen, Marlena. Ich glaube, es könnte dir guttun." Simons Stimme ist sanft, aber bestimmt. „Oder willst du allein in deiner Wohnung sitzen und grübeln, bis endlich die Nacht und der morgige Tag rum ist und du zum Gericht aufbrechen kannst? Denn ich weiß, dass du das tust."

Kurz zögert Marlena noch. Dann gibt sie sich einen Ruck.

„Gib mir fünf Minuten, okay?"

***

Als Simon mit ihr auf das urige Gemeindehaus in Bergisch Gladbach zufährt, ist Marlena ehrlich überrascht – und bereut sofort ein wenig, auf seine Expertise vertraut zu haben. „Du fährst mich in die Kirche? Ist das dein Ernst?", fragt sie unwirsch, als sie aus dem Auto aussteigt.

Simon lacht. „Was denn, hast du mir nicht zugetraut, ne Connection zu Gott zu haben?"

Marlena schüttelt den Kopf. Nach Lachen ist ihr nicht zumute. „Das ist es nicht, Simon, es ist einfach die Tatsache, dass ICH keine Connection zu Gott habe." Sie streicht sich durchs Haar und bleibt neben dem Auto stehen. „Ich weiß einfach nicht, was ich hier soll", murmelt sie.

Simon macht einen Schritt auf sie zu und lehnt sich gegen sein Auto. „Mir beim Klavierspielen zuhören", lächelt er sie an. „Nichts weiter."

Sie sieht ihn überrascht an. „Du spielst hier?"

„Ein Freund von mir, den ich nach ‚Tommy and Gina' irgendwann kennengelernt hab, ist in dieser Gemeinde sehr aktiv, organisiert die Jugendgottesdienste und hat echt ein tolles Programm hier hochgezogen, mit Live-Band und allem drum und dran. Ab und an, wenn ich Zeit hab, helfe ich hier aus, wenn der Pianist nicht kann." Er greift nach Marlenas Hand. „Komm, es macht wirklich Spaß. Und wenn's nur 'ne Stunde Tapetenwechsel ist."

Marlena nickt zögernd. Ausreden fallen ihr keine ein, und von Simon zu verlangen, dass er sie wieder nach Hause fährt und den Gottesdienst verpasst, wäre ohnehin jenseits des Verlangbaren. „Okay, warum nicht", sagt sie und geht langsam neben ihm auf das Gemeindehaus zu.

Als sie das Foyer betreten, ist Marlena überrascht, wie viele Jugendliche da sind: In kleinen Gruppen stehen sie da, lachen und albern herum, freuen sich ganz offensichtlich auf die kommende Stunde. Simon begrüßt einige von ihnen, schüttelt Hände, nickt Leuten zu, bahnt sich seinen Weg zu einem Mann im grauen Pulli. Seine Dreadlocks fallen zu einem lockeren Zopf gebunden über seine Schultern. Er strahlt, als er Simon und seine Begleiterin erblickt.

„Simon“, er spricht den Namen Englisch aus, als er den Keyboarder herzlich umarmt. „Schon das zweite Mal in drei Wochen, Mensch! Cool, dass du da bist.“ Er wendet seine Aufmerksamkeit Marlena zu, die Simon langsam hinterhergeschlendert ist. „Und wer ist die hübsche Lady da an deiner Seite?“

Simon dreht sich zu Marlena um. „Marlena, darf ich vorstellen, das ist Timur, ein guter Kumpel von mir. Timur, das ist Marlena – die Sängerin der Band, in der ich gerade spiele.“

Timur lächelt Marlena freundlich zu und schüttelt ihre Hand. „Schön dich kennenzulernen, Marlena. Simon hat mir schon viel von ‚Freifahrtschein‘ erzählt – klingt super, was ihr da macht.“ Marlena lächelt zurück. „Danke. Wir sind auch ganz happy, dass wir ihn haben.“ Der Blick, den sie Simon zuwirft, ist ehrlich.

„Ich bin echt froh, dass ich ihn mir hin und wieder mal ausleihen darf, unser Keyboarder ist ein Chaot vor dem Herrn, weißt du?“

Simon lacht. „Ach komm, künstlerische Genies brauchen Freiraum“, scherzt er. An Marlena gewandt fügt er hinzu: „Am ersten Tour-Wochenende, als wir in Hamburg waren, hat er mich auch schon ganz panisch angerufen. Da hatten die Jungs und Mädels hier montags eine Abendmesse und der Keyboarder hatte sich am Tag vorher beim Kickboxen den Finger verstaucht.“ Er blickt wieder zu Timur. „Ist der Herr denn mittlerweile wieder fit?“

Timur zuckt die Achseln. „Letztes Wochenende hat er gespielt, aber dieses ist es auf einmal wieder furchtbar schlimm geworden.“ Er verdreht die Augen. „Du weißt ja wie das ist. Ich glaub eher, ihm ist da ein Mädel dazwischengekommen.“ Simon lacht. „Jugendlicher Leichtsinn und so.“

Timur legt einen Arm um seine beiden Besucher und führt sie in den Gemeindesaal. „Marlena, du kannst dich gern hier vorn rechts in die erste Reihe setzen, dann kann Simon dir Gesellschaft leisten, wenn er gerade nicht spielt.“ Eh sie sich versieht, hat er sie in die Kirchenbank gedrückt. „Ich sehe euch später!“, verabschiedet er sich und geht zu einer Gruppe von Jugendlichen, die am Rande des Saals in einigen Ordnern blättern und sich offenbar letzte Notizen vor dem Gottesdienst machen.

„Entschuldige mich, ich schau mir kurz die Sheets an", sagt Simon an Marlena gerichtet und wendet sich der kleinen Band zu, die in der rechten Ecke des Saals ihr Equipment aufgebaut hat. Es ist nichts Wildes; nur ein kleines Schlagzeug steht dort, ein E-Piano und einige Mikroständer. Auf dem Boden kniet ein Junge mit einer Gitarre in der Hand; Simon begrüßt auch ihn und wechselt einige Worte mit ihm.

Marlena zieht langsam ihre Jacke aus und sieht sich um. *Gott, was mach ich nur hier,* fragt sie sich, verschränkt schützend die Arme und mustert unsicher ihre Umgebung. Die Reihen um sie füllen sich, es sieht so aus, als werde das Gemeindehaus heute bis auf den letzten Platz belegt sein. Hinter der Kanzel, auf der Timur einige Unterlagen sortiert, ist eine Leinwand aufgebaut. Ein Beamer projiziert ein Bild mit einem leeren Stuhl darauf an die Wand, im Hintergrund ist das Scheinwerferlicht einer Bühne zu sehen. In großen Lettern steht dort geschrieben: „Gott spielt keine Rolle in meinem Leben – er führt Regie." Über der Szenerie an der Wand hängt eine riesige Jesus-Figur. Es ist nicht die übliche Kreuz-Szene, sondern einfach ein Torso mir weit geöffneten Armen. Er wirkt einladend, wie er dort im warmen Licht der roten und gelben Scheinwerfer, die den Gemeindesaal fluten, auf sie herabblickt.

Das Licht wird abgedunkelt, Simon beginnt, auf dem E-Piano eine melancholische Melodie zu spielen. *Na, das kann ja heiter werden,* denkt Marlena. Dann wendet sie ihre Aufmerksamkeit Timur zu, der auf der Kanzel zu sprechen begonnen hat und drei Jugendliche zu sich winkt.

***

„Ich bin Melissa", erzählt das Mädchen im Scheinwerferlicht. „Ich bin Schauspielerin, und es ist mein sehnlichster Wunsch, berühmt zu werden. Momentan spiele ich in der Theater-AG, nehme Schauspielunterricht, aber irgendwann möchte ich an der Seite von Brad Pitt oder Ian Somerhalder in Hollywood große Filme drehen. Ich bin bereit, wisst ihr? Koste es was es wolle. Ich weiß, dass ich meine Familie zurücklassen muss. Ich weiß, dass ich viele falsche Freunde haben werde, viele Rollen spielen muss, die nicht schön sind. Vielleicht als Leiche in einem drittklassigen Indie-Film. Vielleicht als Prostituierte, die viel nackte Haut zeigen muss. Ich bin bereit. Mein Körper gehört der Leinwand. Und irgendwann werden die Menschen mich lieben, für das, was ich ihnen von mir gegeben habe." Das Mädchen tritt einen Schritt zurück und macht Platz für einen schlaksigen Jungen. „Ich bin Kai", sagt er. „Ich will Feuerwehrmann werden." Auch er erzählt seine Geschichte, malt Heldengeschichten von brennenden Häusern und geretteten Katzen und endet: „Gott, ich werde mich vor verliebten Mädchen kaum retten können."

Wie der Rest der Gemeinde muss Marlena über das kleine Theaterstück, das die Jugendlichen auf die Beine gestellt haben, schmunzeln. Auch, als Cindy ihre Geschichte erzählt, die als zukünftige Celebrity-Journalistin mit allen großen Rockstars per Du und in ihrem Freundeskreis die Coolste ist, weil sie von allen Royal-Hochzeiten, Liebespaaren und Drogenabstürzen als Erste weiß, hört sie aufmerksam zu. Die drei Jugendlichen führen einen kurzen Dialog mit Timur, der sie als unbeteiligter Beobachter auf ihre Ich-Bezogenheit hinzuweisen versucht, doch es ist vergebens: Ihre Charaktere sind völlig von ihren Star-Träumen überzeugt und verlassen in drei verschiedene Richtungen überheblich die Bühne.

Timur wendet sich seiner Gemeinde zu. „Ihr kennt das, oder? Dieses Gefühl, unbedingt gemocht zu werden, Anerkennung zu bekommen für das, was ihr tut. Bewundert zu werden!" Er macht eine Kunstpause. „Ich zumindest kenne das sehr gut. Applaus tut der Seele gut. Er gibt einem das Gefühl, mehr wert zu sein. Etwas Besonderes zu sein. Unersetzlich zu sein. Ab und an können wir das alle ganz gut gebrauchen, zum Beispiel an so Tagen, wo einfach alles schiefgeht. Wo wir uns selber nicht leiden können, wenn wir morgens in den Spiegel gucken." Wieder macht er eine Pause und lässt seinen Blick über seine

Gemeinde schweifen. „Worüber ich heute mit euch sprechen möchte, ist allerdings die Frage, wie viel dieser Applaus am Ende des Tages wirklich wert ist. Wie viel davon echt ist. Ob er uns vielleicht sogar von dem ablenkt, was wir wirklich tun müssen, um uns wieder gut zu fühlen."

Er nickt Simon und den anderen drei Jungs der Band zu. „Aber erst einmal möchte ich mit euch singen."

Auf der Leinwand erscheint ein Text. ‚Komm ins Licht', steht dort, darunter Timurs Name, direkt neben Simons. Offenbar haben die beiden den Song gemeinsam geschrieben. Als die Band beginnt, zu spielen, ist Marlena überrascht, dass die gesamte Gemeinde lauthals mitzusingen scheint. Fast fühlt sie sich etwas unwohl in ihrem Sitz. Drückt sich tiefer hinein, während sie leise die Worte murmelt, die der Beamer durch den Raum projiziert.

Ich brauch' dich nicht, ich schaff das schon
hast du mir stets gesagt
Den Weg will ich alleine geh'n
was er auch bringen mag

Doch wenn der Tag zu Ende geht
sei sicher, ich bin da
Auch wenn du mich nicht sehen kannst
ich bin dir immer nah

Als der Chor, der sich mittlerweile hinter der Kanzel aufgestellt hat, im Refrain einsetzt und den ganzen Raum mit klarem, mehrstimmigem Gesang erfüllt, geht es Marlena durch Mark und Bein.

Sie liebt Kirchenmusik – so ist es nicht. Aber so viel Emotion, so viel Liebe, die sie um sich herum spürt, ist fast zu viel, um sie zu ertragen. Ihr Magen zieht sich zusammen, als sie die Augen auf Simons Rücken am E-Piano heftet. Versucht, mit vorsichtiger Zurückhaltung, zu genießen, was sie hört, ohne zu spüren, was sie zerreißt.

Komm zu mir Freund, nimm meine Hand
Ich trag dich durch die Nacht
Dein Leid, dein Wesen hab' ich erkannt
Ich gebe auf dich Acht
Komm ins Licht!

Nachdem der Song verklungen ist, geht Timur wieder auf die Kanzel. Er nimmt sich einen Moment Zeit, die Ruhe, die ihn nun umgibt, in sich aufzusaugen. Schließt die Augen. Beginnt, mit klarer Stimme zu sprechen.

„Komm ins Licht", sagt er. „Das ist eigentlich genau das, was unsere drei Nachwuchs-Stars wollen. ‚Ich will ins Licht, denn in diesem Licht strahle ich, werde ich wahrgenommen, werde ich wichtig'. Und doch handelt es sich um ein völlig anderes Licht. Das Licht, dass durch Gottes Liebe in unsere Herzen strahlt, ist immer da. Es ist bedingungslos, nicht an Heldentaten geknüpft. Es leuchtet uns auch dann den Weg, wenn alle anderen Lichter ausgehen." Er zeigt herüber zu Melissa, Kai und Cindy, die mittlerweile im Publikum Platz genommen haben. „Was passiert mit dem Scheinwerferlicht, in dem Melissa stehen möchte, wenn ihr erster Film ein riesiger Flopp wird?" Er macht eine Pause. „Was passiert mit dem Blitzgewitter, wenn Cindy von einer millionenschweren Rock-Band verklagt wird, weil sie – womöglich mit den besten Absichten – einen Artikel geschrieben hat, der einen Ruf zerstört und auf einer Lüge basiert?" Sein Blick wird weich. „Und was passiert, wenn Kai zum ersten Mal in seinem Leben in die Situation kommt, ein kleines Kind nicht rechtzeitig aus dem Feuer retten zu können und sich selbst überlassen zu müssen?"

Er verleiht seinen Worten Raum. Lässt sie nachhallen, durch den gesamten Raum der schummrig beleuchteten Kirche schweben, immer schwerer werden, bis sie sich wie dunkler Staub auf die Anwesenheit verteilen.

„Lichter verlöschen schnell in diesen Tagen. Wie Sterne, die einmal am Himmel erschienen und von allen bewundert worden sind, die aber eines Tages verglühen, ganz plötzlich, ohne Vorwarnung, ohne sichtbare Spur."

Er greift nach dem Funkmikrofon, das neben ihm auf der Kanzel liegt, und geht ein paar Schritte. „Ich will euch nicht sagen, ihr sollt eure Träume aufgeben. Träume sind etwas Wunderbares! Träume können belebend sein. Sie können in etwas resultieren, von dem viele, viele Menschen profitieren.

Aber ihr solltet euch fragen, aus welchen Gründen ihr träumt. Ist es wirklich so wichtig, von fremden Menschen bewundert zu werden? Berühmt zu sein, für das geliebt zu werden, was man erreicht hat? Oder ist es nicht eigentlich viel wichtiger, dass eure Familie, eure Freunde euch lieben? Dass Gott euch liebt?"

Simon am Keyboard beginnt wieder, eine Melodie zu spielen. Zuerst sind es nur ein paar einzelne Töne, ganz leise, so, dass man es kaum bewusst bemerkt, und doch unterlegt er die Stimmung im Saal optimal.

„Es gibt da eine Bibelstelle. Lukas 9, 25-26. Ich lese sie einmal kurz vor. ‚Da sprach er zu ihnen allen [...] Und welchen Nutzen hätte der Mensch, ob er die ganze Welt gewönne, und verlöre sich selbst oder beschädigte sich selbst?' Und zuvor: ‚Wer mir folgen will, der verleugne sich selbst und nehme sein Kreuz auf sich täglich und folge mir nach. Denn wer sein Leben erhalten will, der wird es verlieren; wer aber sein Leben verliert um meinetwillen, der wird's erhalten.'"

Timur blickt auf, schmunzelt. „Hey wisst ihr, ich weiß, dass das viel verlangt ist! Jesus verlangt von uns, dass wir unser Leben komplett in Gottes Hand legen. Dass wir ihm folgen, auch dann, wenn es uns nicht passt – wenn zum Beispiel ein cooles Konzert in der Lanxess Arena stattfindet oder der FC Bayern spielt." Ein Lachen geht durch die Menge. Auch Marlena muss schmunzeln.

„Wie viel Platz hat Gott denn in eurem Leben?", fragt er in die Runde. Spricht über Verantwortung, über Hingabe und Verpflichtungen. Marlenas Gedanken folgen ihm, doch sie merkt, wie er sie verliert – so ist es fast immer, wenn sie in einer Kirche sitzt. *Gott hat keinen Platz in meinem Leben*, denkt sie. Es ist eine Mischung aus Resignation, aus Trotz – auch aus Traurigkeit. *Er ist nicht da, wenn ich nachts wach werde. Er ist nicht da, wenn ich morgens in den Spiegel gucke und mich zwinge, mich zusammenzureißen. Und er war auch nicht da, als ich in dieses beschissene Gleisbett gestoßen worden bin. Da war immer nur ich, Leute! Und jetzt komm mir bitte keiner mit ‚Du willst ihn ja gar nicht hören' – das ist nur eines dieser Scheiß-Argumente der Argumentlosen, die ihr Gegenüber als Sturkopf darstellen wollen, weil ihnen selbst die Ideen ausgehen.*

Marlena weiß genau, dass ihre Gedanken ungerecht sind. Sie selbst ist ihr ganzes Leben nach dem Prinzip „Leben und leben lassen" angegangen, hat immer versucht, Respekt für das aufzubringen, was sie nicht verstehen kann. Es ist nicht fair, dass sie sauer ist – auf all diese ekelhaft glücklichen Gläubigen um sie herum. Und doch kann sie es nicht verhindern. Wieder fühlt sie sich einfach unendlich allein.

Frustriert blickt sie um sich. Sieht die nachdenklichen Gesichter der Menschen um sich herum. Sieht das Mädchen zwei Reihen weiter vorne, dass an Timurs Lippen hängt, ihn nicht eine Sekunde aus den Augen lässt, alles aufsaugt, was er zu sagen hat. Sieht die wissend lächelnde Frau gegenüber, offenbar eine Begleitung von irgendeinem Teenager, der Timur aus der Seele spricht. Das Mädchen und den Jungen rechts neben ihr, offensichtlich ein Pärchen, die irgendwann während der Predigt in stillem Einverständnis ihre Hände ineinander verschlungen haben. Keiner von ihnen sieht so verloren aus, wie sie sich fühlt. Keiner von ihnen scheint auch nur eine Sekunde daran zu zweifeln, dass es da etwas Größeres gibt; einen sicheren Hafen, der sie aufnimmt, wenn es aus eigener Kraft einmal nicht mehr weitergeht.

„Es ist eine Aufgabe, die euer Leben bestimmt. Es mag Tage geben, da ist es eine lästige Pflicht – aber Gott zu dienen und nach seinen Regeln zu leben, das ist nun mal eine Ganz-oder-Garnicht-Geschichte! Doch lasst euch eines sagen: Es ist eine Geschichte, die ihren Einsatz wert ist! Oder?", dringt Timurs Stimme wieder an ihr Ohr. Marlena seufzt in das allgemein-zustimmende Klatschen hinein. Die Musik schwillt wieder an, mit einigen kräftigen Akkorden holt Simon seine Zuhörer in ihrer Euphorie ab, um danach langsam das Tempo und die Power aus seinem Spiel herauszuziehen. Mit leisen Tönen wechselt er eine ruhige Melodie; sie klingt hoffnungsvoll. Die Gitarre setzt ein, auch der Schlagzeuger spielt nun einen leisen Beat. Ein junges Mädchen, vielleicht 14 Jahre alt, geht zur Band herüber und beginnt, zu singen.

Herr, sag' mir, wohin soll ich bloß geh'n?
Der Weg ist steinig, einsam und lang
Doch du, du trägst mich Zurück ins Leben
Auch wenn ich selbst nicht mehr gehen kann

In Marlenas Augen sammeln sich Tränen. *Als wäre es verdammt noch mal so einfach!* Als sie den Blick wieder über die Gemeinde schweifen lässt, verschlägt es ihr den Atem.

Zuerst ist es nur die Frau, die vorhin wissend gelächelt hatte, die sich aus der Menge erhebt. Sie hält ihre Hand gegen ihr Herz gedrückt, singt mit strahlendem Lächeln im Gesicht den Text mit, als sich der Refrain wiederholt. Es hat nichts Aufgesetztes, nichts Verrücktes, wie sie dort steht, völlig in Trance. Es ist ehrliche Freude, die von ihr ausgeht.

Dann, plötzlich, stehen hinten rechts zwei weitere Gemeindemitglieder auf. Eines ganz am anderen Ende des Saals. Drei weitere in der Mitte. Auch das Pärchen, das die ganze Zeit händchenhaltend neben ihr saß, hält es nicht mehr in der Bank. Mit offenem Mund sieht Marlena zu, wie ein Kopf nach dem anderen in die Höhe steigt. Drei oder vier verschiedene Lead-Stimmen sind mittlerweile zu hören, die ganze Gemeinde hat sich in einen riesigen Chor verwandelt, dessen Gesang bis in die hintersten Winkel des Gemeindesaals zu dringen scheint.

Die Energie, die von diesen Menschen ausgeht, greift nach Marlenas Herz. Sie ist so stark, dass sie fast körperlich zu fassen ist. Hinterlässt eine Gänsehaut, wohlig und eiskalt zugleich; in jedem Fall aber intensiver, als sie es zurzeit aushalten kann. Eine Träne löst sich aus ihrem linken Augenwinkel, rollt über ihre Wange, während sie aufsteht und sich vorsichtig an ihren Sitznachbaren vorbei ihren Weg nach draußen bahnt.

Den Gemeindesaal verlässt, begleitet von den Klängen des immer gleichlautenden und mit jedem Mal schöner klingenden Refrains:

Deine Kraft schenkt mir neuen Mut
An deiner Seite vergeht meine Wut
In deinem Herzen, nur Liebe, so rein
Herr, immer will ich bei dir sein

Als sie draußen angekommen ist, lässt sie sich auf den Stufen zum Gemeindehaus sinken. Mit angewinkelten Beinen sitzt sie in der Sonne, legt ihren Kopf erschöpft auf ihre Knie – und weint. Lässt alles raus, was sich in den vergangenen Wochen angestaut hat. Ihr Schluchzen verdichtet sich zu einem atemlosen Verzweiflungslaut; es klingt nach Höllenqualen, nach unendlicher Bitterkeit, doch es ist ihr egal. Sie kann einfach nicht mehr.

Eine Hand legt sich in ihren Nacken, streicht tröstend über ihre Haut. Simon setzt sich dicht neben sie, zieht ihren Kopf in seinen Arm, sagt kein Wort, drückt sie einfach nur fest an sich. Er lässt sie weinen, bis der letzte Tropfen Wasser in seinem Pullover versiegt ist.

***

„Gott, es tut mir leid“, sagt Marlena eine gefühlte Ewigkeit später, als sie sich die roten Augen reibt und die letzten Tränen verwischt. Sie hat sich aus Simons Umarmung gelöst. Versucht gequält, ihn anzulächeln. Was entsteht, ist eine verzweifelte Fratze.

„Ich wollte dich nicht ablenken, du musst doch bestimmt spielen“, sagt sie. Versucht, ihrer Stimme Festigkeit zu verleihen. Scheitert erneut.

Simon schüttelt den Kopf. „Mach dir keine Gedanken, der nächste Punkt im Programm ist ein Video zum Thema – das dauert 14 Minuten. Ich bin einfach gegangen, sobald der Song vorbei war. Und notfalls kommen die ab jetzt auch ganz gut ohne mich klar.“ Er streicht ihr über den Rücken, der Druck seiner Hand ist nicht fest, aber bestimmt. Gibt ihr Halt. „Wieder besser?", fragt er nach einem Moment der Stille. Marlena nickt, schnieft erneut. Lacht bitter-amüsiert auf. „Sorry, ich hab' diese Power da drin einfach nicht ausgehalten. Das war zu schön und zu unerreichbar für mich."

Simon hakt nicht nach - Marlena braucht einen Moment, um das zu sagen, was sie loswerden will. Anstatt dessen reicht er ihr wortlos ein Taschentuch. Sie pustet einmal heftig herein, sieht ihn entschuldigend von der Seite an. „All diese Leute da drin haben etwas, wofür ich sie wirklich beneide, Simon. Sie haben diesen sicheren Ort irgendwo, an den sie sich zurückziehen können, wenn es nicht mehr geht. Gott wird es richten für sie, richtig?" Sie schüttelt leicht den Kopf. „Ich hab' das nicht! Bitte sag jetzt nicht so etwas wie ‚Dann schau mal genau hin' oder ‚Geh mal n paar Wochen ins Kloster', so funktioniert das für mich nicht. Ich weiß einfach nicht, wie ich nach etwas suchen soll, an dessen Existenz ich nicht glauben kann." Sie blickt zu Boden. „Glaube, Liebe, Hoffnung – das sind alles Dinge, die passieren in dir drin. Die kannst du nicht erzwingen." Sie schnaubt belustigt. „Glaub mir, der Kontrollfreak in mir würde es liebend gern versuchen, aber es geht einfach nicht. So sehr ich mir auch wünschte, ein Teil dieser Energie zu sein. Denn sie fühlt sich gut an."

Simon zieht seinen Arm von ihrem Rücken zurück und greift nach ihrer Hand, mustert sie von der Seite. Es dauert eine ganze Weile, bis er das Wort ergreift.

„Marlena, ich hab' dich nicht mitgenommen, um dich zu bekehren! Ich weiß selbst noch nicht einmal, an was ich glaube!"

Unsicher blickt sie auf. „Warum dann?", fragt sie.

Er zuckt die Achseln. „Weißt du, es ist auch okay, mal etwas zu empfinden, was man nicht einordnen kann. Du neigst immer dazu, alles, was du denkst, tust oder fühlst mit so einer Art Stempel zu versehen. ‚Das ist Trauer', ‚Das ist Wut', ‚Das ist Glaube' – und nur, wenn dieser Stempel da ist, hat das Gefühl dazu eine Berechtigung." Er wendet den Blick ab, schaut in die Ferne. „Das, was du da drin gespürt hast, das ist nicht zustande gekommen wegen eines Exklusiv-Abos auf schöne Gefühle für alle, die an Gott glauben. Es ist zustande gekommen, weil eine riesige Gruppe von Menschen, die alle mit ihrem eigenen Gepäck, ihren Problemen und ihren völlig unterschiedlichen Lebenseinstellungen in diesem Gemeindehaus zusammengekommen sind, gemeinschaftlich gesagt hat: ‚Lasst uns zusammenstehen! Hier ist deine Geschichte egal, hier kannst du sein, wer du bist. Du bist Willkommen!' Aus welchen Beweggründen das passiert, ob es ein Gott ist oder irgendetwas anderes, was diesen unendlichen Respekt vor dem einzelnen Menschen hervorruft – das war mir in erster Linie ehrlich gesagt egal." Er lächelt sie an. „Ich wollte dir einfach zeigen, dass es sehr wohl einen Ort gibt, an dem du sicher bist. An dem du weinen, lachen, still sein oder mit Menschen in Kontakt kommen kannst. Singen, nur zuhören, wütend sein, traurig sein, Freude empfinden, sprechen und schweigen – all das ist hier erlaubt. Du musst dich nicht rechtfertigen!" Er lächelt. „Ich komm hier ganz oft hin, wenn ich abschalten, runterkommen, mich beruhigen oder einfach allein sein will."

Als er Marlena wieder ansieht, sieht er, dass sie wieder Tränen in den Augen hat. Doch die Verzweiflung ist verschwunden. Er legt den Arm um sie und zieht sie erneut an sich. In der Sonne bleiben sie so sitzen, eine ganze Weile.

Es fühlt sich gut an.

***

Stunden später sitzen die beiden zusammen in Marlenas Wohnung. Die Reste vom Thai Food ihres Lieferservice liegen auf dem Couchtisch, Simon lehnt sich entspannt in die Kissen zurück. „Das Sofa hier hast du auch schon ewig, oder?" Er streicht über die Polster und sieht zu Marlena rüber, die im Schneidersitz neben ihm Platz genommen hat. Sie lacht. „Ja, auf dem Ding hast du schon gesessen, als wir noch zarte, englische Balladen zusammen geschrieben haben." Sie schmunzelt und sieht zu Boden. „Oder vielmehr – ich hab' geschrieben, du hast arrangiert." Simon winkt ab. „Ach, du hast doch eigentlich den Großteil gemacht. Ich hatte nie viel mit dem zu tun, was da entstanden ist – das wichtigste, die Ideen und das alles, das kam immer von dir."

Es liegt eine gewisse Bitterkeit in seinen Worten. Überrascht sieht Marlena auf. „Hey, du hättest dich jederzeit einbringen können, Simon! Es ist nicht so, dass sich alles nur um mich drehen sollte."

Er lacht auf, es trieft nur so vor Ironie. „Als ob das was mit dir zu tun gehabt hätte! Ich hab' keine Ahnung vom Songwriting, habe ich nie gehabt!"

Jetzt ist es Marlena, die lachen muss. „Ach du spinnst doch! So ein Quatsch!" Als sie sein Gesicht sieht, fällt das Lächeln langsam aus ihren Gesichtszügen heraus. „Du meinst das ernst! Du glaubst wirklich nicht, dass du das kannst!"

Simon zuckt die Achseln. „Was meinst du denn, warum ich damals jeden Scheiß-Job mitgenommen hab, der mir angeboten wurde?" Er sieht sie an. „Ich war jahrelang fest davon überzeugt, dass das alles ist, was ich kann. Das Zeug von anderen Leuten spielen – völlig egal, ob ich's mag oder nicht." Er hält kurz inne, steht auf, holt sich ein Glas Wasser aus der Küche, während Marlena ihn von der Couch aus mit offenem Mund anstarrt. „Diese ganze Sache mit der Musik, die war nie geplant von mir. Ich hab' aber auch nie Einwände erhoben, als sie passiert ist – lief ja, ich musste mich ja buchstäblich um nichts kümmern. Als dann irgendwann der Punkt kam, wo ich mich hätte fragen müssen, was ich eigentlich will – ob ich Profi-Musiker sein will, was ganz anderes machen, Hard Rock oder Klassik spielen, da hatte ich viel zu viel Schiss, mich falsch zu entscheiden. Denn was konnte ich schon? Was konnte ich wirklich?"

Wieder zuckt er die Achseln, lässt sich neben Marlena fallen. „Ich hab' mir eingeredet, dass meine Hauptaufgabe darin besteht, zu beobachten, wo das Potenzial liegt, dass die Kasse regelmäßig klingelt. Um mir zumindest einen Hauch von Sicherheit zu verschaffen. Und als diese Sicherheit dann weggebrochen ist, mit ‚Tommy and Gina', da habe ich die Nerven verloren."

Ruhig blickt sie ihn an. „Und dann?", fragt sie. Fast fühlt sie sich schuldig, dass sie in all der Zeit, in der Simon sich um ihre Krisen gekümmert hat, nicht einmal nachgefragt hat, wie es ihm eigentlich geht. Es interessiert sie wirklich, jetzt, hier auf ihrer Couch.

Er knibbelt an dem Verpackungsmaterial des Lieferservices herum. Sieht sie nicht direkt an, während er weiterspricht. „Ich habe die Musik abgeschrieben. Hab monatelang gejobbt – an Tankstellen, als Hausmeister, zum Schluss in 'ner Kneipe." Er blickt auf, muss schmunzeln. „Da habe ich dann übrigens auch Timur kennengelernt. Alter, ging der mir auf den Sack mit seinen stundenlangen Monologen an der Theke! Am Anfang hätt' ich ihn am liebsten jeden Abend rausgeschmissen. Ich wollte einfach meine Ruhe haben!" Er muss lachen, leise nur, sein Blick schweift wieder ab. „Aber Timur hat nicht lockergelassen. Irgendwann sind wir Freunde geworden. Und offen gestanden, wenn er nicht gewesen wäre: Ich weiß nicht, ob ich heute wieder dazu imstande wäre, Musik zu machen." Marlena lächelt. „Weil du dir gebraucht vorkamst, bei ihm in der Gemeinde."

Simon nickt. „Du glaubst gar nicht, wie gut das tut, wenn du nach so 'ner Geschichte auf einmal wieder merkst, dass den Leuten deine Musik was bedeutet. Dass du sie erreichen kannst mit dem, was du spielst."

Sie lässt seine Worte im Raum verhallen. Dann erst gibt sie sich einen Ruck und sagt, was sie denkt, seit er mit seinem Monolog begonnen hat.

„Du hast mich immer erreicht, mit dem, was du gespielt hast, Simon. Und es ist Schwachsinn, dass du keine Songs scheiben kannst – du müsstest es nur mal versuchen!" Er sieht sie an. Zweifelnd, aber immerhin hat sie seine Aufmerksamkeit. Sie greift nach seinem Arm. „Als ich dich das erste Mal auf der Bühne in Aktion gesehen hab, damals – bei dem ersten Konzert, bei dem ich als Gast aufgekreuzt bin… Du hast mich sofort berührt mit dem, was du da oben gemacht hast. Weil du einfach 'ne Wahnsinnspräsenz auf der Bühne hast. Weil du lebst, was du da spielst – weil man's dir einfach abnimmt." Sie schluckt kurz, muss grinsen. „Klar habe ich gemerkt, dass du ‚Runaway' hasst." Er lacht laut auf. „Aber das war egal. Denn selbst, als du Sachen gespielt hast, die nicht deins waren – man konnte nicht eine Sekunde übersehen, dass du die Musik, dein Instrument, deine Tasten liebst. Aufrichtig. Und das war es, was dir deine Fans beschert hat. Das war es, was die Menschen auf deinen Solo-Auftritten verzaubert hat. Nichts Anderes!"

Simon sieht sie lange an, bevor er antwortet. Es ist ein gewagter Schritt, aber er muss jetzt endlich gegangen werden – das wissen sie beide.

„Ich hab' dir echt wehgetan damals, mh?", fragt er leise, und sie beide wissen, dass er nicht von seiner Unzuverlässigkeit spricht. Marlena weicht seinem Blick aus. *Ach, was soll's denn.* Sie schaut auf, schmunzelt leicht. „Ja, ich fürchte, ich war schon ziemlich verknallt in dich", bemüht sie sich, in betont lockerem Ton zu sagen. Steht auf, beginnt, die Essensreste wegzuräumen. Meidet seinen Blick, weiß genau, dass ihre Augen sie verraten hätten.

Simon steht auf, greift ebenfalls nach dem Geschirr auf dem Tisch, kommt zu ihr in die Küche und bleibt neben ihr an der Spüle stehen.

„Hättest du mal was gesagt", sagt er schlicht. Als sie aufschaut, zieht das dezente Lächeln, mit dem er sie ansieht, Marlena fast die Füße unter den Knien weg. Es liegt so viel darin; Herausforderung, Erotik, ehrliches Interesse an ihr. Doch was sie wirklich berührt, ist sein Blick, diese Ruhe in seinen Augen. Sie gibt Marlena das Gefühl, ihm ihr Leben anvertrauen zu können. Und fast erschrickt sie die Erkenntnis, dass sie das auch jederzeit bedenkenlos täte.

Simon tritt einen Schritt auf sie zu, streicht ihr eine Haarsträhne aus dem Gesicht. Es liegt nichts Spielerisches mehr in seinem Ausdruck, als seine Hand mit sanftem, aber bestimmten Griff ihr Kinn umfasst, ihr Gesicht entlangfährt, bis zu ihrem Ohr. Er lässt Marlena nicht aus den Augen, forscht in ihrem Gesicht nach Zustimmung, nach Angst, nach Ablehnung. Es ist nichts zu sehen, außer diesen großen, klaren Augen, in die eine gewisse Sehnsucht getreten ist.

Als seine Lippen die ihren berühren, fühlen sie sich weich an, doch sie spürt sofort, welch riesige Leidenschaft sich in seiner Vorsicht verbirgt. Das Verlangen, dass das bei ihr auslöst, überrascht sie selbst. Ihre linke Hand greift hinter seinen Rücken, schmiegt sich an ihn; fast verzweifelt auf der Suche nach seiner Nähe.

Simon versteht, drückt sie fest an sich, zieht sie tiefer in seinen Arm. Seine freie Hand berührt ihren Hals, fasst in ihre langen Locken, streicht ihr über den Nacken. Der weiche Stoff seines Hemdes an ihrer Haut, seine winzigen Bartstoppeln in ihrem Gesicht, alle seine Berührungen – sie lassen Marlena kleine Schauer über den Rücken laufen.

Der Kuss wird intensiver, fordernd umkreisen sich ihre Zungen, ihre Lippen drücken sich aneinander, leidenschaftlich, fast stürmisch. Marlena wühlt in Simons langen Strähnen, schmiegt ihren Körper an ihn. Drückt ihn sanft durch die Küche, ins Wohnzimmer. Bleibt an der Tür zum Schlafzimmer stehen, lehnt sich an den Rahmen, zieht ihn erneut an sich. Simon lässt kurz ab von ihr, lächelt sie an, mit diesem rauen, dunklen Blick in seinen Augen. Er drückt sie sanft an den Türrahmen, umfasst mit beiden Händen ihren Kopf, küsst sie mit einer Leidenschaft, wie sie sie lange nicht erlebt hat. Seine Hände beginnen, über ihren Körper zu wandern, fahren zielstrebig ihre Arme bis zu den Fingerspitzen herab, wandern über ihren Bauch, hinter ihren Rücken, zurück zu ihrem Hals und ihren Schultern. Umfassen ihre Taille, ziehen sie zu sich heran. Es liegt kein Zweifel in seinen Bewegungen, sein ganzer Körper steht unter Spannung. Als er seinen Mund wieder von ihr löst, steht eine wilde Sehnsucht in seinem Blick. „Das hätte ich schon viel früher tun sollen“, raunt er.

Marlenas Knie werden beim Klang seiner Stimme weich. Sie seufzt leise. Lehnt ihren Kopf gegen die Tür, genießt seine Berührungen in vollen Zügen.

Als er sie auf seinen Arm zieht, um sie in ihr Schlafzimmer zu tragen, lacht sie überrascht auf. Er grinst leicht. Lässig. Verführerisch. „Komm, beim ersten Mal hab‘ ich dich auch nicht fallen lassen!“

Als er sie auf ihrem Bett absetzt und beginnt, ihren Gürtel zu öffnen, ohne sie aus den Augen zu lassen, wird sie nervös. So sehr wie heute Abend hat sie sich lange nicht mehr von ihren Gefühlen übermannt gefühlt. Es geht nicht um den Sex, es geht nicht um Simon – das fühlt sich schon alles richtig an. Es geht um Kontrolle, es geht darum, sich fallen zu lassen, den Kopf abzuschalten. Nicht zuletzt darum, Gefühle zuzulassen, die viel stärker sein werden als alles, was sie in den vergangenen Tagen von sich ferngehalten hat. Und das macht ihr eine Scheißangst. Tausend Gedanken schwirren ihr durch den Kopf, nicht einen davon kann sie greifen.

Simon spürt ihre Unsicherheit, lehnt sich zu ihr nach vorne, küsst sie sanft auf die Lippen. Schaut ihr in die Augen, in sich kehrend, ohne Eile, ohne jede Forderung im Blick. „Kein Stress", sagt er leise und ganz betont locker, „ich kann jederzeit aufhören."

Marlena muss lachen. *Klischeesätze, die es schaffen, einfach jede Situation zu entschärfen!* „Ich aber nicht", sagt sie belustigt. Wird wieder ernst. Zieht ihn ganz nah an sich heran, streicht ihm eine Haarsträhne aus dem Gesicht. „Ich will dich spüren, Simon."

Ein weiches Lächeln legt sich um seine Lippen, in seinen Augen blitzt Lust auf. Er küsst sie wieder und zieht sie in eine feste Umarmung. Gibt ihr Zeit, seinen Körper zu erkunden. Ihn zu riechen, zu schmecken, ihre Ruhe wiederzufinden. Erst, als sie an seinem Hemd zerrt, um es über seinen Kopf zu ziehen, und beginnt, an seiner Hose zu nesteln, erlaubt er sich selbst, auch wieder die Initiative zu ergreifen. Zieht auch ihr den Pullover über den Kopf. Fühlt ihre Lust, als ihr Körper unter den wohligen Schauern seiner Berührungen zusammenzuckt. Merkt, wie sie sich entspannt.

Er küsst ihren Hals, streicht die Konturen ihres Schlüsselbeins nach, umrundet den Rand ihres dunkelblauen BHs. Mit geschlossenen Augen streckt sich Marlena seinen Bewegungen entgegen. Erneut finden seine Hände ihren Hosenbund, öffnen den Gürtel, streifen die Jeans ab.

Sein Atem geht schneller, als er sich an ihrem Hals entlang küsst und seine Hände über ihre Haut fahren lässt. Ein Kleidungsstück nach dem anderen fällt zu Boden, bis sie vollkommen nackt in seinen Armen liegt.

Als Marlenas Hände seinen Rücken herunterfahren, die Konturen seiner Boxershorts umspielen und langsam in sie hinein gleiten, spürt sie, wie sich sein Körper zusammenzieht. Sie seufzt, als seine Fingerspitzen ihre Leiste finden, sanft an ihr entlang gleiten, sich ihren Weg über ihre Haut suchen.

Sie schließt die Augen, sucht mit den Händen seinen Kopf, krallt sich in sein Haar. Bevor er seine Boxershorts abstreift, und damit das letzte Stück Stoff, was ihre nackte Haut noch voneinander trennt, sieht er sie lange an. „Alles klar?“ Seine Stimme klingt rau. Ohne die Augen zu öffnen nickt sie, mit vor Lust gerunzelter Stirn, zieht ihn in ihren Arm. Sie spürt seine Hände überall; auf ihrem Rücken, am Hals und auf den Schultern, auf ihren Brüsten, dem Bauch, den Beinen, in ihrem Schritt. Seine Nähe ist allgegenwärtig, ihre Sehnsucht nach seinem Körper füllt ihr Herz aus, als müsste es zerplatzen. Die Lust, die ihre Gedanken umnebelt, grenzt an Verzweiflung, als sie ihn entschlossen an sich zieht.

Als wär's die letzte Nacht der Welt, fällt ihr die Leadzeile aus einem berühmten Musical-Song ein, als sich ihre Körper vereinen. Und dann denkt sie lange Zeit gar nichts mehr.

„Bed of roses" – Bon Jovi

Jahre zuvor...

Es war ein Fehler gewesen. Kaum hatte sich die Tür des Kubana in Siegburg hinter Marlena geschlossen, wusste sie schon, dass sie besser zuhause geblieben wäre. Auch wenn es nur so ein Gefühl war.

„Nanu, das ist ja ein ungewohnter Anblick! Konvertierst du jetzt doch noch zum Groupie, meine Liebe?" Mike war sichtlich amüsiert, als er Marlena zwischen den Fans am Merchandise-Stand von ‚Tommy and Gina' stehen sah. Sie antwortete nicht darauf, zum Scherzen war sie nicht aufgelegt. „Wo ist Simon?", fragte sie stattdessen knapp. Hier zu stehen, zwischen den Mädchen in ihren Fanshirts, mit Fotoapparaten auf Anschlag und ihrer farbenfrohen Blick-Palette von neugierig bis feindselig – es fühlte sich einfach bescheuert an.

Mike zuckte die Achseln, offenbar ein kleinwenig mürrisch darüber, dass Marlena so gar nicht auf ihn einging. „Keine Ahnung, der war eben noch hier bei mir und ist dann mit irgendwem abgehauen, wahrscheinlich was trinken oder so." Ohne ein weiteres Wort drehte er sich um und widmete sich wieder seinen Autogrammkarten.

Marlena schluckte ihre Verärgerung herunter und drehte sich um, um an der Theke weiter nach Simon zu suchen. Schon klar, sie war für Mike halt nur irgendjemand, den sein Keyboarder angeschleppt und mit dem er irgendwann mal 'n Bier getrunken hatte. Da war es natürlich viel zu viel verlangt, sie kurz in den Backstage-Bereich zu lassen und das Gespräch, so kurz und belanglos es auch sein mochte, dort mit ihr zu führen, wo keine Groupies jedes Wort verfolgen konnten! ‚Affiger Möchtegern-Rockstar!'

Die Musik, die der DJ für die so genannte After Show Party der Rocknacht ausgewählt hatte, verschwamm in ihren Ohren, reduziert auf das feindselige Dröhnen der Bässe und auf Melodien, die keinen Sinn ergeben wollten. Alles erschien ihr irgendwie unwirklich, unwichtig, und erneut wurde ihr klar, dass die Idee, hierherzukommen, nicht gerade zu ihren scharfsinnigsten zählte. Gerade beschloss sie, wieder nach Hause zu fahren und ihr Vorhaben auf den nächsten Tag zu verschieben, da sah sie ihn. Halb vergraben in den langen Haaren eines rothaarigen Mädchens in Highheels, die ihre Hände gerade unter seine Lederjacke gleiten ließ, um ihn noch ein Stück näher an sich heranzuziehen.

Marlena blieb stehen, wurde angerempelt von einem tanzenden Typ und zwei Blondinen, die ihr prompt ein verärgertes „Pass doch auf!" zufauchten. Es war ihr egal. Sie brauchte all ihre Konzentration, um zu begreifen, was sie da sah. Simons verführerisches Lächeln, als er sich von dem Rotschopf löste und ihr spielerisch durchs Haar strich. Die lange Locke, die ihm in die Stirn fiel, als er mit kokettem Grinsen etwas in ihr Ohr flüsterte, während ihre Finger auf seiner Brust ruhten. Die Hand, die nach der Seinen griff und ihn bestimmt hinter sich her Richtung Ausgang zog. Wo die beiden Sekunden später verschwanden.

Spätestens das wäre der Moment gewesen, an dem Marlena hätte verschwinden sollen. Vielleicht war es die tiefe Resignation in ihr, die sie mit leiser Stimme dazu aufforderte, das Destruktivste zu machen, was ihr nach diesem Schock einfiel; nämlich, sich an der Bar ein bis zehn Drinks zu gönnen, um endlich zu vergessen. Vielleicht war es auch der Trotz, der forderte, dass Simon nach dieser Aktion wenigstens die ungefilterte und schmerzerfüllte Version ihrer Gefühle abbekommen musste, auf das es ihm ja leidtue! Am wahrscheinlichsten jedoch war, dass das Selbstmitleid sie trieb; mit der gleichen Forderung zwar, jedoch vor allem in der verzweifelten Hoffnung auf ein verspätetes Happy End.

Jedenfalls blieb sie. Ging zur Bar, bestellte sich einen Martini Sour. Dann noch einen. Und noch einen. Bis er sich, ähnlich wie bei ihrem zweiten Zusammentreffen, wirklich neben sie auf einen Barhocker fallenließ – so, wie sie es sich erhofft hatte. Nur war dieses Mal alles ganz falsch. „Ey du Uschi, du könntest auch mal Be-

scheid sagen, dass du hier bist! Wenn Mike nix gesagt hätte, bevor er abgehauen ist, wäre ich wahrscheinlich nach Hause gefahren, ohne überhaupt zu wissen, dass mein Lieblings-Nicht-Groupie an der Bar auf mich wartet. Diese Sache mit der Tabuzone Bühnenaufgang solltest du wirklich nochmal überdenken, Marlena!" Deutlicher als durch diesen Wasserfall an Worten hätte Simon seine überquellende Euphorie über die vergangene Stunde mit der Lady in Red eigentlich kaum machen können. Oder auch die Tatsache, dass ihm immer noch nicht aufgefallen war, dass er sein Lieblings-Nicht-Groupie vor ein paar Stunden furchtbar versetzt hatte.

Und genau das war der Tropfen, der bei Marlena das Fass überlaufen ließ – nur leider gefühlt 2,5 Promille zu spät für ein konstruktives Gespräch. Sie lachte laut auf. „Warum? Hättsu dann mich aufem Rücksitz eures Bandbusses flachgelegt?"

Die unterschwellige Feindseligkeit, der Schmerz in ihrer Stimme war selbst für den überdrehten Simon nicht zu überhören. Irritiert sah er sie von der Seite an. Zögerte einen Moment, bis er das Offensichtliche aussprach. „Du bist ja völlig besoffen, Marlena". Es lag nichts Nettes in seiner Stimme.

Erneut entfuhr ihr ein freundloses Lachen. „Ja richtig, Kollege. Das kann schommal vorkommen, wenn man so'n Scheißtag hinter sich hat wie ich. Zwei Stunden vor so'm Scheiß-Tonstudio rumsteh'n und dann'nen Haufen Knete dafür hinblättern, dass man von sein'm Freund un Mitmusiker häng'gelassen wird – das kommt nich alle Tage vor!"

Simon riss erschrocken die Augen auf. Ihre Vermutung war richtig gewesen: Er hatte es wirklich völlig vergessen gehabt.

„Scheiße!" Sein schlechtes Gewissen traf ihn, sichtlich hart sogar, seine Hand schnellte an seine Stirn. „Scheiße, scheiße, scheiße. Ich dachte, das wäre nächste Woche!" Er griff nach ihrer Hand. „Oh Marlena, das tut mir so leid! Ich zahl die Rechnung natürlich!" Ruckartig riss sie den Arm zurück. „Ach, behalt dein Scheiß-Geld, Simon. Ich will deine Entschuldigung'n nich mehr hörn, die sind zum kotzen, weil sie näm'ich einfach nich ehrlich sin! Würd's dir wirklich leidtun, würd'st du nich jede Woche neue Scheiße bau'n." Sie sah ihn an, der pure Schmerz sprach aus ihren

Augen, als sie den einen, selbstmitleidigen Satz aussprach, den sie im nüchternen Zustand niemals über die Lippen bekommen hätte. „Ich bin dir einfach scheißegal!"

Der Film, der jetzt in seinen Augen ablief, wäre selbst für den besten Kulturkritiker der Welt schwer in Worte zu fassen gewesen. Es lag so viel darin; Bedauern, Erkenntnis, Mitleid, Sorge, das eigene Versagen und auch der Ärger darüber. Erneut griff er nach ihrer Hand. „Das stimmt nicht…", fing er an, doch Marlena unterbrach ihn, hob abwehrend beide Hände und stand von ihrem Barhocker auf. Tränen schossen ihr in die Augen, als sie zu sprechen begann. All ihre Wut war verraucht, ihre Kraft, sich mit ihm auseinanderzusetzen, ferner denn je. In ihr war nur noch Leere. „Doch, Simon, das stimmt. Un die Musik, die wir mach'n, isses auch. Ich wünschte nur, du hätt'st den Arsch inner Hose gehabt, mir das einfach zu sag'n. Dann hätt'ich vielleicht nich mein ganzes Herz in diese Idee gesteckt, sondern nur ei'n Teil davon."

Ihr Versuch, zu lächeln, scheiterte. „Mach's gut", brachte sie nur noch hervor. Dann ließ sie ihn an der Bar sitzen und fuhr endlich nach Hause.

Noch 1 Tag bis zum Prozess

Als Simon am nächsten Morgen in Marlenas Bett wach wird, lächelt er, noch bevor er die Augen geöffnet hat. In seiner Nase hängt noch ihr Geruch, auf seinem nackten Körper haftet immer noch das Gefühl von ihrer Haut, die Erinnerung an ihre Körperwärme und ihre Küsse. Es fühlt sich gut an, nach all diesen Wochen des Auf und Ab, in denen er immer wieder das Gefühl gehabt hatte, ihr näherzukommen, nur um direkt danach in die nächste Katastrophe mit ihr zu schlittern.

Es ist nicht so, als hätte er das, was passiert ist, geplant. Bis zu dem Moment, als sie nach ihrem Geständnis aus längst vergangenen Zeiten so fahrig begonnen hatte, ihre Wohnung aufzuräumen, nur um ihm nicht in die Augen sehen zu müssen, hatte er noch nicht einmal geahnt, was sie tatsächlich in ihm auslöst. Wie sehr es ihn berühren würde, zu sehen, dass er scheinbar doch immer noch so etwas wie eine Bedeutung in ihrem Leben hat.

Sie waren hart aneinander geraten in den letzten Wochen, und weiß Gott, Marlena hat alles darangesetzt, Distanz zu ihm zu wahren. Und doch hatte er gestern Abend etwas in ihren Augen gesehen: Das Gefühl, dass sie sich eigentlich immer noch so nah waren wie vor sechs Jahren, hat nicht nur ihn in den letzten Tagen beschäftigt.

Als er jetzt die Augen aufschlägt, liegt er jedoch alleine in ihrem Bett. Aus der Küche nebenan hört er Geräusche, auch der Geruch von Kaffee wabert bereits durch die Wohnung. Schläfrig wirft Simon einen Blick auf die Uhr – es ist gerade einmal halb neun. Verwundert setzt er sich im Bett auf, reibt sich die Augen und langt auf den Boden zu seinen Boxershorts. Auch sein Hemd fischt er beim Aufstehen aus ihrer Bettdecke.

„Guten Morgen", nuschelt er rau, als er in die Küche schlurft. Marlena steht an der Spüle und poliert an irgendeinem Glas herum. Um sie herum steht der komplette Inhalt ihres Geschirrschranks. Sie war offenbar schon fleißig gewesen, denn im Gegensatz zu gestern ist ihre Wohnung blitzblank. Müde lächelt sie ihn an. „Morgen", erwidert sie. Nur um direkt mit dem nächsten Glas weiterzumachen. Er gähnt und greift nach einer der Tassen, um sich danach an ihrer Kaffeemaschine zu bedienen. Im Vorbeigehen streicht er ihr mit der Hand über den Nacken. Sie zuckt leicht zusammen.

„Konntest du nicht mehr schlafen, oder warum bist du so früh auf?", fragt er und lehnt sich in den Türrahmen, ein Bein angewinkelt, die Kaffeetasse in beiden Händen. Marlena zuckt mit den Achseln. „Mhm", murmelt sie. Greift nach dem nächsten Glas zum Polieren. Irgendetwas stimmt hier nicht, denkt Simon alarmiert. *Warum poliert sie überhaupt ihr Geschirr? Sie hat doch 'ne Spülmaschine...*

Er trinkt einen Schluck Kaffee, dann räuspert er sich. *Diese After-Sex-Awkwardness hat hier überhaupt nichts zu suchen.* „Wow, hat der Anblick meines nackten Körpers dich jetzt so geschockt, dass du deine Glaskugel, äh Gläser um Rat fragen musst, wie du mich am schnellsten wieder loswirst, oder was ist los?", scherzt er.

Marlena lacht auf, es klingt aufgesetzt. „Ach Quatsch!", erwidert sie nur. Sieht kurz auf, lächelt ihn zerstreut an – greift nach dem nächsten Glas. „Alles gut."

Langsam wird es Simon zu bunt. Er löst sich von dem Türrahmen, geht zu ihr rüber, dreht sie an den Schultern zu sich herum, um sie anzusehen. „Alles gut fühlt sich für mich anders an, Marlena. Spuck's aus, was ist los?“ Wachsam blickt er ihr in die Augen.

Ein leicht trotziger Zug legt sich auf ihre Stirn, als sie sich sanft von ihm losmacht. „Nichts ist, Simon, ich bin nur noch nicht wirklich zum Quatschen aufgelegt.“ Ihre Stimme klingt verteidigend. Sein Blick bleibt einen Moment an ihr hängen, während sie in aller Seelenruhe weiterpoliert. Jetzt ist offenbar die hässliche Kuchenplatte von 1723 an der Reihe.

Simon geht ein Licht auf. Sanft streicht er ihr mit einer Hand über den Kopf. „Ist es die Gerichtsverhandlung morgen?“, fragt er leise.

Mit einem Klirren legt sie die Platte auf die Spüle, sieht ihn verärgert an. „Nein, verdammte Axt, mir geht es gut! Jetzt lass mich doch endlich in Ruhe.“

Er greift wieder nach seiner Tasse, geht ins Wohnzimmer, setzt sich auf die Couch und macht den Fernseher an. Oder sollte er lieber gehen? Er wird das Gefühl nicht los, dass sie gerade dringend allein sein will. Allerdings ist Marlena nicht gerade eine normale Frau mit PMS und Morgenmuffelsyndrom, sondern eine schwer angeschlagene Traumapatientin mit fürchterlicher Angst vor dem kommenden Tag. Simon schüttelt den Kopf. 'Nen Teufel würde er tun, jetzt abzuhauen. Eine gute halbe Stunde später kommt sie durchs Wohnzimmer gefegt, in der einen Hand den Staubsauger, in der anderen ein Kehrblech. „Du bist ja noch hier“, murmelt sie zerstreut. Simon wirft ihr einen kritischen Blick hinterher. *Nein, hier ist wirklich überhaupt gar nichts in Ordnung.* Er weiß nicht mal etwas darauf zu antworten – ahnt er doch, dass er für alles, was er sagen würde, sowieso nur einen Rüffel von ihr bekommen wird. *Das heißt aber noch lange nicht, dass du dich hinter deiner Feigheit verstecken kannst,* ermahnt ihn eine Stimme in seinem Kopf. Es stimmt. Irgendwie wird er Marlena dazu bringen müssen, sich ihm anzuvertrauen. Möglichst, bevor sie beginnt, die Außenfassade neu zu streichen.

Er steht auf, folgt ihr ins Bad, wo sie mittlerweile begonnen hat, den Fußboden zu wischen. „Willst du nicht erst mal frühstücken oder so was?", fragt er sie von der Tür aus vorsichtig. Er will nicht gleich mit der Tür ins Haus fallen. Um ihr zu zeigen, dass ihr Verhalten nicht ganz normal ist, braucht er erst ihre Aufmerksamkeit.

Von der ist er jedoch weit entfernt. „Nein", kommt es nur von Marlena. Simon stellt seine Tasse im Regal ab, bückt sich und greift nach ihrem Lappen. Er zwingt sie, ihm in die Augen zu sehen. „Süße, was du hier machst, ist klassische Verdrängung. Dein Boden ist blitzeblank", sagt er sanft.

Ihre Reaktion erschrickt ihn – und fällt völlig anders aus, als er erwartet hat. Sie lacht laut auf. Lehnt sich gegen die Wand, sieht ihn herausfordernd an. „Was verdräng' ich denn, Simon? Was erwartest du von mir? Dass ich dir Frühstück ans Bett bringe und dir liebevoll ins Ohr säusel, wie schön die Nacht mit dir gewesen ist?" Sie wendet den Blick ab, nimmt ihm den Lappen aus der Hand. „Es war Sex, mein Gott. Nichts weiter." *Hör nicht auf sie, sie ist nicht sie selbst! Aus ihr spricht diese verdammte Angststörung*, ermahnt sich Simon. Dass ihre Worte ihn verletzen, kann er trotzdem nicht verhindern. Er lässt sich auf ihren Toilettendeckel sinken. „Marlena, du tust es schon wieder! Du stößt die Leute, die dir nah sind, von dir, weil du die Kontrolle nicht verlieren willst. Und ich versteh das, wirklich...", versucht er, zu ihr durchzudringen. Doch sie lässt ihn nicht. Sie lässt ihn einfach nicht.

„Du verstehst gar nichts, Simon! Oh, bitte mach das Ding hier zwischen uns jetzt nicht größer als es ist, okay?" Sie blickt ihn an, ihre Stimme ist bemerkenswert ruhig. Nur in ihren Augen kann er genau nichts erkennen – keine Wut, keine Angst, keine Verzweiflung. Leider auch keine Verwirrung.

„Wir haben 'nen großen Fehler gemacht, gestern. Ich leugne gar nicht, dass es echt schön war – es hat gutgetan, mal wieder jemandem so nah zu sein. Aber wir machen Musik zusammen, wir haben noch 'ne ganze Reihe Konzerte vor uns. Diese Art von Komplikation sollten wir uns wirklich sparen!"

Simon versteht die Welt nicht mehr. Ja okay, schön, er ist auch schon Millionen Mal mit Frauen im Bett gewesen, bei denen es einfach nur um Sex gegangen war. Er ist kein hoffnungsloser

Romantiker, und er ist auch nicht so naiv, dass er Marlena als emanzipierter junger Frau die Fähigkeit absprechen will, dass auch sie sich auf sexuelle Abenteuer, wo es nur um Lust und Ekstase geht, einlassen kann. Aber er hatte gestern Abend in ihre Augen gesehen! Das, was sie beide da verbunden hatte, das war mitnichten nur ‘ne gemeinsame Reise zum nächsten Orgasmus gewesen!

Er lächelt sie sanft an. „Wo ist denn das Problem? Und jetzt komm mir bitte nicht mit Franks ‚Never fuck the Band‘-Policy!“

Marlenas Blick wird hart. „Nein Simon, hier geht’s um meine eigene ‚Never fuck the Band‘-Policy! Ich habe zu hart für dieses Projekt gearbeitet, als dass ich das, was nach meiner Aktion von Donnerstag noch davon übrig ist, jetzt für ‘ne Romanze mit dir aufs Spiel setzen wollen würde. Es tut mir leid, wenn du das falsch verstanden hast, und wir können nach der Tournee gerne mal weitersehen, aber jetzt gerade kann ich das einfach nicht!“

„Warte, wir können nach der Tournee weitersehen?“ Simon steht auf und starrt sie an. „Warum sollte sich dann irgendetwas ändern?“

Marlena sieht ihn nicht an. Sie zögert, bevor sie antwortet. „Weil du dann vielleicht nicht mehr bei uns bist.“

Simon platzt der Kragen. „Sag mal, willst du mich eigentlich verarschen? Scheiße Marlena, was spielst du denn hier für ein abgefucktes Spiel? Du kannst mich nicht in dein Leben reinzerren und mich wieder raustreten, wie es dir passt! So funktioniert das einfach nicht – so geht man nicht mit Menschen um, an denen einem was liegt.“ Seine Stimme ist laut geworden.

Auch Marlena hat sich nun aufgerichtet. „Warum regst du dich denn jetzt so auf, verdammt? Wir haben doch darüber gesprochen! Von Anfang an haben wir darüber gesprochen, dass dein Engagement probeweise ist und dass ich nach der Tour entscheiden muss, ob ich mit dir zusammenarbeiten kann.“ Ihre Stimme ist dünner geworden, defensiv, als wisse sie selbst, was für eine Scheiße sie da redet.

„Seitdem ist aber reichlich passiert!“, erwidert er mit einem trockenen Auflachen und stürmt in ihr Schlafzimmer. Reißt seine Jeans vom Bett, zieht seinen Pulli wieder an. Marlena ist im Flur stehengeblieben und blickt ihn von der Tür aus an. „Eben. Und das alles kann ich grad einfach nicht gebrauchen, Simon! Das musst du doch verdammt nochmal verstehen."

Er dreht sich zu ihr an, sieht ihr in die Augen. Greift nach ihrem Gesicht, nimmt einen letzten Anlauf. „Was ich verstehe ist, dass du dir was vormachst! Du kannst Menschen nicht einfach so aufs Abstellgleis stellen, wie es dir passt, Marlena. Manche Dinge passieren einfach, und wenn sie passieren, musst du sie zulassen. Es läuft nicht immer alles nach Plan im Leben."

Sie macht sich los, lacht bitter auf. „Stimmt – vom Planen hast du ja eh noch nie sonderlich viel gehalten!"

Er verdreht die Augen. „Nicht die Leier schon wieder!"

Das wiederum lässt bei ihr das Fass überlaufen. „Oh, jetzt stell mich doch bitte nicht als die überempfindliche, alte Zicke dar, deren Herz du gebrochen hast und die das jetzt langsam verdammt nochmal hinter sich lassen soll."

Er schüttelt den Kopf. „Ist es denn nicht so? Mein Gott, was hab' ich mir denn zu Schulden kommen lassen, abgesehen davon, dass ich unzuverlässig war und EINMAL in der ganzen Zeit, die wir uns kannten mit 'nem SCHEISS GROUPIE ins Bett gegangen bin?"

„DU HAST MEINEN SONG GEKLAUT, SIMON!" Fast kann man die Scheiben in den Fenstern klirren hören, so laut ist ihr Aufschrei. Die Stille, die darauf folgt, ist fast noch lauter. „Du hast das eine Lied, was mir damals wirklich was bedeutet hat genommen und für deine Selbstfindungs-Geldmaschine missbraucht." Ihre Stimme ist jetzt ruhig. „Und tut mir leid, ich weiß einfach nicht, ob ich das jemals vergessen will!"

Simon sieht sie lange an. Seine Miene ist steinhart geworden. „Wenn es das ist, was du von mir glaubst…", sagt er, drängt sich an ihr vorbei und durchquert ihre Wohnung. Marlena schließt die Augen. Als die Wohnungstür mit einem Knall ins Schloss fällt, sinkt sie erschöpft gegen den Türrahmen.

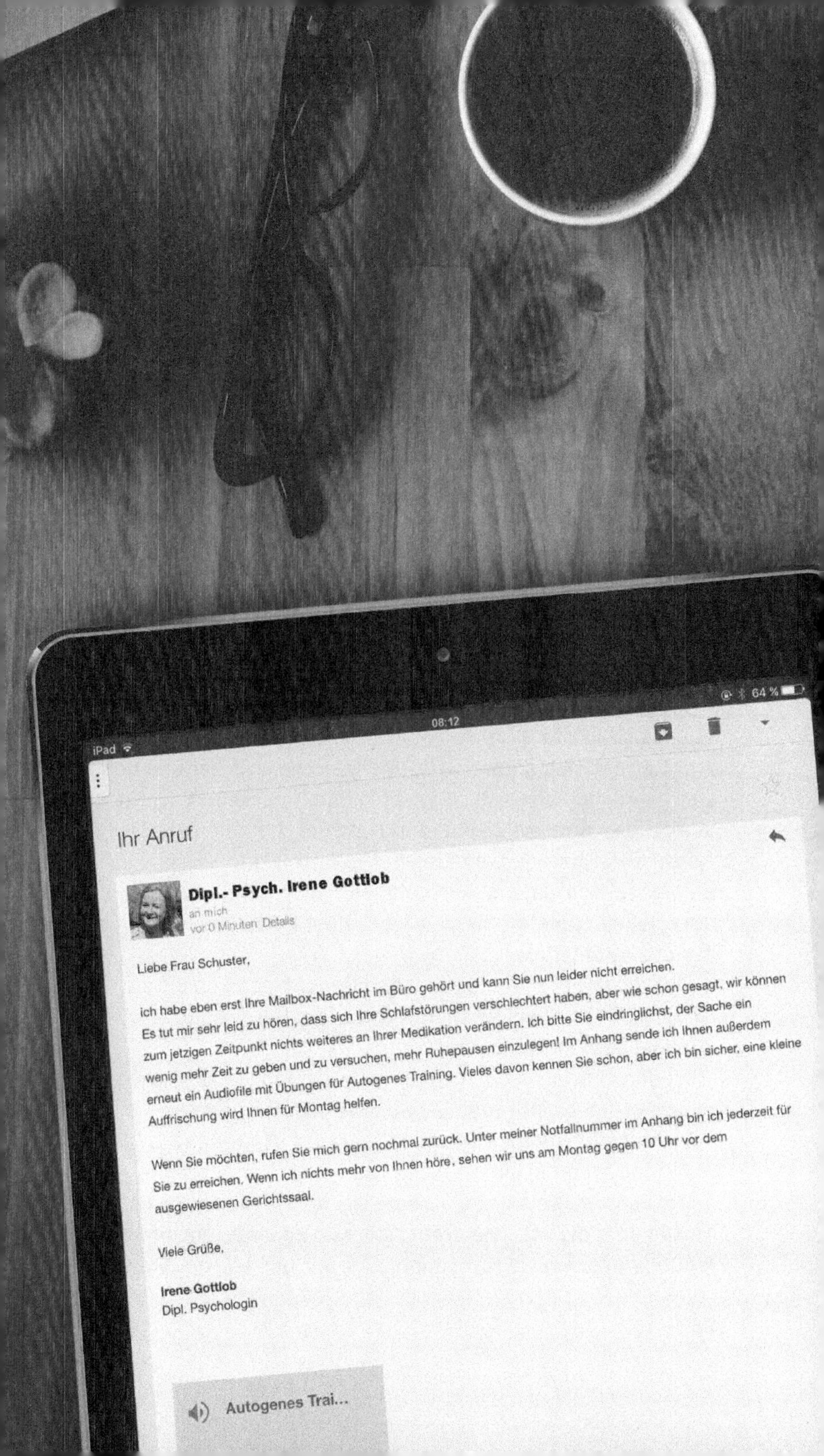
Ihr Anruf

Dipl.- Psych. Irene Gottlob
an mich
vor 0 Minuten Details

Liebe Frau Schuster,

ich habe eben erst Ihre Mailbox-Nachricht im Büro gehört und kann Sie nun leider nicht erreichen.
Es tut mir sehr leid zu hören, dass sich Ihre Schlafstörungen verschlechtert haben, aber wie schon gesagt, wir können zum jetzigen Zeitpunkt nichts weiteres an Ihrer Medikation verändern. Ich bitte Sie eindringlichst, der Sache ein wenig mehr Zeit zu geben und zu versuchen, mehr Ruhepausen einzulegen! Im Anhang sende ich Ihnen außerdem erneut ein Audiofile mit Übungen für Autogenes Training. Vieles davon kennen Sie schon, aber ich bin sicher, eine kleine Auffrischung wird Ihnen für Montag helfen.

Wenn Sie möchten, rufen Sie mich gern nochmal zurück. Unter meiner Notfallnummer im Anhang bin ich jederzeit für Sie zu erreichen. Wenn ich nichts mehr von Ihnen höre, sehen wir uns am Montag gegen 10 Uhr vor dem ausgewiesenen Gerichtssaal.

Viele Grüße,

Irene Gottlob
Dipl. Psychologin

Autogenes Trai...

Der Tag

„Wie läuft das jetzt gleich eigentlich genau ab?" Als Lukas am Montagmorgen mit Linda auf dem Rücksitz seines Autos in die Straße einbiegt, in der Marlena wohnt, zuckt er ratlos die Achseln. „Ich weiß es nicht", sagt er. „Wir müssen zum Amtsgericht Köln, dort wartet ihre Therapeutin auf uns, und ich hoffe, den Rest weiß Marlena." Er stellt das Auto ab und dreht sich zu Linda um, die bereits auf Marlenas Handy anklingelt, um ihr zu signalisieren, dass sie da sind. „Sie ist dem Thema in den vergangenen Wochen sehr stark aus dem Weg gegangen. In erster Linie wahrscheinlich, weil sie durch die Tour und das ganze Drumherum andere Sorgen im Kopf hatte."

Linda legt auf und blickt aus dem Fenster. „Vermutlich auch einfach, um gar nicht erst in Versuchung zu kommen, sich groß mit dem Thema auseinanderzusetzen", murmelt sie. „Ich hoffe nur, dass das heute schnell über die Bühne geht und dass es kein Prozess mit mehreren Verhandlungstagen wird. Sie hat den Schlussstrich echt verdient."

Lukas bleibt ihr einer Antwort schuldig, denn in diesem Moment öffnet sich die Haustür und Marlena tritt heraus. Seriös sieht sie aus: Schwarzer Blazer, farblich passende Stoffhose, eine Bluse und ein hellblaues Halstuch blitzen unter ihrem Cordmantel hervor. Genauso gut könnte sie in diesem Outfit auf einer Beerdigung aufschlagen. Auch Linda scheint das aufzufallen. „Dress how you feel", flüstert sie, bevor sich die Tür des Autos öffnet.

„Hey ihr zwei", sagt Marlena, als sie sich neben Lukas auf den Beifahrersitz fallen lässt und ihren besten Freund umarmt. „Danke, dass ihr mitkommt."

„Ist doch Ehrensache", sagt Linda, während Lukas sich wieder in den Verkehr einordnet. „Wir packen das gemeinsam."

„Wann treffen wir Frau Gottlob?", fragt Lukas zaghaft.

Marlena kramt in ihrer Tasche nach einer Sonnenbrille.

„Um zehn wird sie da sein, sagte sie, also vielleicht sogar 'nen Ticken eher als wir." Sie dreht sich halb zu Linda um, um beide Freunde anschauen zu können. „Als wir uns letzten Mittwoch getroffen haben, schlug sie vor, dass ihr draußen vorm Gerichtssaal mit mir wartet und sie die Verhandlung bis zum Ende drinnen verfolgt – zumindest, wenn es nur um den heutigen Tag geht. So erfahren wir in jedem Fall das Urteil und ich muss mir nicht den ganzen Prozess reinziehen!"

Linda runzelt die Stirn. „Wie, du sollst da aussagen, aber wenn du dich selbst nicht drum kümmerst, sagt dir keiner, wie es gelaufen ist? Was'n das für 'ne Frechheit!"

Marlena zuckt die Achseln. „Ich bin ja nicht die Klägerin, sondern nur die Zeugin, weißt du? Bei solchen Sachen klagt die Staatsanwaltschaft an. Die brauchen mich quasi nur, um denen Fragen zu beantworten."

„Okay, aber du bist doch eigentlich unmittelbar in den Fall verwickelt."

„Spielt keine Rolle, da geht's nur um den Verstoß", mischt sich Lukas ein. „Wenn der Verstoß, wie in Marlenas Fall, gegen das Strafrecht stattfindet, ist automatisch der Staat der Kläger. Nur in zivilrechtlichen Fällen müsste Marlena Anklage erheben."

Linda lehnt sich zurück und hebt abwehrend die Hände. „Ich check dieses ganze System sowieso nicht."

Marlena lächelt müde. „Wir kriegen aus unseren Ami-Serien ja auch was ganz anderes vorgelebt", sagt sie. „Du wirst sehen, das wird gleich 'ne völlig unspektakuläre Kiste. Noch nicht mal 'nen Anwalt habe ich."

Linda reißt die Augen auf. „Was? Und woher weißt du, was du sagen sollst?"

Die Worte hängen einen kleinen Moment zu lang im Auto nach. Dann schaltet sich schnell Lukas ein, der Linda unauffällig einen bösen Blick durch den Rückspiegel zuwirft. „Sie sagt einfach, was geschehen ist, dafür brauchst du ja keine große Strategie, Linda." Wieder hebt Marlenas beste Freundin abwehrend die Hände. „Okay okay. Ich sag ja, ich habe keine Ahnung." Ihr entgeht nicht, dass Marlena sorgenvoll aus dem Beifahrerfenster blickt. Ganz allein vorne in den Zeugenstand treten zu müssen, scheint auch ihr selbst nicht ganz recht zu sein.

Am Amtsgericht an der Luxemburger Straße angekommen, fährt Lukas zielstrebig in das große Parkhaus des Gerichts – wenigstens die Parkplatzsuche bleibt ihnen also erspart. Als die drei endlich das Gerichtsgebäude betreten, ist es bereits zehn nach zehn – immer noch rechtzeitig für den Prozess, der um halb elf beginnen soll, doch Marlena wirkt zunehmend nervös.

Als die drei in der kurzen Warteschlange vor der Sicherheitskontrolle am Eingang warten, greift Lukas nach ihrer Hand. „Du schaffst das", flüstert er. Die Augen, aus denen sie zu ihm aufblickt, erschrecken ihn trotzdem. Marlenas Angst ist nicht zu übersehen.

„Bitte legen sie ihre Tasche und Jacke hier auf das Laufband und treten sie durch die Sicherheitsschranke", unterbricht ein Beamter die beiden. Marlena gehorcht und legt ihre Handtasche zum Durchleuchten auf die Ablage und tritt einen Schritt durch die Leuchtschranke. Nichts passiert. Auch Lukas und Linda passieren die Pforte problemlos.

„Hatte schon befürchtet, du hättest dein Allzweckmesser dabei", versucht Marlena leise zu scherzen, als Lukas wieder neben ihr auftaucht. Er knufft sie in die Seite. „Für wie verstrahlt hältst du mich eigentlich?"

„Alter Schwede ist das hässlich hier", kommt es von Linda, als die drei auf der Suche nach dem richtigen Gerichtssaal durch den 80er Jahre-Bau gehen. Saal 18 stand auf der Vorladung, laut Aushängetafel befindet dieser sich im Erdgeschoss. Erst laufen sie in die falsche Richtung, finden nach einigen Minuten aber doch den richtigen Saal.

Mit wachsamen Augen blickt sich Marlena um. Die strohblonde Freundin des Angeklagten würde sie unter zwei Millionen Menschen wiedererkennen – schließlich war sie es, die sie während des gesamten Vorfalls die ganze Zeit angestarrt hatte. Die Frau steht, ebenfalls mit einer Freundin, auf der anderen Seite des Saals. Schräg gegenüber, allein und mit dem Oberkörper auf die Knie gestützt, sitzt der Zugbegleiter, der versucht hatte, einzugreifen. Er nickt Marlena freundlich, aber zurückhaltend zu. Die anderen Menschen auf dem Flur kennt sie nicht – abgesehen natürlich von Irene Gottlob, die mit warmem Lächeln auf die drei Freunde zutritt.

„Hallo Frau Schuster. Gut sehen Sie aus", versucht sie direkt, ihrer Patientin Sicherheit zu verschaffen. Nachdem sie auch Lukas und Linda die Hände geschüttelt und sich kurz vorgestellt hat, wendet sie sich mit geschäftsmäßiger Stimme an Marlena. „Der Staatsanwalt und der Angeklagte mit seinem Anwalt sind schon im Raum. Ich werde auch gleich reingehen und mich in die Zuschauerreihen setzen. Ich bin also die ganze Zeit hier!" Marlena nickt. „Ich warte einfach hier draußen?", fragt sie. Ihre Stimme zittert ein wenig. „Genau. Sie werden gleich, genau wie die anderen Zeugen, aufgerufen, und dann kommen alle kurz für die Belehrung in den Gerichtssaal. Danach gehen Sie wieder raus und warten darauf, dass Sie zur Aussage aufgerufen werden. Ich schätze, Sie werden die erste nach dem Angeklagten sein. Das kann sehr schnell gehen, aber auch 'ne Weile dauern, je nachdem, ob er die Aussage verweigert oder ob er was sagt."

Sie lächelt Marlena erneut aufmunternd an. „Machen Sie sich keine Gedanken, wir sind das ja alles durchgegangen: Sie setzen sich einfach vorne hin, schildern den Vorfall, wie er sich zugetragen hat und beantworten die Fragen, die Ihnen gestellt werden. Wenn Sie sich unsicher fühlen, versuchen Sie, den Angeklagten zu ignorieren – er ist für das, was Sie sagen werden, völlig unerheblich, Sie unterhalten sich einfach mit dem Richter und den Anwälten. Und im Notfall wissen Sie ja – immer ruhig durchatmen! Der Mann kann Ihnen nichts mehr tun!" Sie drückt kurz Marlenas Arm und wendet sich zum Gehen. „Sie sind ja auch nicht allein hier draußen", sagt sie und zwinkert Linda und Lukas freundlich zu.

Ihre betont gute Laune geht Marlena ein bisschen auf die Nerven, aber sie weiß, was ihre Therapeutin da tut: Je lockerer und alltäglicher sie mit der Situation umgeht, desto leichter wird es. *Wie eine mündliche Abiprüfung – vorher bist du furchtbar angespannt, danach kommt's dir vor, als hättest du dich völlig umsonst aufgeregt,* erinnert sie sich an die Worte, die ihr Linda vor einigen Wochen einmal mit auf den Weg gegeben hat, als sie über die Verhandlung sprachen. Nur, dass Linda damals mit einer Eins aus ihrer Philo-Prüfung gekommen war, während Marlena es mit ihrem Erdkunde-Vortrag gerade mal auf eine Drei gebracht hatte…

„Wie läuft das dann, wenn Marlena mit ihrer Aussage fertig ist? Warten wir hier?“, fragt Lukas Irene Gottlob.

„Natürlich warten wir!“, fährt Marlena dazwischen und sieht ihn entsetzt an. „Ich will hören, ob der Typ verknackt wird oder nicht.“

Mitfühlend blickt Irene Gottlob sie an. „Wie wir letzte Woche schon besprochen haben, Frau Schuster, es ist nicht sicher, dass sich das heute im Laufe des Tages schon entscheidet. Ich selbst hab nur Zeit bis 16 Uhr, und wenn die Verhandlung vertagt wird und das Urteil erst in den kommenden Tagen fällt, können Sie eh nichts machen.“

Sie drückt Marlena aufmunternd den Arm, als sie ihren Blick sieht. „Aber Sie können sich ja nach Ihrer Aussage in die Caféteria setzen und was trinken. Gegen Mittag gibt es ja eh eine Pause, vielleicht wissen wir dann ja schon ein bisschen mehr.“

„In der Verhandlung zur Strafsache gegen Zamir Nishliu bitte alle in den Gerichtssaal“, tönt ein Ruf über den Flur. Marlena atmet durch und sieht ihre Freunde an. „Dann wollen wir mal“, sagt sie, betont cool. *Vielleicht hat Irene Gottlob ja Recht und so wird es wirklich leichter, irgendwann, wenn das alles hier vorbei ist.* Lukas nickt ihr zu. „Wir sitzen hier und warten auf dich“, sagt Linda und zwinkert sie an. „Das will ich hoffen“, erwidert Marlena, bevor sie hinter ihrer Therapeutin den Gerichtssaal betritt.

***

„Sie sind hier heute vor Gericht als Zeugen geladen“, beginnt der Richter; ein Mann mittleren Alters, mit dunkelbraunen Haaren und randloser Brille. Erleichtert registriert Marlena, dass er ganz nett aussieht. Bisher hat sie nicht gewagt, irgendjemanden außer ihm im Gerichtssaal anzusehen. Und auch jetzt konzentriert sie sich direkt wieder auf seine Worte – vermeidet vor allem, nach links zu schauen. Dorthin, wo der Angeklagte mit seinem Anwalt Platz genommen hat, wie ihr Irene Gottlob im Vorfeld detailliert erklärt hatte. *Links von Ihnen sitzen der Beschuldigte und seine Verteidigung, rechts von Ihnen die Staatsanwaltschaft, vor Ihnen nur der Richter und der Schriftführer, der die Verhandlung protokolliert. Es gibt keine Schöffen oder Geschworenen, das ist alles ganz klein. Sie haben gar nichts zu befürchten!* Wie gerne sie ihrer Therapeutin doch glauben würde.

Der Richter fährt fort. „Als Zeuge sind sie dazu verpflichtet, die Wahrheit zu sagen. Wenn sie sich einer Tatsache nicht mehr sicher sind, dann kennzeichnen sie dies, indem sie zum Beispiel sagen: ‚Ich weiß es nicht mehr'. Eine Falschaussage vor Gericht ist strafbar."

Er blickt umher. „Bitte nehmen sie wieder draußen vor dem Gerichtssaal Platz. Wir werden sie einzeln aufrufen." Er nickt Marlena und den anderen Zeugen – vier sind es an der Zahl – zu und wendet sich an seine Protokollantin.

Marlena dreht sich um, lässt zum ersten Mal ihren Blick durch den Gerichtssaal schweifen. Es sind nicht viele Leute gekommen, um sich die Verhandlung anzusehen, stellt sie erleichtert fest. Ihre Therapeutin lächelt sie aus der letzten Reihe heraus ermutigend an, zwei Plätze neben ihr sitzen zwei junge Mädchen, die Marlena im Geiste sofort in die Schublade „Jurastudentinnen" schmeißt. Reporter, stellt sie erleichtert fest, scheinen keine gekommen zu sein. Ihr Blick bleibt an einem Mann hängen, der auf einem Stuhl direkt neben der Tür Platz genommen hat. Er erwidert Marlenas Blick, seine Stirn liegt in Falten. *Höchstens du*, denkt sie, als sie an ihm vorübergeht.

Draußen lässt sie sich neben Lukas und Linda auf eine Wartebank fallen. Sie atmet tief durch. „Ist wirklich nicht groß da drin", kommentiert sie das eben Gesehene. Alltägliche Dinge zu analysieren fällt ihr jetzt viel leichter, als über die bevorstehende Befragung zu sprechen. „Sieht echt fast aus wie das Klassenzimmer, in dem wir damals unsere Abiprüfungen gemacht haben", sagt sie an Linda gerichtet und lächelt matt.

Diese drückt ihren Arm, grinst zurück. „Na siehste – sag ich doch! Wird ganz easy!“

„Hast du da drinnen irgendwen von der Presse gesehen?“, fragt Lukas und holt Marlena nun doch wieder auf den Boden der Tatsachen zurück. Sie zuckt die Achseln. „Ein Typ könnte gut als Berichterstatter da sein, beim Rest hab‘ ich nicht das Gefühl.“

Lukas sieht erleichtert aus. „Bei den ganzen Presseanfragen hatte ich echt Sorge, dass der Saal picke packe voll von den Heinis sein würde“, lässt er Marlena wissen, jetzt, wo die Gefahr gebannt ist. Sie lächelt müde. „Ich bin kein Profi, aber ich könnte mir vorstellen, dass wir uns da sogar ‘nen Gefallen getan haben, indem wir alles abgeblockt haben. Vielleicht hatten die Redaktionen das dadurch echt nicht so auf dem Schirm.“

Ein Mikrofon knackt, scheppernd schallt eine Durchsage über den Flur: „Frau Schuster bitte.“ Marlena atmet tief durch und steht auf. Linda drückt zum Abschied ihre Hand. „Du packst das, Baby!“, ruft sie ihr nach.

***

„Schönen guten Tag. Sie sind Marlena Schuster, 30 Jahre alt, geboren in Bad Godesberg. Beruflich sind sie?“ Der Richter schaut auf.

„Werbetexterin und Sängerin“, antwortet sie, ihre Stimme zittert leicht.

„Aber hauptberuflich schon noch eher in der Werbebranche tätig?“ Er lächelt sie aufmunternd an, merkt wie nervös sie ist. „Ja, genau, als Selbstständige.“

„Okay.“ Er nickt seiner Schriftführerin zu. „Wohnhaft sind sie hier in Köln, in der Mathildenstraße 32, wie ist ihr Familienstand?“

„Ich bin ledig“, antwortet Marlena kurz.

„Okay, und mit dem Angeklagten sind sie weder verwandt noch verschwägert. Sind diese Angaben korrekt?“

Marlena nickt, fügt schnell noch ein „Ja“ hinten dran, weil sie nicht sicher ist, ob visuelle Zustimmung vor Gericht überhaupt ausreicht. Wieder lächelt der Richter sie an.

„Gut Frau Schuster. Sie wissen, warum Sie hier sind. Es geht um die Vorfälle des 19. Februar vergangenen Jahres. Bitte erzählen Sie uns, was genau passiert ist." Seine Stimme klingt beruhigend.

Marlena atmet erneut tief durch. „Ich war mit der KVB-Linie 18 aus Richtung Bonn auf dem Weg in die Kölner Innenstadt. Ich saß in der ersten Reihe der Bahn, mit dem Kopf Richtung Führerhäuschen. Ich habe Musik über meine Kopfhörer gehört und sehr wenig um mich herum mitbekommen. Ich gucke immer aus dem Fenster, wenn ich in der Bahn sitze." Sie stockt.

Der Richter nickt ihr aufmunternd zu.

Marlena fährt fort: „Viel von dem, was um mich herum passierte, habe ich gar nicht mitbekommen. Erst kurz bevor wir an der Bahnhaltestelle Barbarossaplatz ankamen, wollte ich einfach aufstehen und mich schon mal an die Tür stellen. Ich habe Herrn..." Wieder stockt sie. „Nishliu", hilft der Richter ihr weiter. „Ja genau, ich habe ihn nicht gesehen, bis ich gegen ihn geprallt bin."

Hilfesuchend blickt sie den Richter an. Er bedeutet ihr, fortzufahren. „Und dann? Wie hat Herr Nishliu reagiert?"

Marlena schluckt, starrt den Richter an, um bloß nichts anderes um sich herum sehen zu müssen. Noch immer hat sie keinen Blick zur Seite gewagt, sie traut sich einfach nicht. Und doch fühlt es sich komisch an, zu wissen, dass sie mit jedem weiteren Wort den Mann dort drüben auf der Anklagebank belastet – während er nur wenige Meter von ihr entfernt sitzt und jedes Wort mit anhört. „Herr Nishliu hatte zu diesem Zeitpunkt bereits seine Pistole gezogen und gegen seine Lebensgefährtin gerichtet. Als ich gegen ihn geprallt bin, hat ihn das – vermute ich – aus dem Konzept gebracht. Er hat mich aufgefangen, rumgerissen und mir sofort seine Pistole gegen die Schläfe gehalten." Sie blickt auf ihre Hände, schluckt erneut.

„Hat er etwas zu ihnen gesagt?"

Sie zögert, ihre Stimme wird immer leiser. „Ja, er hat mich beschimpft, als Schlampe zum Beispiel", antwortet sie tonlos. „Ich solle mich nicht bewegen und das Maul halten."

„Okay. Und wie haben die anderen Leute in der Bahn reagiert?", fragt der Richter. Marlena ist dankbar, dass er ihr hilft, möglichst zügig durch das Geschehen durchzukommen.

„Sie haben geschrien, haben sich auf den Boden geworfen und ihre Arme über dem Kopf zusammengeschlagen. Die Lebensgefährtin des... von Herrn Nishliu ist auf die Sitze des Vierersitzes geklettert, um möglichst weit von ihm weg zu kommen." Sie merkt, dass sie beginnt, immer schneller zu sprechen, um den unangenehmsten Teil der Erinnerungen möglichst rasch hinter sich zu bringen.

„Und dann war da noch der Zugbegleiter,..." „Herr Korte", greift der Richter ein, nickt wieder seiner Protokollantin zu, um ihr zu signalisieren, dass auch er einer der geladenen Zeugen ist.

„Ja, genau. Der hat versucht, Herrn Nishliu zu beruhigen, und auch an mich hat er sich immer mal wieder gewendet. Mit Abstand versteht sich, er stand etwa zwei Meter weit weg."

Sie stoppt kurz. „Als der Zug dann am Barbarossaplatz angehalten ist, wollte Herr Nishliu offenbar nur noch das Abteil verlassen. Er hat mich mit sich herausgezerrt, und weil wir auf dem Bahnsteig direkt in einen Passanten hineingerannt sind, der mit seinem Handy beschäftigt war, wurde das alles schnell ziemlich chaotisch. Ein paar Meter von der Bahn entfernt hat er, also Herr Nishliu, dann zuerst die Pistole weggeworfen, dann hat er mich von sich gestoßen. Ich bin dann auf den Bahnsteig gefallen, aber über die Kante gerutscht, und dann bin ich ins Gleisbett gestürzt. Mir haben dann so ein paar Leute auf dem Bahnsteig geholfen: Einer ist ins Gleisbett gesprungen und hat mir aufgeholfen, und zwei oder drei, ich glaube es waren drei weitere haben mich dann wieder nach oben gezogen." Sie hält inne. „Aber das weiß ich, um ehrlich zu sein, nur aus Erzählungen. Ich war ziemlich fertig, danach." Marlenas Kopf glüht, ihr Puls rast. Sie hat sich richtig in Rage geredet, und jetzt, wo nichts mehr zu sagen ist, spürt sie eine merkwürdige Form der Erleichterung. Fast so, als hätte sie ernsthaft Angst gehabt, ihren Text zu vergessen – was natürlich völliger Schwachsinn ist, denn die Erinnerungen an das Geschehene waren ihr seit letztem Februar etliche Male in jedem kleinen Detail durch den Kopf geschossen.

Mitfühlend nickt der Richter ihr zu. „Das kann ich mir vorstellen.“ Er blickt in die Runde. „Gibt es weitere Fragen an Frau Schuster?“

Hoffnungsvoll blickt Marlena zum Staatsanwalt herüber. *Oh, bitte, sagt alle nein!*

„Ich habe keine“, erwidert dieser und blickt in seine Unterlagen.

Der Richter schaut auf die andere Seite. „Die Verteidigung?“ Marlena schließt die Augen.

„Frau Schuster.“ Es fühlt sich an, als würde Marlenas Atem gefrieren. Langsam, unendlich langsam dreht sie den Kopf in Richtung Anklagebank.

Zamir Nishliu sitzt mit gesenktem Kopf neben seinem Anwalt, einem groß gewachsenen Mann mit strohblonden Haaren. Marlena schätzt ihn auf nicht älter als 35 – doch sie kann die Augen ohnehin nicht von dem Albaner neben ihm abwenden. Mit einem Mal ist alles wieder da.

„Als sie in der Bahn aufgestanden sind…“, fährt der Anwalt fort. Mit Gewalt zwingt sich Marlena, den Blick abzuwenden. Ihr Atem wird hektischer. *Denken Sie an Ihren Safe Place*, hört sie Irene Gottlob in ihrem Kopf sagen. Tief atmet sie durch. „Sie sagen, mein Mandant hatte zu diesem Zeitpunkt bereits seine Waffe gezogen. Das kann ja nicht ohne Aufsehen zu erregen passiert sein. Haben Sie von alledem wirklich gar nicht mitbekommen?“ Es klingt sachlich, und auf irgendeine abstruse Art und Weise holt es sie augenblicklich zurück in die Realität. Marlena blickt herüber zum Richter – *ihn gilt es ja schließlich auch zu überzeugen, oder nicht?*

„Ich habe früher immer sehr laute Musik in der Bahn gehört. Eigentlich war ich noch nie gerne in öffentlichen Verkehrsmitteln unterwegs, da hat mich Musik einfach abgelenkt. Ich habe wirklich nichts mitbekommen!“

Wieder ergreift der Anwalt das Wort. „Und glauben sie, dass man ihre Musik wohl gehört hat? Könnte es also sein, dass die Geräuschkulisse andere Fahrgäste aggressiv gemacht hat?“

Marlena blickt zu Boden, ist kurz eingeschüchtert. „Ich... ja, ich vermute, dass kann sein", räumt sie ein. *Will er damit etwa sagen, dass ich Zamir Nishliu angestachelt haben könnte?*

„Und die Freundin des Angeklagten – ist die ihnen in irgendeiner Form zur Hilfe gekommen?" Der Anwalt lässt nicht locker, auch wenn Marlena keine Ahnung hat, worauf diese Frage abzielen soll.

„Nein. Ich glaube, sie war selbst zu geschockt von dem, was dort in der Bahn passiert ist." Marlena blickt auf, schaut ihn an, zum ersten Mal, seit er begonnen hat, sie ins Verhör zu nehmen. So etwas wie Kampfgeist ist in ihr entflammt, sie kann nicht verhindern, dass sie sich ungerecht behandelt fühlt. „Wie gesagt, sie hat versucht, über die Sitze weiter in die Ecke der Bahn zu klettern, dahin, wo ich vorher gesessen hatte. Ich glaube nicht, dass sie dazu fähig gewesen wäre, irgendetwas für mich zu tun."

Da regt sich Zamir Nishliu plötzlich. Es ist nur eine kleine Geste: Ein lautloses Auflachen, ganz ohne aufzublicken. Er schüttelt den Kopf, dann verfällt er wieder in seine Starre.

Schnell blickt Marlena wieder zu Boden. Sie will ihn nicht ansehen müssen. Sie will ihn nie wieder ansehen müssen!

„Danke, keine weiteren Fragen", sagt der Anwalt und nickt dem Richter zu. Dieser wendet sich an Marlena.

„Dann sind sie entlassen, Frau Schuster. Hatten Sie Auslagen für den heutigen Gerichtstermin? Anfahrtskosten, Verdienstausfall?"

Verwirrt schaut Marlena den Richter an. Seine Frage kommt ihr in diesem Augenblick völlig absurd vor.

„Äh, nein", antwortet sie deshalb. Die drei Kilometer in die Innenstadt? Geschenkt!

„Dann vielen Dank, Sie dürfen hinten Platz nehmen oder den Gerichtssaal verlassen, wie Sie mögen." Der Richter lächelt Marlena zu, Marlena nickt dankbar zurück. Dreht sich um, ohne noch einmal zurück zu blicken.

Kaum hat sie den Gerichtssaal verlassen und die Tür hinter sich geschlossen, zieht Linda sie in ihre Arme und drückt sie an sich. „Du hast es hinter dir", sagt sie. Und zum ersten Mal glaubt Marlena daran.

***

„Mein Gott, warum hat er das denn gefragt?", grübelt Lukas, als er mit den beiden Mädels im ersten Stock des Amtsgerichtes in der Caféteria angekommen ist. „Ist doch völlig irrelevant, ob Blondy dir zur Hilfe geeilt ist oder nicht." Marlena winkt ab. Sie hat den beiden gerade in allen Details von der Befragung berichten müssen. Das letzte, was sie jetzt will, ist jede Frage noch einmal zu analysieren, um sich am Ende noch darüber ärgern zu müssen, wie sie geantwortet hat.

Sie ist selbst überrascht, wie unglaublich erleichtert sie ist, jetzt, nachdem alles vorbei ist. Ihre Aussage, vor allem aber auch das Zusammentreffen mit Zamir Nishliu im Gerichtssaal waren ihr offenbar eine noch größere Bürde gewesen als sie geahnt hatte. Anders kann sie sich nicht erklären, dass sie, seit sie den Saal verlassen hat, zum ersten Mal seit Tagen das Gefühl hat, wieder frei atmen zu können.

„Hey, ihr!" Linda fuchtelt mit dem freien Arm vage über den Tisch, während sie mit der anderen Hand ihren Iced Smoothie to go festhält. Sie zieht an dem Strohhalm, dann rückt sie näher an ihre beiden Freunde heran. „Ich glaube, wir haben grad interessantere Dinge zu klären." Verschwörerisch nickt sie herüber zu dem Mann, der vor gut fünf Minuten die Caféteria betreten hat und sich seitdem an einer Glasvitrine in Hörweite des Tisches der drei herumdrückt. Außer ihnen und dieser merkwürdigen Gestalt ist die wenig einladende Kantine leer.

Marlena folgt Lindas Blick, dreht sich dann aber gleich wieder zu ihren Freunden um. „Das ist der Typ aus dem Gerichtssaal. Der, den ich für 'nen Reporter gehalten hab", sagt sie leise.

„Hey, Sie!" Lukas war noch nie der große Verschwörungstheoretiker gewesen. Er ist aufgestanden, stellt sich fast schützend vor den Tisch der Mädchen. „Kann man ihnen irgendwie weiterhelfen?", fragt er argwöhnisch, gerade mit so viel Höflichkeit in der Stimme, dass er den Vorwurf „Krawallmacher" noch eben so von sich weisen könnte. Marlena, mit dem Rücken zur

Szenerie, kann sich ein Lächeln und einen vielsagenden Blick Richtung Linda nicht verbeißen.

Der Mann, sichtlich ertappt, macht zwei Schritte auf Lukas zu. „Marcel Schützke, Tag Herr Wedekind“, er reicht ihm seine Karte. Marlena muss zweimal hingucken, bevor sie das Logo erkennt. „Blitz“, steht dort. Die Boulevardzeitung.

„Ich bin als Berichterstatter in der Gerichtsverhandlung gewesen.“ Ungefragt tritt er an den Tisch der kleinen Gruppe und zieht sich einen Stuhl heran. „Die haben Sie ja ganz schön in die Mangel genommen da drin, Frau Schuster“, wendet er sich an Marlena. Diese runzelt die Stirn, lässt sich dank ihres widergewonnenen klaren Kopfes nicht aus der Ruhe bringen. „Hab ich Ihnen irgendwie das Gefühl gegeben, dass ich zu einem Statement bereit wäre?“, fragt sie ihn mit hochgezogenen Augenbrauen. Der Journalist lacht. „Ach kommen Sie schon, Frau Schuster. Ich werd‘ sowieso über die Verhandlung schreiben, da können sie mir doch auch einfach eben ihre Sicht der Dinge schildern.“ Anbiedernd lächelt er sie an. „Das haben sie doch im Zeugenstand auch schon ganz gut gemacht.“

Erst jetzt fällt der Groschen bei Linda. „Sie sind der Typ, der den Artikel in der ‚Blitz‘ geschrieben hat!“ Sie lacht auf. „Mann, sie haben Nerven, hier aufzukreuzen!“

Lukas legt eine Hand auf ihre Schulter, steht wie ein Stein hinter seinen beiden Freundinnen. „Ich denke, Marlena hat sich klar ausgedrückt, Herr Schützke. Ich wiederhol’s aber gerne noch einmal: Kein Kommentar. Und jetzt darf ich Sie eindringlich bitten, sich einen anderen Tisch zu suchen, wir möchten uns nämlich gern unterhalten.“

Marlena platzt fast vor Stolz, Freunde wie diese zu haben. Freunde, die wie eine geschlossene Einheit zusammenstehen und allein durch dieses Gefühl der Souveränität jeder Situation gewachsen zu sein scheinen.

Marcel Schützke steht missmutig auf. „Alter Schwede, er hat echt nicht zu viel versprochen. Ihr SEID schwierig…“ murmelt er im Gehen.

„Wie meinen, bitte?“, ruft Lukas ihm hinterher.

Der Reporter winkt ab, entfernt sich durch die Caféteria wieder Richtung Gerichtssaal. Linda lacht ihm laut hinterher.

***

Gut zwei Stunden später sitzen die drei Freunde in einer Bar in der Südstadt, je ein Glas Wein vor der Nase. Kurz nach dem merkwürdigen Zusammentreffen mit dem Journalisten war Irene Gottlob um die Ecke gebogen und hatte sich zu den drei Freunden an den Tisch gesetzt. „Sie machen jetzt Mittagspause", hatte sie verkündet und sich einen Kaffee bestellt. Und dann: „Ich glaube, wir haben ganz gute Chancen, dass es heute noch zu einer Urteilsverkündung kommt. Sie haben jetzt die Ex-Freundin des Angeklagten verhört, die mittlerweile getrennt von ihm lebt und, so wie ich das rausgehört habe, gerade versucht, eine Einstweilige Verfügung gegen ihn zu erwirken." Sie hatte in die Runde geblickt. „Der Typ hatte übrigens zuvor schon mal eine Waffe gezogen, bei einer Kneipenschlägerei. Es sieht jedenfalls nicht so aus, als hätte er in diesem Gerichtssaal sehr viele Freunde."

Marlena hatte aufgeregt nach Lukas Hand gegriffen. „Das ist gut, oder? Dann wird er bestimmt eingesperrt."

„Na, warten wir's mal ab", hatte Irene Gottlob erwidert und war aufgestanden. „Nach der Mittagspause verhören sie noch den Zugbegleiter, außerdem – das hab' ich am Rande mitbekommen – gibt es wohl ein Überwachungsvideo der KVB, das in die Beweismittel aufgenommen worden ist."

Sie hatte Marlena eine Visitenkarte in die Hand gedrückt. „Ich habe eben beim Rausgehen kurz mit dem Staatsanwalt gesprochen. Ich selbst bekomme leider keine Auskunft von ihm, aber ich hab' ihm Ihren Fall erklärt, und da Sie Betroffene sind, hat er eingewilligt, Sie nachher anzurufen. Ich hab' ihm auch Ihre Karte gegeben – er wird Ihnen dann sagen, was bei dem heutigen Verhandlungstag rausgekommen ist." Fast gerührt hatte Marlena ihre Therapeutin angelächelt. „Danke Frau Gottlob. Auch, dass sie hier waren!" Die hatte nur mit den Achseln gezuckt. „Solange es Ihnen bei Ihrer Genesung hilft, Frau Schuster – immer gern."

Nun heißt es also: Warten. Nach Irene Gottlobs Abgang hatten auch Linda, Lukas und Marlena keinen Grund mehr darin gesehen, weiterhin im Gericht zu bleiben – also waren sie auf Lindas Anregung hin etwas trinken gegangen. „Wann bitteschön gibt es denn größeren Anlass dazu, sich tagsüber zu besaufen, als an solch einem Tag?“, hatte diese gefragt und sich bei Marlena eingehakt.

Doch Marlena ist nicht auf den Kopf gefallen. Nun, da Lukas auf der Toilette verschwunden ist, blickt sie Linda über ihr Weinglas hinweg vielsagend an.

„Du hast dich von André getrennt“, konfrontiert sie ihre Freundin ohne Umschweife mit der Erkenntnis, die ihr schon vor Stunden gekommen ist. Hysterische Lachanfälle in einer öffentlichen Caféteria, die ungewohnt unhöfliche Pöbelei gegen den Journalisten, Alkohol am frühen Nachmittag – das alles ist einfach nicht Linda.

Diese blickt gar nicht erst auf. „Wusste, dass ich dir das nicht verheimlichen kann“, sagt sie schlicht und dreht ihr Weinglas in ihren Händen.

„Was ist passiert?“, fragt Marlena.

Linda zuckt die Achseln. „Grizabella ist passiert, oder vielmehr: Die Schauspielerin, die ihre Rolle spielt.“

Sie muss nicht mehr sagen. Marlena greift über den Tisch hinweg nach ihrer Hand. „Das tut mir leid, Linda.“

Sie schüttelt den Kopf, lächelt Marlena von unten herab traurig an. „Besser ein Ende mit Schrecken als ein Schrecken ohne Ende, schätz ich.“ Ihre Augen sind feucht.

Sie ist sichtbar froh, als Lukas zurück an den Tisch der Mädchen kommt. Verwundert starrt er auf sein Handy.

„Simon hat grade die morgige Probe abgesagt – und er schreibt MIR, um zu hören, wie die Gerichtsverhandlung gelaufen ist.“ Fragend blickt er Marlena an, als er sich wieder neben sie setzt. „Ist schon wieder was vorgefallen zwischen euch?“

Diesmal ist es an Marlena, den Blicken ihrer Freunde auszuweichen. „Nee, ist nichts vorgefallen“, nuschelt sie.

Noch bevor Lukas oder Linda irgendetwas erwidern können, wird sie durch ihr eigenes Handy gerettet.

„Schuster?"

Kurz hört sie zu, bedeutet ihren Freunden dann aufgeregt, dass es die Staatsanwaltschaft ist. „Mhm,... ja,... mhm... okay... mhm... ah!... Ja, okay, vielen Dank. Danke, für den Anruf! Auf Wiederhören."

Als sie aufgelegt hat, starrt sie auf den Tisch. Muss erst einmal durchatmen, bevor sie sprechen kann. „Was ist los, sag schon!", fragt Lukas mit weit aufgerissenen Augen.

Marlena wendet langsam ihren Blick in seine Richtung. Dann lächelt sie zaghaft. „Er ist im Knast. Ein Jahr Haft ohne Bewährung." Während ihre Freunde von beiden Seiten den Arm um sie legen und sie an sich drücken, zieht sie laut hörbar die Luft ein und schließt die Augen. Als sie sie wieder aufmacht, steht Ungläubigkeit darin. „Es ist vorbei", sagt sie. „Es ist wirklich vorbei!"

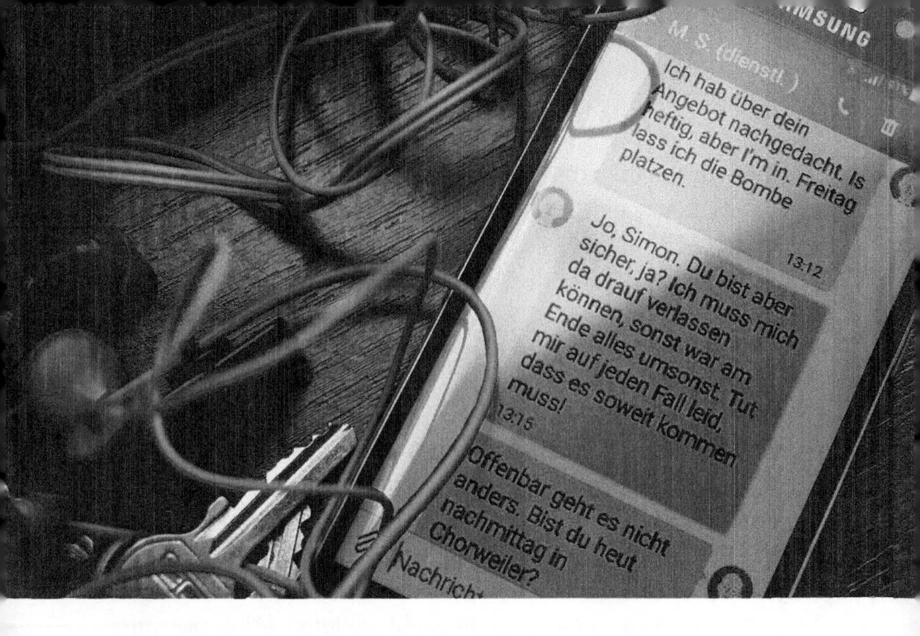

Zwischen den Welten

Orange-Zimt. Das ist der Geruch, der Marlena am nächsten Morgen direkt in die Nase steigt, als sie in ihrer Wohnung wach wird. Er kommt aus ihrem Kopfkissen. Und er ist nicht von ihr.

Sie dreht sich auf die andere Seite und schaut aus schläfrigen Augen durch ihr Fenster hinaus in den Innenhof. Der Himmel ist wolkenverhangen, nur ein paar einzelne Sonnenstrahlen suchen sich ihren Weg durch das dichte Grau. Sie lächelt und zieht sich die Decke ein weiteres Mal über den Kopf.

Sie hat Kopfschmerzen und fühlt sich etwas schwummerig, wie immer, wenn sie sich über die Regel, ihre Medikamente nicht mit Alkohol zu mischen, hinweggesetzt hat. Und doch ist es fraglos der beste Morgen seit langer, langer Zeit. Jetzt schon, noch bevor er richtig begonnen hat.

Bis nachts um halb zwei war Marlena mit Linda und Lukas unterwegs gewesen – zuerst bei ihrem Lieblingsitaliener am Rudolfplatz, später dann in irgendeiner Karaoke-Bar auf den Ringen. Sie hatten die Welt vergessen um sich herum – da war keine Tournee gewesen, keine Trennung, noch nicht einmal die Gerichtsverhandlung und ihr Triumph. Sie waren einfach drei Freunde gewesen, die ausgelassen gefeiert hatten. Und genau das hatte Marlena vermutlich auch dringend gebraucht.

Sie kann sich selbst nicht erklären, aus welchem Grund das Urteil ihr Selbstgefühl am vergangenen Tag so schlagartig verändert hat. Ein Jahr – das ist weiß Gott nicht die Welt, im Nullkommanichts wird Zamir Nishliu wieder draußen sein; von den vielen anderen Mitgliedern der Gesellschaft, die ihren Mitmenschen nicht gut gesonnen sind und in den vergangenen Monaten als ständige Bedrohung in Marlenas Bewusstsein gerutscht waren, mal ganz zu schweigen. Die Welt hat sich durch dieses Urteil keinen Deut geändert, und auch Marlena ist bewusst, dass ihre Ängste, ihr fehlendes Sicherheitsgefühl, ihre Schlafstörungen und ihre Panikattacken sicherlich noch nicht der Vergangenheit angehören werden.

Und doch – Gerechtigkeit macht einen Unterschied. Auch wenn Marlena das im Vorfeld selbst nicht erwartet hätte.

Dazu kommt, dass sie heilfroh darüber ist, sich nun nicht mehr mit diesem Thema befassen zu müssen. Irgendwie hatte sich die Gerichtsverhandlung angefühlt wie eine lästige, mehr noch: nervenaufreibende Prüfung, von der sie schon im Vorfeld wusste, dass sie sich niemals ausreichend vorbereitet fühlen würde. Ständig hatte sie darüber nachgedacht, welche Fragen wohl auf sie zukämen. Ob es auch ja ausreicht, wenn sie einfach erzählt, was passiert ist, oder ob es ratsamer wäre, den Richter durch ihre Wortwahl, ihre Körpersprache, durch Gesten und durch nach außen gekehrte Furcht und Traurigkeit zusätzlich von den Auswirkungen des Vorfalls zu überzeugen. Innerlich schüttelt Marlena den Kopf. Sie hatte tatsächlich befürchtet, man könne herunterspielen, was sie erlebt hatte! Dabei, das hatte der Staatsanwalt am Telefon durch seine Wortwahl ganz deutlich gemacht, hatte es eigentlich nie einen Zweifel daran gegeben, dass Zamir Nishliu bestraft werden würde für das, was er getan hatte. Zumal sie ja ganz offenbar nicht die einzige war, die er in seinem miserablen, 32-Jahre-jungen Leben schon bedroht hatte.

Erneut dreht sich Marlena im Bett herum. Da ist er wieder, der Orange-Zimt-Geruch. Sie atmet tief ein, inhaliert den Duft, den sie schon in der vorletzten Nacht liebgewonnen hatte. *„Ehrlich gesagt, das ist einfach nur mein Tour-Shampoo“*, hatte Simon schmunzelnd gesagt, als sie nach dem Sex neben ihm gelegen und ihn auf seinen Geruch angesprochen hatte. *„Das einzige Männer-Shampoo, was es in der Drogerie als Mini-Größe gegeben hat. Aber freut mich, dass du's so okay findest."* Sie hatte gelacht. *„Joa, is' so okay"*, hatte sie ihn nachgeäfft. Dann hatte sie ihn auf die Brust geküsst und sich wieder an ihn geschmiegt.

Sie war nicht fair zu Simon gewesen, das weiß sie ganz genau. Als sie am Morgen nach ihrer gemeinsamen Nacht neben ihm wachgeworden war, hatte sie Panik bekommen. Sie hatte plötzlich eine Scheißangst gehabt – Angst, seine ständige Nähe auf Tour nicht ertragen zu können. Angst, er könne ihr wieder genommen werden, von irgendwelchen Fans, von anderen Band-Projekten, von ihrer eigenen, komplizierten Art, die sie selbst immer schon als schwer erträglich empfunden hat.

Und dann hatte sie das Einzige getan, was ihr auch in den letzten Wochen schon geholfen hatte, irgendwie über die Runden zu kommen: Alles in eine Kiste zu legen und um ihr Leben zu rennen. Weg von ihm. Weg von allem, was ihre Gefühle weiter anschwellen lassen würde, wie eine Welle im Meer, die kein Mensch dieser Welt aufhalten kann.

Marlena greift nach ihrem Handy. Sie muss Simon anrufen und sich bei ihm entschuldigen, das ist ihr völlig klar.

Als sie jedoch seine Nummer wählt, wird sie enttäuscht. Es klingelt ein, es klingelt zweimal – dann hört sie auf einmal das Besetztzeichen, das nur eines bedeuten kann: Simon hat sie weggedrückt.

Simon sitzt währenddessen in einem Büro, irgendwo in Chorweiler. Er wirft sein Handy zurück in seinen Rucksack. Wirkt verstimmt, als er sich wieder dem Mann ihm gegenüber zuwendet. „Sorry Alter, dass dir das alles so einen Ärger macht. Offen gestanden hätte ich mir denken können, dass es so laufen würde."

Sein Gegenüber winkt ab. „Passt schon, Simon. Ich habe schon anstrengendere Jobs machen müssen, und glaub mir, ich weiß, wie zickig manche Musiker sein können. Deine Marlena krieg' ich schon gezähmt." Simon geht nicht darauf ein. „Du kriegst meine komplette Gage für die Tour, die ich mit ‚Freifahrtschein' bisher verdient hab, plus natürlich das, was bei den kommenden Konzerten rumkommt. Das sollte reichen, oder?“

Der Mann nickt. „Klar. Ich werd‘ dich nicht enttäuschen, versprochen.“

***

„Hat irgendeiner von euch was von Simon gehört?“, fragt Tilman am Abend in die Runde, als er mit Lukas, Tobi und Marlena im Proberaum sitzt.

„Hat mir ‘ne SMS geschrieben. Er sei krank, sagt er – wir würden uns in Köln am Donnerstag beim Konzert sehen“, sagt Lukas. Tilman greift nach einem Bier aus dem Kühlschrank, blickt in die Runde, ob noch jemand etwas haben will. „Nee Alter, lass mal stecken“, winkt Lukas vielsagend ab und streckt sich auf seinem Sessel aus. „Ich fühl mich immer noch scheiße nach letzter Nacht.“

„Ihr Arschgeigen hättet uns echt mal anrufen können“, wirft Tobi ein und legt die Füße auf den Tisch. Dann wendet er sich wieder dem eigentlichen Thema zu. „Apropos scheiße fühlen – dein Kreislauf ist wieder fit, Marlena? Also, abgesehen vom Kater jetzt.“

Sie nickt und lehnt den Kopf gegen die Wand. Sie ist ihren Mitmusikern eine Erklärung schuldig. „Ja, ich denk schon,“ fängt sie an. „Die Verhandlung hat mir letzte Woche echt zugesetzt, deswegen habe ich so gut wie nicht geschlafen. Und weil ich zwischendurch einfach todmüde war, hab‘ ich meinen Körper mit Koffein-Tabletten, Cola und Energy-Drinks vollgepumpt.“

„...Munter gemischt mit ihren Schlaf- und Beruhigungstabletten, will sie sagen“, beendet Lukas ihren Satz und zieht vielsagend eine Augenbraue hoch.

Marlena sieht schuldbewusst in die Runde, als sie weiterspricht. „Es tut mir leid, wirklich. Ich war fertig, Leute. Und ihr musstet drunter leiden.“

Tilman winkt ab. „Nächstes Mal, Frollein, sagst du uns aber bitte früher Bescheid. Wenn du mir irgendwann mal AUF der

Bühne zusammenbrichst, bin ich danach derjenige, der 'ne Traumabehandlung braucht." Er zwinkert ihr zu.

Sie lächelt ihn an. Es gibt Witze, die darf einfach nur Tilman machen.

„Hat einer was von Frank gehört?", kommt es von Tobi. „Ich habe seit Donnerstagnacht nichts mehr von dem mitbekommen, und mich würd' schon mal interessieren, welche Folgen das vergangene Wochenende denn jetzt für uns hat?" Er wirft Marlena einen Blick zu. „Nichts für ungut!"

„Ich habe Samstag mit ihm telefoniert: Alle drei Venues sind bereit, einen Ersatztermin mit uns zu suchen, wodurch wir, wenn wir Glück haben, keine Saalmieten und Konventionalstrafen zahlen müssen", erzählt Lukas. „Die Tickets behalten auch ihre Gültigkeit, was da noch an Erstattungen kommt müssen wir abwarten..."

Er steht auf, greift nach seinem Stimmgerät und dem Paket Saiten, das er für seine Gitarre mitgebracht hat. „Stefan kommt uns mit seinem Ausfallsatz entgegen, aber Technik, Roadies, Tourbus etc. werden wir voll bezahlen müssen."

Bedrückt sehen die Freunde sich an. „Scheiß Spiel, ey," sagt Tilman.

„Was sagt Frank dazu?", will Marlena wissen. Es ist offensichtlich, dass sie sich die Schuld für die ganze Situation gibt.

„Du, ehrlich gesagt wirkte der sehr viel entspannter, als ich erwartet hätte", gibt Lukas zurück. Marlena zieht die Augenbrauen hoch.

„Das sagst du doch jetzt nur, um mich zu beruhigen."

„Nein, echt – ich war auch ganz irritiert. Er sagte irgendwas von wegen, er habe schon eine Idee, wie wir das wieder drehen können." Da fällt ihm plötzlich etwas ein.

„Ach ja! Köln ist übrigens jetzt ausverkauft" Er zieht eine Zeitung aus seinem Rucksack und knallt sie auf den Tisch. „Irgendwie hat er die ‚Blitz' dazu bekommen, ein halbwegs anständiges Band-Porträt von uns zu drucken."

Auf dem Titel des Kölnteils prangt das große Bandfoto von ‚Freifahrtschein' – zwar noch mit Ruben als fünftem Gesicht, aber wer will schon kleinlich sein.

Marlena muss schmunzeln. „Das Ding ist aber definitiv produziert worden, bevor wir Marcel Schützke in der Gerichts-Caféteria den Laufpass gegeben haben."

Tilman trommelt kurz auf den Tisch und erhebt sich. „Nagut Leute, können wir dann kurz proben und dann raus hier? Ich wollte nicht bis in die Puppen hierbleiben."

Auch Marlena richtet sich auf – die Ablenkung vom Thema Finanzen tut ihr gut. „Tobi hat also vorgeschlagen, dass Set-Finale nochmal umzubauen...?!"

12. Tourtag

Als Marlena und Lukas am Donnerstagnachmittag an der Live Music Hall vorfahren, hat von Simon immer noch niemand etwas gehört oder gesehen. Es ist ein anderes Gesicht, das die beiden im Innenhof des Clubs begrüßt – und sie freuen sich riesig darüber, es zu sehen.

„Na meine Sportsfreunde, was macht die Kunst?", begrüßt Ruben Lukas und schlägt in seine Hand ein. Lukas lacht. „Alter – das ist ja 'ne Überraschung! Solltest du nicht irgendwo in Skandinavien sein und im Fellmantel auf 'nem Hundeschlitten zu deinem neuen Luxus-Proberaum jetten?"

Ruben lacht, als er Marlena umarmt. „Wir sind soweit durch mit den Vorbereitungen", erzählt er. „Morgen sind hier in Köln noch Fotoshootings und zwei Pressetermine, danach habe ich 'ne Woche Urlaub und dann geht's los." Er streicht Marlena freundschaftlich ein Haar aus dem Gesicht und hält sie an den Schultern fest, während er sie mustert. „Da lass ich's mir doch nicht nehmen, meiner Lieblingssängerin wenigstens mal eben persönlich dazu zu gratulieren, dass der düsterste Lebensabschnitt ihres zarten Daseins endlich hinter ihr liegt."

Er lächelt sie an. „Wie geht's dir, Verehrteste?"

Sie lächelt zurück.

„Sehr gut. Ich hätte nicht gedacht, wie erleichtert ich mich fühlen würde, dass diese Scheißverhandlung jetzt hinter mir liegt."

Er nickt. „Und das hast du sowas von verdient!"

Wie selbstverständlich packt er an, als Marlena und Lukas beginnen, den Kofferraum auszuladen. „So, heute also Köln, mh? Wie läuft's denn mit dem Neuen? Von Tilman hab' ich bisher nur Gutes gehört."

Lukas reicht ihm das Bass Drum-Case herüber und grinst. „Kannst du die Wahrheit denn ertragen?", neckt er seinen Ex-Keyboarder. Ruben lacht. „So gut also, ja?"

Lukas zuckt die Achseln, schlägt den Kofferraum zu, nachdem er die letzten Koffer und Mikroständer herausgezogen hat. „Tatsächlich hoffe ich sehr, dass er uns heute nicht hängenlässt. Die letzten Tage ist Simon wohl krank gewesen – seit Dienstag hat er sich bei mir nicht mehr gemeldet." Er schiebt Marlena mit dem Fuß einen Koffer zu, dann geht er los Richtung Laderampe zur Bühne. „Aber kein Grund zur Beunruhigung. Er wird schon auftauchen."

Ruben zwinkert Marlena zu, bevor er mit ihr hinter Lukas hergeht. „Na zur Not bin ich ja jetzt da, nicht wahr?"

Besorgt sieht sie ihren beiden Mitmusikern hinterher. Sie hat ein ungutes Gefühl bei der Sache – auch wenn sie nicht genau sagen kann, woher es rührt. *Simon würde uns niemals einfach wortlos versetzen, oder?* Ihr Nachmittag an den ‚Rheinklang Studios' fällt ihr wieder ein. Aber das ist ja nun wirklich sehr lange her…

***

„Kinder, ich will nicht drängen, aber ihr müsst langsam auf die Bühne, wenn ihr noch 'nen Soundcheck machen wollt", mahnt Stefan rund anderthalb Stunden später, als die Bandmitglieder vor der Bühne in der Live Music Hall stehen. Simon ist immer noch nicht aufgekreuzt.

Nervös blickt Marlena zu Lukas hinauf, der auf der Bühnenkante sitzt, während die anderen sich zu ihren Instrumenten begeben. Sie tritt näher an ihren besten Freund heran.

„Lukas, es könnte sein, dass ich echt Scheiße gebaut hab."

Sein Blick sagt, dass er so etwas schon befürchtet hatte. „Ihr habt euch gestritten, oder?"

Marlena blickt zu Boden, fixiert ihre Schuhe. „Auch."

Lukas braucht einen Moment, bis er eins und eins zusammenzählen kann. „Bitte sag mir, dass du nicht allen Ernstes mit unserem Keyboarder im Bett gelandet bist." Als sie nicht antwortet, rutscht er von der Bühne herunter und starrt sie an. „Marlena?"

Sie verdreht widerwillig die Augen und schaut auf. „Ich weiß, dass das nicht professionell ist, okay? Das habe ich ihm auch gesagt, danach." Wieder wendet sie den Blick ab. „Naja, und dann hat's halt ganz schön geknallt zwischen uns."

Wieder einmal schafft es Lukas, seine beste Freundin zu überraschen. Er legt einen Arm um sie. „Meine Belehrung darüber, dass du mit deiner verkopften Art wirklich die einfachsten Sachen dieser Welt verkomplizieren kannst bekommst du später, verlass dich drauf! Jetzt brauchen wir 'ne Lösung!" Er dreht sich zu Ruben um, der schon eine Weile am Technikpult steht und seine Ex-Kollegen aus der Ferne beäugt. „Kannst du mal kommen?"

Als Ruben neben ihm steht, zeigt er hoch auf die Bühne. „Würdest du eben mit uns den Soundcheck machen? Simon verspätet sich offenbar."

„Ich bin da", tönt es in diesem Moment vom Clubeingang her. Zielstrebigen Schrittes steuert Simon die Bühne an. Nickt Lukas zu, ohne Marlena eines Blickes zu würdigen.

„Sorry, mein Zug hatte Verspätung."

Ruben nickt seinen Freunden zu, zieht sich diskret wieder in den Hintergrund zurück. Lukas sieht seinem aktuellen Keyboarder nach, wie dieser auf die Bühne klettert und hinter seinem bereits aufgebauten Keyboard Platz nimmt. „Alles klar bei dir?", fragt er forschend. Simon nickt, während er in aller Seelenruhe seinen Laptop verkabelt. „Sicher."

Dann wendet er sich an die Technik, als sei nichts passiert.

„Kannste mich hochregeln? Ich muss 'nen Sound auschecken."

***

Gegen sieben ziehen sich die Musiker hinter die Bühne zurück. In der Halle sind die Service-Kräfte eingetroffen, um den Barbetrieb aufzunehmen, gleich würde der Einlass beginnen. Marlena hat gerade Linda am Eingang abgeholt: Sie will es sich nicht nehmen lassen, sich das Heimatstadt-Konzert ihrer besten Freundin anzusehen und darf mit in den Backstage-Bereich, bis die Show beginnt.

„Wie geil der Laden backstage aussieht, ey", bewundert Linda eine riesige, mit Edding bekritzelte Wand hinter der Bühne. Marlena nickt und nippt an ihrer Radler-Flasche. „Und was für Bands hier schon auf der Bühne standen! Da kann dir schon mal 'n bisschen schwummerig werden..."

Warnend legt Linda die Stirn in Falten. „Ganz schlechtes Wortspiel nach letzter Woche, Marlena, ganz schlecht."

Ein Lachen kommt aus der hinteren Ecke des Raums. „Das kannst du laut sagen", sagt Dennis, der auf dem trashigen, roten Sofa gerade neue Saiten an seiner Gitarre aufzieht.

„Linda, das ist Dennis – der Gitarrist aus Wuppertal, von dem ich dir erzählt habe. Der, der uns für drei Shows supportet."

Die Mädchen setzen sich zu ihm aufs Sofa. „Dennis – meine beste Freundin Linda."

Die beiden schütteln sich die Hand.

„Du bist also der Freak, der Tilman in Dortmund unter den Tisch gesoffen und dann in seinem Auto gepennt hat."

Dennis grinst. „Anfängerfehler. Passiert mir nicht nochmal."

„Der Teil mit dem Auto zumindest, ja?"

„Na, du hast ja schon ein großartiges Bild von mir."

Linda lacht. „Keine Sorge. Kannst du musikalisch nachher ganz einfach überschreiben."

„Marlena, kommst du mal?" Frank ist in der Tür des Backstage-Raums aufgetaucht. Ihn hat Marlena heute noch gar nicht gesehen. Linda winkt den fragenden Blick von Marlena ab. „Hau schon ab! Ich komm' klar!"

Kaum bei ihm angekommen, zieht Frank Marlena rüber zum Catering-Buffet und legt besitzergreifend einen Arm um sie. „Hey", er lächelt sie an, zieht sie an ihrer Schulter. „Lass dich mal drücken. Ich habe gehört, die Gerichtsverhandlung ist gut gelaufen."

Marlena nickt, ehrlich erfreut darüber, dass Frank sich offenbar doch noch für ihr privates Wohlbefinden interessiert. „Ja, er ist verknackt worden."

„Das ist gut, das freut mich für dich. Ich weiß, diese ganze Geschichte hat dir in den letzten Wochen viel abverlangt."

Zögernd nickt sie. „Ja, weißt du... es ist halt eine neue Situation. Mit der Tour, und dann diese Schlafstörungen, das ist nicht ganz ohne. Da muss man sich wahrscheinlich auch erst mal dran gewöhnen."

Mitfühlend blickt er sie an. „Sind die immer noch so schlimm? Die Schlafstörungen."

Marlenas Blick weicht kurz von ihm ab. „Naja, seit mein Psychiater meine Medikamente neu eingestellt hat, geht's was besser, aber ich glaub, bis das ganz weg ist, das wird noch was dauern."

„Aber deine Therapie machst du auch noch, oder?"

Marlena nickt. „Ja, klar. Ohne die Gottlob wäre ich aufgeschmissen."

Frank zieht sie erneut in seinen Arm. „Ich habe euch echt viel abverlangt in den letzten Wochen, das tut mir leid. Ich hoffe, du kannst dir zwischendurch Auszeiten nehmen."

Marlena löst sich von ihm. Lächelt, winkt ab. „Ich versuch's. Aber the show must go on, nicht wahr?"

Er nickt, auf einmal wieder ganz geschäftsmäßig. „Hey, ich habe unten übrigens ein paar Presseleute, die ein Gespräch mit dir führen wollen." Er legt den Kopf schief, es wirkt, als wolle er sie einlullen. „Du hast doch gesagt, wenn die Verhandlung rum ist, kann ich dich wieder verplanen, oder?"

Zögernd nickt Marlena. Sie weiß, dass sie ihm was schuldig ist. „Schon, ich bin aber noch gar nicht richtig fertig für die Show. Kann das nicht bis hinterher warten?"

Es ist offensichtlich, dass Franks Geduldnerv dieser Tage sehr strapaziert ist. Gestresst schüttelt er den Kopf. „Die Typen sind nun mal jetzt hier, und es ist üblich, das vor'm Konzert zu machen, also..."

Marlena nickt langsam. „Ja, okay, ich mach's. Lass mich kurz Lukas suchen."

„Meinst du nicht, dass das auch eben allein geht?" Frank wirkt immer nervöser.

Argwöhnisch legt Marlena den Kopf schief. „Ich wüsste nicht wieso... es geht ja um die ganze Band, nicht wahr? Dass die Gerichtverhandlung off-limits ist, hast du ja sicher schon weitergegeben." Sie hasst es, unter Druck gesetzt zu werden, deswegen wirkt es fast trotzig, als sie jetzt die Arme vor ihrem Körper verschränkt und sich gegen die Wand lehnt. „Ich wüsste nicht, warum Lukas nicht dabei sein sollte."

„Wo sollte ich nicht dabei sein?" In diesem Moment biegt Lukas um die Ecke, auch er trägt noch nicht sein Bühnenoutfit.

Frank seufzt theatralisch. „Nirgends. Du kannst überall dabei sein." Er drängt sich an Marlena und Lukas vorbei und winkt zur Eile. „Dann kommt jetzt, die Typen haben nicht ewig Zeit."

Auf der Treppe nach unten läuft die kleine Gruppe beinahe in Simon hinein. Er scheint es eilig zu haben.

„Hey, da bist du ja", begrüßt Marlena ihn, um einen beiläufigen Ton bemüht. Simon sieht kaum auf, drängt sich direkt an ihr vorbei. „Jo. Ich geh mich kurz umziehen", sagt er knapp. Marlena sieht ihm hinterher, bis er am oberen Treppenabsatz verschwunden ist.

***

„Ach Herr Schützke, Mensch, lange nicht gesehen", sagt Lukas. Er ist offenbar genauso wenig begeistert, den blöden ‚Blitz'-Journalisten an der Theke des Clubs stehen zu sehen, wie Marlena auch.

Frank lacht aufgesetzt, legt dem Reporter und Lukas kumpelhaft die Hand auf die Schulter und nickt ihnen zu. „Ich muss noch kurz mit dem Veranstalter sprechen – ich bin gleich wieder da, fangt schon mal an", sagt er, und ist verschwunden, bevor irgendjemand etwas erwidern kann. Säuerlich sieht Lukas ihm nach. Wieder eines dieser No Go's für einen Manager, der etwas auf sich hält – lasse niemals deine Band mit der Presse alleine, wenn die es nicht ausdrücklich wünscht.

„So“, sagt der Reporter, zückt demonstrativ seinen Notizblock. „Ihr habt die Live Music Hall in Köln ausverkauft, quasi eure Homebase – wie isset? Anderes Gefühl als bei euren kleinen Club-Gigs, oder?“

Marlena muss schmunzeln. Man hätte diesen Satz ungefähr in 22 Klangnuancen aussprechen können, die freundlich und gewinnend geklungen hätten. Bei Marcel Schützke klingt es wie die reinste Provokation.

„Ach wissen Sie, Herr Schützke – wir haben auch vorher schon vor mehr als drei Leuten auf ‘ner Bühne gestanden, die uns ganz okay fanden“, antwortet sie gezielt schnippisch. Zieht demonstrativ eine Augenbraue hoch. „Nichtsdestotrotz ist es natürlich eine große Ehre für uns, hier spielen zu dürfen. Also ja, wir freuen uns riesig auf die Show!“

Marcel Schützke geht gar nicht darauf ein, sieht sie einfach nur stechend an. „Fühlst du dich dem denn heute gewachsen, so kurz nach der Verhandlung?“

Marlena beißt die Zähne zusammen. Keine zwei Fragen und sie verliert schon die Geduld mit ihm. „Klar. Warum denn auch nicht?“

Er zieht eine Schnute, kritzelt etwas auf seinen Notizblock. „Naja, deinem Peiniger wieder vor Augen treten zu müssen war ja bestimmt nicht ganz leicht für dich, oder? Im Zeugenstand sah das zumindest so aus.“

Bevor Marlena antworten kann, fällt ihr Lukas ins Wort. „Kein Kommentar zur Verhandlung, Herr Schützke. Wie schon am vergangenen Montag, daran hat sich nichts geändert.“

Der Reporter lacht gespielt auf, tut so, als wäre Lukas‘ Antwort das Unmöglichste, was er je gehört hat. „Herr Wedekind, sie haben einfach wirklich nicht verstanden, wie das hier läuft. Ich setze die Themen, verstehen Sie? Wenn ich das nicht will, taucht ihr Name in diesem Artikel nicht ein einziges Mal auf – und das können Sie doch nicht wollen, oder?“

Frank biegt wieder um die Ecke, demonstrativ schaut Lukas ihn über die Schulter des Journalisten hinweg an. „Wir sind hier fertig, Frank. Du hattest irgendetwas von Pressevertretern gesagt? Wo finde ich die? Herr Schützke hier wollte gerade gehen."

Mit giftigem Blick sieht der Journalist ihn an. Noch bevor Frank die Kleingruppe erreicht hat, packt er seine Sachen zusammen und wendet sich zum Gehen. „Das wirst du noch bereuen!", faucht er, bevor er verschwindet.

***

Es verlangt Simon an diesem Abend immens viel ab, mit dieser Band auf der Bühne zu stehen. Nicht nur hat er keine Lust, mit Marlena Musik zu machen – untergründig beschäftigt ihn die ganze Zeit das, was ihm nach dem Konzert noch bevorstehen wird. Und das merkt man ihm offenbar auch an.

Schon mehrere Male hat Tilman irritiert zu ihm hinübergesehen, weil er eines seiner Soli energischer als sonst angeschlagen hat. Zwar sitzen die Abläufe wie geschmiert, weil sie sie tausendmal geprobt haben, doch die Chemie, die die Auftritte der ‚Freifahrtschein'e in den letzten Wochen immer wieder zu einem Erfolgsgaranten gemacht hatte, ist heute einfach nicht da. Und er weiß genau, dass Marlena das am Ende des Abends ihm und seiner schlechten Laune zuschreiben wird – was ihn umso wütender macht.

Als sie beim ‚Zeppelin' zu ihm herüber tanzt, und ihm mit bittenden Blick ein gewinnendes Lächeln zuwirft, verzieht er seine Mundwinkel kurz, wie befohlen, zu einer Fratze, lässt diese aber direkt wieder in sich zusammenfallen.

Hilflos wendet sie den Blick ab, geht wieder in die Bühnenmitte, versucht, ihre Show jetzt mit Lukas anzuheizen.

Ja, mach ruhig, denkt Simon. *Ihr seid ja sowieso das Dreamteam hier.* Er ist regelrecht erleichtert, als sie bei ‚Kaleidoskop-Augen' direkt am Bühnenrand stehenbleibt, anstatt zu ihm herüberzukommen. *Je weniger ich dir in die Augen gucken muss, desto leichter wird das nachher.*

Er weiß, dass er Marlena mit seinem Verhalten heute Abend voll in die Hand spielt. Dass er sie enttäuschen wird, wieder einmal, und dass sich ihre Wege danach ein für alle Mal trennen werden. Aber seine Grenze ist einfach erreicht. Er war wirklich bereit gewesen, viel für diesen Job in Kauf zu nehmen. Doch dieses Mal ist sie es gewesen, die ihn zutiefst enttäuscht hat. Und dafür wird sie jetzt eben die Konsequenzen tragen müssen.

Während die ersten Töne von ‚#Like4Like' durch den Saal hallen, spürt Simon, dass sein Kiefer zu schmerzen beginnt.

Seit er auf die Bühne getreten ist, presst er die Zähne zusammen. Im wahrsten Sinne des Wortes.

Reiß dich zusammen! Du musst jetzt an dich und deine Zukunft denken, ermahnt er sich selbst. Während Marlena am Bühnenrand das Publikum zum Mitklatschen animiert und übermütig auf und abspringt, konzentriert sich Simon voll auf den Wechsel seiner Sounddateien. Spielt brav seine Begleitungen, seine Lead-Melodien und seine Akzente, so wie alles vereinbart ist.

In zwei, drei Stunden ist alles zu Ende. Und bis dahin wirst du durchhalten. Verdammt, und wie du durchhalten wirst!

„Always" – Bon Jovi

Jahre zuvor...

So nervös wie vor diesem Auftritt war Simon zuvor nur bei sehr wenigen Gelegenheiten in seinem Leben gewesen, und keine einzige hatte mit Musik zu tun gehabt.

Nach seinem letzten Zusammentreffen mit Marlena, an jenem Abend im Kubana in Siegburg, hatte er viel nachgedacht. Hatte oft versucht, Kontakt zu ihr aufzunehmen. Angerufen, Nachrichten geschrieben, sogar vorbeigefahren war er einmal. Sie hatte nicht reagiert; nicht ein einziges Mal – und nachdem er den Versuch drangegeben hatte, sein Gewissen dadurch zu erleichtern, dass er sein ehrliches Bedauern bei der Person loswerden konnte, die es betraf, hatte sein Unterbewusstsein offenbar beschlossen, dass er sich selbst mit sich auseinandersetzen musste. Was sehr viel Tieferes zutage gefördert hatte, als nur die oberflächliche Erklärung für seine zurechtgelegte Entschuldigungsrede.

Mit einem Vorwurf hatte Marlena recht gehabt: Er verzettelte sich! Das war immer schon sein Ding gewesen. Er konnte sich einfach für zu viele Dinge begeistern, als dass er im richtigen Moment erkennen konnte, wo seine physischen Grenzen eine Auswahl, eine Prioritätensetzung erforderten. Oft war er damit schon angeeckt. Hatte Chancen verspielt, die er gern ergriffen hätte – was allerdings auf der anderen Seite auch immer wieder zu einer natürlichen Entlastung seines Alltags geführt hatte. Und so war sein Ärger über diese hässliche Eigenschaft stets schnell wieder verflogen. Es hatte schließlich auch gute Seiten, wenn andere ihm seine Entscheidungen abnahmen.

Die schlechten Seiten kamen erst dann zutage, wenn er andere Menschen damit verletzte. Und dass er das bei Marlena gleich auf mehreren Ebenen getan hatte, war Simon sehr wohl bewusst. Er war nicht auf den Kopf gefallen: In ihrer schmerzgetränkten Rede in Siegburg war auch für Simon nicht zu überhören gewesen, dass sie Gefühle für ihn hatte. Tiefe Gefühle. Was die Sache gleich noch viel schlimmer machte. Doch ganz unabhängig davon war es einfach nicht fair gewesen, ihr Herzblut in musikalischen Angelegenheiten durch seine bloße Zerstreutheit zu verschwenden. Und genau das wollte er schnellstmöglich wieder gut machen!

Es war ein kleiner Wink des Schicksals gewesen, als die Anfrage für die Hochzeitsfeier in der Bastei bei ihm reingeflattert war; eine der Event-Locations, die fest von der Catering-Firma beliefert wurde, für die Marlena arbeitete. Es hatte ihn einen Anruf und eine kleine Notlüge gekostet, bei ihrem Arbeitgeber rauszukriegen, dass Marlena für die betreffende Feier eingeteilt sein würde. Ein weiteres Telefonat mit der Braut bezüglich des Programms war hinzugekommen – und nun stand Simon hier mit seinem Keyboard und fühlte sich wie so ein kleiner Junge vor der ersten mündlichen Prüfung in der Schule.

Bislang waren seine Blicke Marlenas noch nicht begegnet; sei es, weil sie ihn wirklich nicht gesehen hatte oder weil sie vermied, zu ihm rüber zu sehen, weil sie kein Gespräch mit ihm führen wollte – welches auch er sicherlich nicht hier, vor einer riesigen Hochzeitsgesellschaft, an ihrem Arbeitsplatz angezettelt hätte. Nun aber hatte der Sektempfang begonnen und Simon begann, die ersten Stücke zu spielen. Für 2x 30 Minuten Live-Musik war er gebucht – eine ganz typische Anfrage für einen Hochzeitspianisten; damit hatte er Erfahrung. Er begann mit ein paar instrumentalen Stücken: ‚Amazing Grace', ‚The Rose', ‚You are so beautiful' – dann machte er eine kurze Ansage und spielte den ersten Song an, bei dem er auch singen würde: ‚Your Song' von Elton John.

Sie musste ihn längst wahrgenommen haben, doch nun war er es, der den Blickkontakt zu ihr mied. Simon konzentrierte sich voll auf sich und spürte, noch bevor das Publikum nach dem Lied leise und andächtig zu klatschen begann, dass es rund lief. Freundlich lächelnd nickte er den Zuhörern direkt vor sich zu, spielte Jon Bon Jovis ‚Always', ließ es danach, verbunden durch ein ausgedehntes Zwischenspiel, in ‚Can you feel the Love tonight' übergehen. Dann räusperte er sich. „Ich beende die erste Hälfte meiner kleinen

Einlage hier mit einem Lied, dass Ihnen bisher nicht bekannt sein dürfte. Ich hoffe, es gefällt Ihnen trotzdem! Viel Spaß mit ‚Flotsam in the Sand'."

Kaum hatte er die ersten Akkorde gelegt, sah er aus dem Augenwinkel, wie Marlena hinter der Sektbar erstarrte. Simon schloss die Augen. Tagelang hatte er sich mit der namenlosen Melodie, die ihr so viel Kopfzerbrechen bereitet hatte, beschäftigt. Hatte sie rauf und runter gespielt, bis sich der Text ganz automatisch aus seinen Gedanken manifestiert hatte. Entstanden war dabei, ganz automatisch, eine aufrichtige Entschuldigung. Sein Geschenk an Marlena.

Er legte all seine Emotionen in den Song, spielte jede Note so, wie sie es sich gedacht haben musste, um ja nichts zu verfälschen von dem wunderbaren Klangbild, dass ihn schon von der ersten Minute an so gefesselt hatte. Erst gegen Ende des Lieds blickte er wieder auf. Und sah, dass Marlena verschwunden war.

Das Publikum applaudierte, doch er nickte nur zerstreut und verließ bald darauf seine kleine, provisorische Bühne. Ein ungutes Gefühl beschlich ihn, als er die Bastei verließ, um kurz Luft zu schnappen. Und es sollte sich bestätigen.

„Was sollte DAS denn, Simon?" In ihrer dünnen Hostessen-Uniform stand sie ein paar Meter vom Eingang entfernt, die Arme schützend vor dem Oberkörper verschränkt. Der Februar-Abend war viel zu kalt für diesen Aufzug, doch trotzdem glühte ihr Gesicht. Es war ganz offensichtlich, wie erregt und wütend sie war. „Ernsthaft, du hast wirklich den Nerv für so eine Aktion, nach allem, was passiert ist? Ich fass es nicht!"

Völlig perplex starrte Simon sie an. „Ich…was? Marlena, …" Doch sie unterbrach ihn. Steigerte sich richtig hinein in ihre Wut-Tirade; nicht dazu bereit, irgendetwas durchzulassen, was sie hätte bändigen können. Simon hatte sie noch nie so wütend erlebt.

„Du hast keinen Bock, mit mir zusammen an dem Kram zu arbeiten! Du trittst mein Engagement, meine Lieder und meine Gefühle mit deiner Scheiß-Unzuverlässigkeit mit Füßen. Und jetzt besitzt du auch noch diese maßlose Arroganz, zu glauben, dass du es besser kannst?" Ironisch lachte sie auf, schüttelte den Kopf. „Und dann spielst du meine Lieder auch noch auf einer Veranstal-

tung, auf der ich mich nicht mal wehren kann, weil ich meinem Chef schuldig bin, dass ich vor seinen Kunden nicht das Gesicht verliere – sag mal, was bist du eigentlich für ein Mensch?"

Simon schüttelte entsetzt den Kopf. Langsam aber sicher ergriff die Wut, die von ihr ausging, auch ihn. „Ich wollte dir eine Freude machen, verdammt! Mich entschuldigen!" erwiderte er.

Der Ärger in seiner Stimme gab ihr den Rest. „Ach, als würdest du dich ernsthaft für das interessieren, was ICH denke!"

Abfällig blickte sie ihn an und trat einen Schritt zurück. „Dir geht's immer nur darum, im Rampenlicht zu stehen und angeschmachtet zu werden, scheißegal für was. Du holst dir von kleinen Mädchen in kurzen Röcken die Anerkennung, die du dir selbst nicht geben kannst, weil du genau weißt, dass du armselig bist, eine billige Kopie der Menschen, deren Lebenswerk du verschandelst! Du rennst von einem Auftragsjob zum nächsten, du hurst auf jeder Bühne rum, die dir angeboten wird, ohne an irgendwas von dem zu glauben, was du da verkaufst. Ekelhaft ist das!"

Eine Sekunde lang starrten sie sich an. Wussten beide, dass der Weg, den sie bis hierhin zusammengegangen waren, spätestens durch diese Worte ein für alle Mal zu Ende war. Es tat weh, ihnen beiden. Doch es war zu spät. Sie hatten die Kreuzung hinter sich gelassen.

In der Gegenwart

„Alter, was war denn los da draußen? Du hast ja heute völlig an uns vorbeigespielt", begrüßt Tilman Simon, als dieser nach dem Konzert im Aufenthaltsraum des Backstage-Bereichs im ersten Stock ankommt. Nur er, Marlena und Tobi sitzen am langen Tisch vor der Bar, wo Lukas und Frank hin sind, weiß Simon nicht – es ist ihm aber auch egal. Vielleicht ist es ohnehin besser, wenn weniger Leute im Raum sind.

Er lehnt sich gegen die Theke, greift nach einer Cola aus dem Kühlschrank, trinkt einen Schluck und sieht dann zu seinen Mitmusikern herüber. Marlena meidet seinen Blick. *Natürlich meidet sie deinen Blick, sie hat natürlich nicht den Mut, dich in Schutz zu nehmen, denn sonst müsste sie ja zugeben, was zwischen euch vorgefallen ist. Und das,* denkt sich Simon voll triefender Ironie, *ist natürlich völlig undenkbar.*

„Es tut mir leid, ich bin nicht auf der Höhe", beginnt er seine Ansprache. Er will es hinter sich bringen, also kann er auch gleich damit anfangen.

„Es hat einen privaten Zwischenfall gegeben, der es mir unmöglich macht, weiter mit euch Musik zu machen", beginnt er. Hat augenblicklich die Aufmerksamkeit seiner Mitmusiker. Völlig entsetzt starren ihn drei Augenpaare an. „Es tut mir leid, aber das heute war mein letzter Auftritt mit euch. Ich habe in den vergangenen Tagen bereits mit dem besten und teuersten Profikeyboarder, den ich kenne, gesprochen. Wenn ihr mir heute Abend das okay gebt, werde ich ihm das Go und das Material geben, damit er sich auf euer Programm vorbereiten kann. Keine Sorge, der Mann macht nichts Anderes als das – er wird mich ab Samstag hervorragend vertreten. Auch Kosten werden für euch keine entstehen. Ich werde ihm meine gesamten Einnahmen der Tour überschreiben, das wird ausreichen, um seine Gage zu decken." Er blickt zu Boden. „Nochmal, es tut mir leid – aber es ist für alle Beteiligten besser so."

Tilman regt sich als Erster, steht auf, tritt neben seinen Keyboarder und Kumpel. „Wowowow, jetzt mal langsam, Simon", er zwingt ihn, ihm in die Augen zu sehen. „Also, Notfälle in allen Ehren, keine Frage – aber bitte erklär uns wenigstens, warum du so überstürzt gehen musst! Letzte Woche war doch noch alles in Ordnung."

„Ich bin der Grund", sagt Marlena ruhig und kommt Simon zuvor. Auch sie ist aufgestanden. „Und ich muss mich aufrichtig bei dir entschuldigen, Simon. Was ich am Sonntagmorgen zu dir gesagt habe, das war nicht fair. ICH war nicht fair! Ich war es, die nicht auf der Höhe war."

Sie greift nach seinem Arm, was er sofort abschüttelt. „Aber bitte denk noch mal darüber nach! Weglaufen ist doch keine Lösung!" In ihrer Stimme schwingt Verzweiflung mit.

Simons Miene ist ein zusammengepresster Strich, als er sie ansieht. Noch bevor er ihr antwortet, weiß Marlena: Seine Entscheidung steht fest. Er wird sich nicht umstimmen lassen. Und genau das sagt er dann auch.

„Es hat keinen Sinn, wenn wir zusammenarbeiten, Marlena. Du hast überaus deutlich gemacht, dass du mir nicht vertraust, dass ich offenbar ein unmöglicher Mensch in deinen Augen bin. Das hast du in den letzten Wochen immer wieder raushängen lassen, bei jeder Gelegenheit. Ich hab's nie gecheckt, ich hab' nie gehört, was du eigentlich gesagt hast: Dass du dich gar nicht auf mich einlassen WILLST."

Er wendet seinen Blick von ihr ab und sieht zu Tobi und Tilman, die immer noch völlig entgeistert im Raum stehen. Bemerkenswert emotionslos fährt er fort: „Aber sorry, there is only so much I can take! Ich habe alle eure Probleme gelöst, ich habe mich euch gegenüber von Anfang an fair verhalten. Da steht es mir wirklich nur zu, jetzt von euch zu verlangen, dass ihr es auch seid. Dass ihr mich vorzeitig aus eurem Vertrag entlasst."

„Aber Simon,...", fängt Tobi an, und auch Tilman, der sich langsam wieder aus seiner Starre löst, will gerade loslegen.

Doch es kommt nicht dazu. Sie werden von Lukas unterbrochen, der die Treppe zum Backstage-Bereich hochgerannt kommt, dicht gefolgt von Frank. „Ich kann das erklären, Lukas! Du hast das völlig in den falschen Hals bekommen", ruft dieser.

„EINEN SCHEISS HAB ICH, FRANK", brüllt Lukas so laut, dass man es vermutlich sogar noch eine Etage tiefer vor den Toiletten hören kann. Erschrocken zuckt Marlena zusammen, als sie hört, wie der Satz zu Ende geht. „Ich hab' die Schnauze gestrichen voll, du rücksichtsloses Drecksarschloch! Du bist gefeuert, aber so was von!"

***

Es ist fast fünf, als Marlena zuhause in ihrem Wohnzimmer auf die Couch sinkt. Sie ist völlig fertig, und doch ist an Schlafen nicht zu denken. Die Ereignisse haben sich förmlich überschlagen, dort oben im Backstage-Bereich der Live Music Hall. „Verdammte Scheiße, irgendjemand muss euren Job doch für euch machen, Lukas", hatte Frank gebrüllt, woraufhin Lukas fast auf ihn losgegangen wäre. Tilman, Simon und Tobi hatten ihn zu dritt festhalten müssen, weil er kurz davor war, Stühle nach ihrem Manager zu werfen.

„VERPISS DICH! Du sollst dich verpissen, du Hurensohn, und komm bloß nie wieder!" Immer und immer hatte er mit diesen Worten verbal auf Frank eingeprügelt, bis dieser mit abwehrend erhobenen Händen und hektischen Flecken im Gesicht den Backstage-Bereich verlassen hatte.

Es war ein dummer Zufall gewesen, dass Lukas auf dem Weg zum Klo in ein Gespräch zwischen Frank und Marcel Schützke hineingelaufen war. Ein Gespräch, in dem Frank dem Journalisten offenbar detailliert erzählt hatte, dass es Marlena wegen dem Bahn-Angriff vor einem Jahr äußerst schlecht geht. Dass erst kürzlich ihre Medikation von ihrem Psychiater neu eingestellt worden war, dass sie immer noch unter Schlafstörungen leidet, kurzum: Er hatte alles an den Journalisten weitergegeben, was Marlena ihm noch kurz vor dem Konzert im Glauben, ihrem Manager vertrauen zu können, erzählt hatte.

Fast hätte sie völlig die Nerven verloren, als Lukas dann auch noch hinzugefügt hatte, dass im darauffolgenden Streitgespräch zwischen ihm, Frank und dem Reporter auch noch herausgekommen war, dass ihr Manager offenbar darüber hinaus auch erst derjenige gewesen war, der der Presse den Tipp mit der Gerichtsverhandlung gegeben und den Zusammenhang zwischen Marlena und dem Bahnvorfall hergestellt hatte.

Noch immer kann Marlena nicht glauben, dass Frank sie so hintergangen haben soll – auch wenn natürlich kein Zweifel an Lukas' Worten besteht. Seit etlichen Jahren kennt sie ihren Manager nun schon, und sicher, natürlich war ihr aufgefallen, dass er seit dem Durchbruch von ‚Knoxville' vor Jahren massiv an Souveränität eingebüßt hatte. Er war übereifrig geworden, und schon oft hatte Marlena darüber nachgedacht, ob es für ihrer aller Freundschaft nicht ratsamer wäre, wieder getrennte Wege zu gehen. Doch dass es einmal so weit kommen würde? Das hätte sie nie für möglich gehalten.

Viel mehr jedoch, das muss sie zugeben, reißt ihr Simons Ansage den Boden unter den Füßen weg. Sie hatte gespürt, die ganzen letzten Tage über, dass die Situation ernst ist, doch als er auf ihren ersten Anruf nicht reagiert hatte, war sie davon ausgegangen, es sei besser, ihm etwas Zeit zu geben. Dass er die Band nun aber so überstürzt verlassen würde, das hatte sie nicht vorhergesehen. Und wie durch einen Schlag ins Gesicht war ihr vor allem eines klargeworden: Wie groß ihre Angst davor ist, ihn nun wieder aus ihrem Leben verschwinden zu sehen.

Lukas hatte noch versucht, ihn umzustimmen, nachdem er von Simons Entschluss erfahren hatte, und auch Marlena selbst hatte Simon fast angefleht, zumindest noch eine Nacht über seine Entscheidung zu schlafen. Doch es hatte nichts gebracht. Nachdem sich die Wogen ein wenig geglättet hatten, war er mit seinen gepackten Sachen aufgebrochen, noch bevor alle Gäste den Zuschauerraum der Live Music Hall verlassen hatten.

Marlena schließt die Augen. *Wie schnell so ein Tag, der in einer völlig heilen Scheinwelt begonnen hat, doch durch nur wenige Worte den Bach heruntergehen kann!* Es kommt ihr unwirklich vor. Unwirklich und viel zu schwer, um es begreifen zu können.

Sie steht auf, geht zu ihrem Klavier und greift in die kleine Schatztruhe auf dem Boden daneben, die ihre Mutter ihr vor

Jahren einmal für ihre Noten geschenkt hatte. Seit Ewigkeiten hat sie sie nicht mehr geöffnet, etwa seitdem sie nach jenem Caterjob in der Bastei beschlossen hatte, keine englischsprachige Musik mehr machen zu wollen. Es hatte sie jedes Mal wütend gemacht, die Stücke und Texte anzusehen, an denen sie mit Simon gearbeitet hatte, also hatte sie irgendwann aufgegeben und sich neuen Projekten gewidmet.

Jetzt streicht sie fast liebevoll über den Ordner, der oben auf dem Inhalt der Truhe liegt. So viele Erinnerungen stecken in diesen Seiten, so viel Liebe zu Noten und Worten, die Simon und sie auf dem Gewissen haben.

Sie geht in die Küche, holt sich ein Glas Wein, und blättert gedankenverloren durch die Seiten. Findet die Bluesnummer, die Simon und sie an einem verregneten Nachmittag an ihrem Klavier arrangiert hatten, an dem sie eigentlich mit dem Fahrrad bis nach Bonn hatten fahren wollen. Muss lächeln über den Drei-Minuten-Walzer, den sie im Backstage-Bereich eines ‚Tommy and Gina'-Konzerts geschrieben hatte, während sie Mike und Simon beim Rumalbern mit einem Hund der Techniker beobachtet hatte.

Irgendwann setzt sie sich ans Klavier, beginnt, leise ein paar Takte zu spielen. Spürt, wie die Musik durch ihren Körper fließt und sie langsam, aber sicher ein wenig erdet. Ihre Finger fliegen nur so über die Tasten, sie muss gar nicht hingucken – sie sind immer noch da, die Melodien und Tonfolgen, die sie damals zusammen perfektioniert hatten. Es tut gut, sie wieder zu spielen. Fast ist es so, als würde Simon neben ihr auf dem Boden sitzen und ihr zusehen, so wie damals. So wie so oft in ihren Träumen.

Als sie eine der Seiten umblättern will, um zum nächsten Song zu wechseln, rutscht ein Briefumschlag heraus und fällt zu Boden. Verwundert hebt sie ihn auf, dann fällt ihr wieder ein, woher er gekommen ist. *Es ist dein Song. Mach mit dem Text, was du willst – er gehört dir. Simon,* steht auf einem Post-It Zettel, den Simon an ihre Noten geklebt hat. Gut eine Woche nach seinem Auftritt in der Bastei hatte er ihr all ihr Songmaterial in den Briefkasten geworfen. Der Briefumschlag war dabei gewesen – den Text dazu jedoch hatte Marlena nie wieder angesehen. Nun legt sie das Leadsheet auf die Ablage ihres Klaviers; beginnt zu spielen. Und versteht zum ersten Mal, was Simon ihr mit seinen Lyrics hatte sagen wollen.

I see you passing me by
Disappear in the blink of an eye
The last thing I planned
Was to do you any harm

I've never taken my chance
To show you who I really am
Wish I could make it undo
And turn right back to you

An ocean running dry
I made you drown inside
The moment I met you I swept you away
How many words must I say?

I've been waiting too long
For time to prove me wrong
One thing that I never knew
Our minds are healers, too

An insect in the night
I'm trapped inside your light
The moment I met you I swept you away
How many words must I say?

Sie legt die Abdeckung über ihre Klaviatur und lässt den Text und die Notenblätter behutsam wieder in die Schatztruhe sinken. *Ich kann dich nicht wieder verlieren*, denkt sie entschlossen, geht in den Flur und zieht ihre Jacke an. *Koste es, was es wolle.*

***

Schon von draußen hört sie ihn spielen. Weiß, dass ihre Vermutung richtig gewesen ist. Sie kennt ihn lange genug, um zu wissen, dass auch er nach einem so aufreibenden Abend wie dem heutigen nicht zur Ruhe kommen und stattdessen einen Ort aufsuchen würde, der ihn runterholt, aus dieser Welt voller Scheinwerfer, lauter Bässe und ohrenbetäubender Stille im Herzen.

Marlena lässt lautlos die Kirchentür hinter sich zufallen, geht langsam und leise durch den Mittelgang, lässt sich in eine der Sitzreihen sinken, ein paar Meter hinter ihm. Simon sitzt mit dem Rücken zu ihr am E-Piano und spielt eine melancholische Melodie. Die Musik füllt das gesamte Kirchenschiff aus, treibt auf Marlena zu und an ihr vorbei, umgibt ihren Kopf und erreicht sofort ihr Herz. Die Jesus-Figur an der Wand leuchtet sanft in der gedämmten Beleuchtung über dem Piano. Ansonsten ist der Raum dunkel.

Es dauert lange, bis Simon aufhört zu spielen. Er hält inne, blickt herunter auf seine Hände. An seiner Körpersprache sieht Marlena, dass er längst gemerkt hat, dass sie hier ist. Umdrehen will er sich offenbar trotzdem nicht.

„Ich hab‘ dich angelogen“, beginnt sie, kommt ohne Umschweife zum Punkt. Ihre Stimme hallt in der leeren Kirche, fast ist es ihr unangenehm, auch wenn niemand außer ihm zuhört. „Als ich gesagt habe, dass es nur Sex war. Da hab‘ ich dich angelogen, Simon.“ Sie lässt ihre Worte kurz wirken, dann steht sie auf und geht an den Kirchenreihen entlang, setzt sich in die erste Reihe, direkt hinter ihn. Er hat sich bisher noch nicht bewegt.

„Es wird niemals nur Sex zwischen uns sein. Und ich hatte eine Wahnsinnsangst davor, mir das einzugestehen.“ Ihr Blick haftet wie festgeklebt auf Simons Rücken, dem grobmaschigen grauen Pulli, über den sich seine Haare im Nacken verteilen. Zerzaust, ungekämmt, genauso, wie sie sich auch am Morgen danach neben ihr auf dem Kissen verteilt hatten. Am liebsten würde sie sie berühren.

„Ich hab‘ dir gesagt, dass ich dir nicht vertrauen kann. Dass das, was damals passiert ist – der Song, die Mädchen, deine Unzuverlässigkeit, mein gebrochenes Herz – einfach viel zu tief sitzt, als dass ich es jemals vergessen wollen würde.

Und vielleicht stimmt das. Vielleicht kann ich es auch nicht vergessen, vielleicht ist es einfach ein Teil von uns." Sie blickt zu Boden, auf ihre Füße. „Aber ich glaube, das muss ich auch gar nicht. Der Teil von mir, auf den es ankommt, ist eh längst im Hier und im Jetzt angekommen."

Der Wind rüttelt draußen an der Tür, sie kann den Regen hören, wie er auf den Dachfirst des Gemeindehauses prasselt. Sie fröstelt. Simons Rücken, die Art, wie er sie ignoriert, scheint die Temperatur hier in der Kirche wenn möglich noch um ein paar weitere Grad zu senken.

„Du hast in den vergangenen Wochen alles versucht, um mir Sicherheit zu geben. Du hast mir geholfen; in der Bahn, im Proberaum, auf der Bühne, selbst hier – du hast alles dafür getan, mir diesen sicheren Ort zu geben, den ich brauchte. Die Zeit für mich anzuhalten; mir das Gefühl zu geben, dass ich ich selbst sein kann." Ihre Stimme klingt jetzt verzweifelt.

„Alles in mir wollte sich auf dich einlassen, aber immer, wenn ich kurz davor war, dir nachzugeben, war da diese Stimme in mir drin, die gesagt hat, dass ich mich schützen muss. Vor dir, vor der Welt, vor allem – denn was auch immer ich an mich heranlasse, kann mir auch wehtun. Als du morgens neben mir lagst, als ich wachgeworden bin – Gott, wie gerne hätte ich dich einfach an mich ran gezogen und die Augen wieder zu gemacht. Aber ich hab' das verlernt, verstehst du? Ich habe es einfach verlernt, Dinge passieren zu lassen, die ich nicht kontrollieren kann. Also bin ich aufgestanden, hab meine Gefühle weggeschlossen und entschieden, dass das nicht sein darf. Dass WIR nicht sein dürfen."

Sie lacht bitter auf. „Was ich bei all dem aber übersehen hab, ist, dass ich mir selbst viel mehr weh tue, als es jemals irgendjemand anderes könnte."

Sie stockt, schließt die Augen. *Tu es!*

„Dass es einen Teil von mir gibt, der viel größer ist als mein sturer Kopf, und dass dieser Teil sich längst für dich entschieden hat! Weil ich in all den Jahren einfach nie aufgehört hab, mich nach dir zu sehnen."

Ihr Mund ist trocken, nun, da die Worte raus sind. Fast ist ihr ein wenig schwindelig. Da ist sie wieder, diese Stimme in ihr drin, die ihr in rasender Geschwindigkeit mit einem emotionalen Taschenrechner vorrechnet, welche Risiken sie gerade eingegangen ist. Mit gerunzelter Stirn sitzt sie da in ihr drin, hebt mahnend den Zeigefinger und sagt: *‚Schätzchen, wenn ich all diese Angriffspunkte, die du ihm da gerade liebevoll vor die Füße gelegt hast, zusammenrechne, dann muss ich dir sagen: Aus dieser Misere kommst du nie wieder raus! Keine Ahnung, ob dieses Mal wieder genug Sekundenkleber da sein wird, um dein Herz zusammenzuflicken.‘*

Doch dieses Mal hat Marlena keine Angst. Die Band, ihre Musik, ihre Zukunft, an all diese Dinge denkt sie gerade nicht einmal. Das einzige, was in ihrem Kopf allgegenwärtig ist, ist diese eine Gewissheit: *Du tust das Richtige. Und alles andere ist völlig egal.*

Doch als Simon sich nach einer gefühlten Ewigkeit immer noch nicht gerührt hat, schwindet ihre Hoffnung. Ruhig sieht sie ihn atmen, ansonsten geht keinerlei Gefühlsregung von ihm auf. Wieder bleibt ihr Blick an diesem Pullover haften. Die Sekunden verstreichen. Nichts passiert. Niedergeschlagen steht sie auf. „Ich wollte nur, dass du das weißt“, sagt sie leise und wendet sich zum Gehen. *Es ist alles gesagt.*

„Ich weiß.“ Fast denkt Marlena, sich verhört zu haben. Doch als sie sich wieder zu ihm umdreht, hat Simon zumindest aufgeschaut. „Ich weiß, dass du Angst hattest. Die ganze Zeit über hab‘ ich das gewusst, schon als ich zum ersten Mal in euren Proberaum gekommen bin.“ Langsam dreht er sich zu ihr um, Marlena erschrickt, als sie die tiefe Traurigkeit in seinen Augen sieht. Er steht auf, mit zögerndem Schritt, kommt zu ihr herüber.

„Und glaub mir, ich hab‘ versucht, es nie zu vergessen. Immer daran zu denken, dass Angst der größte Feind ist, den wir Menschen in uns tragen, weil wir gegen sie furchtbar machtlos sind.“ Er legt den Kopf schief, sieht sie eindringlich an. „Aber nach dem, was du am Sonntag gesagt hast, konnte ich einfach nicht mehr. Es ist, wie ich gesagt hab, vorhin im Club: There is only so much I can take.“ Er hebt die Hand und streicht ihr behutsam über die rechte Wange. „Du bist mir nämlich auch nicht ganz egal.“

Sie greift nach seiner Hand in ihrem Gesicht, drückt sie sanft. „Es tut mir leid“, flüstert sie. Hat es vielleicht nie so ernst gemeint wie in diesem Augenblick.

Seine Augen schauen sie an, forschen in ihrem Gesicht, zeigen all seine Verletzlichkeit, all den Kummer der vergangenen Tage. Er versteckt nichts in diesem Moment.

„Gut“, sagt er dann leise.

Als er sich schließlich zu ihr herunterlehnt und sie küsst, spürt Marlena eine tiefe Erleichterung, die ihren gesamten Körper einnimmt. Da ist kein Feuerwerk, keine Lust, da sind auch keine weichen Knie oder Schmetterlinge im Bauch.

Das einzige, was sie in diesem Moment spürt, ist Vertrautheit. Die tiefe Überzeugung, dass es sich richtig anfühlt. So, als hätte es immer so sein sollen. Und dieses Gefühl ist intensiver als alles, was sie jemals zuvor gespürt hat.

Als er sich von ihr löst, verirrt sich ein kleines Lächeln in sein Gesicht. „Dann wirst du mir jetzt also endlich vertrauen?“, fragt er mit neckendem Unterton, bevor er sie in seine Arme zieht. Marlena nickt an seiner Schulter. „Das tu‘ ich längst. Ich wollt’s nur nicht wahrhaben.“

Er drückt sie an sich, küsst sie sanft auf den Scheitel. „Sturkopf.“

Vor den Fenstern der Kirche wird es langsam hell, immer noch prasselt der Regen gegen die Scheiben. Draußen beginnt ein neuer Tag, die ersten Menschen steigen in ihre Autos und fahren zur Arbeit.

„Können wir jetzt schlafen gehen?“, fragt Simon, den Mund immer noch in ihre Haare gepresst.

Marlena muss grinsen. „Nur, wenn du mir morgen früh Frühstück ans Bett bringst und mir ins Ohr säuselst, wie schön die Nacht mit mir war.“

Er löst sich von ihr, greift nach ihrer Hand. „Vergiss es, einmal hab‘ ich gut bei dir“, sagt er, und lacht dabei.

Es klingt wie Musik in ihren Ohren.

Und ohne euch wäre das alles gar nicht gegangen...

Dennis Kresin – musikalisches Mastermind hinter dem Projekt „Zeitanhalter", viel wichtiger aber: toller Freund und Partner in Crime.

Ohne dich hätte dieses Ding hier zum einen nicht halb so viel Spaß gemacht. Zum anderen wäre es nie zu dem geworden, was es heute ist. Danke für jede einzelne Note, fürs Rumspinnen und Hinterfragen, fürs Runterholen und wieder Aufrichten – vor allem aber dafür, dass du mir nie auch nur bei einer einzigen Idee das Gefühl gegeben hast, dass ich den Verstand verloren habe. Es tut gut, dich hier zu haben!

Karen Dierks - Gestalterin und kreativer Kopf aller visuellen Schikanen rund um das Projekt. Du bist von der ersten Minute an kopfüber und mit der gleichen Begeisterung wie wir in alles reingesprungen, was dieses „Baby" uns an Möglichkeiten eröffnet hat. Danke - auch dafür, dass du wieder in mein Leben getreten bist. Bitte bleib!

Kristina de Giorgi, meine bezaubernde Lektorin – du hast mir schon sehr früh den Mut gegeben, „einfach mal zu machen", und dem Text dann am Ende viele Impulse gegeben, die er brauchte. Unvergessen!

Daniel Pixberg – danke für mindestens einhundertdreiundvierzig Fragen, die du beantworten musstest (etwa die Hälfte davon sogar doppelt). Noch mehr danke aber dafür, dass du für mich vollkommen wohlwollend in Welten eingetaucht bist, die überhaupt gar nicht deine sein können. Es ist toll, einen Freund wie dich zu haben.

Jan Uwe Leisse - du hast verhindert, dass ich den Knast komme. Ich glaube, das ist gut. Auch wenn ich hörte, es soll dort ganz interessant sein... ;) Danke!

Laura Jung - du hast die besondere Gabe, juristische Zusammenhänge, die jedes normale Hirn sprengen, so zu erklären, dass selbst der größte Vollidiot dir folgen kann. Tausend Dank dafür.

Liebe Models - ***Esra Kreder, Matthew Wood, Utz Stauder, Tobias Beyer, Mischa Rohde:*** Ich bin noch immer völlig geflasht von eurer Engelsgeduld, eurer Ausdauer und eurer Begeisterung. Ihr habt Freifahrtschein Herz und Seele verliehen, mit literweise Humor und einem Einsatz, der uns ganz ehrlich aus den Schuhen gehauen hat. Tausend Dank dafür!

Ebenfalls Grüße und Küsse an ***Tobias Michel*** fürs kurzfristige Einspringen - außerdem für ***Roland vom Weltempfänger Hostel*** in Köln, an ***Sebastian Stumbilich von der Großen Freiheit 36*** in Hamburg, an das ganze ***Team der Rheinklang Studios*** in Köln, die ***Live Music Hall*** und ***das Underground***, besonders an ***Niklas***; an das Kölner ***Palladium*** sowie die ***Gaststätte Herler Eck***.

Insa Plenter - auch Ihnen einen herzlichen Dank für medizinische und therapeutische Hilfestellungen. Für Marlena, aber auch für mich ;)

Stephan Bartsch - danke für deine Ideen, für deine Fotos und deine Kreativität.

Jini Meyer - du hast mir auf dem Weg hier hin wahnsinnig viel beigebracht, mich unterstützt, wo du nur konntest und durch deine offene und ehrliche Art Farbnuancen in Marlenas Welt erschaffen, die ohne dich nicht hätten entstehen können. Jetzt sag schon, wann ich dich mal wieder zum Essen einladen darf! ;)

Jana Crämer – auch dir vielen Dank für deine Tipps und dein Mut zusprechen!

Marc Schäfers - ich hoffe, ich darf mich irgendwann noch für die gefühlt 20 Gläser Weißwein revanchieren, die ich dir schulde.

;) Du hast dem Roman mehr gegeben, als auf den ersten Blick zu sehen ist. Ebenfalls Dank an ***Dirk Schönfeld & die anderen Raketen*** - ich hatte großen Spaß bei euch!

Fabian Richter - manchmal entwickelt sich so ein Buch anders, als man vorher dachte. Trotzdem und gerade deswegen: Deine Antworten auf meine Musical-Fragen waren so ausführlich, eigentlich könnte ich direkt den nächsten Roman schreiben... Danke!

Simon Felbick - Danke, dass du zu den verrücktesten Zeiten selbst auf die zusammenhanglosesten, medizinischen Fragen geantwortet hast. („Hey Simon, wie lange kann man gefahrlos bewusstlos sein?" „Um Gottes Willen, geht's dir gut?" „Klar. Und wo ist der Unterschied zwischen einer Prellung und einer Verstauchung?" „Okay, ruf mich sofort an!")

Kristin Peterka und ***Christoph Grundmann*** - schön zu wissen, dass man euch jederzeit für partiell-schizophrene Handy-Experimente missbrauchen kann, ohne das ihr auch nur eine einzige Frage stellt! Und ***Franzi Pille***: Ich hätte gerne gesehen, wie du halb angetrunken irgendwo in einer Kneipe in der Bonner Altstadt auf der Theke rumgehauen hast, um die richtige Beschreibung für den „Umpft"-Sound zu finden. Liebe!

Weiterer Dank gebührt: ***Benedikt Klein*** für Fotos aus der unmöglichen Stadt, ***Manuel Kempf*** für Beratung in anatomischen Fragen, ***Constantin Chepa*** für Vor-Auftritts-Flexibilität ohne Ende, ***Andreas Girlich*** - dem Online-Gott!, ***Fabian Kresin*** für ein ganz tolles Shooting, ***Hanno Kerstan*** für sein fantastischen Schlagzeugspiel, ***Arno Kröger*** für alle Ton-Zaubereien, der ***Familie Söhngen*** für Teppich, Dachboden und Frühstück; ***dem Wessels-Team auf Norderney und allen Gastronomen***, die nachts um zwei auf ihre Uhr geschielt haben und sich dachten: „Mein Gott, wann geht die Alte endlich?".

Und schlussendlich ***allen Helfern vom 30. September 2017*** ein Dankeschön von hier bis zum Mond: Ihr seid großartig!

***

Markus Hudy und ***Janina Stracke*** – was ihr diesem Buch geschenkt habt, können nur beste Freunde leisten. Danke!

Wilfried und Angelika Köplin - ohne euer Zutun wäre ich nie so geworden, wie ich bin, und dieses Buch gäbe es nicht. Danke für alles.